ZHI XING HE YI WANG YANG MING ZHUAN

知行合一王阳明传

ZHI XING HE YI WANG YANG MING ZHUAN

申　维◎著

北京燕山出版社
BEIJING YANSHAN PRESS

图书在版编目（CIP）数据

知行合一：王阳明传 / 申维著 . -- 北京：北京燕山出版社，2018.7（2021.3 重印）

ISBN 978-7-5402-5197-0

Ⅰ . ①知… Ⅱ . ①申… Ⅲ . ①传记小说—中国—当代 Ⅳ . ① I247.5

中国版本图书馆 CIP 数据核字（2018）第 142248 号

知行合一：王阳明传

著　　者　申　维
责任编辑　王　迪
封面设计　余　微
责任校对　石　英
出版发行　北京燕山出版社有限公司
社　　址　北京市丰台区东铁匠营苇子坑 138 号 C 座
电　　话　010-65240430
邮　　编　100079
印　　刷　晟德（天津）印刷有限公司
开　　本　880mm × 1230mm　1/32
字　　数　300 千字
印　　张　12
版　　次　2018 年 7 月第 1 版
印　　次　2021 年 3 月第 2 次印刷
定　　价　32.00 元

自序：白鸽之灵

2013年12月，我受导演江小鱼和央视著名制片李长江之邀，担当30集电视连续剧《王阳明传奇》编剧。我们在北京高碑店开创作研讨会，又去浙江余姚“阳明故里”举行开机仪式。中宣部副部长龚心翰，宁波地方政府官员以及著名学者刘伟见等研究王阳明的专家参加了活动。活动中有一项叫“阳明心学万里行”，即创作组沿着当年王阳明的活动线路走上一回。我们首先去绍兴兰亭镇的阳明墓拜谒。阳明墓坐落在朝南的山坡上，四周绿树浓荫，远眺王羲之写《兰亭序》的兰溪。墓由日本人修缮，只有一块墓碑和几间空空的木屋。我们转了一圈，实在没什么可看，行程变得乏味，就准备下山。我走在最后，仿佛觉得有一双眼睛盯着我的后脑勺，猛回首只见墓碑上立着一只白鸽。我急忙叫回众人。大家围着白鸽议论纷纷。那白鸽很是奇怪，面对众人没有一丝怯意，并不飞走，用坚定的目光看着我们。返程路上，刘伟见说他们家乡江西的风俗，扫墓时墓地出现飞禽走兽，如蝴蝶、蛇、麻雀等皆视作先人显灵。这么一说，那只白鸽难道是阳明先生显灵？这种似是而非的经历现实地增强了我的使命感，也促使我走近一代先哲，去感悟阳明先生的孤独和对真理“上穷碧落下黄泉”般的追求。

2014年北京大学“中国文化书院”由汤一介先生主编一套《国学经典点评》，是精装版线装书，由线装书局出版。我承担《王阳明全集》的点评。在此之前有阳明弟子以及当代杜维明等学者对《王阳明全集》作过整体评价，而如我逐段点评《传习录》和《大学问》实属初次尝试。这项工作让我有系统地研究了理学以及阳明心学，研究了王阳明对儒学所做的贡献。

当下图书市场关于王阳明传奇人生的小说以及心学的著作，汗牛充栋。写王阳明的小说基本上都取材于王阳明去世后45年才出生的明朝著名文学家冯梦龙的《靖乱录》以及阳明弟子七零八落的回忆。心学著作基本源自《传习录》《大学问》以及阳明弟子的著作。对“心学”的认知和评价多来自于黄宗羲的《明儒学案》，无人能出其右。针对上述现状，我一直想写一本走进王阳明内心的书，能给读者还原一代先哲在大明王朝的风云变幻中如何达到“立功，立德，立言”的至圣追求？又如何“致良知”？如何“知行合一”？

我写的不是《太史公史记》，而是一部小说，是一部关于王阳明成长历程的小说。这是一部“从凡至圣”的励志书，是中国版的《天国之路》。米兰·昆德拉说：“小说是存在的勘探。”我用小说敏锐的触角探及王阳明的内心世界，试图还原他人生历程和心学理论的真实原貌。我们可以设想，一个老人在余姚的青砖旧宅的院子里晒太阳，在姚水河畔老柳树下垂钓，在家庙学堂里捧着“五经”诵读，或者领着众学子盘膝静坐，一言不发。这个老人就是王阳明，字伯安。有一天，他向族里的后生讲述他的这一生，讲述王阳明的故事。在回忆中，他被他的回忆所感动……

倘若我是王阳明，我就穿越时空之门，随着回忆来到十五世纪中叶的大明王朝。想像的翅膀自由翱翔在东方大地上，从明故宫，皇城根，六部尚书房，翰林院，塞北，姚水河，四明山，黔西南，龙场，庐陵，赣南山区，南昌城，直到僻远的两广……他的亲友们面孔也清晰呈现：竹轩翁，龙山公，岑奶奶，母亲，无为道长，娄谅，孙燧，徐爱，湛若水……朝廷中人物纷纭复杂，斗得你死我活。朱见深，万贵妃，朱厚照，小宁王，李东阳，李梦阳，席书，唐寅……王阳明的感情生活在妻子诸婉澄，王妃娄钰，歌妓沈九娘，彝人阿凤之间萌生，但行不越规矩，恪守儒家礼仪。他的生活从儿时的自由自在，到求学，仕途，归隐，流放，讲学，平乱等。王阳明一生和病魔作斗争，一生都在荣辱之间徘徊。

与其他历史人物的传奇叙述不同，讲王阳明的故事跳不过他的思想，他的学术成果。他的思想轨迹“五溺归正”，“五溺”耗尽了他的大半生。在龙场悟道前，“初溺于任侠之习，再溺于骑射之习，三溺于辞章之习，四溺于神仙之习，五溺于佛氏之习。正德丙寅，始归正圣贤之学。”“心即理”，“致良知”，“知行合一”是阳明“心学”的三个核心。他的一生真实地做到了“吾心光明，斯复何言”？他为自己树立无字的丰碑。

当今中国正在赶超世界，彻底否定传统文化的历史虚无主义时有发声。中国传统文化是否能适应现代文明，成了许多读书人的困惑。阳明心学传至日本引发“明治维新”和工业革命，又在韩国，新加坡和东南亚地区影响极大。这些现代工业文明发达地区继承中国传统文化的成功案例，充分证明以心学为代表的中国文化能够走向世界，成为人类文明成果的一部分。

目录

CONTENTS

主要人物

王守仁　号阳明，成化八年（1472 年）生于余姚，先后就职政工部、刑部主事、龙场驿丞、庐陵知县、都察院右都御史兼巡抚、南京兵部尚书，心学圣人。（坚韧，理想主义者，为追求真理而奋斗一生的人。）

王　伦　王守仁的爷爷，字天叙，号竹轩翁，反对入仕。（活泼，喜好仙佛，逍遥自然。）

王　华　王守仁的父亲，号龙山公，成化十七年（1481 年）状元，礼部左侍郎。（沉稳，善谋，守儒家正统。）

诸　让　字养和，王守仁的岳父，王华的同学，江西布政司参议。（胆小怕事，小官僚）

商　辂　浙江淳安人，历任兵部尚书、户部尚书、太傅、内阁学士，是王华、诸让等人的老师。（老臣类型，城府深。）

商　达　商辂之孙，王守仁的同学，在京城经营酒楼，逍遥派。（官二代，富二代，享受玩乐，大款加公子哥儿类型，善良。）

朱见深　宪宗皇帝，有恋母癖，对万贵妃言听计从，信长生不老。（懦弱，娘娘腔。）

万贵妃　宪宗妃子，比宪宗长十七岁。（变态老女，欲望强，占有欲强。）

朱祐樘　孝宗皇帝，年号弘治，少年白发，体弱多病，生于成化六年（1470 年），弘治十八年（1504 年）驾崩。在位时期人称“弘治中兴”。（双重性格，认真，严谨，和善，但残忍，外貌像小老头，猥琐。）

张皇后　孝宗唯一的夫人，武宗朱厚照生母。

朱厚照　武宗，年号正德，同性恋，顽劣，荒诞，抢夺民女，不务正业，自称“威武大将军”，始重用刘瑾等“八虎”、设豹房，后与钱宁、江彬同性恋。（帅哥，同性恋，像另类艺术家。）

黄夫人　王守仁的继母，挑拨父子关系，生女儿王守兰。（小市民，形貌小巧。）

郑　氏　王守仁的母亲，贤惠，王守仁十三岁时郑氏去世。（诚实妇人，贤惠美德。）

岑奶奶　王守仁的奶奶，王伦的夫人，假称“云中送子”，行保胎之术。

诸婉澄　诸让之女，王守仁之妻，表妹。（傻大姐，和王守仁不像夫妻，像兄妹。）

无为道长　王守仁记名道家师父，在四明山修道，多次相助王守仁，后隐居齐云山。（道中人和侠客的结合体。）

蔡蓬头　道家，神秘人物，终南隐者的传人，无为道长和李自然的师父。（脱俗，半人半仙。）

李自然　道士，蔡蓬头徒弟，无为道长师弟，教万贵妃房中术，后去南昌策划宁王朱宸濠谋反，不知所终。（狡猾，骗子，像魔术演员。）

娄　谅　别号一斋，居上饶，姚江学派创始人，创办居敬门，王守仁入儒学的启蒙人。（高人，超凡脱俗，学问很深。）

娄　钰　娄谅的女儿，王守仁之师妹，暗恋王守仁，后成为宁王朱宸濠王妃，劝朱宸濠勿反，未果，溺水自杀。（一号女主角。美丽，才女。）

娄　忱　娄谅的儿子，娄钰之兄，助朱宸濠叛乱，为武文定所杀。（投机，有野心，贪图富贵。）

季　教　娄谅的学生，和王守仁同窗，后投靠朱宸濠，当幕僚。（善变，投机。）

孙　燧　字德成，号一川，余姚人，与王守仁同学，同期举人，后任江西巡抚，为朱宸濠所杀。（忠烈，耿直，不及王守仁机警。）

刘　瑾　太监，“八虎”之首。（阴险，凶恶，反面一号人物。）

李东阳　书法家，儒学家，太傅，内阁首辅。（大智，圆滑，善变，捉摸不透。）

李梦阳　与王守仁同龄，复古派前七子，反台阁体领袖。（才子类型，张狂，另类。）

程敏政　孝宗老师，太傅，内阁，担当主考官，因唐寅弊案罢免。（像大学校长）

席　书　贵州提学副使，来龙场驿与王守仁探讨理学。（学者、书生类型）

张　永　掌笔大太监，佐三代君主，曾暗助王守仁，但也收过朱宸濠好处。（进退有据，忠于主人，有沧桑感。）

张　恩　司礼大太监。（正直，忠诚。）

徐　爱　王守仁的学生，妹夫，整理《传习录》出版。（有激情，像文艺青年。）

王守兰　徐爱的夫人，王守仁的妹妹。

湛若水　字元明，号甘泉，又称湛白头，满头白发，翰林院庶吉士，与王守仁在京结盟宣传“新儒学”。（学者类型。）

张鹤龄　孝宗张皇后之弟，寿宁侯，霸占田地，官商。（土豪，官商勾结人物类型。）

冀元亨　字惟乾，武陵人，笃信王学，王守仁的学生，平叛助手，受陷害而死。（优秀学生，颜回类型。）

温火烧　汀漳土匪。（粗暴。）

老衙司　赣州军营管粮草，暗里当土匪奸细。

张　保　木匠，后当向导。（朴实工匠。）

池仲容　利头匪首，称池大胡子，土匪。（狡猾，善谋，有早期刘邦、朱元璋的性格。）

池仲安　池仲容之弟。（蠢笨之人，胖子，小富即安，轻信他人。）

谢志珊　横水匪首，有“征南王”称号，后投降王守仁，为朱宸濠手下胡十三所杀。（路路通，黑老大类型。）

蓝天凤　桶冈匪首，失败跳崖而死。（一个粗人、傻人，有勇无谋，天真类型。）

鬼头王　池仲容手下土匪，后投靠朱宸濠，被无为道长所杀。（脸上有刀疤，像黑道打手。）

卢　珂　村民头领，组织乡勇自保，与池仲容有仇。（如水浒中逼上梁山的人物，像花荣之类，美男子。）

武文定　庐陵又名吉安的知县，王守仁的继任，因孙燧推荐成为王守仁手下将军，平桶冈、横水和朱宸濠之乱。（勇敢，豪爽，忠义，勇将类型。）

马　彪　锦衣卫队长，追杀王守仁，但也助李东阳灭刘瑾。（凶残，但良心尚存。）

马　龙　王守仁的仆役，王守仁的武功师傅，曾是王越家的护院，后病死在龙场。（老仆，忠厚。）

朱宸濠　小宁王，宁王朱权第四代继承人，宁康王庶子，为其与妓女冯针儿所生，善戏曲，招纳匪类谋反。（有小智谋，喜形于色，目光短浅，软耳朵，易受人操纵。）

朱觐钧　宁康王，朱宸濠父亲，不喜朱宸濠。

根　儿　朱宸濠的儿子，娄钰所生。

冯针儿　朱宸濠的母亲，妓女，宁王府“奶派”，骚扰唐伯虎。（淫乱，闷骚。）

胡十三　南昌黑道人物，和朱宸濠结拜兄弟。（黑老大类型。）

凌十七　鄱阳湖江枭，为武文定所杀。（凶恶，土匪，反面人物。）

唐　寅　唐伯虎，吴门四家之一，受考场舞弊案牵连，卖画为生，后投靠朱宸濠……（艺术家性格，倒霉蛋。）

沈九娘　京城名妓，善古琴，交际花。（高级妓女，有情有义，多才多艺类型。）

江　彬　鞑靼人，冒充汉人入官，仇恨大明，后为杨廷和所杀。（张狂，阴险，有杀气。）

钱　宁　朝中太监，暗中和朱宸濠勾结，同性恋，后被朱宸濠投入豹笼。（小白脸，女人样，常男扮女装，喜唱戏曲，扮旦角。）

王　艮　又名王银，王守仁的学生，泰州学派创始者，去民间宣传心学。

钱德洪　余姚人，王守仁的学生，从不信到拜服，参加南宫试院考试，因杨廷和试题诽心学，钱退出考场，整理王守仁心学著作，成为心学传人。

杨廷和　字介夫，宰辅，破江彬阴谋，因“大礼议”之争遭贬，要求禁“王学”。（与王华类型同。）

张万山　余姚首富，但不识字。

张小胖　张万山之子，王守仁的同学，忠厚。

张小妹　张小胖之女，嫁王守仁为妾，生子王正亿。

王　越　威宁伯，王琼的父亲，镇守大同，将军，曾任兵部尚书。

王　琼　威宁伯王越的儿子，王守仁的同学，兵部尚书。

哑　巴　王守仁的学生。

麻脸和尚　虎跑寺的和尚。

沈　玉　杭州举子，王守仁的学生，后任扬州知府。

阿　罗　龙场驿彝人头领。

阿　凤　阿罗之妹，喜欢王守仁，追随左右，后被胡十三所杀。

乔　宇　侯任南京兵部尚书，杨一清的门人，王守仁的朋友，围棋大师，擅长书法诗词，为人正直。

赤朱儿　京城蒙古人，武夫，威武团将军，参加江彬叛乱，为杨廷和所杀。

杨一清　督理陕西马政，灭刘瑾有功，为内阁首辅，乔宇师傅。（重臣，官场老手。）

安贵荣　贵州水西宣慰使。

阿　扎　叛匪，改邪归正。

黄　绾　正德五年（1510年）结识王守仁，称门人，随王守仁平叛。（浮躁，但机灵）

牛　二　庐陵人，受王守仁招安，成为手下猛将，战死在鄱阳湖。（李逵式人物。）

大脚丫　渔家女。

刘养正　吉安神童。替朱宸濠策划谋反，自称卧龙。

李士实　刑部侍郎，参与朱宸濠叛乱，当宰相，自称凤雏。

小　红　李士实之侍妾。

驼　子　从龙场驿一直跟随王守仁，仆人。

许　泰　安边伯，大将军，皇帝外戚。

戴德孺　知府，协助王守仁平朱宸濠之乱。

秋　香　宁王府女杂役，做足底女工，朱宸濠把她许配给唐寅。

朱厚熜　嘉靖皇帝，曾引发“大礼议”之争，初信王守仁心学，后贬“王学”。

王大用　广东巡抚。

周　积　王守仁的学生。

哈　吉　大藤寨寨主。

卢　苏　广西叛乱头领。

一

企图在娘腹里逃避喧嚣

这个世界太吵闹了！

我在娘肚子里待了十四个月，真的不想降生到这个世界上。每个人心中发出的混乱的音波，相互冲撞，充满着贪婪和欲望，像钱塘江潮日日夜夜冲击着脆弱的堤坝。或许，只有在娘的肚子里才最安全。在娘的肚子里你永远是一个虚拟的存在，你与这个世界存在着不确定的关系。有人知道我是谁吗？一代儒学大师，立德、立功、立言的圣人？我从哪里来，又要到哪里去？娘的肚子就是一个温暖的港湾，我就是一条小鱼，自由自在地游着。

我拒绝来到这个世界，这在左邻右舍之间引起了巨大的恐慌，这种怪异的事传遍了余姚城。余姚可是个了不起的地方，它是舜的故乡。秦朝时县名就定作余姚，因为舜帝姓姚，余姚就是舜帝后人居住的地方。当时的县城只有今天的小渔村一般大小，只有北城，南城是我去世后嘉靖年间建的。北城和南城之间有白浪滔滔的舜江隔着。城南是四明山，山峦起伏。姚江发源于四明山，流入甬江出海。在这个出圣人的地方，有个孩子待在娘肚子里十四个月不出来，人们感到要大祸临头。

九月里的一天下午，天气异常闷热。父亲王华在书房里焦虑地来回走动，风翻动着书案上朱熹的《四书集注》。父亲是一个热衷于功名的人，他正在有计划地实现考取状元的宏伟目标。本来一切有条不紊，可是因为我迟迟不能降生，使得他这几个月来已经无心读圣贤书，无心复习迎考了。父亲受过严格正统的儒学教育，他的老师商辂声名显赫，在朝廷里当太傅，当内阁首辅。师徒相约在京城相聚，共同效命于大明皇帝。父亲对自己要求甚严，从来不看乱七八糟的闲杂书。“子不语怪、力、乱、神。”朱子在《论语集注》中解释说：“怪异、勇力、悖乱之事，非理之正，固圣人所不语。”这个道理父亲懂，但是他顶不住内心的压力，昨天晚上关起门来在灯下偷偷看起《周公解梦》和干宝的《搜神记》。这一看，他的内心格外地慌乱了，一个可怕的念头在脑子里形成。王家出了一个异类，受到邪灵的攻击，孩子迟迟不降生，意味着大不祥。

我们王家在余姚可算是数一数二的人家，先祖追溯到书圣王羲之。元末时，我们六世祖王纲随护着他的母亲在五泄山躲避战乱，与山中的道士终南隐者相结交。道士传授他《易经》占卜。王纲曾经给开国元勋刘伯温占卜，十分灵验。后来刘伯温举荐先祖王纲入朝当官。先祖匆匆赶到南京去当官时，已是七十多岁高龄。太祖皇帝很惊奇，让他当兵部郎中。广东潮州老百姓闹事，先祖担任广东参议去督兵粮。他告诉家人，他的命就终止于这趟出远门。他与家人诀别，果然在广东增城被海寇杀害。我五世祖王彦达亲眼看见父亲遇害，归乡后躬耕养母，粗衣素食，一生不仕。我爷爷竹轩翁性格就像五世祖，逍遥自在，终身不仕。可是，到父亲这儿情况就变化了。父亲从小就立志于功名，在乡间品学兼优，这几年乡试会试皆出类拔萃，成为绍兴的希望之星。可是，现在家中发生的怪异之事，似乎要把他的大好前程和王家在绍兴府的百年美誉给毁了。他做出了一个残酷的决定，万不得已，就把我从娘肚子里除掉……

最先察觉父亲起了歹心的是奶奶，知子莫若母。奶奶姓岑，是一个虔诚的佛教徒。她四季吃素，念经拜佛，最大的人生理想是到普陀山出家。如果不是为了照顾我爷爷，奶奶一定早就在尼姑庵里了。这天下午，奶奶像往日一样，在王家祠堂里跪着，给从普陀山请回的观音菩萨上香。奶奶嘴里念叨着："观音菩萨，王家若要有什么灾祸，就请菩萨开恩，降在我的头上吧！"这时，父亲从门口过，想和奶奶说什么，欲言又止。这一刻，奶奶就察觉到了父亲的歹心。

全家也就只有我娘最淡定了。她迈着碎步，在后院的竹林里散步。我家的后院种满了各式各样的竹子。爷爷王伦号竹轩翁，爱竹如命。后院的竹林布置得极为雅致，竹子品种繁多。竹林围绕着一个小池塘布局，池塘中央是太湖石堆垒的假山。沿着池塘是鹅卵石铺就的小道，道两旁有木椅。娘走累了，就坐在椅子上，看着池塘里的一群白鹅。我的祖先王羲之特别喜欢鹅，他的书法从中有所领悟。王家的规矩是养鹅但不许杀鹅。母亲看着池塘里的鹅，最希望我将来能成为一个书法家。她抚摸着肚子，我能感受到母亲的抚摸。我们用心灵相互交流，娘说："孩子，你愿意在娘肚子里待多久就待多久吧。"

我娘怀我的时候，左邻右舍都来贺喜，家里还办了喜庆酒。大伙儿就扳着手指头算着我哪天降生，也算好了何时来我家吃满月酒。到第十一个月时，他们都怀疑我娘把日子报错了，几个邻里大妈责怪我娘粗心大意，这样的日子怎么能弄错呢？十二个月时，他们从镇上请来郎中，给我娘号脉。郎中说脉象正常，但对妊期和产期异常也说不出个缘由。郎中们不敢草率下药，也只是谨慎地开出几味补药。十三个月时，王家和左邻右舍都恐慌起来。他们四处烧香拜佛，请来道士和巫婆。那些道士和巫婆们在家中作法，驱鬼，跳大神……但是，依旧不见效果。

这个月已经是第十四个月，父亲变得狠心起来。他暗示母亲，要去绍兴请归养的老御医来。娘也恐慌起来，担心父亲莽撞行事，就悄悄跑来和奶奶商量。娘说，我在她肚子里，她最清楚，这是个听话的好孩子。婆媳俩商量到半夜，奶奶终于想出一个对付父亲的办法。

第二天一早，女佣小翠叫奶奶吃早饭。奶奶大呼大叫，要小翠把爷爷和父亲全叫到跟前。奶奶说她做了个奇怪的梦，闹着要爷爷和父亲解这个梦，否则就不吃早饭。奶奶说，梦中有一个仙人从吉祥的五彩瑞云中出来，手里抱着个男孩，送到奶奶的手上。奶奶的这个梦还用解吗？爷爷和父亲面面相觑。很快，奶奶梦见云中送子的事，就传遍了左邻右舍，大家似乎因为这个梦平静了下来。

爷爷听过奶奶的梦后，就去四明山找人。爷爷说，只有这个人能解开王家的全部秘密。许多年前，我爷爷正年轻，有一天他在院子栽竹子，来了一个道士，这个道士说自己叫无为道长。道士的师父叫蔡蓬头，师父的师父是终南山隐者。终南山隐者就是当年六世祖王纲的朋友。如果按辈分，无为道长要比爷爷还长一辈。爷爷当即放下锄头，要跟无为道长上山修道。无为道长拒绝了，说和爷爷之间无师徒之分，只能是好朋友。临走时，无为道长从王家拿走了许多吃的、用的，王家负责暗中供养这个山中的道士，他们之间有着密切的联系。

四明山山顶有座大俞峰，峰上有四窗岩，四面透光，像四扇敞开的窗户，日月星光透过石窗照进来，所以人称四明山。爷爷竹轩翁爬了半天，气喘吁吁地爬到山顶。他和道长有一个约会的暗号，爷爷吹笛子，道长就会出现。后来，爷爷告诉我，道长当晚就给他打了一卦，大吉。他也就安心地在四明山住下，和道长谈经论道。“山中才一日，世上已千年。”爷爷在山上也不觉得时间流逝，可家里却乱了套。

父亲的性格和爷爷完全相反，做事刻板，讲条理，遇事考虑再三，绝不像爷爷天马行空，任着性子来。爷爷去四明山，没告诉任何人，说失踪就失踪了。好在他这一辈子失踪过若干次，所以，大家见多不怪，也没人去寻找爷爷。但是，爷爷一走，家中就父亲说了算。父亲又等待了数日，见我还没有出生的动向，实在按捺不住了，就做出了让我娘堕胎的决定。

奶奶闯进书房责问父亲："我梦见仙人云中送子，预示着我们王家的兴旺和吉祥，你怎可如此鲁莽？"父亲辩解说："十月怀胎，自古圣贤也如此，此胎怪异，恐引起祸端。"奶奶说："那，那，我的梦呢？邻里都知仙人云中送子。"父亲说："娘，那只是一个梦。儿担心，再拖延下去，你的媳妇恐怕要有生命危险……"父亲的一席话，说得奶奶哑口无言。奶奶毕竟心虚，那个梦是伪造的。听说可能要伤到儿媳的性命，她也慌了。人命关天，毕竟妇人怀胎十四个月未产子的事，前所未闻。

第二天，父亲派护院的小李子赶着牛车去绍兴接老御医。老御医嗜好品茗，父亲就把爷爷藏在坛子里的"四明十二雷"贡茶扎上两包，让小李子送给老御医作见面礼。我们余姚的"四明十二雷"贡茶，比龙井还要珍贵。在南宋时，被列为贡茶之一，最初源于白茶类，明以后改为炒青。茶的成品外形圆紧挺拔，纤秀似松针，色绿披白毫，冲泡后芽叶舒展似兰花初放，香高持久有兰韵，滋味甘醇，叶底嫩匀成朵……小李子的牛车才走到舜水河的桥头，就让一个人给拦住了。爷爷荷锄而立，像刚从地里回来的农民。料事如神的无为道长要他今日返乡，必有大事，果然不差分毫。他要小李子交代去哪里？小李子说去绍兴。爷爷扇动鼻翼，闻到了他的"四明十二雷"。爷爷把小李子押回来，把父亲叫到堂上，一顿臭骂。

关于我迟迟未曾降生一事，爷爷对众多家庭成员做了重要演讲。爷爷忽然提高的觉悟，来自于无为道长。

爷爷说："我们王家，自先祖王羲之，到祖父的祖父王纲，皆吉祥富贵之人。到了他竹轩翁，仁智礼义信持家。古人云，天人合一。王家众子孙顺天安命，勤俭修德，何罪之有？天怎么会降不祥呢？读书是为增强信念，信念才是人生的动力……"

爷爷罚父亲闭门读书，三省其身，不得掺和家中事务。父亲挨了爷爷一顿训斥，情绪低落，无奈只好回到书房闭门读书。下午，有人轻轻敲门。父亲以为母亲进来赔不是，就在屋里摔书，嚷道："读书！勿扰！"

门外的人嬉笑道："王兄，好大的架子！"

父亲听出是他同乡同科的诸让，赶紧开门。诸让鬼鬼祟祟进了屋，悄声告诉父亲，出大事了，老夫子回乡了……

父亲吃了一惊。诸让说的老夫子，是当朝内阁大学士商辂。父亲和诸让曾经是商辂的学生，也一直把商辂视为精神支柱，盼望恩师提携，早点儿博取功名。父亲说，老夫子忽然返乡，朝中一定是出了大事！父亲和诸让悄悄从后门出去，借着黑暗，消失在街道尽头……

当天晚上，我觉得一直躲在娘肚子里逃避这个世界，也不是一个办法，何况逃避已经给家里带来很大麻烦了。在母亲痛苦的生产后，一声啼哭标志着我就这么稀里糊涂地来到了这个色相世界，成为王家第 N 代传人。母子平安的消息传到了爷爷奶奶耳朵里，他们高兴坏了。

爷爷觉得白天把父亲骂得够呛，就主动跑来推开父亲的房门，要亲自把我来到世上的消息告诉他。但是，书房里已空无一人。

父亲王华失踪了，村子里却奇怪地来了许多东厂的锦衣卫。锦衣卫操着北方口音，在我们这个南方小县城，引起了巨大的不安。当时余姚县城，只有一条街道，铺着青石板，街道两侧是店铺。我们王家在街道的最东头，也是院落最大的一家。这些朝廷里来的人，不是去县衙，而是直奔我们王家。

锦衣卫头领马彪把马拴在门前的石鼓上，把马鞭倒插在门上的紫铜扣环里，旁若无人地推开了我们王家两扇朱红色的大门。我家大堂有一个露天的天井，天井里有一个大水池，池里养着几条红鲤鱼。这个大水池叫四水归堂，象征着招财纳福。马彪脱去铠甲，跳进池子洗起澡来。

看门的小李子看着闪着寒光的刀剑，看着门口一队操着短刀的锦衣卫，早就吓得瘫坐在门檐下。

爷爷从内屋赶出来，恰好看见马彪胳膊上文的青龙白虎。他又看了一眼撂在八仙桌上的铠甲，锦衣卫黑色的腰牌挂在铠甲上。爷爷顿时萎缩得像一个仆人，事先准备好的关于王家的历史，与太祖皇帝的关系，还有六世祖王纲的四品官衔等，全都咽进了肚子。

爷爷低头站在水池边，站了一个时辰，一句话也不敢说。马彪头也不回地说："你们王家是余姚的大户，我的人就住在你家，一天三顿，管酒管肉。"

爷爷从嘴里挤出一句："应当。"

当天晚上，爷爷为庆祝我的降生，又为了给他京城的朋友接风，打开了珍藏多年的绍兴老黄酒。他对左邻右舍称马彪是他京城的朋友。奶奶给北方来的锦衣卫们表演了她拿手的打糯米糕。那些北方大汉没吃过我们南方的糯米，他们啃年糕，年糕把牙齿黏在一块，他们十分慌张。爷爷说，喝黄酒，黄酒下肚，年糕就不黏牙了。

马彪喝了一口黄酒，说像马尿。他怕年糕把肠子黏在一块，就仰起脖子喝下了一坛。当晚，整个大院里都是马彪和北方武士的呻吟声。马彪这个杀人不眨眼的锦衣卫，在黄酒的作用下，把他所知道的朝廷里的一切，像倒豆子一样，全说给了爷爷听。爷爷不想听，马彪拖住他不让走，一定要把一肚子的故事倒出来。

正如我父亲王华所料，朝廷里出了大事。

二

王朝使命在于传承子嗣

朝中的大事出在紫禁城里。什么叫紫禁城？古人把天空中央分为太微、紫微、天帝这“三垣”。紫微垣为中央，是天帝所居之处。皇宫定名为“紫微宫”，围着皇宫像城一样的建筑就叫紫禁城。紫禁城里最大的是奉天殿，又叫太和殿，在中央的中央，是供皇上居住办公的。奉天殿、华盖殿（又叫中和殿）、谨身殿（又叫保和殿），这三殿象征着天阙三垣。

午门在紫禁城前，上置五城楼，又称“五凤楼”。内庭的乾清宫为皇帝寝宫，与皇后的坤宁宫相对。紫禁城有六门，“正南曰大明，东曰东安，西曰西安，北曰北安，大明门东转曰长安左，西转曰长安右”。紫禁城外围是宫城，设置八门，南为五门，即承天门、端门、午门、左掖门、右掖门，东为东华门，西为西华门，北为玄武门。宫城周围有护城河，称为御河。西部为西苑，中部为太液池。

紫禁城外面是皇城。北边是皇城北大街，南边是长安街。长安街的南边，像蛛网似的交织着许多大小胡同，后来，我们王家也像那些在朝为官的人一样，寄居在胡同里的四合院内。

成化八年（1472 年）八月的一天，从紫禁城北边的钟鼓楼里传出了阵阵钟声。钟声穿过紫禁城的上空，惊起一群黑色的鸟，在天空中盘旋。城里的百姓不知道宫里发生的事，大家仰起头来，看着紫禁城上空盘旋的黑鸟。

宪宗皇帝在中和殿一番梳妆，痴痴地看着天空中盘旋的黑鸟。司礼太监张恩悄声对皇上说，鸿胪寺的官员问是不是要把这群鸟赶走，宪宗皇帝说不用了，鸟是有灵性的。鸟能最先感知天地万物的变化，万物皆有灵啊！

张恩催促说，太和殿大典已经准备就绪，就等皇帝登殿祭祀天地了。宪宗不为所动，依旧看着天空中盘旋的黑色鸟群，仿佛对登基和皇位没有一点儿兴趣。张恩看了一眼内阁首辅商辂，商辂却把脸扭向一旁，假装没看见。

宪宗皇帝叫朱见深，是明朝的第八个皇帝，英宗朱祁镇的长子。“土木之变”后，朱祁镇被北方的瓦剌掳去，叔父朱祁钰即帝位，即明代宗。朱祁钰将朱见深废为沂王。到景泰八年（1457 年），英宗因“夺门之变”而复辟，这样朱见深又被立为太子。宪宗童年经过这么一折腾，精神受到刺激，讲话口吃，也就是俗称的结巴。但是宪宗是个好人，应了后世所说，“世事都因忙中乱，好人半从苦中来”。

宪宗最为后世谈论的倒不是什么政绩，而是一生只爱一个人。宪宗爱万贵妃，万贵妃比宪宗年长十七岁，小名贞儿，年仅四岁就进了宫。正统十四年（1449 年），奉命照顾年仅两岁的皇太子朱见深。在朱见深太子被废，一生中最黑暗的岁月里，是万贞儿一直守护着他，不离不弃。所以，宪宗登基后，想立这个宫女为皇后，却因不合礼法祖制，被生母周太后驳斥，只好立为贵妃。皇帝十八岁，万贵妃三十五岁。尽管如此，皇帝终日临幸万氏，对什么新立的皇后看也不看一眼。后来吴皇后和万贵妃不和，宪宗就把吴皇后废了，打入了冷宫。据说万贵妃曾经生下过一个皇子，可惜没过一年便夭折，从此不再有孕。万贵妃遭遇此打击，心理有了疾病，担心年老色衰失宠，因此只要宫中妃嫔有怀孕迹象的，她都不择手段让她们堕胎，险些绝了皇帝的脉嗣。

今天有些特别，祭天祭祖。宪宗缓缓坐下，张恩给他梳头，他的两行泪水挂在脸上。什么事能让皇帝流泪呢？皇帝的职责有两个，一个是管理国家；另一个就是延续宗嗣。朱见深的眼泪是一种内疚，愧对祖先。在太和殿的祭祀大礼上，朱见深必然要面对列祖列宗。孟子说："不孝有三，无后为大。"那些天空中盘旋的黑鸟都知道延续后代，他这个君临天下的皇帝，难道命运还不及一只鸟？

张恩催促道："皇上，时辰要到了，快起驾上殿吧。"

朱见深如泥塑一般，一动不动。张恩扯了扯在一旁的商辂的衣袖，把他扯到中和殿楠木柱子后面，低声说："你是内阁首辅，我看，你就告诉皇帝吧……"

商辂说："这是内务之事，你是司礼大太监，该由你说。"

张恩说："我说了，万贵妃放不过我。你是大臣，又是皇上的老师，贵妃不该干涉宫外之事。"

商辂叹了口气，一跺脚说："豁出去了……"

商辂悄悄走到朱见深旁边，问："皇上为何落泪？"

宪宗叹道："老将至矣，无子。"

商辂和张恩一齐跪下说："赦臣子欺君之罪，皇上已有后，匿不敢现。"

宪宗瞪大眼睛直视着商辂："先生，此话当真？"

商辂说："臣不敢欺君。"

宪宗猛然站起，披头散发，往太和殿跑去……太和殿正中摆着祭祀所用的祭品。满朝文武大臣分列两边，大家都在敬候皇帝大驾。见朱见深披头散发冲进来，群臣吓了一跳，以为宫内发生了政变。几个太监扶住宪宗，宪宗却推开他们。

宪宗走到台阶口，仰面向天，高喊：“我有儿子了，我有儿子了……”

宪宗皇帝从父亲的老师——我们的同乡内阁大学士商辂口中得知一个天大的秘密，他有一个绝对正宗的儿子。宪宗终于想起九年前的一次邂逅。那天，他去检查宫内府库，在库房里看见一个吓得瑟瑟发抖的女子。这女子形象和着装很怪异，引起了他的注意。朱见深一问才知，这女子姓纪。成化初年，韩雍奉命平定广西大藤峡叛乱。那一仗，政府军队俘获了许多瑶族的女子，其中面貌姣好的就送进宫中做了宫女。据说纪氏是瑶族土官的女儿，为人聪慧，知书达礼，就被安排在宫中负责宫内库府的事务。朱见深在宫中见到的绝世佳人很多，但却对这个瑶族女子产生了奇怪的冲动。他就在库房里，把那个瑶族女子摁在地毯上，干起那种事来。就这么一次偶然的邂逅，纪氏就怀上了后来的太子朱祐樘。

这个瑶族女子被眼前这个男人吓坏了。她发出奇异的叫声……朱见深怕她的叫声引来宫女和太监，就把袜子塞到她嘴里。他们在库房里两个时辰，这两个时辰内，皇上在宫中失踪了，宫里大小太监急得像热锅上的蚂蚁。太监张恩最先发现了皇帝的所在。张恩很得万贵妃信任，负责监视皇帝的行踪。皇帝和宫中打杂的瑶女发生关系，他想阻止已经来不及了。金贵的龙种就这么随便给了一个宫女，张恩深知自己严重失职，万贵妃知道一定会追究他的责任，所以他不敢声张。

直到有一天，张恩发现这个姓纪的瑶女怀孕了，才知道事情的严重性，遂找商辂商量。当时商辂还不是内阁首辅，而是朱见深的老师。学生犯了错误，不找家长就找老师。张恩说：“皇上是你教育的学生，你要承担责任。”

当时内宫笼罩在万贵妃的淫威下，天天都有被处死的宫女。万贵妃派人记录皇帝的性生活，几时几刻，在哪个房里，与哪个女子，时间多久，发生过几次，全部记录在案。然后，万贵妃冒名顶替御医，检查女子的月经、妊娠反应，只要谁怀孕，立马除掉。万贵妃作为贵妃，在宫中的主要工作，就是杀死怀上皇帝后代的女子。她对朱见深的爱已经到了让皇上断子绝孙的程度。

商辂说："这女人疯了！"

张恩和商辂从国家前途考虑，从王位继承人考虑，决定冒险让瑶女把这个孩子生下来。由于瑶女并不在宫女的编制里，所以易于隐藏。瑶女十月怀胎，竟然生了个儿子。商辂把这母子俩带出紫禁城，藏在皇城里司设监后面的安乐堂。这里相当于皇宫的后勤服务区，人员杂乱，易于隐蔽。就这样，小皇子在此生活了六年，一直不敢公开露面，甚至连胎发都不敢剪。

宪宗立刻就想见到儿子。张恩把一个脏兮兮的男孩领到他跟前说，这就是皇上的皇子。宪宗流着泪，把儿子从头到脚摸了一遍。他记得那天在库房和瑶女发生关系后，难以释怀，曾经悄悄去库房寻找过瑶女。但是，他奇怪地发现，库房里的人换了，总是一些陌生的面孔。他问太监们这儿是否有个瑶女，竟然无人知晓。有的甚至问："皇上，您是否做了一个关于瑶女的梦？"

现在，活灵活现的一个大活人立在眼前，他相信了，这一切不是梦，是奉天承运。他拉着这个吓得颤抖的男孩，指着群臣说："儿子，这些都是你的大臣。不要怕，他们谁不听话，就杀了谁。谁欺负你，父亲就替你杀了他。"

商辂提醒说："皇子还没有名字。"

朱见深想了一会儿，给孩子起了个名字叫朱祐樘，宣布立朱祐樘为太子。朱见深又要见太子的母亲，张恩提醒说，太子母亲要等皇上册封，才有资格上殿。朱见深说："我现在就封她为贵妃。"

太和殿上，朱见深封朱祐樘生母为贵妃，叫纪贵妃。皇上的圣旨还没有传出紫禁城，纪贵妃的脑袋就已经被砍了下来，扔进了马桶。就在朱见深在太和殿大喊大叫他有儿子时，在宫内的万贵妃以为皇帝疯了。当她得知皇上真的有儿子后，就急忙带着人出了玄武门，赶到北安门边上的安乐堂。她血红着眼睛，站在瑶女面前。瑶女知道大祸临头，跪下来，求道："贵妃娘娘，求您别伤害我的儿子。"

万贵妃问："是你的儿子吗？"

瑶女嘴里结巴着说："不是我的儿子，是贵妃娘娘的儿子。"

万贵妃说："知道就好。"

一个太监匆匆跑来说："贵妃娘娘，皇上刚刚封……封……太子母亲为贵妃……"

万贵妃冷冷地说："贵妃？送贵妃上路。"

纪贵妃的脑袋就立马被砍了下来，扔进了马桶。万贵妃余怒未消，宫中顿时血雨腥风，生出许多杀戮。但是，她又不得不接受太子这个事实。她把朱祐樘接到坤宁宫，安排住在她身边，生活起居全部由她来负责照看，她要认认真真地履行母亲的责任。她把六岁的朱祐樘抱在怀里，给太子定了个规矩，必须喊她亲娘！

商辂得知纪贵妃的脑袋被扔进马桶，感到自己的脑袋似乎也已经不在脖子上了。现在，他要把这副老骨头带回乡里，要死就死在家乡吧，遂向皇上告老还乡。商辂的车马出了京城，东厂的锦衣卫尾随而来……锦衣卫还没有得到杀商辂的命令，只是跟踪，随时听命。万贵妃似乎还在犹豫，毕竟这是皇上的老师。

锦衣卫的另一个任务是寻找一本秘籍，这是本什么秘籍，马彪当晚也没能说得明白，就倒在我们家回廊的长椅上睡着了。

三

沉默是我对世界最初的表达

在为我办满月酒的那天，家里因我的婚事发生了一场争执。人生就是荒诞，竟然在满月的这天，就注定了一个人一生的婚姻。

按照我们乡间的风俗，吃满月酒是一件大事。可是，日子临近，父亲却迟迟没有消息。这让爷爷火冒三丈，派亲朋好友四处寻找。爷爷说，王家在绍兴是名门望族，你们只管四处放风，就说竹轩翁王伦的孙子要办满月酒。这样，就会一传十，十传百，传到王华耳朵里。

满月这天，母亲和小翠一早就去桥头等父亲了，到了中午，也没见父亲的影子。爷爷等不及了，就让小李子放爆竹。一阵爆竹声，左邻右舍全涌来，讨喜庆，讨酒喝。爷爷对众乡邻说："这孩子来得不易，怀了十四个月，他母亲生他前，他奶奶梦见有仙人云中送子……我就给孙子起名叫王云。王家去年新砌的楼，就叫瑞云楼。我叫竹轩翁，我儿子王华人称龙山公，孙子叫王云，和他父亲云龙相伴。我祝他们父子好事成双，光宗耀祖……"

忽然，人群中有人叫好。大家一看，父亲王华和诸让回来了。诸让上前一把抱过我，对爷爷说："听说喝满月酒，都没来得及回家备份子礼。"诸让转身对父亲说："王兄，贱内也正怀着孕，若生个女子，我们就订个娃娃亲可好？”父亲还在犹豫，奶奶却一口答应说：“本来就有子舅亲，亲上加亲。”

父亲见奶奶同意了，也跟着点头。母亲被生了儿子的兴奋冲昏了头脑，也笑容可掬地答应下来。只有爷爷不吭声，跑到旁边去了。当天晚上，客人散去，爷爷把奶奶训斥了一通：“你真是老糊涂了，你不知诸让女儿的生辰八字，如何能许婚？婚姻大事，岂能儿戏？婚姻是我们俗人定的吗？姻缘天注定……”

父亲进来请安，爷爷格外生气，拿起竹筒子抽烟。父亲说，老夫子回来了，代向爷爷问好。爷爷有些不耐烦，直截了当地问：“你有什么话就说！”父亲说：“我准备和诸让一起去老夫子家读书，准备来年考进士。”

爷爷从奶奶怀里抱过我说：“当进士有什么好？从五世祖时立下规矩，不许子孙在朝为官。当年我在京城，亲眼看见忠臣于谦于大人被斩，全家充军龙门。”父亲说：“于大人受冤，那是奸臣当道。当今皇上宽厚仁德，已替于大人平反昭雪。当年代宗皇上曾经废宪宗太子位，而今皇上修代宗陵寝，恢复代宗年号，以德报怨，天下敬仰。此时，正是朝廷用人之时，大丈夫当为国效力。”爷爷生气地说：“你还来教训我了？”父亲连说不敢。爷爷说：“从太祖皇帝始，杀了多少大臣？从前杀，现在杀，将来还要杀。官场就是一台绞肉机，就是蜘蛛网，可是世人偏偏往里面钻，自投罗网……”

爷爷和父亲对话时，我就觉得眼前一黑，黑暗中，我看见大明王朝的旗帜在旷野上飘扬，天地之间漂浮着无数的冤魂，四处皆是杀戮。众生呻吟着，挣扎着，哭泣着……忽然，两个闪着金光的大字“良知”像闪电一般穿透黑暗，一个高大的人影，立于空中，天地一片光明……

那个高大的立于空中的人影是谁？是创造天地的那个人？是盘

古还是女娲？

那天夜里，我受到这一惊吓，哭个不停，半夜里发起高烧来。屋外刮风下雨，父亲披上蓑衣，去镇上请来郎中。郎中看了半天，开了中药，说这孩子病得有些怪。连续几天，我都发高烧，眼前闪现着杀戮的场景……我想喊叫，可是，却怎么也发不出声了。一种莫名的苦楚从我的心底浮出来。对这个世界，我一下子无话可说了，只有慈悲的泪水。

从我满月的那天夜里，我就再也发不出声音了，成了哑巴。

家里碍于脸面，一直隐瞒我是个哑巴。到了成化十二年（1476年），也就是我五岁那年，再也隐瞒不住了，因为我该上学了。家中自以为左邻右舍都蒙在鼓里，其实，这件事早就在余姚城传开了。王家名门望族，诗书之家，可惜孙子是个哑巴，这难道应验了那句："君子之泽，五世而斩？"

小伙伴们给我起了个绰号：小哑巴。一起游戏时，他们喊我小哑巴，我就一个劲儿地笑。我虽然不能开口说话，但我知道得和他们一样多。我们这群孩子中有张小胖、孙燧、商达、诸婉澄等。孩童时的友谊最纯洁，他们后来都成为我人生中的重要伙伴，像是上天赐给我的福祉。过年时，我们拿着花灯，沿着街道给家家店铺说喜话，讨压岁钱，只要叫声恭喜发财，就能拿到红包。可是，我不会说话，不仅拿不到红包，还会受到戏弄。街头开渔行的张万山指着我鼻子说，喊一声发财，就给大红包。他还把红包口打开，让我看里面的压岁钱。我支支吾吾半天，也发不出声音。张万山大笑，跟他那像猪一样胖的老婆说，王家祖上文曲星，王羲之后人，到这一辈子，算是完了。

我急得眼泪直往下掉。诸婉澄拉着我的手骂张万山小气鬼，然后对我说："走，我们回家。"诸婉澄比我小两个月，是诸让的女儿，也就是我满月那天父母替我定下的未来媳妇。她虽说比我小几个月，但像个小大人似的经常看顾着我。我奶奶和母亲特别喜欢她，把她看成是自家人。诸婉澄说回家，当然就是到我家。

家里，母亲正在做年糕。诸婉澄喊我母亲舅母，她拿出收到的许多红包。母亲看见我手里空空的，眼泪在眼眶里打转，忙去里屋端来药汤要我喝。这个讨厌的药汤，我喝了两年了，一点儿作用也没有。我不愿意在我未来的媳妇面前喝药，搞得我是残疾人似的，于是拔腿就跑。母亲满屋子追我，嚷道："鸟儿会唱歌，雄鸡会打鸣，医好你的病，我就让你去上学了……"忽然，"嘭"的一声，爷爷举起竹杖，把桌上的药罐打碎，高声对母亲说："不要再折腾孩子了，他不吭声，什么都明白！"

母亲深深叹了一口气，无力地坐下来说："师爷说了，学校里不收他。"

爷爷说："有教无类，明天，我送他去。"

第二天一早，爷爷领着我去村西祠堂。私塾办在祠堂里，小伙伴们正在读书。读书声美妙极了，那么熟悉，像是小鸟在树梢唱歌。爷爷往屋里看了一眼，讲台空着。诸婉澄跑来说，师爷在里屋喝豆浆，吃糯米油团呢。爷爷点点头，就把我领到大堂里，要我在孔夫子和孟夫子像前磕头。磕了三个头，他又领我到屏风处，要我对着屏风上的字鞠躬。我指着屏风上的字，看着爷爷。爷爷告诉我，这是南宋大儒朱熹的《朱子家训》。爷爷好像不喜欢朱熹，拖我进教室说，这个人不鞠躬也可以。

我刚坐下，留着山羊胡子的师爷就慌忙过来对爷爷说："你孙子，我不能收。"

爷爷说："给孔夫子、孟夫子磕过头了。"

师爷说："竹轩翁，你不要为难我。那样的话，孩子在这儿，他自己也会难过的。"

这句话似乎触动了爷爷的痛处，爷爷就不吭声了。我抬头一看，张小胖、商达、孙燧，一个个挤眉弄眼。爷爷也见了，就牵着我的手往回走。

我不能够上私塾学堂，爷爷承担起了我的启蒙教育。爷爷竹轩翁的教学法另有一套，别开生面，对我的一生产生了极大的影响。回忆起来，那段不上学的日子是幸运的，没有私塾先生的管教，没有读书背书的苦差，自由自在，游山玩水，在天地之间乐逍遥。爷爷是出了名的老顽童，他领我去姚水河钓鱼捉虾。姚水河发源于四明山，流到宁波的甬江，流入大海。有一次，我捉了只青蛙。爷爷大笑，夸我有出息。我来了精神，把手伸进洞里，抓住一条长长的像绳子一样的“鱼”。我高高兴兴地拿去向爷爷请功，结果爷爷吓得大呼小叫，一个跟头跌进河里。原来，爷爷最怕蛇，我抓的是条水蛇。

我不上学，不能和小伙伴们在一起，就不免有些孤单。我要等到他们放学，才有人一道玩耍。爷爷看出了我的心事，就养了许多小动物，把家里的竹园变成了动物园。我们养了短耳兔、乌龟，还养了一只猫头鹰。

有一天，我正在门口的石阶上砸铜钱，突然响起一阵铃声，我抬头看见一个衣着十分古怪的人。他问我：“竹轩翁在家吗？”我点头。他又问：“你叫王云？”我也点头。他说：“你喊我师父。”我不吭声。这人把一个沉香手串套到我手上说：“孩子，这是师父的见面礼！”

当晚我才知道，这人就是爷爷的好朋友无为道长。无为道长告诉爷爷，我之所以是哑巴，不能开口说话，是因为名字点破了云中送子，天机不可泄，哪能让全世界都知道？爷爷恍然大悟。爷爷让无为道长说说我将来的命运，无为道长说：“须拂领，其时入圣境，须至上丹台，其时结圣胎，须至下丹田，其时圣果圆。”爷爷要他解释，他说：“天机不可泄。”

当天晚上，在王家祠堂里，我的爷爷竹轩翁给祖宗上香，叫来家里的所有人，宣布给我改名叫王守仁。爷爷说："智及之，仁不能守之，终失之。"所以，王家的家业，以仁守之，孙子就叫守仁吧。

这些都是我没有开口说话时发生的事，如果我这辈子一直不说话，我的人生将是什么样的呢？我想一定是如苏东坡所说的，也无风雨也无晴。人生患难识字始，我的苦难就从说话始。我开口说话这件事，对我的人生是一个转折——我无法逃避这个世界了。在无语世界里，世界是纯粹的。

我们家里有两个大书房，东书房是爷爷的，西书房是父亲的。父亲书房里的书都是儒家经典，《大学》《中庸》《论语》《孟子》《尚书》等。爷爷是个杂家，书房里什么书都有，有《道德经》《庄子》《周易参同契》《黄庭经》《鬼谷子》《金刚经》《山海经》等。家里人都知道，要找我一定在东书房。我从不进父亲的书房，爷爷的书房就是我的书房，我早已在里面扎根，所有带插图绘画的书，都归我所有。

爷爷和父亲有着不同的阅读取向。和爷爷在一起，必然把我引向杂家，直到后来的"五臆归正"，我才彻底回归儒学正统。但是，这种成长经历也使我的心学思想更具有开放性和兼容性。

有一天，爷爷正在书房里读书。他捻着白胡须，满怀激情地背诵庄子的《逍遥游》："北冥有鱼，其名为鲲。鲲之大，不知其几千里也。化而为鸟，其名为鹏。鹏之背，不知其几千里也。怒而飞，其翼若垂天之云。是鸟也，海运则将徙于南冥。南冥者，天池也……"

就这么个简单的开头，爷爷已经背了三个晚上，显然他不是学习的料，早年的落第也就不足为怪。我一急之下，给他续念道："且夫水之积也不厚，则其负大舟也无力。覆杯水于坳堂之上，则芥为之舟。置杯焉则胶，水浅而舟大也。风之积也不厚，则其负大翼也无力。故九万里，则风斯在下矣，而后乃今培风；背负青天，而莫之夭阏者，而后乃今将图南……”

爷爷连声感谢我的提醒，忽然，他沉默了，发疯似地向我冲来。我正坐在他的卧榻上翻看一本古象棋谱，爷爷冲过来，吓了我一跳。

爷爷问：“刚才是你在说话？”

“是啊！”我看着他。

“你，你，你怎么会背《逍遥游》？”

“你天天读，我耳朵都听出老茧了。”

爷爷发疯般跑到屋外，对着四明山大喊：“无为道长，我孙子能说话了……”

在祠堂私塾的讲台上，我双手背在身后，全文背诵庄子的《逍遥游》。爷爷得意地坐在底下捻着胡须，师爷吓得手中的茶杯掉到了地上，摔碎了……张小胖和其他小伙伴一个个在底下张大嘴巴，目瞪口呆。

师爷说：“神童啊，只是，背的非正统之书。”

张小胖惊讶地说：“唉？哑巴也能背书？”

诸婉澄得意地说：“今天你又要挨尺子了，不知道谁是哑巴。”

张小胖垂头丧气，他之前笑话过诸婉澄，说她要嫁给哑巴。师爷见我连《逍遥游》都能背诵，没话可说了，赶紧领着我去拜天地君亲师，拜完天地君亲师，就算正式入学了。

我五岁那年，城里发生了一件轰动的事，我父亲和未来的岳父诸让双双中了进士。那天，我们正在祠堂里练毛笔字，祠堂外面突然人声鼎沸。众人赶紧出来观看，只见鸣锣开道，走来一队送皇榜的队伍。

师爷领着我们列队站在台阶上，看着浩浩荡荡的队伍。师爷告诉我们，这队伍是从绍兴府下来的，圣旨就供在众人抬着的华丽的轿子里。

回到教室里，师爷还没有从我父亲考中进士这件大事中走出来，高声问："弟子们，天底下什么是最大的事？"

同学们齐声答："读书考试，金榜题名，衣锦还乡。"

我举起手，痴痴地站起来，一本正经地说："读书考试并不是天底下最大的事，最大的事应该是做圣贤。"

师爷的脸色都变了，说："余姚是舜帝的故里，物华天宝，人杰地灵，科第最多，学子当以金榜题名为人生理想和奋斗目标，你怎么能有这种奇怪的念头？"

我在课堂上顶撞师爷的事，很快被父亲知道了。父亲在家庙里，让我罚跪。他用柳条打我屁股，母亲伸手来拦，手上也挨了两下。父亲责怪母亲教子无方，纵容溺爱。父亲罚我跪祠堂，我看着祖宗的牌位，心想，爷爷又不知去哪儿疯了。我嘴里念叨着，爷爷，爷爷，快出现……

我罚跪时，爷爷正跟张万山在老槐树下赌象棋，赢一局，就赢一只螃蟹。爷爷赢了半筐螃蟹，笑逐颜开地准备晚上做螃蟹酱下酒。小翠跑来说父亲在祠堂里打我，爷爷螃蟹都没要，推开棋盘就往家里跑。爷爷跑进庙门时，我看见他秃顶上的汗珠闪着晶莹的光芒。爷爷见我跪着，拖起我就走。爷爷说："孙子，当圣贤还不及当神仙，当神仙多快活。"用后世的话说，爷爷就是个教唆犯。

我虽说顶撞了一回师爷，但是，师爷还是经常在学堂上表扬我，毕竟我是他极聪明的学生。孙燧和我不相上下，商达和张小胖显然不是读书的料，经常挨罚。背一段书，对张小胖来说，比登天还难。他因背不出书，让师爷留下打手掌。张小胖哭着回家，手肿着。张小胖的娘在柜台上收鱼钱，问："儿子，谁欺负你了？"

张小胖实话实说："背不出书，挨师爷打了。"

张小胖的娘就说："儿子，读不出书，不怨你，怨你爹。"

张小胖他娘拿他爹张万山出气，说张家种不好，只能卖鱼，让城里人笑话，说王家都是天上文曲星下凡，孙子开口就能背诗，龙山公王华又中进士……张万山想到家里总没有一个读书的，让人瞧不起，就想了一个主意，他要老婆去王家借种。张妻可能一心想着光宗耀祖，也就答应了。

所以，后来就闹出了一个大笑话。父亲中进士那天，家里宴请左邻右舍，喝绍兴女儿红，请了城里最好的戏班子来家里唱余姚腔。我们余姚腔和海盐腔、昆山腔、弋阳腔，同列为南戏四大声腔，宋代就有名了。

父亲酒喝多了，就独自回书房，张小胖的娘跟了进来。父亲说，男女授受不亲，当避瓜田李下之嫌。张小胖他娘说丈夫张万山怕我父亲中暑，特地让她送来一把扇子。父亲打开扇子，见上面写："欲借人间种。"父亲大惊，就在扇子上回写："恐惊天上神。"张小胖他娘不识字，就把扇子拿回家给张万山看。张万山也不识字，就拿给学校的师爷看，这件事就成为乡里的笑话传开了。

命运捉弄人，有谁能想到，五十年后我会娶张小胖的女儿为妾呢？她为我们王家留下血脉，为我生了一个儿子。

四

远逝的道法自然

爷爷竹轩翁有两大嗜好，一是爱竹如命，他学苏东坡，宁可食无肉，不可居无竹，我们家后院、门前、四周墙根种了各式各样的竹子；二是爬山，仁者爱山，智者爱水，爷爷心地仁厚，在家乡口碑甚好，我们家乡有山有水，爷爷领着我爬遍了家乡附近的大小山岭。

我印象深刻的有历山，又叫沥网山，在城东北四十里外，北临大海，巨石累累，从高处看，就像渔网。这里的村民又打渔，又种地。爷爷指着那些形象生动的石头，一一讲给我听，有象田、石床、石椅。山麓上有一块神奇的圆石，叩击它便会发出很大的声音，爷爷说是鼓石。历山的石壁上有摩崖石刻，镌“耕隐”二字。还有一块巨石嵌在山崖半空中，爷爷说是舜帝耕田时避雨的地方。山的西边，有一块圆石像脸盆，里面盛着一泓清水。爷爷说这水从来不干涸，就是遇到大旱，水也取之不尽，人称舜井。

我们家乡最大的山脉是四明山，又名句余山。山上有水帘洞。峭壁上，洞顶的一股飞瀑直流而下，飞珠溅玉，气吐虹霓。洞旁谷中时有鹁鸪声声啼鸣，又叫鹁鸪洞。有陶坑大峡谷，两侧山体秀丽，山峰林立。四明山是甬江、曹娥江和奉化江的三江源头。四明山下有四明湖，高山出平湖，风平浪静时，湖中星星点点浮动着成千上万只野鸭，船行湖中，像古人的山水画。

有一天，爷爷领我上山去访无为道长。我问爷爷，道长为什么住在山上？他为何不搬到我们家去住。爷爷说，道长是仙人，要住在仙境，不能和凡人住在一起。我问，哪儿是仙境？爷爷说，四明山就是仙境。道教有三十六洞天、七十二福地，仙境是可以通到天上的。道长居住的山洞是三十六小洞天的第九洞天，我成年后回家乡修道，也住在这第九洞天里，给它起名叫阳明洞，这是后来的事了。

那天我随爷爷上山，差点儿就没了命。爷爷在山上吹笛子，吹了半天。我问他为什么总吹笛子，他说这是他与无为道长的暗号。可是，无为道长始终没有出现。爷爷说，会不会道长上天，南天门关了，所以下不来了？看看天色渐晚，天气有些冷了，爷爷说，我们就去第九洞天里住一晚吧，明天再下山。

我们进了一个山洞，山洞里的样子，把爷爷吓了一跳，像是经过一番打斗。石桌石椅歪倒在地上，经书也散乱一地……忽然，山洞外面有人讲话。爷爷赶紧拖我躲到一块大石头的后面，叫我千万别吭声。不一会儿，从洞口进来几个人，其中一个是道士叫李自然，但这个道士比无为道长看上去年轻。

道士旁边跟着几个锦衣卫，有一个爷爷认识，就是曾经去过我家的锦衣卫队长马彪。

马彪对道长说：“李道长，我们进来跟无为道长交过手，实在不是他的对手，虽然我们人多，但还是眼睁睁看着他跑了……”

李自然说：“你们那么多人，难道还堵不住他一个老头？”

马彪说：“他会飞檐走壁，我们看着他头朝下，脚朝上，就这么在洞顶走来走去。”

李自然恨恨地对着山洞高喊：“无为，你跑不了！我掘地三尺也要抓住你……”那声音在洞里回荡，震得我耳朵疼。爷爷赶紧捂住我耳朵，我感觉耳屎都要被震出来了。

锦衣卫和李自然到四明山来找无为道长，其实是为了寻找一本奇书。这本书叫《玉女心经》，可不是什么藏宝图之类，而是功效奇特的性药药方，朝中有个大人物千方百计要得到这本书。

事情还得从宫中说起。

明朝的皇帝或许在宫中生活得太无聊了，许多都有些变态。宪宗皇帝虽说对大臣仁厚，也较清明，但是，在个人生活上是性变态。这种变态可能与他童年受到的惊吓有关，也与他和万贵妃的恋情相关。万贵妃比他大十七岁，这可不是什么姐弟恋，简直就是恋母情结。

宪宗一早不去上朝，首先要跑出玄武门，到万岁山的逍遥观，这是万贵妃在皇城里专为皇上建的一个小道观。观主李自然见皇帝驾到匆忙相迎。这个道士李自然自然得有些来头，否则也不敢在宫中招摇撞骗。我六世祖爷爷王纲当年结交的终南隐者有一个徒弟，据说这个徒弟还在世上，叫蔡蓬头。蔡蓬头有两个徒弟，一个是无为道长；另外一个就是李自然。

李自然在宫中办起了学习班，学习班的学员只有皇帝一个人，学习房中术。李自然说采阴补阳，须以女子身体为鼎，炼得长生丹。宪宗问，宫中什么鼎最好。李自然说，当然万贵妃的鼎最好。李自然这样说，显然是万贵妃的人。万贵妃把他请到宫中，给他建道观，他能不说万贵妃的鼎最好吗？万贵妃就是李自然的后台，李自然在前台背书，否则，一个江湖道士哪有这个能耐在宫中办班？

道观中有一张特殊的床，是从南洋运来的。据说是当年郑和下西洋时运回的，一直摆在宫中。床上铺着厚厚的垫子，这个垫子很奇怪，你压在上面用多大的力，垫子就有多大的反弹力。床的四围，像镜子一样，画有许多人物，多是裸体的男女。有宫女摇动齿轮，这些人物就全动起来，演示各种云雨姿势。最神奇的是，床是黄花梨木做的，涂了一种暹罗的香料，可以刺激人的欲望。

道观中按四个方位排列着巨大的朱雀铜香炉，香炉里腾起的烟雾使得屋子里变得分外朦胧。万贵妃裸露着胴体，等着皇上的临幸……万贵妃从李自然处学得各式各样的按摩技法，朱见深就在万贵妃的经脉按摩中，昏昏睡去。

李自然给万贵妃配制了一种特殊的药液，叫瞌睡虫。夜里，万贵妃像个幽灵，套着白衣裳，在宫中乱窜。她给众妃子的食物里、茶水里下瞌睡虫。这样就搞得妃子们一个个打起哈欠，困得一点力气也没有，只有她精力旺盛。朱见深有时宠幸别的妃子，那些妃子还没等朱见深脱衣裳，就在床上打起呼噜来，这一招很是阴损。这一伟大的发明让李自然深得万贵妃的宠幸。有时，朱见深也无意间吃了瞌睡药，上朝时，当着大臣面睡着了。醒来时，他案子上堆满了奏折……

朱见深就喊："商辂，商辂在哪儿？"

太监张恩说："商首辅在家养病。"

朱见深说："不允，不允，速来处理政务，这些奏折让商辂去处理吧。"

万贵妃的主要工作，一是给皇上做按摩；二是给妃子们下瞌睡药和堕胎。被堕胎的妃子们会发出凄厉的惨叫……宪宗对此充耳不闻，还问万贵妃这是宫中什么鸟在叫。

有一天，李自然告诉万贵妃，师父蔡蓬头有一本秘籍叫《玉女心经》，得到这本心经，万贵妃就可以返老还童。万贵妃问书在哪儿，李自然说在师兄无为道长那里。万贵妃就派出东厂锦衣卫寻找无为道长，后来终于有了线索——在四明山三十六小洞天的第九洞天。这就是那天，爷爷领着我上山，看见李自然和锦衣卫捉拿无为道长的一幕。

绍兴府，余姚街上，到处张贴着捉拿无为道长的告示。

锦衣卫快马跑过古老街道，人心惶惶。

这个世界太凶险了。爷爷自那回受到惊吓，就整天躲在家里，哪儿也不敢去了，他最担心人们说出他和无为道长的密切关系。爷爷待在家里，闲着没事，就拖着我下象棋。一开始，我和爷爷互有胜负，后来爷爷就赢不了我了。他赢不了我，就偷棋，耍赖。我开始觉得和爷爷下棋没意思了。我知道张小胖的父亲张万山好下棋，他在老槐树底下摆个棋局，和路上的行人赌棋。

一天中午，我趁爷爷睡午觉，轻手轻脚进屋偷了爷爷一串钱，搬起棋盘，悄悄出门，来到街东头靠河码头的月明桥下。张万山正敞着怀在树荫下睡觉，我用树枝给他挠痒痒。张万山醒来，见是我，就赶我走。

我说："张叔叔，你还差我压岁钱呢！"张万山说："又不过年，差你什么压岁钱？"我说："前些年我哑巴，你就没给我压岁钱。"张万山说："那可不能怪别人，你一句发财的话都不说。"我说："我又不跟你白讨，下象棋打赌。"张万山说："你爷爷都下不过我，我怕你这小毛头？"我就押上一串铜钱。

我和张万山在桥洞底下棋，许多路人过来围观。我面前的钱越来越多，张万山急得满头汗。另一个急得满头汗的是我母亲，她唤我吃午饭，却发现人不见了。门口卖香火的巫婆说，你儿子在月明桥下棋呢，母亲于是匆匆赶来。张万山正输得想逃，一见我母亲，就赶忙逃跑："小守仁，你娘来了，你爹不在家，你娘脾气大着呢……"

母亲过来，我笑着说："娘，我把张老板差我的压岁钱赢回来了。"

母亲上前，一把将爷爷的象棋扔进河里。我看着心爱的棋被扔了，眼泪流了出来，望着河发呆，母亲拖着我回了家。

母亲回家，午饭也没有吃，躺在床上，病倒了。我母亲身体一向不好，一直吃中药。郎中说，都是当初怀我落下的病。怀胎十四个月，哪个女人受得了呢？母亲都是为了我。我到床边给母亲倒茶，母亲摸着我的头说：“儿子，娘把你的棋给扔了，你恨娘吗？”

我说：“不恨。”

母亲说：“骗人。”

我说：“真的不恨。”

我怕母亲不信，想让母亲开心，就说：“娘，我不仅不恨你，我还写了一首诗。”

母亲问：“什么诗？读给我听听。”

其实，那时我还没有写好诗，但母亲要我读诗，我就立马瞎诌起来。

我说：“这诗的名字叫《棋落水》，象棋在手乐悠悠，苦被严亲一旦丢。兵卒坠河皆不救，将军溺水一齐休。马行千里随波去，士入三川逐浪流。炮响一声天地震，象若心头为人揪。”

母亲听了这首诗，大喜，病都好了一半。她要我像父亲一样，刻苦学习，将来考上举人进士，光宗耀祖。我说好久没见到父亲了，父亲会不会不要我们？母亲笑着说，有我，父亲就不会不要我们。

母亲给我讲起父亲的故事，原来母亲是十分崇拜父亲的。

母亲说父亲六岁时，和一群小孩在水边嬉戏，见到一个人来洗脚。这人因为大醉，离开时留下了携带的包裹。父亲拿来看了看，有数十两黄金。父亲估计那人酒醒后必定再来，担心别人拿了金子，就把包裹投入水中，坐在那儿等那人来。不一会儿，那个人果然哭着来了。父亲迎上去对他说：“你是在找金子吗？”那人说是。父亲就指着水里的包裹给他看。那人拿回包裹和金子，要用一锭银子作酬劳，父亲却不接受。他说：“我不贪你一袋金子，还会贪你一锭银子吗？”

父亲从小读书就很用功。有一次同窗们都去踏春游玩，父亲却说，观春何若观书？还有一次，绍兴府知县从私塾门口过，鸣锣开道，排场很大。同学们都争着到窗口去看，只有父亲不为所动，一个人高声读书，声音传到窗外。师爷赶紧制止说：“知县从门口过，你不怕吗？”父亲说：“知县也是人，何况我读的是圣贤之书，怕什么？”

我没想到貌似严厉的父亲还有这么多好玩的故事，最精彩的要算父亲借住在破庙里读书了。这个破庙历来妖气甚重，每天晚上都有鬼魂出来抛砖弄瓦。以往外村来借住读书的同窗，都因受到惊吓或病或癫。父亲独自住在庙里的一个房间，结果每晚都寂然无声，平平安安。白天和我下棋的张万山从前也是个调皮鬼，他和庙里的一个游僧相识，决定吓一吓父亲。他们趁父亲夜读，用一个猪尿脬涂上灰粉，上面再画上眉毛眼睛，用一根芦苇管挑着，轻轻伸入窗棂，然后吹气使猪尿脬涨起来，像一个鬼头的形状。父亲竟取床头小刀来猛刺尿脬，尿脬马上就泄了气。张万山和游僧拽出尿脬，悻悻离去……

听了这些故事，我就向母亲保证认真读书。母亲说，我要认真读书，哪一天考上举人，她的病就全好了。

五

皇城根下的官二代

一天，我在河边看母亲和小翠洗衣裳。一艘漂亮的大船驶过，船上有人叫我，我一看是商达。商达穿着新衣裳，站在船头，朝我招手：“去京城玩啦！去京城玩啦！”

听说老夫子商辂又被皇帝召进宫里了，皇帝许多文件看不过来，要商辂去帮着看。万贵妃也不愿意皇帝天天处理公务，就要锦衣卫十万火急地来接商老夫子回京。商达是商辂的孙子，便跟着他爷爷去京城了。

我也很想去京城里看看。我跟母亲说，我也想进京城。母亲说等父亲考上状元，我们也去京城。母亲的嘴真灵，她说这话没过几天，父亲就真的考上状元了。

那年是成化十六年（1480 年），父亲从京城里捎信回来，皇上殿试，父亲中了状元，奉命在翰林院任职。父亲要我们进京，他特别关照要把我弄到京城管教，给我找最好的老师。接到父亲的来信，爷爷领着全家祭祖，要把父亲当官的消息告诉祖上，也托祖先在天之灵保佑我父亲官运亨通。京城是什么样子呢？我火急火燎地想去看个究竟。

我跟着爷爷上路，可爷爷是个老顽童，一路上游山玩水，访亲拜友，我们走了两个月。爷爷说，你父亲已考上状元，我们也不是急着进京赶考，不如一路走一路玩。我们先到了镇江，当时叫江淮府，爷爷在这儿有许多朋友。他们听说我父亲考上了状元，都来套近乎，留我们玩金山、金山寺、焦山等。后来又过江去扬州，那里玩的地方就更多了。我们在扬州换船，沿着大运河北上，又游玩了济南，也就是大明府，因为有一个大明湖。后来到天津卫，我们上岸，换成牛车。

牛车拉着我们从朝阳门进城，走长安街。长安街是官道，道两旁各式各样的商铺，比绍兴城热闹多了。走了一个时辰，过承天门，一会儿就拐进了长安街南边的板桥胡同。我家就在板桥胡同里，从此，我就成了京城的胡同串子。

在我们住的板桥胡同东边，行人司、后府、太堂寺、通政司、中府、左府、右府、宗人府、六部及翰林院全集中在一片。大明朝有规定，官员要在办公地附近生活起居。因此，我们家就靠近翰林院。父亲是状元，在翰林院讲课，可以声称是皇上的老师，所以官虽不大，但前途无量，可以算是人生得意。父亲一得意，我可就倒霉了，因为他天天跟我较劲。

我已经两年没见父亲了，一见到父亲，还没来得及亲热，倒是先挨了一顿骂。父亲考上状元后，豪情满怀，见到我就要检查功课。我这两个月玩的，就是肚子里有功课，也早丢到九霄云外了。他拿着朱熹的《四书集注》问这问那，我哪里答得上来，他就教训起我来。

父亲说，王家这么多年来，就他考上了状元，给祖宗争得脸面。我心里想，状元有什么了不起，每科都有状元。我就说，考上状元只有一世罢了。父亲瞪大眼睛问："那你不想当状元，你想干什么？"我说，做圣贤。我和爷爷去曲阜孔庙，我看见孔子和孟子的像，他们几千年来受到人们的敬仰。所以，做圣贤才是人生的最高理想。

“做圣贤？”父亲对我讽刺挖苦起来，“你也能做圣贤耶？”他把“耶”的发音拖得很长。

我说：“圣贤也是人做的。”

父亲把手中茶杯摔了。余姚城最优秀的学生王华认为儿子眼高手低，年少轻狂。他怒不可遏，罚我面壁思过。

母亲进来打圆场，说我路上劳累，伤了身体，等身体恢复了，再接受父亲的检查。父亲还想骂我，客厅里，商辂等同乡唤他。他听到老师叫他，不敢不去，赶紧整肃衣冠，低着头去客厅。

客厅里坐满了在京城为官的老乡，父亲赶紧道歉说：“小儿贪玩，在乡里荒废了学业。刚才督促他学习，故怠慢了诸位。”

爷爷眉飞色舞地说：“荒废什么学业？你儿子这回可出了风头了。我领他去江淮府的金山寺，酒桌上，几个扬州才子要和我比诗。我哪会写什么诗？我说让我孙子和你们比吧。我孙子立马就写了一首《金山寺》：‘金山一点大如拳，打破维扬水底天。醉倚妙高台上月，玉箫吹彻洞龙眠。’几个扬州才子十分惊讶。后来，到扬州，他们又请我们游玩。到了蔽月山房，又考我孙子，问我孙子能否再写一首。我孙子立马就写出来：‘山近月远觉月小，便道此山大于月。若人有眼大如天，还见山小月更阔。’你说，你儿子有没有出息？”

父亲酸溜溜地说：“儿时了了，大未必佳。”

商辂批评起父亲，说：“父亲在这儿，儿子能差到哪？余姚城谁不知云中送子？竹轩翁，我看你孙子是麒麟，并非池中物。当今皇上圣明，朝中正是用人之时，好好培养，将来必是国家栋梁。”

父亲说：“商先生，云中送子只是一句戏言，切不可当真。”

商辂笑着说：“我知道，潜龙勿用的道理，你尽管放心。当今朝廷，若说奇异之人，非李东阳莫属。当年，李东阳和程敏政被景帝召见入宫，皇帝出上联：螃蟹浑身甲胄。程敏政对：凤凰遍体文章。李东阳答：蜘蛛满腹经纶。这个李东阳，四岁就能写径尺大字。一次，他父亲带他进宫考神童。李东阳人小足短，跨不过门槛，考官笑道：神童足短。李东阳随口对答：天子门高。临考时，李东阳坐上考席，父亲站在旁边，考官出一上联：子坐父立，礼乎？李东阳当即作对：嫂溺叔援，权也。景帝召试李东阳时，喜而抱至膝上，赞道：'是儿他日做宰相……'"

他们在大堂说话，我悄悄躲在门口偷听，刚觉得十分有趣，忽然听得门外有人高喊："圣旨到，召商辂入宫……"

"轰！"似天上响了个炸雷。

商辂手中的茶杯掉到地上，望着天说："朝中要有大事啦！"

我从千里之外的家乡来到京城，算是大开眼界，长了许多见识。

洪武元年（1368 年），太祖皇帝在南京称帝，南京叫应天府。到那年八月，征虏大将军徐达率军攻占元大都，明太祖将元大都降格为北平府。到了洪武三年，太祖分封各皇子为王，十一岁的皇四子朱棣受封为燕王。

后来建文帝削藩，靖难之役，燕王朱棣从北平府起兵，一直攻占应天府夺取皇位，就于永乐元年（1403 年）将北平府升格为北京顺天府，这时才首次使用"北京"这个称呼。"顺天"，取自《易经・革卦》的"汤武革命，顺乎天而应乎人"。汤武革命，是指商汤王推翻了夏桀王，周武王推翻了商纣王。永乐皇帝自认为是推翻了建文帝才夺取皇位的，他将这种变革称为"顺天应人"。永乐四年（1406 年），永乐皇帝下诏于次年开始营建北京宫殿，至永乐十八年建成。

永乐十九年正月初一，永乐皇帝首次登上北京皇宫的奉天殿接受百官朝贺，标志着北京正式成为大明王朝的京城。

北京城的街道中，通向各个城门的街道最宽，为主干道，大都呈东西、南北向，斜街较少。外城先形成市区，后筑城墙，街巷密集。正阳门里，皇城两边的街巷达三百余条，人口自然稠密。居民区以坊相称，坊下称铺，或称牌、铺，居民住宅就是典型的四合院。

街市主要集中在皇城四门、东四牌楼、西四牌楼、钟鼓楼，以及朝阳门、安定门、西直门、阜成门、宣武门附近。明初为了招商，在上述城门附近修建了民房、店房，称作“廊房”，最主要的有正阳门里的棋盘街、灯市、城隍庙市、菜市口等。集市上有貂皮、狐皮、平机布、棉花、酒、宝石、金珠、药材、古董及各式各样的食品等。

我们来到京城，就一下子成了皇帝跟前的人，成了生活在这个世界中心位置的人，那种自豪感油然而生。我们家的后花园和商辂家的后花园一墙之隔，有一个耳门相通。我和商达在家乡就是同学，这回成了同学加邻居，两人又都是初到京城，自然成了形影不离的朋友。

花园隔壁有一个私塾馆，叫板桥馆。进屋照壁上是唐代温庭筠的《商山早行》：“晨起动征铎，客行悲故乡。鸡声茅店月，人迹板桥霜。”师爷是个雅人，据说从前当过翰林。我们这条街都是官宦之家，大家都把孩子送到板桥馆读书。

我们这帮孩子是官二代、官三代，在家里让父母管得够呛，到馆里就放鸭子了。只要师爷不在，我们就去花园里打仗。亭台楼阁，假山水池，都成了我们的战场。

我当元帅，手拿姜太公的令牌。商达是左路军统领，拿黄旗，领着黄队。王琼是右路军统领，拿红旗，领着红队。我根据奇门遁甲上画的内容，指挥他们列队排兵布阵。绰号“小豆子”的孩子是师爷的孙子，也加入到我们捣蛋的队伍中。“小豆子”骑在墙头上当哨兵，负责看师爷。只要师爷来了，他就把花裤头做的旗子一挥，我们就赶紧偃旗息鼓，跑进课堂。大家在我的带领下，摇头晃脑背起“子在川上曰，逝者如斯夫……”

有一次，大家为姜太公封神的事争论起来。我没有马上参加争论，而是回家请教了爷爷。第二天，我把爷爷讲的给大家讲了一遍。我说姜子牙本来想把玉皇大帝的位置给自己留下，有一个叫作“张友仁”的人猜出了他的私心，就藏到封神台下。姜子牙封了这个神那个神，独独没有封玉皇大帝。于是有神仙就问，为什么还不封玉皇大帝？姜子牙支支吾吾说，不用急，自然有人。这时，藏在台下的那个张友仁跳出来，说：“谢谢丞相，友仁在此。”姜子牙讲的是“有人”，不是“友仁”，张友仁抓住了“玉皇大帝自然有人”这句话的空子。结果姜子牙没有办法，只好把玉皇大帝的位置封给张友仁，自己只落得个门神的位子。还有一种说法，他什么位置都没捞着，只得爬上房顶，坐在上面喊：“姜太公在此，诸神回避。”或者说：“姜太公在此，百无禁忌。”

我这个故事把全班同学都听服气了，一下子树立了我私塾馆里孩子王的位置。其实，我们调皮捣蛋，师爷全明白，但他是个雅人，对我们睁只眼闭只眼，从来不用尺子打人。在板桥馆读书，是我美好幸福的时光。那段日子里，我唯一的忧虑是母亲的身体。她到京城后水土不服，天天躺在床上。北京的气候干燥，母亲说北京的水硬，没有家乡的水好喝。商辂帮父亲从朝中请了御医，御医说母亲这是旧病，还是当年怀我落下的病，一时间也好不了。

商辂就劝父亲纳妾。商老夫子七十岁了，纳了个十七岁的女孩为妾。他劝父亲说，地方上的人到京为官都纳妾了。父亲先是假装正经，摇头拒绝，可是没几天又主动去找老夫子，说他想通了，还想再生一个孩子。

一开始我全蒙在鼓里，后来商达告诉我，我父亲晚上要在后花园和黄姑娘见面。我吓了一跳，这事我娘也不知道，我要告诉我娘。商达说：“你告诉你娘，就得把你娘给气死。我爷爷纳妾，就把我奶奶气死了。”我和商达想出了一个点子。晚上，父亲和黄姑娘在后花园亭子间约会。那个黄姑娘在老夫子的带领下，进了后花园。她扭扭捏捏，装作不好意思。老夫子佯装上厕所，溜回家了。父亲对黄姑娘讲“之乎者也”，黄姑娘表现出对父亲才学的无比崇拜。父亲和黄姑娘两人越坐越近，父亲刚想用手去拉黄姑娘，我就把一只大花猫扔进了亭子里。

黄姑娘最怕猫，吓得尖叫。父亲十分慌张，怕我母亲听见，落荒而逃。父亲回到家里，惊魂未定。他毕竟狡猾，怀疑是我从中捣蛋，气呼呼地跑到我屋里。我早有准备，装作睡着了，还打起了呼噜。父亲在门口探头探脑，最后心有不甘地离开了……

那些日子，我最忧心的还是母亲的身体。我十分后悔，当初我要是早点出娘胎，娘就不会落下这些后遗症了。有一天，我听到长胡子郎中对父亲说，要早点儿为太太准备后事。我知道后事的意思，就是人快死了。我守在母亲的床前，不肯离开。母亲要我回屋里睡觉，说明天还要上课。我怕回屋里睡觉，母亲就死了。我不肯离开母亲，像一只小狗蜷缩在母亲怀里……

我流着泪问：“娘，人为什么会死？”

母亲笃信佛教，就给我讲起轮回，讲佛道，讲观音菩萨……我们板桥胡同附近有一座寺庙，商达曾陪他母亲去烧过香。商达告诉我，寺庙里的菩萨可灵了，只要往功德箱里捐钱，有求必应。我就拿着我的压岁钱去寺庙里，把小时候一直攒到现在的压岁钱全倒进功德箱里。那一刻，我的心忽然轻松了。我感到观音菩萨已经看到了我做的，不会让母亲离开我，母亲一定不会死去……

王家书香门第，爱读书，耕读传家，这是祖训。我小时候爱看的书并不符合道统，而是文学类的书，如《诗经》《楚辞》《昭明文选》《史记》《唐诗宋词》《唐宋传奇》《世说新语》等。其实，我最爱看的是兵书，尤其爱看《孙子兵法》。我最大的理想虽说是当圣贤，但最想当的还是报效国家杀敌疆场的将军。

一天上课，我在悄悄看《孙子兵法》。师爷站在我旁边，我没发现。忽然听见师爷说："挺专心的，什么书不能放在桌上看呢？"他把书收去，一看是《孙子兵法》，眉毛都气得竖起来。师爷对全班同学说："你们读书，最重要的是读四书五经，要考取功名，《孙子兵法》这些皆为闲书。"师爷这么说，我估计他没看过《孙子兵法》。

我太喜欢这本书了，何况这本书是我爷爷竹轩翁的，我就劝说商达陪我去老师的书房偷书。

商达说《孙子兵法》有什么好？我说当然好了，就给他讲了个"孙子出山"的故事：

"孙膑和庞涓跟鬼谷子学习四年，都想下山去看看外面的世界。鬼谷子一听，说：'我先出个题考考你们，谁通过谁就可以下山。'鬼谷子说：'我坐在屋内，谁能让我走到屋外就赢了。'庞涓不等师傅话说完就说：'师傅，房子要着火。'他就差把师傅砍一刀抬出去。无奈鬼谷子坐在那里纹丝不动，庞涓只得认输。轮到孙膑，只听孙膑毕恭毕敬地说：'弟子浅薄，学业不深，未能想出妙计，但是如果让师傅从屋外走到屋内，弟子倒有个办法。'鬼谷子心中暗思：这个徒弟平时沉默寡言，颇有心计，不知他有什么妙计？鬼谷子走到了屋外，恍然大悟，中计了。"

商达听得入迷，说世上竟有这么聪明的人？这书一定要偷回来，将来学上两招，对付他老爹，商达老爹对他可是管得紧。

夜里，我们爬墙进老师书房偷书。我怕老师发现，想出一个主意，把《孙子兵法》的封面撕下来，粘到《论语》上，端正地摆在桌上。从窗户往外爬时，商达胖，把老师最爱的花瓶打碎了……

第二天，老师发现花瓶碎了，怀疑是我们搞的鬼，但是看见《孙子兵法》好好地摆在台上，就以为是猫闯的祸。

除了商达，班上还有一个我最要好的朋友叫王琼，他是兵部尚书王越的儿子。一天，王琼请我去他家玩，说他父亲威宁伯王越在边塞打了胜仗，弄回许多战利品。我们一路走，王琼一路讲他父亲王越的故事。

当年在考场，王越试卷写好了，忽然刮了阵风，把试卷给刮走了。巡考官看见，也没办法，就又给他一份试卷，他赶紧做，匆匆交卷，竟也考中。更奇的是朝鲜来朝贡，使臣带来一份试卷，说是从天上落下来的。宪宗皇帝和大臣一看，竟是当年王越的试卷。

我们到王家院里，看到战马、藏獒、宝刀、玉石等。王越家有个护院老佣叫马龙，精通武艺，在战场负伤成了独眼龙。他从边关退回来，当王将军家的护院。王琼跟马龙学武艺，我也想跟马龙学。马龙检查我的身子骨，说我是文曲星，将来是个文官，他不肯教。我和王琼苦苦相求，马龙只好说就教我射箭。他说箭射得好，可百步之外取上将首级，我一听，乐坏了。

马龙表演他百步穿杨的功夫。别人射箭睁只眼，闭只眼，马龙两只眼都睁得像铜铃似的。原来他有一只眼是假的，装的玛瑙珠儿。只见他拉起弓来，一箭射出，羽矢声响，旋即，天空中一只野鸽子落下。我和王琼赶紧朝着鸽子落下的方向跑去，转了两条街，也没见鸽子的影子。王琼说一定让人捡走了，而我怀疑落到哪户人家的院子里了。

我们向北一拐，就到了长安街。街上，有一个卖八哥的。这人是个光头，八哥鸟用绳子系着脚，站在木架子上，旁边有几个人围观。后来我才知道，这人叫石和尚，是个闻名京都的强盗，他以卖鸟为名在京城踩点。这个八哥鸟会说长命百岁，我想把这个鸟买给母亲。因为听人说，鸟最有灵性。我就说要买这个八哥，那和尚嬉皮笑脸要十两银子。旁边的人劝说他就不成心卖鸟，哪有十两银子的鸟？去花鸟市场一两银子可以买十只八哥。石和尚反驳道，花鸟市场的鸟会说长命百岁吗？

王琼是个官二代，兵部尚书的儿子，哪里服这个气，而且他有武功。王琼说：“就一两银子，这是京城，哪里由你说了算！”王琼丢下银子，就来抢鸟。石和尚也有武功，两人先是抢夺八哥，后来就打了起来。没想到王琼竟然不是石和尚的对手，被和尚一拳放倒。我见他吃亏，哪能不上？抄起棍子就朝和尚打去。那和尚竟不躲藏，把头迎上来，一棍下去，棍子断了。那和尚摸摸光脑袋，啥事也没有，难道这就是传说中的铁头功？石和尚哈哈大笑，骂道：“哪来的两个窝囊废？”

他一把拧住我脖子，我气就喘不上来了。这时，听到有人冷冷地说：“石和尚，你这个少林罗汉手对付一个孩子有意思吗？”

石和尚一惊，手一松，我跌倒在地上。石和尚回头，见是马龙。他也不说话，上前就是一拳。马龙迎着他的拳头，也是一拳。就听见一声闷响，马龙倒退了一步，而石和尚却连退五六步才站住。

石和尚双手抱拳：“请问大师大名？”

马龙说：“齐云山马龙。”

齐云山是安徽徽州的道教名山，马龙一报名，说出了道家弟子的出身。

石和尚双手一拱说：“大师，多有冒犯。这鸟，我不要了，后会有期。”石和尚一瘸一拐地走了。

后来王琼告诉我，他师父马龙说了，按江湖上的规矩，石和尚应当自断一条胳膊才能走。不过，他留下八哥鸟，马龙也就放过他了。

当时，我得了八哥鸟，兴奋地往家里跑。我想，有这个八哥，母亲就有了保护神。八哥一路上说着长命百岁，长命百岁……可是，当我赶到家里，内宅扯上了白布，我母亲死了……

一口黑棺材停在母亲内屋的厅堂里，这儿设起了小小的灵堂，母亲安静地躺在黑棺材里。我喊母亲，她再也不答应了……我抬头，看见灵堂一侧的菩萨像。我心中问菩萨，为什么要我母亲死？为什么？为什么？

六

国家政治尽在宫闱床第

母亲去世，我一下子就长大成人。我就像一只小鸟，一下子失去了巢穴，为了生存，不得不展开双翅，和命运搏斗。我夜里睡不着，睁着眼睛，望着黑黑的屋顶，回忆起母亲说的轮回转世。但是，这个轮回转世，是我们所不知道的。我所知道的，就是母亲永远离开我了。

人为什么来到这个世界上？人为什么又会死呢？谁能告诉我，我前世是谁？谁又能告诉我，我母亲死后去了哪里？……

有一天，我去王琼家向马龙学射箭。可是，王家空荡荡的，我喊王琼也没有应声。我正纳闷时，师傅马龙从柴火房跑过来告诉我，王琼和他父亲去边塞了。边塞战事吃紧，鞑靼人侵扰边疆，王琼从军了。王琼走时，托马龙送了本书给我。我打开一看，是传说中的《武经七书》。

《武经七书》为禁书，我期盼已久。王琼有意瞒着我，估计此番远征，生死未卜，把这本书传我珍藏。深夜，我悄悄起来，点上蜡烛，躲在屋里研究起《武经七书》。我按照兵书所讲，用平常收集的果核，排兵布阵，研读起兵书。我想，等我研究好了，就去边关找王琼。我们一起保家卫国，报效朝廷。读书为的是什么？不就是报效国家吗？

有一天，商辂来找父亲，父亲恰好不在家。我知道商老夫子曾经是皇上的老师，又是内阁大学士，才高八斗，就想让他验证一下我研究兵法的成果。我拖着商老夫子摆起兵阵来，我摆阵，老夫子破阵。可不一会儿，我竟败下阵来。我缠着商老夫子请教奇怪的阵法的来历，他大笑，说这是失传已久的迷魂阵。这件事对我影响很大，我终于明白了陆游写的那句“纸上得来终觉浅，绝知此事要躬行”的意思。

父亲回来后，他们就把我赶到门外，关起门来密谈。我躲在屏风后面偷听，终于知道了宫中为争夺太子之位争得你死我活。

万贵妃没生过孩子，她把太子朱祐樘接到东宫，行使一个母亲的责任。天长日久，竟也生出无限的母爱。有时，她甚至认为太子就是她亲生的。有一天，宫女给太子捧上羹，可太子不吃，只在一旁流泪。万贵妃追问为何，太子说：“餐中有毒。”

万贵妃大惊，她想，这孩子大了，一定从宫中知道当初她砍下太子亲生母亲脑袋的事。毕竟不是自己亲生的骨肉，隔着肚皮。将来，太子登基，杀母之仇不共戴天，必加害于她。万贵妃越想越害怕，几天晚上做同样的梦，一个血淋淋的女人立在她的床头……

万贵妃就天天跟宪宗闹，要废太子。宪宗从小就对万贵妃唯命是从，百依百顺。但废立太子，毕竟是朝廷中的大事。宪宗就招商辂、李东阳，太监张永、张恩，道士李自然等商量废太子。

商辂、李东阳、张恩说：“太子无过错，如此草率，万万不可。”

李自然说：“太子气虚，难以承龙位。”

商辂说：“朝中大事，你一个山中道士，无资格说话。”

太监张恩说：“道士参议朝政，有违朝纲。”

张恩就要把李自然驱逐出宫。

忽然，一声“且慢！”万贵妃闯了进来。

万贵妃说："太祖皇帝时，仙家刘伯温在朝中议事，帮助太祖定夺江山。李自然是皇上的智囊，识得天数。你们这些老朽之人，鼠目寸光。"

商辂说："贵妃，朝中正在议事，请贵妃退堂暂避。"

万贵妃就指着商辂的鼻子大骂："商先生，你是给脸不要脸，这么老了，皇上念及旧情，留你在朝中，竟不知趣……"

宪宗叹了口气，劝道："贵妃息怒，朕就废了太子吧。"

宪宗这话刚说出口，忽然，天摇地动起来……众人大惊。

司礼监太监跑来报告，泰山地震了。

商辂说："泰山是历代帝王祭天之所，乃五岳之首，天人合一，皇权神授。此刻言废太子，泰山地震，天示警，恐有不祥。"

李东阳跪下说："亚圣孟子有言，以天灾与时政阙失相连，天降灾福与人事有关，望皇帝勤习经文，以诚意动天意。凡事关祈祷，悉加屏绝……"

万贵妃也吓得脸色发白，不敢再吭声。

宪宗一下子又犹豫起来，说："废太子之事，从长计议。"

商辂谈着这些朝中之事，对我父亲说："朝中只有你这个弟子可以一吐肺腑之言，这些事憋在心里，实在难受啊。"老夫子说得捶胸顿足。

父亲跟着唏嘘叹息，说："朝中有大臣议事，怎么贵妃、道士也来参政，岂不乱了礼数？"

商辂说："正是，这个道士李自然在宫中，干尽坏事，如果不除去，恐对国家不利。"

商辂和父亲又是一番低语，原来他们想出了一个对付李自然的主意。商辂打听到李自然的师父蔡蓬头的下落，想要爷爷竹轩翁去找蔡蓬头来除去李自然。据说蔡蓬头跟我们王家祖上有渊源，和我的祖爷爷拜过兄弟，爷爷小时候还曾跟蔡蓬头学过几天道术。

爷爷第二天就离家了，我问他去哪，他说去见一个神仙。我想爷爷都六十多了，那个蔡蓬头岂不是八九十岁？把这么老的人喊来，能有什么用途？怕是路也走不动了。如果蔡蓬头是个神仙，那母亲有病，为什么不把蔡蓬头请来给母亲治病呢？

爷爷一走就杳无音信。我盼着爷爷早点儿回来，爷爷回来，我就可以跟爷爷逛街、钓鱼、下棋。这边，我想爷爷，没把爷爷想回来；那边，父亲却趁着爷爷不在家，办起婚礼，娶了黄姑娘。家里张灯结彩，鞭炮阵阵，朝中官僚都来祝贺。我关在屋里暗自神伤。

奶奶进来陪我说话："孩子，你父亲总得有人照顾。"我不吭声，奶奶又说："听大人话就是孝顺。"我流着眼泪说，我想娘。奶奶说："你娘在观音菩萨那里会保佑你的……"

咿咿呀呀，外头唱起堂戏来……

其实，爷爷早就找到蔡蓬头了。只是爷爷贪玩，一路上游山玩水，竟耽搁了很多时间。这时间，蔡蓬头早就潜入了京城。蔡蓬头是仙人，仙人不管凡间的事。但是，他的徒弟作乱，他做师父的就有责任，推卸不了，必须得管。

李自然在宫中骗了不少钱，想废太子的事让泰山地震给搅黄了，或许这就是天意。将来太子当政，这些坏主意都是他出的，太子绝不会放过他。太子就是再不懂事，那个太监张永、张恩，还有朝中大臣也不会放过他。他想三十六计走为上，还是逃跑吧。他把钱扎成一包，推开窗子一跳，跳到一堆软物上，一看，竟是师父蔡蓬头。蔡蓬头在他窗户底下睡觉呢。

这把李自然吓得半死，这世上他最不愿见的人就是师父。

李自然赶紧把师父请到屋里，好茶招待。蔡蓬头骂李自然学艺不精。蔡蓬头说，用纸折个仙鹤，骑上仙鹤，立马可飞出皇宫，飞出京城，直飞到黄鹤楼。蔡蓬头撕下一团纸，往空中一撒，从空中飞下许多仙女来，李自然看呆了。

蔡蓬头问："想学吗？"

李自然说："想。"

蔡蓬头说："想，可以，把师父推荐到皇帝老儿跟前去……"

李自然一口答应。

李自然到宪宗面前说，因泰山地震，特地请师父蔡蓬头来测吉凶。宪宗也听说过蔡蓬头道法了得，赶紧赐座。万贵妃也听说过蔡蓬头，从东宫赶来观看。蔡蓬头蓬头垢面，像个乞丐。他到宫中，疯疯癫癫，坐着竟打起呼噜。朝中大臣们议论起蔡蓬头的年纪，推来推去，推出蔡蓬头已经一百岁了，众人无不肃然起敬。

李自然轻轻推醒蔡蓬头，说："师父，皇上请您打卦。"

蔡蓬头像是如梦方醒。他把一块破布往地上一扔，竟然是皇城的地图，上有紫禁城、太庙、东宫、西宫、太液池、万寿宫、万岁山等。他又掏出两个小竹牌，一个上面写着"祸"字，另一个上面写着"福"字。

蔡蓬头说："世间万物，脱不了一个福，一个祸，请皇上自己打卦。"

宪宗就把两个竹牌捏在手中，往破布上一扔。众人上前观看，只见"祸"字落在东宫，"福"字落在太学。

众人大呼："祸起东宫。"

万贵妃顿时萎缩下来。

李东阳说："福在太学，是要太子去太学，太子封立关系帝王大业啊！"

宪宗看着自己随手扔的祸福，分落在不同的地方，大惊，于是赶紧下旨："奉天承运，太子不废，命程敏政和李东阳为太傅，送太子去太学学习。"

众人齐呼万岁！

七

护国卫家的少年壮志

黄夫人怕猫、怕蛇，上回让我扔猫吓得躺了好几天。我听她跟奶奶唠叨起这件事，但没有谁知道这是我的恶作剧。黄夫人见府里的后院种了许多竹子，就叫佣人把竹子砍了，改种花草。父亲老年痴呆，宠着黄夫人，唯命是从。

黄夫人说砍，父亲就派小李子等家佣砍。我说竹子是爷爷喜欢的，黄夫人说竹林里有蛇。我说蛇不咬好心人，黄夫人说，蛇才不管好心坏心，是人都咬。我说爷爷喜欢竹子。黄夫人说：“在京城，这家里你父亲说了算，我还没见过你爷爷呢！”

黄夫人趁我上学，到我屋里窥视，见我屋里全是兵器和兵书，还有满屋子的果核。她嫌脏，就去父亲那里告状：“王大人，你儿子哪有心读书？在屋里养蚂蚁。”

父亲奇怪我养蚂蚁，到我屋里一看，桃核上果然有许多蚂蚁。这些桃核是我排兵布阵用的道具。结果，父亲一怒之下，把我的兵器和桃核全丢到了垃圾堆。

最让我不能容忍的是，黄夫人竟把我的八哥给扔了，家里人都知道我这个八哥是为母亲买的，黄夫人说嫌吵。奶奶知道这件事对我伤害很大，劝说黄夫人要尊重孩子的兴趣爱好。黄夫人说：“我在放生，做善事啊。”

黄夫人扔了我的八哥，我回来，什么也没说，但是已暗暗下定决心要教训她了。

一天，我在长安街看见一个卖猫头鹰的，心生一计，把猫头鹰买了下来。黄夫人怕猫，猫头鹰估计也能吓得她再躺几个月。我悄悄把猫头鹰藏到黄夫人的被子里，黄夫人进屋，揭开被子，吓得魂飞魄散。猫头鹰在屋里怪叫着，冲门而出，飞得不见踪影。

黄夫人哇地吐出一口黄水，一个跟头栽了下去，吓出病来了。

家里议论纷纷。小翠早上买菜时从邻居那里听说民间有忌讳，忌野鸟飞入屋内。小翠吓得跑回来告诉奶奶，奶奶也吓坏了，怕家里要出什么事。后来小翠说石碑胡同有个大仙，那大仙是个巫婆，会跳大神，沟通阴阳两界。奶奶就要去请大仙，我听说家里要请大仙，悄悄向小翠打听大仙的住址。

第二天，我一早就去找大仙，让大仙到我家作法时按我的意思说。大仙哪里肯，我就给钱，给钱大仙也不肯。我正灰心丧气往回走，见到小翠来请大仙，我就要小翠在大仙面前帮我评评理。那个大仙很善良，听小翠说后娘欺负孩子，就点点头。

家里驱邪这天，大仙忽然让鬼魂附体，变成母亲，说黄夫人对孩子不好，所以化成鸟儿来管教她。如果再不好，就把她拖到阎王爷跟前评评理。黄夫人吓得一个劲儿地磕头，从此也就收敛了许多。

这时，我的心思已不在黄夫人这儿了。我在街上听到人们议论，说大同镇附近打仗了，死了许多人，蒙古人又要南下了……

我和商达等同窗听到这个消息时，热血沸腾。我们这帮京城少年，对北方蒙古人的任何行动都最敏感。我们汉族人毕竟曾经被他们统治过……一放学，我们就跑到天桥书场，那儿有好几个说书的。我们专拣岳飞、杨家将、文天祥这些英雄的故事听。

我从父亲的谈论中知道了明朝的北方危机。当初太祖皇帝在金陵建立明朝时，大将徐达沿运河北上攻打大都，大都就是北京。徐达问太祖，如果元主北逃，是否追杀。太祖皇帝说："彼气运既去，理固当衰，其成其败，俱系于天。若纵其归北，天命厌绝，彼自撕尽，不必穷兵追之。"所以，元军退回到漠北，并没有被消灭，自称"大元"，时常侵犯明朝边境。朱棣为对抗大元，迁都北京，天子亲自守国门，修筑长城。设立九边，就是九个防御军事区，有辽东、蓟州、宣府、大同、太原、榆林、固原、宁夏、甘肃等。当时蒙古主要分三部分：厄鲁特蒙古在西蒙，喀尔喀蒙古在北蒙，还有漠南蒙古。部族有鞑靼、瓦剌、科尔沁、察哈尔等。

当年"土木之变"就是瓦剌打到怀来，俘虏了英宗皇帝，也就是宪宗皇帝的亲爹。现在又听说蒙古人侵犯边境，我们想，打仗是肯定免不了。如果打起仗来，文官就没有用，得靠武官守边卫疆。父亲是个文官，我就应当做武官，这样王家文武双全，保卫国家。那些日子，我特别想念王琼。自从他去北方从军，就一点儿消息也没有了。我想离家出走，去找王琼。这件事如果向父亲请示，一点儿批准的指望都没有。

就在我犹豫不决时，一件事促成了我的北行。那天，我出了皇城，去西直门。西直门是从玉泉山到皇城的水车走的门。我去西直门是看驼队进城，驼队从西域来，带来许多异域的奇珍异宝。他们就在西直门外吆喝叫卖，形成一个北方集市。我正看得入神，忽然有人喊我，吓了我一跳，这地方怎么会有熟人？

我回头一看，原来是马龙。马龙骑马过来，我问他去哪里。马龙眨着他那只唯一会动的眼睛，说："塞外。"我问："去塞外干什么？"他说："要打仗了，男人就要打仗，待在城里的是女人。"

我问："师父，你说的塞外是什么样子？"

马龙说："什么样子？你去看啊！"

我问："塞外比皇城好吗？"

马龙大笑："当然，自由自在，十步杀一人，千里不留行。"

听他这么一说，我的心早已飞到塞外。我看他后面还有一匹小青马，就往马上一跳。

马龙说："下去！这可不是闹着玩的。"

我说："走，师父，我去找王琼。"

马龙说："你别说是我拖你出来的就行了。"

我这一走，家里就乱了套了。老的走了，小的也不见踪影，父亲怀疑是爷爷把我带回老家了。他派管家小李子回老家打听我的下落。小李子回话说老的小的都没回余姚。父亲仰天长叹："富贵在天，生死有命！"

我跟着马龙出关，一路向北。马龙武艺高强，我跟着他找到了练箭的机会。之前，我们都是固定靶位，并不实用，有敌人站在那儿不动等你来射的吗？一路上的野兔子成了练箭的活靶子。第一天，我一只也没射到；第二天，射中五只；第三天，也就和马龙射中的差不多了。马龙惊奇于我的进步神速。从射兔子的过程中，我总结出一个经验：随心。心不可固守一处，事物瞬息万变，心的瞬间感觉，就是一张网，要迅速捕捉变化中的万事万物。

我们去的地方叫张家堡。这地方原来叫翠屏口，因内地移居垦边的张姓偏多，所以就叫张家堡。威宁伯王越的军队驻扎在这儿，塞外一支鞑靼部落也驻扎下来，一场大战一触即发。我见到了王琼，他披着铠甲，一副职业军人的模样。王琼给我看他父亲赏给他的青龙剑，锋利无比，斩铁如泥。

一天夜里，军营里骚动起来。王琼进来告诉我，大部队马上要冲击鞑靼人的部落。我正想参战，马龙用套马索把我放倒了，说威宁伯有令，让他看着我，不许我去战场。我向王琼求救，王琼哈哈大笑，说等我回来喝庆功酒吧。我看着王琼威武地跳上战马，心里痒痒的。大部队出发了，马龙替我解开绳子说："战场，可不是你看的武侠话本，战场就是死人，就是屠宰场。没受过军事训练上去，就是送死。"

我问："为什么说战场是屠宰场？"

马龙说："走，杀羊去。"

我跟着马龙杀羊，要杀一百只羊，准备犒劳凯旋的战士。我们在羊圈里追逐羊，狠心捅刀子。这是我第一次杀生，空气里弥漫着血腥味。马龙对我说："在战场上，有时你是屠夫，有时你就是这羊。"

我手中杀羊的刀掉在地上，忽然明白一个道理，战争只是手段，战争是为了消灭战争。在战场上，所有的人都是羊，屠杀他们的是战争。我杀一只羊，但我和这只羊没有仇，战争就是必须杀没有仇的羊。

第二天下午，出征的部队回来了，没有出征时的激动和昂扬，人们唱着忧伤的歌曲，天空中的草原鹰低低地盘旋着……前面的马车上全是战死的战士，有的没了脑袋，有的少了胳膊，还有的少了腿。后面的马车上都是伤员。我们赶紧上前把伤员抬进帐篷，给他们清洗和包扎伤口，呻吟声、吼叫声充斥着帐篷。

有一个伤员，一人躺在一辆大车板上。王琼过来，说这是他亲手救下的勇士。我赶快替这个勇士包扎流血的伤口，勇士的腰牌上写着：江彬。

王琼救下的江彬，身世是个谜，很多年后才得以解开。有一个叫江彬的勇士，杀入鞑靼营阵，乱箭射来，正中面门。他拔箭冲入敌阵，一刀杀了鞑靼首领，自己也倒下了……鞑靼首领的儿子负了重伤，他看到父亲被杀，要一刀杀了江彬。这时，威宁伯的大军已经把他们包围，首领的儿子知道突围无望。他看到江彬的腰牌，灵机一动，穿上江彬的盔甲，戴上腰牌，假装死过去……王琼最先在死人堆里发现他，就把他抱上了马车。这场恶战，明军大获全胜。鞑靼兵首领被杀，退到乌兰察布北边。首领的儿子从此成了明军的校尉，这个校尉后来差点儿断送了大明江山。

我忙了一天，夜里在帐篷里读兵书。威宁伯到军营查营，问我读的什么兵书，我说《武经七书》。威宁伯说此书多有谬误，虽是兵部颁发的，但缺少实践，战争多变，最好的兵书当推《孙子兵法》。

威宁伯说："《孙子兵法》讲得好，兵者，国之大事，死生之地，存亡之道，不可不察也。"

威宁伯王越担心我家里着急，命令我速速回家。他要我十七岁后再来投军。军中无戏言，威宁伯的话就是命令，我只得离开，王琼骑马相送。我走出军营时，从行军帐篷里投射出了仇恨的目光，是江彬在看着我。他没想到这个救助过他的人，将来会成为阻碍他复仇的人，他想要大明王朝来偿还他父亲的血债。

王琼提醒我，打散了的蒙古人正三五成群地在原野游荡。如果我独自与他们碰到，极其危险，他们会把仇恨发泄到我头上。我拿出弓箭，射向天空中的一只苍鹰。苍鹰中箭，发出惨叫，冲向远方。

我们骑马到山坡上，远处的海水在阳光下闪着金子般的光芒，马群像潮水一样在绿色大草原上滚动。我和王琼双手紧握，扳了扳手腕，依依不舍地告别。

那时，我们心中充满着少年的豪情壮志，有一种直觉，不负此生。天高任鸟飞，海阔凭鱼跃，我们就像草原上奔驰的两匹骏马……

八

太学里的“三纲五常”

告别了这些日子的军旅生活，告别了战友王琼，我心中有些失落，但我知道，总有一天，我还会杀回疆场的。我骑在马上，吟诵起杨炯的诗：

烽火照西京，心中自不平。
牙璋辞凤阙，铁骑绕龙城。
雪暗凋旗画，风多杂鼓声。
宁为百夫长，胜作一书生。

我一路领略塞外风光，做笔记，画地图。张家堡一带自古是兵家必争之地，是拱卫京师的重要关口。我的这些笔记，将来对我领兵作战有很大用途。那时，我心中的偶像就是威宁伯，我要像威宁伯一样，驰骋疆场。

在宣府附近，我正骑马急行，忽然，有两个鞑靼大汉骑马过来。我们在一条狭道上相逢，我想两军相逢勇者胜，于是拔出刀来，大喊一声便冲过去……结果两个大汉不明就里，吓得狼狈而逃，这是我人生的第一个胜仗。事后，我想想有些后怕，若是那两个大汉合力战我，我肯定不是他们的对手，或许已成刀下鬼。

一天，我来到居庸关，见一个老人在放羊，我问他这儿为什么叫居庸关。老人说秦始皇驱赶草民修建长城，说这些人是庸人，把他们留下来守关，就叫居庸关。居庸关距京城只有一天的路了。天黑下来了，八达岭下有一座庙，我进了庙，在案台底下铺上麦草躺下就睡。那天，我做了个奇怪的梦，梦见伏波将军马援，披着铠甲，杀敌归来。

我醒来后，举起火把看这个破庙。庙顶结满蛛网，满是灰尘。模糊里，似乎有马援二字。我就用手中烧残的木炭条，在墙壁上写诗：

卷甲归来马伏波，早年兵法鬓毛皤。
云埋铜柱雷轰折，六字题文尚不磨。

这趟塞外之行对我的人生有很大的影响，我认识到读书一定要和现实生活相结合，不能一味关起门来读死书。“纸上得来终觉浅，绝知此事要躬行。”我回到家，敲门，小翠来开门，吓得手中的盆儿摔到了地上。看门的小李子竟问我是什么人，可见两个月来，塞外生活对我的改变之大。

父亲听说我回来了，趿着鞋从屋里赶出来，连衣裳都没披。可是，见到我后，脸色一沉，要我去书房。我进了书房，挨了父亲一顿训斥。我同他说去北方塞外考察，是为将来报效国家，没敢讲亲历威宁伯与鞑靼人的这场大战。父亲说：“父母在，不远游。”父亲在引用《论语》，用圣人之言教训我，我就用圣人之言来回复他。我说《孔子家语》中讲道：“有文事者，必有武备。”文章欺世盗名，获取富贵，国家危难时，束手无策……

父亲见我引用《孔子家语》，一时无语。我趁机拿出这几天写好的《边关战略报告》，请父亲代呈皇上。父亲在翰林院给太子讲学，有机会接触到皇上。没想到父亲大怒，骂我狂妄，一派胡言。用后世的话说，父亲的这种教育方式，就是反社会人格。他对我做的努力，不是积极鼓励，而是讽刺挖苦，但谁叫他是我父亲呢，我只有沉默不语。

有时，沉默也是一种力量。父亲可能觉得训斥我的话说得太难听，有失他一代儒者的风范。当晚，他又转到我屋里，跟我交起心来。他介绍起考上状元的经验，他这个经验真可以写成一本《会试速成指南》。他又跟我讲当官的学问，做人的学问，他说做人和当官的学问都在圣贤书中。讲了半天，最后他讲出目的，他决定送我进太学学习。

太学是当时全国的最高学府，只有极少数的贵族子弟和全国最精英的学子才能在里面就读，包括皇太子。太学是个什么样？第二天，父亲就领我去参观太学了。太学只和我家隔几条街，步行一会儿也就到了。在京城，就是享受着与地方上不一样的便利。太学像一组寺庙，又相互隔成小间。与寺庙不同的是，没有香烟缭绕，没有敲木鱼读经的声音，十分安静。你走在大理石石阶上，只听得空空荡荡的脚步声。可是，你往屋里一看，会吓一跳，里面坐满了人。每个台案后面都有一个精致的小脑袋，这些都是全国挑选来的精英学子，正在寒窗苦读。父亲要我放轻脚步，不要打扰他们读书。父亲说只有在太学，才能学到最正统的儒学，这里是儒学的最高殿堂。

后来，父亲又领我参观紫禁城，进午门，右为文华殿，左为武英殿。最后把我领到他工作的体仁阁和弘清阁，这儿也是六部所在。我父亲王华一边讲着，一边说男子当考取功名，建功立业……

父亲找人托关系，也就是开后门，才把我安排进太学。开学那天，他领我拜见当朝最有才华的李东阳。李东阳是我刚到京城时，听商老夫子讲的那个神童。他在太学当太傅，太傅是太子的专职老师。但是，他给人的印象不像个老师，而像个怀才不遇的才子。他蓄着山羊胡子，一嘴酒气，面色苍白，衣着很随意，像个艺术家。李东阳见我就说王家家学渊博，后生可畏，父亲谦虚了一通。李东阳眯着眼睛看看我，我没吭声。他没在我身上看出什么特别的地方，就对我没有什么兴趣了。

父亲又引我见太学里的三好生湛若水。父亲夸奖湛若水是太学七十二贤中最接近颜回的。湛若水比我稍长，慈善谦逊，一看就是个做学问的。我和湛若水很谈得来，湛若水听说我独自闯到塞外，很是敬佩。他是那种跟你谈话能让你得到鼓励的人，满满的正能量。父亲要我在太学多向湛若水请教，以他为榜样。

从那天起，我就成为太学的一员了。太学虽说集中了全国的精英学子，但是给我的印象并不好。大家在这儿接受迂腐教育，一举一动，一言一行，都要引经据典。如果没有经典为依据，就惶恐不安。这样的教学模式，让人感到很压抑，精英进了太学，最终被改造成平民。太学里最大的明星是皇帝的老师程敏政——考状元的出卷主考官，他是当朝的学术权威。程敏政上课，学生特别认真，事关各自前途。程敏政说："存天理，灭人欲。天理是事物本身所固有的，不随人的意识而改变，天理也是完美无缺的。朱子教导要持敬，坐如尸，立如齐，头容直，足容重……此都是述天地之事，物物有分别，如君君，臣臣，父父，子子。至君得其所以为君，臣得其所以为臣，父得其所以为父，子得其所以为子，各得其利，便是和。如臣处君位，君处臣位，安得和乎？安分守己，各尽其责，纲常万年，磨灭不得……"

程敏政讲的是一种宇宙和人类社会的秩序。人活在世上，谁也逃脱不了三纲五常。三纲五常就是天理，天理是完美的。这种完美，呈现在哪里呢？在格物之中？还是在人的内心里？在太学听到的知识，引发了我的苦苦思索。当时，一切都无解，都在困惑和苦思之中。

太学的最高学术思想就是在全国推行三纲五常。太子进太学，也就是学习三纲五常的推广术。可是，讽刺的是三纲五常在皇宫里已呈乱象，若皇宫里都不能推行三纲五常，何谈天下？

灾祸就像乌鸦一样在皇城上空盘旋。成化二十一年（1458年）七月，安喜宫里，万贵妃喝醉酒，有宫女报告，又有一个妃子怀了儿子。万贵妃痛苦万分，嫉妒得心如刀绞，发出绝望的号叫……

道士李自然被他师父蔡蓬头捉走后，在宫中留下了一堆春药。万贵妃和宪宗患上春药依赖症，没有春药提神，什么事也干不成，站着都能睡着。他们每天的工作就是服药、按摩、刮痧放血……刮痧放血是从关外传来的，在宫中盛行一时。

万贵妃由于服药剂量太大，五脏六腑早就不负重荷，但嫉妒的力量依然支撑着她，她领着太监去捉拿那个怀孕的妃子。她用拂子鞭挞妃子，那妃子瞪着她，觉得奇怪，怎么一点也感觉不到痛。妃子就差求她打重点。万贵妃抽了两鞭子，忽然，眼前的妃子变成太子的母亲纪贵妃，披头散发前来索命。万贵妃咳嗽起来，感到喉咙里有一口痰，忽然仰面倒下，竟让一口痰噎住，死了。

宪宗正在乾清宫服春药，这春药要用宫女分泌的香汗做药引，所以，他在等着宫女们在承露台上奔跑。宫前大堂上，文武大臣分列两旁，等着皇上上朝议事，他们眼睁睁等了半天。皇上必须在上朝前服春药，否则一刻也坚持不了。当职的小太监刘瑾跌跌撞撞跑进来报告："万娘娘中痰猝薨了。"

宪宗急忙往东宫赶去，只见凤榻上红颜萋萎，万贵妃早已没了人形。宪宗从小是由万贵妃带大的，母爱、姐弟恋、情人，集于万贵妃一人。他涕泪满面，对天大喊："爱妃，为何去得如此突然？"

太监、宫女、御医都知万贵妃服药过度，但是谁也不敢说，因为药是皇上赐的。朝堂上大臣等着他上朝，刘瑾等太监扶着宪宗勉强坐上龙座。宪宗一句话也不说，只是坐在那里流泪。

内阁大臣谢迁禀报："淮河泛滥，安徽、江苏数万人死于水患……地方请求减免租税……"

宪宗顿时哇哇大哭起来，众大臣面面相觑，皇上真是爱民心切啊。

忽然，宪宗叹了一口气说："我的万贵妃去了，我也不能活在世上了，怪我不好，我好久没与她温存了……"

群臣听得目瞪口呆，还有几个相顾窃笑。

宪宗朱见深退朝后，倒在床上，茶饭不思，只思万贵妃。他想到当初道士李自然的师父蔡蓬头会"天女下凡"的道术，可招万贵妃魂魄一见，于是便派人四处寻找……

执笔大太监张永到九华山找到玄清宫里的蔡蓬头。蔡蓬头闭门不见，张永只好求见李自然。李自然见张永送来一堆皇宫里的宝物，怦然心动。李自然自从被师父捉上山面壁思过，已有年余，心中早已愤愤不平。他料到师父不会把掌门的位置传给他，他只学了些空中取蛇、白水变酒的小道术，与其受困于山上，不如到宫里当国师，人生也算得荣华富贵一场。

李自然瞒着蔡蓬头，悄悄和张永下了山。李自然看了一眼昏迷不醒、人事不知的宪宗，要太监张永、刘瑾把皇上抬到乾清宫大殿。张永和刘瑾以为要晒太阳，朱见深忽然睁开眼，看着阳光从乾清宫的屋檐照下来……

李自然上前说："皇上，贫道来迟了。"

宪宗流出泪水，一手拉着李自然说："众先生谁知？朕是唐明皇转世，万贵妃就是杨贵妃转世，在天愿作比翼鸟，在地愿为连理枝……"

李自然安慰说："皇上稍候，贫道请万贵妃携众仙女从天宫下凡，与皇上相会。"

李自然把一张五彩缤纷的纸撕碎，抛至空中，阳光也变得零乱起来，忽明忽暗，从屋顶飞下众多女子。宪宗大喜，直起腰高喊："爱妃……"

忽然，众仙女变成了丑八怪，尽是宫中杂役，又有万贵妃残害的众妃子混杂其中，一个个披头散发……朱见深大叫一声，口吐鲜血，一命呜呼。

宪宗皇上驾崩的那天，我正在太学上课，忽听钟鼓楼上钟鼓齐鸣……远远看见，文华殿后殿讲学太傅程敏政和刘健慌里慌张地把一个学生送上车辇。

太学里的三好生湛若水从窗户伸出他的少白头，东张西望。我问他，那个上车辇的学生是谁。湛若水说是太子朱祐樘。刘健和程敏政是太子朱祐樘的老师，他们这么急急忙忙的，可能宫里出大事了。

九

指腹成婚下南昌

成化二十三年（1460年）九月，也就是万贵妃死后的一个月，宪宗皇帝驾崩。孝宗朱祐樘继位，称弘治元年。孝宗朱祐樘这时候才十八岁，大明王朝遇到了麻烦事：地震、水灾、瘟疫，更严重的是各级官员消极怠工，不务正业，人们称内阁和六部为“纸糊三内阁，泥塑六尚书”。

孝宗发现朝中有一类历代皇帝都很讨厌的人——言官。言官队伍很强大，有十三道御史和六科给事中，太祖皇帝都惧言官三分。言官的任务主要是负责监督各级行政工作，检举不法行为。但是，言官之间，又经常“互相标榜，过为讦激”。

弘治二年，少年天子孝宗想出了一个妙法，用言官来调整干部队伍。纸糊内阁换人，换成了刘健、李东阳、谢迁组成三内阁，六部尚书也换人。他的妙法是鼓动言官骂人，他暗中和言官配合，一个唱红脸，一个白脸，最后把那些混事的官员骂得灰头土脸主动辞职。

孝宗听从言官意见，把宫里大批废人扫地出门，革除法王、佛子、国师、真人等封号……皇宫午门，架起火柴，烧死妖僧。道士李自然听到宫中乱哄哄的，一打听，是西域来的大和尚被烧死了，吓得正准备溜。执笔大太监张永领人早把他拦住，说是皇上召见。李自然颤抖着到了朝堂上。他跪下请安，人还没站稳，刘健就指着他的鼻子骂道："妖道李自然，滥施春药，授房中术，搅乱朝纲，当斩！"

众人齐声斥责，真是墙倒众人推。

刘健一把揪住李自然的衣裳，说："听说道长会让仙女下凡，又会奇门遁甲、隐身之术，能否从我手中走脱？"

这个刘健年轻时练过功，玩过石锁，双手横着肌肉，牢牢扯着李自然的衣领。这李自然本来就心虚，哪有力量挣脱？这时，威宁伯王越站出来，扯开内阁首辅刘健。

威宁伯王越说："内阁大人，朝堂上拉拉扯扯，成何体统？先放下手，听老臣禀报。"

刘健一听，以为有什么事，就松了手，众人看着王越。王越在武班行列中站在前头，他摇头晃脑地说："禀告皇上，皇上登基大业，吉祥如意。宫中太监、道士再多罪过，也是先皇的故人，恐杀之不祥。"

文班里的大臣议论纷纷，说妖孽之人，当杀。

王越掏出一封折子，呈献皇上："这是老臣的《赞功书》，细说了这些道士、法王、国师在先皇手下的功德。"

众人哗然，威宁伯竟然为宫中妖孽赞功！

文班排头的老臣商辂上前说："皇上，当初王越被封为威宁伯，万贵妃和李自然从中帮了忙，王越此时投桃报李，徇私枉法……"

孝宗皇帝刚登基，就见两边文武行列的头班老臣争吵起来，撸胳膊，挽袖子，吓得不知所措。孝宗生性软弱，怕引起两边不和，就想出了一个折中法子。孝宗发话，饶李自然一命。当然死罪免了，活罪难免，斩了一条胳膊，脸上刺字，赶出宫门……一条胳膊的李自然站在承天门外，回望皇城，想起师父蔡蓬头的话，后悔万分！蔡蓬头说他心浮气躁，贪图尘世享乐，若下山，终将反受其害，现在果然应验。

再说王越在边塞功大，朝中有传言说王越看不起文臣，说翰林院皆务虚空谈，李东阳和程敏政一直怀恨在心。他们见王越替妖道求情，而且皇上竟也听了，两人立马联手向王越发难。他们弹劾王越假冒军功，朝堂成了对王越的批斗会。

孝宗说："你们就饶过威宁伯吧，毕竟戎马倥偬半辈子，就让他退休吧，在边关这么多年，也不容易。"

王越颤抖着与皇帝告辞，叩头谢恩。

威宁伯王越回到家就一病不起，他问守在床头的儿子王琼："我真糊涂吗？"

王琼说："爹，这回你真糊涂了。东西厂滥杀大臣，文武百官对太监和道士恨之入骨，你这回是不识时务。"

"识时务者为俊杰。"王越一口气没上来，气死了。

一代名将就这么死了，没能死在疆场。我还是从父亲和那些幕僚的谈话中，才知道王琼的父亲威宁伯死了，憋屈地死在家里。我不敢相信那个领着十万大军，纵横驰骋塞外的威宁伯就这么死了。我眼前总是浮现威宁伯出生入死、边关杀敌的场景……威宁伯死后，王家在家里设了灵堂，竟然没有人上门来吊唁。

我和商达相约一道去王越家吊唁，我们和王琼算是同学。

王琼见我，眼中含泪说："父亲在朝多年，去世后竟无人上门吊唁，人情冷漠啊。"

我说："是非功过，自有定说，威宁伯功不可没啊！"

王琼告诉我许多内情，朝中大臣指责王越假冒军功是实，但王越不是为了个人，而是为了国家。边关驻军的军饷不足，层层克扣，战士怨声载道。战士是要打仗的，士气没了，这仗怎么打？王越假冒军功，军队就可以得到朝廷的奖励，补充军饷。现在朝中议论的是王越替朝中妖道、妖僧说话，假冒了军功等事，却没有人谈论王越在边关的七十二战。他驻守大同镇防区，蒙古人没能越长城半步。

我们陪同唏嘘感叹。没几天，皇上忽念旧恩，让王琼子承父业，领兵镇守大同镇。我们给王琼饯行时，忽见老仆人马龙扛着包裹过来告别。他说要回老家了，我和王琼都舍不得马龙，马龙算是我们的师父。王琼要马龙随他去边关，马龙说他老了，想图个安稳了。

我说："我家里缺个马车夫，仆人小李子前些日子回老家余姚照顾爷爷去了。"

商达说："你父亲胆小怕事，肯定不敢用威宁伯家的故人。"

我问："那如何是好？"

商达说："你只要回去编说马龙是你的救命恩人，你父亲就不好回拒了。"

为了留住马龙师父，我听从商达的话，平生第一次说了谎。这个谎话打动了父亲，他答应收留马龙来家里当仆人。

我和王琼交往密切的事，很快传到父亲的耳朵里。父亲属于文臣，若论裙带关系，他和商辂、李东阳、刘健、谢达等都是一伙的，这帮大臣被称作翰林系干部。别人都反对王越，偏偏你王华家暗中留了一手，和王越家保持密切关系，分明是留有余地。而且当时，父亲曾给孝宗上过课，有传闻父亲正要提拔高升，从五品升至四品，父亲不想因为我和王越家的关系影响到他的仕途。

父亲整整一个下午都在屋里踱步，想出了一条两全其美的计策。他要我立刻去南昌结婚，完成当年订下的娃娃亲。

父亲的同学诸让在南昌任江西参议。我满月时，诸让就和我父母订了娃娃亲。我和诸婉澄在私塾做过同窗。我到北京这几年，一直没有联系。听父亲一说，我才知道他们全家去了南昌。父亲做出决定的第二天，就给我备了一车彩礼，催我上路。其实他是赶我离开京城，怕我给他惹麻烦，影响他的仕途。

当时，我没有认识到结婚对人一生的重要性。我听说可以南下，一路游山玩水，乐坏了。再说一路上有马龙相伴，马师傅武艺高强，又没什么可担心的，我立马就答应了。父亲瞪圆眼睛看着我，他想，怪不得我总惹是生非，原来是想娶媳妇了。

去南昌的路，我们走了一个多月。这期间，父亲的信使早已经到了南昌，又返回京城。信使说一路上也没见到我的人影子，父亲就又担心起来。黄夫人劝他说："你儿子鬼精，他还不知道娶老婆吗？我保证他丢不了。"

终于，我们来到了南昌城外，南昌当时又称洪都。马龙催着入城，我一点儿也不急，不想急着见我的未婚妻，我就说在城外先吃饭。我们来到一家喜来客栈，正低头吃饭，忽然听见有人说话，我抬头一看，对面桌上一个独臂道士正跟一个大胡子饮酒。这个独臂道士的一句话，吓了我一大跳。道士说："我李自然是逍遥门蔡蓬头的徒弟，师父年老归隐，不再过问尘世间的事，长生不老的秘诀天下也就我一人知道了。"

大胡子说："李仙人肯来南昌，是我们的造化。现在成祖所赐的南极长生宫正缺住持，仙人来得正好。"

在京城，我虽说没有见过李自然，但是关于他的故事，耳朵里满满的。我悄悄告诉马龙，威宁伯就是替此人说话，才遭了众大臣的弹劾……马龙一惊，悄悄打量起李自然，说威宁伯糊涂了，这样的人也值得替他说话？我怕马龙莽撞，按住他的胳膊，叫他不要声张。

不一会儿，门外进来一个少年，约十五六岁。少年进门，指着大胡子说："胡十三，你也在这儿？"

大胡子一见少年，慌忙起身让座说："公子来得正好，我正要给你引荐一位高人。"

胡十三指着李自然说："逍遥派道长李自然，人称活神仙。"

少年公子问李自然："你既是神仙，会算命吗？"

李自然说："公子，贫道略知一二。"

李自然要公子伸出手掌，说："贫道以麻衣相法，给公子算一算。"

忽然，李自然站起，跪下喊："万岁在上，小人有眼不识，该死！"

那少年大惊，慌忙把李自然扶起，说："这里人多嘴杂，待会儿请先生进宫再说……"

这几个人的谈话，吓得我手中的杯子差点儿掉到地上，南昌城里竟然还有人称万岁？只有皇帝称万岁，天无二日，难道这天下有两个太阳？

我见那三个人吃完酒饭，匆忙离开，就要去跟踪。马龙提醒说，那个大胡子有些武艺，公子小心才好。我说放心吧，于是就让马龙先去诸让家送彩礼，我则悄悄跟踪胡十三他们。他们三人进了洪都的北门，穿过一条街道，沿着一条小径，往山上去。在山脚下，有一个道观，这是成祖朱棣赐额的"南极长生宫"。大胡子和李自然进了道观，那个少年在道观门口与他们告别。

这个少年是关键，李自然竟敢称他为万岁？我就跟踪这个少年，一路往城里去，到了街道繁华热闹的地方，少年进了一个花局里。花局里是歌舞妓娱乐场所，我一头雾水，犹豫了一番，决定跟进去。我一进门，就有几个涂脂抹粉的女人上前，拖我去听戏，我就跟着她们。她们把我安排在一个座位上，其中一个老鸨问我要不要美女侍候。我连连回绝。我想想就害怕，父亲叫我来南昌成婚，我走了三千里路，到目的地不去未婚妻家，而是先进了花局里。这要是传扬出去，怕是有口难辩。

忽然，刚才那个少年竟上台唱起曲来，唱的是洪都民间小调十八摸，底下众人叫好。我问旁坐的人这个唱戏的是谁。旁座的人说：“你是外地的吧，这人谁不认识，这是宁王朱觐钧的儿子小宁王朱宸濠。”这么一说，我想起了，南昌有一个皇上册封的宁王。那么，宁王应当称千岁，怎么能叫万岁呢？当初宁王被封于南昌，十分冤屈，他们称万岁，难道想发难？

这个小宁王的戏唱得活灵活现，我看得入神，忘记了时间。忽然，一只脸盆从戏台后面扔过来，砸在我面前。众看客也不慌张，哈哈大笑起来。只见门外闯进一群女人，拿着扫帚、拖把，一阵冲砸。花局里的女人也拿盆、擀面杖应战。看客们嘻嘻哈哈，纷纷逃出。我问一个看客这是怎么回事。看客说，说来话长，天天打，让我莫惊慌就好。

我再看戏台上唱戏的小宁王，早已不见踪影。

十

铁柱宫里炼丹学道

岳父诸让接到我父亲的信，天天去城门口接未入门的女婿。他一接就是半个多月，也没见到我的人影。今天，他像往常一样又到城门口接人。城墙上挂着通牒，捉拿江枭凌十七。南昌城不太平，江枭强盗与官府勾结，抢劫商旅财物。岳父担心我一路上遭遇不测，他正忧心忡忡往回走，见有人打听他家的住处，一看是京城来的马车，高兴坏了。但是，车上只有一个独眼老头，诸让一问才知我已经进城了。

诸婉澄看见父亲和城外来的马车回家，以为未来的丈夫来了，高兴上前迎候，结果空欢喜一场。诸让告诉她，我已经进城，但不知跑到什么地方了。他们问马龙，竟也问不出头绪。马龙说我去跟踪一个少年，诸婉澄问为什么要跟踪人家，马龙也说不出原因。

诸婉澄问："是不是路上受风受热了？王守仁儿时就经常犯病，犯起病来头绪不清。"

马龙问："犯什么病？"

诸婉澄说："痴癫疯病啊！"

马龙拍胸脯说："姑娘，你尽管放心，王少爷绝没有这个病。"

诸婉澄说："没病，他去跟踪少年干什么？"

马龙也一时无语。

马车进了院子，大家忙着卸货。诸婉澄嘴上硬，却悄悄跑到门口去张望。她从下午一直等到傍晚，有一种不见王守仁誓不归宅的决心。

左邻右舍都问：“诸姑娘，一下午就见你站在这儿了，干什么呢？”

诸婉澄说：“刚抱养的一只小狗丢了。”

诸婉澄后来常称我是小狗，就是从那天开始的。当时，我迷了路，正东张西望一路打听。诸婉澄眼尖，上前一把揪住我的耳朵，就把我拖进了诸家宅院。岳父正指挥着佣人卸马龙车上的礼物，见女儿揪着一个人的耳朵进了门，知道是我，便大呼：“成何体统！成何体统！”

晚上，岳父给我接风，开了一坛家乡的绍兴女儿红。我和岳父酒力都不济，诸婉澄却是好酒量。她跟我闹酒，我不喝，她就揪住我的耳朵要灌酒。岳父训斥她，说：“《女儿经》都能背下来，可是行为怎么就如此不合礼数呢！”

岳母说：“从小娇惯的。”

岳父说：“你们就要成婚，要守婚规，五天之内不许见面。”

诸婉澄问：“不以夫妻见面，以表兄妹身份可见否？”

结果当然又挨了一顿训。

岳母说：“女儿养这么大，要嫁人了，母亲最有发言权。你们俩是从小订的娃娃亲，我们两家又是亲上加亲。但是，结婚是婚姻大事。入乡随俗，在南昌这地方的风俗我已经打听了，婚礼要按‘六礼’来办，即纳采、问名、纳吉、纳徵、请期、亲迎。王家这边送来贺礼，互换生辰八字，等于完成纳采、问名、纳吉……”

岳父说：“我在南昌布政司当参议，同僚们早就闹着要吃喜酒，这个婚礼要办得隆重些……”

诸家操办起婚礼来，我闲着无事可做。诸婉澄让她爹娘给关在后院，天天在屋里做女红，岳母说这叫养性子。我也做起修身养性的事，她绣花，我就练字。这期间，我练字大有所获。

要说书法，我们祖上是书圣王羲之，这是王家几百年来最引以为傲的事。我读程明道先生谈书法："吾作字甚敬，非要字好，只此是学。"我就想，非要字好，为什么又要学呢？古人随时随事只在心上，此心精明，字好也要其中矣。写字，心里要明白。后来我曾对弟子们说："吾始学书，对模古帖，只得字形。后举笔不轻落纸，凝思静虑，拟形与心，久之始通其法。"

岳父给我住的这间房，原来就是他的书房。房间里是他从宣城弄回来的几大筐宣纸，我就天天练字，练习的废纸堆在窗口有半人高。我用心领会先祖王羲之、王献之的书法，《兰亭序》被称为"天下第一行书"，我对行书最有感悟，下笔如行云流水，又如山石抑扬顿挫。

有一天，岳父进屋来看我，我正睡午觉。他看见书案上我写的字，大惊。他瞪视着我说："你老子从来没夸过你的书法？我看就你现在的书法水平，竹轩翁和龙山先生都不及你。"我心中暗自得意，其实，我的书法水平是在岳父的书房里提高的。人干什么事，都会有一个制约的瓶颈，但这个瓶颈会在某一次顿悟时得以突破。心灵是行为的主导，去心中求，就是悟。当我悟得万法随心，我的书写就从临帖中解放出来，章法自然，随心所欲了。

那些天，除了练字，我脑子里总想着那天刚进城发生的事。小小南昌城，竟有人敢自称万岁！宫中撵出来的道士李自然到南昌来，肯定有阴谋。家父是朝廷命官，虽说是个做学问编定史料的翰林修撰，好歹也是五品干部。我有责任要搞清楚情况，汇报给朝廷。

我见岳父进来，就向他打听南昌的情况。岳父到南昌当参议好些年了，参议就是研究地方政策法规的干部——其实是朝廷派到地方的耳目。岳父见我对南昌有兴趣，就打开了话匣子。

南昌的封王是宁王朱权，朱权是太祖的第十七子，又称宁献王。在他十五岁时，朱元璋为防御蒙古，封朱权于辽东大宁与成祖朱棣等王子节制沿边兵马，称宁王。后来靖难之役，成祖胁迫朱权出兵相助，并答应攻下南京后，与他分治天下。成祖即位后，非但只字不提分治天下，反而还将他从河北徙迁至江西南昌，尽夺其兵权。朱权当时才二十五岁，他寄情于戏曲、游娱，结交道家第四十三代天师张宇初，拜为师，研习道典。到了朱权的子孙宁惠王朱奠培继位时，南昌始生乱象。王府里有宁惠王爷爷留下的女人，称作奶奶辈；也有父亲留下的，称作妈妈辈。按理说，这两辈都应打发出宫，可宁惠王秽乱王府，强占奶奶和妈妈们，造成奶奶辈和妈妈辈天天互殴，王府护卫兵丁也被牵涉其中。宁王府这些乱七八糟的事传到朝廷，宪宗大怒，下令撤去宁王府的护卫兵丁，也撤了宁王的封号，所以现在府里的朱觐钧，并没有封号。据说，朱觐钧是奶奶辈生的，为保命，逃出宁王府，在花局里妓院头牌冯针儿处避难。前两年，在南昌的诸让等朝廷命官向朝廷求情，说些好话，请皇上下圣旨要朱觐钧回府，可他非得抱着冯针儿同回。府里按圣旨把奶奶辈、妈妈辈的女人全赶出府，这些女人就流落到洪都的妓院里。但是，奶奶辈和妈妈辈恩怨未了，经常在城里斗殴，巡抚也没有办法。这个朱觐钧独爱冯针儿，冯针儿就把戏院开在王府里……朱觐钧跟冯针儿生一子，名叫朱宸濠。生子时，朱觐钧梦见巨蟒吞食王府，就请人解梦。从九华山请来的道士蔡蓬头说，宁王府祖上杀了山上的蟒蛇精，因果报应，投胎来了。朱觐钧因此就不喜欢此子，撵出府，养在花局里唱曲……

岳父这一说，我终于明白朱宸濠被称为万岁的原因。清官难断家务事，这些都是皇上与朱家的内务，所以外人才懒得多管。

那天，我在家练了一上午的字，中午，只见门口车辆进进出出。

听马龙说，就这两天要办婚礼了，准备得差不多了。这些进出车辆是运送所购的土特产，准备酒席用的。本来岳父叫马龙盯着我，不许我一个人上街。用岳父的话说，南昌很乱，地处南北交汇处，江枭和土匪四处打劫，山险水多，匪患难平。我是京城来的，极易遭遇土匪袭击。但恰好马龙赶马车去街上购物，我就一人悄悄溜出来，到街上闲逛。南昌城很是热闹，街道依山傍水，恰逢赶集，街上人很多。忽然，我看到一个光头，脸上有刀疤，正东张西望。我觉得这人很可疑，非匪即盗，就悄悄地跟踪过去。

我跟着光头出了城门，来到赣江码头。那人正在张望，有人从小船上喊："凌十七！"光头应了一声，就上了船。我一看，船上喊光头的正是那天我在城门口喜来客栈里碰见的大胡子。旁边有个卖鱼的，我就蹲下看鱼，问道："请问船上的那个大胡子是什么人？"

卖鱼的说："你是外地人吧？南昌城有谁不认识他？他是胡十三，开赌场，开妓院，是个厉害的角色，惹不起啊！"

上回胡十三和李自然在一起，喊小宁王万岁，这回，又和一个土匪搅在一起，一定有阴谋。我就想上船，偷听这些人聚在一起说什么。忽然，一个白衣人抓住我的手，把我手抬起来看。我手上戴着当年无为道长给的沉香手串，那人看了一眼，松开手，转身就走。我正纳闷，那人回头向我招手，我就跟着那人走。我感到这人很熟悉，但也说不出来是谁。

我就跟着那人走，我走快，那人就快；我慢，他也慢。厉害的是，那人没有回头看我，竟然知道我追赶速度的快慢。

南昌城不大，只有两条平行的街道。城的一侧是赣江，另一侧是大大小小的丘陵。我跟着白衣人走到一个十字路口，上了山。沿着一条蜿蜒的山间小道，不一会儿，过了一片浓荫树林，出现一个道观，门上牌匾写着"铁柱宫"。当初宁王朱权信奉道教，所以南昌道观很多。

我进了道观，正殿一扇屏风，一个不大的厅堂，正中供奉着太上老君的像，壁上画着太极阴阳图，香案上着香，白衣人在蒲团上盘膝而坐。

我正好奇，东张西望，忽听白衣人说："你是王守仁吧？"

我大惊，问："你怎么认识我？"

白衣人笑道："你从前叫王云，这个名字泄了天机，你从小就不肯讲话，是我要你爷爷竹轩翁替你改的名字，智得之，仁守之。"

"你是无为道长？"我惊讶不已。

我记不得儿时无为道长的形象，只记得那回和爷爷上四明山，李自然正领着锦衣卫捉无为道长。当时，我吓坏了，若是发出点声响，估计命早就没了。

"是啊。"无为道长捻着胡须笑道，"我看到你戴的手串，才认出你来，这个手串是我套在你手上的。你刚才跟踪的那些人，是当地的土匪，人家已经发现你了。我要是不把你领走，你就危险了。南昌这么乱，你不是跟你父亲在京城里读书吗？来这儿干什么？"

"我是奉父命来南昌成亲的。"

"噢，那一定是诸让的女儿。"

"是啊，道长什么都知道。道长，你在这个铁柱宫干什么呢？在四明山不更好吗？"

"四明山不能待了，我那个师弟李自然想要师父传下来的《玉女心经》，发疯似地找我。师父说了，这经不能给他。我来铁柱宫，是来静坐的。"

"静坐？静坐有什么难，在哪儿不能坐呢？"

无为道长说："静坐可是大功夫，道分浅的人，坐不得。"

"这有什么难？"

"静坐是最难的功夫，你若不信，我们比试一番。"

"好，比就比。"我找了个蒲团，在无为道长对面坐下。

我坐了两个时辰，内心便烦躁起来，脑子里乱七八糟的，心中闷得慌，而无为道长竟像是睡着了。我想一定是脑子里乱七八糟的念头干扰了我的心神，就强迫自己坚决不想。可是，又过了一个时辰，越是不想，那些念头就越强，像山洪一般阻挡不住……

正当我心乱不安时，无为道长说："念头是水，不要抗拒，顺其自然，心神关照于丹田，意念在守与不守的朦胧之中。意念过重，火候太旺，易入邪。意念散乱不守，火力又不足。人体就是炼丹炉，炼得真丹，世间万物，随意而生，随意而动……"

我听道长指点，果然安静下来，又过了两个时辰，心若静水，仿佛时间已不复存在。我感到身体消散在空气中，化为无形，只有朦胧的意念像个罩子，罩着我的肉身……

无为道长又教我吐纳，呼气，慢出，舌搭鹊桥，渐渐地，我的呼吸从粗气变成气若游丝。

我们就这样对坐着，我向道长学习静坐的功夫。无为道长告诉我，我学习的是道教的重要功夫——"三关七返九还功"。"三关"，头为天关，足为地关，手为人关。七是火的成数，心属火，降心火为丹田下，养涵肾中真气，即七返之功。九为金之成数，情属金，摄情归性，使先天之气浑然贯通，即为九还之功。

我感到屋子里渐渐由暗变亮，又由亮变暗，从白天到夜晚，又从夜晚到白天……

我在铁柱宫里学习道家功夫，一学就是三天，老岳父家可就乱了套，我忘了婚礼这件事。新婚之时，朝廷命官诸参议家的新郎官失踪了！这可是南昌的奇闻。南昌巡抚派出军队，封锁城门。可是，怎么也找不到人。岳母和诸婉澄认为我遭遇不测，一个个伤心地哭泣。新郎找不到了，婚期只好推迟。

岳母听人说铁柱宫起卦灵验，就带着诸婉澄进铁柱宫起卦，询问女婿王守仁的吉凶。她们进了大堂，诸婉澄眼尖，一眼看见我正闭目盘膝坐着。她惊呼起来，倒把我和无为道长吓了一跳。

无为道长站了起来，问："施主，来打卦吗？"

岳母说："打卦找人，人已找到了，就不用打卦了。"

无为道长拖我到一旁说："麻烦，你媳妇找来了，你不好不回家。我教你的静坐功是道家入门功夫，意守丹田炼丹。炼丹要一百天不能行房事，切记。"

无为道长手捻胡须说："须拂领，其时入圣境，须至上丹台，其时结圣胎，须至下丹田，其时圣果圆。"

我说："道长，这话爷爷在我跟前说过多次，说是我的命，但我始终不明白，能不能详细说说。"

无为道长笑而不答，我也只好作罢。

告别道长，跟着岳母回家，难免受到一阵数落。我自知有错，也就不吭声。岳父找风水阴阳先生另择了个吉日，给我们举办婚礼。婚礼确实烦琐，新郎新娘就像演戏，司仪要我们怎么做就怎么做。那天折腾到下半夜，客人都走了，我正要回书房里睡觉，马龙拉住我。

马龙说："少爷你回哪儿？新娘在婚房等你几个时辰了。从今天起，你不能一个人睡了，要和媳妇睡在一起。"

我说："我一个人睡习惯了，两个人睡睡不着。"

马龙说："睡不着也得两个人睡，我当年就是怕两个人睡，才去边关打仗。你去边关打仗，像王琼那样，说不定哪天就当烈士了，就不用和媳妇睡觉了。"

我说："早知要和女人睡在一起，不能一个人睡，我就不结婚了。"

马龙压低声音说："现在扯这没用的话，迟了，你已经拜堂成亲了。你岳父岳母知道你们不同房，会认为你嫌弃他们家女儿，这是大忌。”

我听马龙这么一说，只好去新房。我进屋，屋里披红挂彩，点着大红蜡烛。诸婉澄坐在床上，头上披着一个红盖头。她听我进来，急着说：“快替我把盖头掀了，闷得慌。”

我赶紧替她掀了，问：“头上盖这布，感到闷，自己不能掀吗？”

“我怎么能掀？我娘关照再三，这是风俗，只能你来掀。”

我哈哈大笑，说：“这块红布留着，今后你不听话，我便往你头上一罩，你就动弹不得了。”

诸婉澄说：“别做梦了，这布的定将法只有今天管用，明天就没用了，这红布就用来压陪嫁的箱底。”

诸婉澄说折腾了一天，累了，她就躺在床上睡了。

我看了她一眼，问：“你睡觉怎么不脱衣裳。”

诸婉澄不乐意地说：“我妈说，衣裳要由你来脱。”

我长这么大，哪儿给女人脱过衣裳？我急得抓耳挠腮，忽然看见书案旁堆了一堆纸，就心生一计说：“好，好，我今天喝了两杯酒，李白斗酒诗百篇，守仁两杯书龙凤，我写几幅字就来……”

我写起字来，再看诸婉澄，早就和衣而睡，打起了呼噜。听人说，人生四大喜：久旱逢甘霖，他乡遇故知，洞房花烛夜，金榜题名时。至少，我对这个洞房花烛夜没兴趣。我看媳妇睡着，就偷偷把枕头垫到屁股底下，盘腿打坐，修习起静坐功来。

我一到晚上就练字，老婆睡着后，我就打坐练功，这样一糊弄就过了三天。诸婉澄问我为什么不给她脱衣裳，害得她三天都和衣而卧。诸婉澄说：“母亲今天问我了，怎么三天都穿同样的衣裳？我们家是富足之家，新娘子要一天换一身行头的。”

我也奇怪，问：“你就换啊，为何问我？”

诸婉澄生气地说：“你说得倒好，你不给我脱旧衣裳，新衣裳怎么穿？”

我更奇怪了，问她：“为什么一定要我来脱你的衣裳？”

“当然要你来脱，你来验明正身，验明我的女儿身。若是我自己脱了，或是别人脱了，身子假了怎么办？”诸婉澄理直气壮地说。

这些风俗真是稀奇古怪。若再在南昌待上几天，岳母大人肯定会发现我们夫妻不同床的秘密。有一件事及时帮了我的忙，岳父拿着我父亲寄来的信说：“你父亲来信了，我们的风俗要按老家的走，你要把媳妇领回余姚王家，去拜见爷爷奶奶，这才算正式进门……”

我和诸婉澄好几年没回老家了，听说能回老家，都高兴得跳起来。

十一

居敬门里“三省吾身”

岳父交给我一封信，对我说：“你不能因儿女之情耽误了功名，回家的路上经过上饶，你顺道去拜访一个人，娄谅娄老夫子。你最好能在他的学堂学习些日子，对你将来求取功名很有帮助。”

娄老夫子名气了得，是“吴门三贤”之一。据说他少年时就有志于成圣，曾经求教于四方，最后不屑一顾地说：“大家所说的举子学，并非是身心的学问。”娄谅听说吴与弼（康斋）在临川讲学，于是就到那里学习“以收放心为居敬之门，以何思何虑、勿忘勿助为居敬要旨”。在当今也算是独步天下。

诸婉澄听说要去娄谅家，高兴得跳了起来：“可以见到娄妹妹了。”原来诸让与娄谅私交很好，又都在江西境内，相距不是很远，经常相互走动。诸婉澄和娄谅的女儿娄钰从小在一起玩耍，情同姐妹。

马龙赶着马车上路，我叮嘱他慢行，一路游山玩水。从南昌到上饶也就五六天的路程，我们走了一个月。我在马车里打坐，暗自得意，一百天，小周天就通了。但是可苦了诸婉澄，结婚到现在还没同床。好在我们一起长大，又是私塾同学，没有太多讲究。

到了上饶，我们向路人打听娄老夫子的书院。乡间农人都知道，说:“你们找圣人啊?”娄夫子在当地名声远扬,人称“圣人”。我们在山下购买礼品后上山,山道两旁是梯田,种着茶叶、水稻,风景如画。远远看见一座农庄,走近就见上书“居敬门”三个字,两侧对联出自朱熹:“居敬持志为读书之本,循序致精为读书之诀。”我知道这就是娄夫子的书院了。

诸婉澄来过书院,一下车就往书院里跑,高声喊:“娄钰,娄钰,你躲哪儿了?”

茅屋里,娄谅正在讲学。诸婉澄一声喊,教室里顿时议论起来,众生都把头探出来看。我一进门,见许多脑袋盯着我,很是尴尬。

娄钰从屋里出来,一把就把诸婉澄往后院拖。

娄钰说:“疯丫头,我父亲正上课呢。”

诸婉澄吓得赶紧捂上嘴。

一个学生从屋里出来说:“我叫季教,娄先生让你们先进后堂休息,他要用正式礼节接见你。”

“什么正式礼节?”我问。

季教说:“先生要焚香、更衣、正衣、洗面。只要是来客人,有学生来求教,先生都要以正式礼节接待,不敢有丝毫懈怠。”

我随季教往后堂走去,边走边问他:“先生是长辈,为何要用这么隆重的礼节接待我等后生晚辈?”

季教说:“先生之学,居敬门,把恭敬、谦逊、朴素、劳苦,体现在一点一滴的行为中,而不是空言。”

我听了这话,很是兴奋,觉得这位老师果然名不虚传,所授之学的确与众不同,在太学也没有听说过这些。我决定留下来,在居敬门学习居敬之学。

娄谅下课后,正衣、洗面,正式在厅堂接见我。我要拜娄老夫子为师,娄谅拒绝了,我很茫然。一般来说没有特殊的原因,老师是不会拒绝学生拜师的，更何况娄谅和岳父私交甚密。我正疑惑，娄谅说：“你就留在居敬堂旁听，做客生吧。”

出门后，我悄悄问诸婉澄：“娄老夫子不肯收我为学生，只肯留我旁听，做客生，不知何意？”

诸婉澄说：“管那么多干吗？做学生和旁听有何区别？不都是留下来了？”

娄钰跑来，拖诸婉澄去她闺房。娄钰问我：“王守仁啊，我是喊你姐夫呢，还是叫你师兄呢？”

我说：“都行吧。”

娄钰说：“我看，我喊你师兄吧。我喊你师兄，喊诸姐姐师姐。学堂里的规矩，男女有别。师姐就跟我睡了，委屈你了。”

我一听，心中大喜。师父教我的结圣胎的功夫需要一百天，结圣胎后打通大小周天，也需要些时日。我连说：“不委屈，应当的，学校规矩要遵守。”

娄钰脸一沉说：“你也答应得太爽气了，哼，我看呀，有些不正常。”

我吓了一跳，这个娄钰竟是个鬼精灵。

居敬堂的学生有六个人一间屋，也有两个人一间屋。我是客生，享受客人待遇，住两人间，与季教同住。季教是班长，在学生中稍年长，半头白发。他告诉我，他是多年参加会试不中，才投到居敬门来的。

每天睡觉前，季教都静静地在椅子上坐上两个时辰。他静坐，我盘膝打坐。我们看似相同，其实有很大区别。季教的静坐是“三省吾身”，是“思居敬”，我的打坐是意守丹田，结圣胎，两人是一儒一道。

第二天一早，我醒来，屋子里空空的，季教的被子折叠得整整齐齐。我洗漱一番，出了屋子。书院里也是静悄悄的，只有山鸟在院子里鸣叫，竟不见一人。我很纳闷，一人闲逛。逛到了先生书房，书房里一屋子的书。我正想抽书看，忽然后面跳出一个人，吓了我一跳——原来是娄钰。

我问："师父呢？"

娄钰说："在山上种菜。父亲说了，你们远道而来，一路劳累，吩咐说别叫醒你们，让你们多休息一会儿。"

我又问："你父亲为什么不让乡农种菜，而是自己去种呢？"

"父亲有个规定，他和每个学生在山上都有一块自己开荒出来的土地，各人种各人的地，吃的用的都从自己地里出。"娄钰说。

"原来如此。"

我知道这种身体力行的行为里面藏着深刻的道理，有着大学问。我不敢怠慢，忙去厨房找了锄头，沿着娄钰指的方向，也上山去了。我们在山上干农活，一干就是三天。这三天，娄夫子没讲一堂课，像一个老农夫。

晚上，我和季教聊天。我说这种教学方式和太学里完全不同，季教说："娄夫子讲大学问就在一举一动中，做农活就是做学问，从日常生活里悟道。"

后来我观察娄夫子，他每天早早起床，深衣幅巾装束，先拜家祠，然后出御厅，接受家人及诸生的揖拜，内外肃然，凛若朝廷，饬襟裾入内，一点也不马虎。夜里，翻阅群书，契合于心者，便吟诵起来，读书常至深夜，然后才入内寝，不敢有顷刻的懈怠。

有一天，我向娄夫子请教什么是大学问。娄夫子说做学问的目的是做圣人。"君子之学，务求在己而已。"娄夫子提倡身体力行，从日常生活中求己，来体现圣人的品德。他批评当今天下许多读书人"唯读书登第耳"！娄夫子的话很合我的心意。我想到儿时的初心——做圣贤，却受到塾师和父亲的嘲讽。从娄夫子这儿得知，当圣人才是儒学正统。我问："圣人如何做？"

娄夫子说："圣人可学而至。"

娄夫子讲课深入浅出，生动有趣，我们听得津津有味。娄夫子说："大学问不仅是读通五经，关键是掌握居敬要旨。主敬穷理，收心放心为居敬之门……"

后来，我的弟子钱德洪说我："是年先生始慕圣学。"说得有道理，我是在娄谅的居敬门接受的儒学正统。娄师傅授我"格物致知之学"。我后来也是遍求朱子的书阅读，直到"阳明格竹"失败后，终于悟出"物理吾心终若判而为二也"。特别是"君子之学，务求在己而已"，对我后来提出"知行合一"有很大影响。这都是后来的事，居敬门的学习使我始窥儒学之奥妙。

我和季教住在一起。他为人精明，知道的事也多，很讨老师喜欢。他给我讲了娄夫子的故事。当年娄谅去南京考举人，到衢州正要登船，忽遇逆风。船开不动，他也就飘然而归。家里人非常生气，娄谅却安慰道："我这次应试，非但不能考中，反会遭遇奇祸，为防万一，我便中途折了回来。"家里人将信将疑，不久果然从南京传来消息，这次春闱因考场失火，考生被烧死者不可胜数。后来同学有人问娄夫子这件事，说先生难道是未卜先知，懂谶纬之学？娄夫子说，他一向不热衷于功名，当时只是应付家里人的托词，碰巧应验。

诸婉澄和娄钰住在一屋。娄钰说他父亲为照顾我们夫妻，想给我们另辟一厢房。诸婉澄悄悄告诉娄钰，他们夫妻结婚半年了，还没有同过床呢，惊得娄钰目瞪口呆。娄钰就半开玩笑地说，为了两姐妹不分开，她愿给我做妾。她们两个傻姑娘煞有其事来找我，要我认了这门亲。我吓了一大跳，这种玩笑开不得，婚姻的事哪里是我们做得了主的。

娄夫子有个规定，借客学生，只听课，不提问，不用完成教师布置的作业。我看季教的作业，与季教探讨学问，他每每总是不能应答。

我和婉澄在一起，也就经常和娄钰在一起。我就把学问的疑惑对娄钰说，娄钰就去娄夫子那儿把我说的讲一遍。娄老夫子有指正，娄钰再来转述给我。有很长时间，我们就在玩这种三个人传递信息的游戏。

我这个老婆诸婉澄对什么大学问、小学问没兴趣，师妹娄钰倒是很爱读书。我们有时在屋里聊学问，聊着聊着，婉澄就睡着了，娄钰就去厨房给我做夜宵。一天晚上，我们去厨房里下馄饨。忽然，师父进厨房找东西。我们俩吓坏了，躲在土灶后面，娄钰就钻进我怀里。我接触的第一个女性身体其实是娄钰的，等她父亲出了厨房，她还待在我怀里不肯离开。我吓得心怦怦乱跳："要是给你父亲看见，有口难辩。"

娄钰说："不用辩，父亲看见了，我就给你当二房。"

命运捉弄人，娄夫子居敬门讲究"居夷处困，动心忍性"，对弟子一言一行，讲究慎独。可是，女儿娄钰从小就有些叛逆，并没有按着娄夫子规划的方向发展。她生性活泼，不拘礼节，完完全全的一个山野妹子，我们想不到的是这个山野妹子后来竟成了王妃。

同学们都知道，娄夫子有一本得意之作叫《春秋本意》，很是了得。但是，我不是正式弟子，就不能看这本书。我对娄钰讲这件事，只是随口一说。没想到，后来她天天夜深人静之时去书房灯下抄书，竟把她父亲的成名之作誊写了一本。

在居敬门学习期间，我唯一的疑惑是：娄夫子为何不收我为徒？后来诸婉澄从娄钰嘴里打听出原因。原来娄夫子的吴门和当下太学门，存在着门派之争。父亲是太学门，又是当朝状元。所以，没有父亲王华的请求，娄夫子不敢收我为徒，也是对父亲的尊敬。

有一天，余姚老家有一个学子来居敬门求学，说我爷爷竹轩翁病重了，我万分着急。娄夫子对我说，儒学的根本是孝悌，要我赶紧回家探看。

分别的那天，娄钰若有所失，给我和婉澄一对玉环挂佩。她说玉环取中虚之义，表示中虚无我。我知道，她是暗示我要把她忘了，免得总想着对方，有牵挂之苦。

上船时，她送我一个竹匣，要我上船后再打开看。我们的船沿江而下，娄钰追着送了一程又一程，眼睛哭红了，拼命挥手。我打开竹匣，里面是她偷偷誊写的娄夫子的《春秋本意》。

诸婉澄感动得落泪，劝我说："唉，不如回去，把娄妹妹也娶回家，我也好有个伴。"

"家父还指望我考取功名呢。"我说。

十二

格竹难悟“格物致知”

弘治五年（1492 年），爷爷竹轩翁王伦去世，父亲依例回家守孝三年。他在乡间办学堂讲学，鼓励考科举，相当于现在的高考考前辅导班。父亲当时的身份十分吓人，可以算是名声如日中天。

父亲王华的简历：

成化十一年（1475 年），松江提学张时敏测试其文，并大加赞叹，以状元及第期许。由此，父亲名闻遐迩，大家世族争着前来礼聘他为子弟师。当时浙江左布政使宁良请父亲到他的家乡祁阳任教，宁家有数千卷藏书，父执教之余，足不出户，闭门读书。

成化十一年，晋升为不需要参加录科考度的儒士。

成化十六年乡试，在府学名列前茅，曾被当时布政使宁良考校学问，与好友谢迁并列第一。

成化十六年，以浙江乡试第二名的成绩中举。原本当为第一，因答谢考官时身着白衣，被主考官认为不成体统，遂降为第二名。

成化十七年，会试父亲名列第三十三位，录取他的正好是他的好友“礼记”房的同考官谢迁。殿试王华被点为第一，状元及第，官授翰林修撰。

从这份简历看，父亲就是超级学霸。他回乡讲学轰动江浙数省，许多富裕之家把学子送上门来求学。我和孙燧、胡世宁、张小胖等天天埋头读书，准备考个好成绩。张小胖压根不够资格跟在我们后面学习，但是，他父亲张万山送五十斤咸鱼上门，对我父亲说：“让你王家帮配种，你不肯配；让你教育后生，又不肯教，还算邻居吗？”父亲盛情难却，只好找出圣人有教无类的依据，让张小胖参加学习。

又是父亲，又是老师，又是及第状元，父亲就像一座不可跨越的高山，压得我喘不过气来。他挂在嘴上的话：“你是我的儿子，怎么说也不能考得太差。否则，人家就会说，你连儿子都教不好，还能教别人的子弟吗？”

父亲难道不懂易子而教的道理？我们这个辅导强化班的主要任务是应对乡试。乡试在即，所以大家都加班加点地用功。父亲每天晚上都到我书房检查功课，给我加班补课。我的案头堆满各种学习材料，这可苦了我老婆诸婉澄，只能夜夜独守着蜡烛，在灯下绣花……

乡试的题目出于《四书集注》，从中挑三句话，三个命题作文，第四道题给你韵脚，作一首律诗。背朱熹这害人的《四书集注》之余，还要腾出时间看经、史、子、集，一样不能缺。我最爱看的是太史公的《史记》，朱熹的《四书集注》虽说乏味，但是他的《近思录》却很有趣。朱子说，众物必有表里粗精，一草一木都含着至理，理存在于万物中，认真地格，就能成圣贤……

我一整天都在痴痴呆呆地想着这句话，终于明白，朱子的学问最根本的就是四个字：格物致知。我若六祖惠能顿悟一般，大喜，跑到教室里找孙燧。孙燧这家伙成天屁股就不离板凳，他正在抄书。张胖子伏在桌上打呼噜，浪费他父亲的咸鱼。

我对孙燧说：“别抄书了，我发现成圣贤的道路了。朱子说，成圣在于格物致知，万事万物中都有至理……”

孙燧不解地问："是啊，那又如何？"

"走，去我家格竹子去。"

我把孙燧和张小胖拖到家里竹园，叫他们陪着我"格"竹子。竹子是物，万物同理，格竹子，不就是格物吗？我们三个人蹲着，眼睛一眨不眨，盯着竹子看。

张胖子疑惑地问："格了竹子，我胖子也能成圣贤？"

我自信地说："能。"

不一会儿，张胖子说眼睛疼。

我说："格物要专心致志，圣人朱子说的话不会错。"

张胖子看看情况不妙，坚持不住，放个屁说："对不起，我要屙屎。"然后就跑了。

孙燧和我坚持到了中午，饿得肚子直叫。孙燧说："伯安弟，对不起，我回家吃饭了，吃过饭再来。"

我说："别走啊，功败垂成，格不出知来，怎能吃饭？"

孙燧说："我老娘在家担心，我回去打声招呼再来……"孙燧也跑了。

偌大的竹林里只剩下我孤独的一个人。

孤独不也是一种境界吗？夜色降临，竹林子里的我一动不动，紧盯着竹子。我听到前院诸婉澄喊我吃晚饭，我不吭声，一群俗人，哪里能懂得我在参悟天地万物的玄机。

全家上下找不到我，慌了。父亲怀疑我怕吃苦，逃学跑了。当年，我就常逃学，那时有爷爷护着，父亲奈何我不得。

父亲发怒说："这么大的人，还要人看着不成？不用管他。"

夜深人静时，我守着竹林，盯着竹子看，忽然有收获了，我听到有一条蛇在竹林里爬动的窣窣声，听到小池塘里青蛙的叫声……天亮了，我依旧对着竹子，就这样，我守着竹子三天三夜。这三天，我体会到了高处不胜寒……

我失踪了三天，这在家里可是大事，家里已经准备报官了。第三天，我眼前的竹子晃动着，竹子变成无数的鞭子，抽打着我，我摇摇欲坠……有一个声音在耳边回响："格出什么理？"

我用力瞪圆眼，眼睛瞪得牛眼似的，忽然感到天旋地转起来，一头栽倒……

如果不是我老婆，我想我就死在自家的竹林里了。我这种死法，一定会成为一个千年疑案的。自杀，他杀？在竹林里三天的目的是什么？我估计永远不会有人知道。诸婉澄拎着篮子去池塘里洗菜，听到竹林里"咚"的一声，她问小翠："竹林里什么响声？"

小翠和诸婉澄来到我面前，发出尖叫……

我昏迷过去，她们把我抬进家里，我什么也不知道了。父亲从镇上请来郎中，郎中配了药。这趟格竹子，三天三夜在竹林里，受了风寒，从此落下了肺病。我天天不停地咳嗽，咳出血来……我问自己：格出什么理？格出什么理？

父亲很着急，乡试就要开始了。

我问父亲："朱子错了吗？"

父亲说："呆儿子，朱子没有错，格物不是盯着不放，而是看上一眼即可，就要想物的来龙去脉，从表及里，从外入内，最终达到万物都有一理的境界。"

如果按照父亲的这种说法，我倒霉在学习不精上，错误地理解了朱子的意思。但是，格物致知，知道万物的理，又能如何？世界万物千变万化，理岂不是不可捉摸？格物，谁在格物？我，这个体会孤独、高处不胜寒，又格出肺病的我，我在格物。若我死了，死在竹林里，这个理，与我有什么关系呢？

这些问题，多年来一直折磨着我。直到十多年后，远在贵州的龙岗，我才顿悟出其中的奥妙，理不在外求，吾心自足。

郎中诊断说我患了痨病，痨病就是肺病。四明山上有一种野草的根，可以治肺病。乡试又近，诸婉澄比谁都着急。她独自上山挖野草，膝盖都摔破了。她将挑回来的野草，让奶奶和小翠煨药，再端给我喝。喝了几天汤药，我的病似乎好多了。后世说，一个成功的男人身后一定有一个伟大的女人，诸婉澄就是这么一个伟大的女人。

我二十岁那年，第一次参加乡试，我们会稽的学子去杭州府乡试。早早地，各家备好牛车，搬物品上车，生活用品和书纸砚墨等，然后组成浩浩荡荡的车队。我终于也能上车了，全家也就放了心。一路上，各乡的人都涌到路上看热闹，像是看凯旋的军队。牛通人性，咀嚼着食物，瞪着高傲的大眼睛，不紧不慢地走着，享受着牛生最风光的一刻。

乡试考场里面，考生有四五百人。考场全封闭，大家吃睡都在小单间里。一个个学子在单间里考试做题，考官在门口巡视，考试要考三天三夜。

一天夜里，我们各人都在单间里烛光下答卷，忽然两个高大的人影闯进考场。众学子惊奇，只见一个穿绿衣，一个穿绯衣，在考场东西两头相向而立。

考场的巡官们惊慌失措地问："你们是谁？"

人影也不说话，高喊："三人好做事！"声震屋宇……

考场骚动起来，"闹鬼啦……"考官赶紧维持秩序。

后来，揭榜，乡试的三名进士为余姚的王守仁、孙燧、胡世宁。街头疯子一路跑，一路喊："三人好做事，三人好做事……"这件事传遍会稽城。

十三

当状元还是当圣贤?

弘治六年(1493年),我随父亲回京城,准备会考。

一天,我正在窗下读书,复习准备会考。后窗有蛙叫,叫声古怪。我推开窗户一看,是商达躲在窗下。他示意我别声张,悄悄爬进窗来。商达在长安街开了一家酒店叫姚江春,酒店名字出自我们家乡余姚的姚江。他来拖我去酒店喝酒,说今天要介绍几个京城的重要人物让我认识。这几天关着,我也想趁机出去散散心,但是我对认识京城的重要人物实在没多少兴趣,无非是称兄道弟,相互吹捧,拉扯关系……我推托说自己近日小恙。

商达悄悄说出一件事,让我再也抵制不住诱惑。他说约了一些朋友,品赏京城第一号古琴。文人听说品赏古琴,怎能拒绝呢?琴棋书画,琴在首位,古有"士无故不撤琴瑟"和"左琴右书"之说。商达见我还在犹豫,就卖弄起他的知识来,说:"宋代《琴史》曰,昔圣人之作琴也,天地万物之声皆在乎其中矣。"又说:"嵇康作《琴赋》曰,众器之中,琴德最优。"

我一推商达说:"别掉书袋了,有古琴听,还不快走。"

我们就爬窗跳进后花园，从后花园偏门悄悄地溜了出去。姚江春酒店在长安街繁华的十字路口，两层木楼，挂着一串红灯笼。商达说，酒店里可以吃到正宗的江浙菜。我们到时恰好是傍晚，酒店里正上客，人来人往。我们去二楼，进了一个包厢。包厢很雅致，焚着香，墙壁上挂着名士字画，有“元四家”黄公望、王蒙、倪瓒、吴镇的画，有明初“三宋”宋克、宋璲和宋广的书法，最显眼的位置挂的是李东阳的字。商达指着一面空墙，说这是给大书法家王守仁留着的，没想到我的书法在京城也小有名气了。

包厢里，乔宇、沈九娘等人已经到齐。京城里有乔棋沈琴一说，乔棋是说乔宇围棋无敌，沈琴是说沈九娘古琴一绝。

乔宇，字希大，山西太原乐平人，明成化二十年（1484年）进士，授礼部主事。乔宇的师父是杨一清。杨一清任陕西按察副使兼督学时，乔宇拜杨一清为师。在朝中，乔宇现在的师父是内阁李东阳。乔宇擅长诗词、书法，围棋水平在京城无人能敌。

沈九娘是京城第一名妓，扬州宝应人，人称扬州瘦马。早年家乡淮水泛滥，沈九娘被卖进广陵城，学习古琴。后被一盐商买回家当小妾，领她到京城。这个沈九娘善于弹古琴，名动京城。她师承浙派，琴风流畅清和。她拿手的曲子有《潇湘水云》《渔歌》《樵歌》《胡笳十八拍》等。没过几年，盐商死了，沈九娘不愿再回扬州，就留在京城，广交名流。

我打量沈九娘，她让我想起白居易的《琵琶行》：“寻声暗问弹者谁，琵琶声停欲语迟。移船相近邀相见，添酒回灯重开宴。千呼万唤始出来，犹抱琵琶半遮面。转轴拨弦三两声，未成曲调先有情。弦弦掩抑声声思，似诉平生不得志。低眉信手续续弹，说尽心中无限事……”

沈九娘弹一张仲尼琴，琴置于案上，案侧焚香。只见她低眉顺手，装黛淡雅，右手拨弹琴弦，左手按弦取音，右手抹、挑、勾、剔、打、摘、擘、托，左手上、下、进复、退复、吟、猱、间勾、转指……

一曲《潇湘水云》，让人入定，把魂魄带到千里之外的山水之间，如行云流水……

我正如痴如醉，忽然楼下有人吵嚷。我们去窗前观看，只见街上一人长发披肩，挥鞭下马。

商达喊："疯子来了，疯子来了。"

商达说的疯子是自称当今第一才子的李梦阳，李梦阳是甘肃庆阳人。他父亲时任封丘周王府教授，颇受信赖，父贵子荣，所以李梦阳也深得器重。他是今年乡试解元，正在得意忘形之时。

只见李梦阳披着长发，一瘸一拐上楼，捧着马桶。这个捧着马桶的人进了包厢，对着众人说："来迟了，来迟了，沈九娘的古琴，一定要来听。"

乔宇给我介绍说："今年的解元李梦阳。"

沈九娘说："就是那个打着灯笼进考场的。"

李梦阳坐定，沈九娘继续弹琴。

我低声问商达："什么叫打着灯笼进考场？"

商达惊讶地说："这个你都不知？李梦阳，当今神童。他母亲生他时，梦见太阳入怀，所以叫李梦阳。他在洛阳参加考试，白天打着灯笼进考场。考官拦着不让进，问为什么打灯笼。李梦阳说，考场太黑，他怕遭人暗算……"

一会儿，酒菜上齐了，大家入座。

李梦阳说："今天，贤者云集，我们吟诗吧。"

乔宇说："那就从你开始吧。"

李梦阳说："好。"他也不客气，把马桶放在中央，解裤子，坐在马桶上吟诗。众人无不愕然，但李梦阳的诗确实很好，洒脱……

我又问商达："李解元为何要坐在马桶上吟诗？"

商达说："李解元坐在马桶上吟诗，是表示对当下文风的不屑一顾。"

乔宇站起赞道："李解元的诗，宏伟之观，超旷之趣，不坠古人之余烈……大家欢迎王守仁也来一首吧。"

众人鼓掌。

我想了一番，李梦阳在，我可不能输给他，否则，此人就更傲慢了，我朗诵道：

学诗须学古，脱俗去成言。
譬若千丈木，勿为藤蔓缠。
又如昆仑派，一泻成大川。
人言古今异，此语皆虚传。
吾苟得其意，今古何异焉。
子才良可进，望汝师圣贤。
学文乃余事，聊云子所偏。

众人也喝彩。

李梦阳说："大家相互喝彩，不过，我看都不行。"

商达不高兴地问："李疯子，你说谁行？你行？"

李梦阳说："我也不行，诗必盛唐，文必秦汉。当今，'三杨'的台阁体泛滥，李东阳推崇台阁体，茶陵体是台阁体的延续，浮于文华……"

李梦阳先说都不行，我心中很是不快，觉得他目中无人。但是，他眼前这番话，却讲出我心中所感，但一直不敢说出口的话。此人直率本真，不由得令人敬佩。我鼓掌赞道："讲得太好了。"

商达骂道："李阁老在皇上面前保举你，怎说李阁老不好？"

我说："李梦阳就诗论诗，就文风论文风，超脱个人私情，这是诗人的性格。"

李梦阳这才眯着小眼睛看着我说："王兄弟虽是初识，但是知音，他们都是一伙俗人。"

沈九娘说："李解元，你们这些文人公子，见面就争吵，听小妹给大家弹奏一曲。你说王兄弟是你的知音，我就弹奏《高山流水》，高山流水遇知音……"

商达的姚江春酒店距离我们板桥胡同也就两条街，我三天两头去酒店里喝家乡的黄酒，吃家乡菜，听沈九娘弹琴，和乔宇、李梦阳切磋书法诗词，这两个人的确是当下数一数二的书法诗词好手。这么一疯，诗词书法是大有长进了，可是把会试的功课丢到了九霄云外。

弘治七年（1494 年），时间过得飞快，不一会儿就到了会考之期，揭榜的时候，我傻了，名落孙山。

我知道回家免不了要挨父亲一顿骂。商达给我添乱，替我想了一个歪主意，他说父亲就怕两个人：一个是竹轩翁，但是去世了；另一个就是他爷爷商辂。他要鼓动他爷爷去我家为我求情，商达不仅调动了他爷爷，还调动了父亲的顶头上司程敏政。

程敏政是徽州人，居歙县，他父亲是南京兵部尚书程信。十岁时，程敏政以"神童"被荐入朝，由皇帝下诏，就读于翰林院。成化二年（1466 年）中一甲二名进士，为同榜数百人中最年少的。他历任左谕德，直讲东宫，就是给东宫太子讲学。程敏政学识渊博，为当朝之冠。

那天，我正在客厅里挨父亲训斥，马龙进来报说商阁老、李阁老、程敏政上门。父亲吓得以为朝廷出了什么大事，急忙出迎说："什么事惊动几位阁老、太傅！”

商辂嬉笑着问：“大才子在家？我们是来看他的，给他打气！”

父亲一听，心也落下了。他把客人迎进屋说：“不好意思，家学不深，又落榜了，唉，家门之耻。”

我在客厅已经被训了两个时辰，窝了一肚子的火。听父亲说是家门之耻，又是在这么多客人面前数落我，将来还怎么行走社会？

我回嘴道：“世以不得第为耻，吾以不得第动心为耻。”

父亲说：“你还嘴硬？”

李东阳打圆场说：“实庵兄，令公子此番受挫，但来年肯定能中。”

商辂说：“对，有待来年。”

父亲说：“我看，不见得。”

李东阳说：“来，来，小守仁啊，你不如作首明年中状元赋来，让你父亲高兴高兴。”

说实在，诗词歌赋，我挺拿手。我立刻拿起笔来，当着众人面，写出一首《来科状元赋》。我一会儿就写好，李东阳凑上来看。

李东阳说：“小守仁写赋，倚马可待，我看不让王勃的《滕王阁序》。”

父亲说：“阁老谬赞这小子，他就更狂妄了。”

李东阳说：“诗词歌赋，我说了不算，给程太傅看。”

程敏政看着说：“天才！天才！”

父亲一脸不乐，而我则扬扬得意，父亲总不敢说太傅没眼光吧。

我得意得真是太早了，父亲深谙官场之道，含而不露，他不会在同僚面前表现出他的得意。而我年轻气盛，一心想展示才华，犯了官场的大忌，官场讲的是藏拙。

李东阳出门就问程太傅：“你看，实庵的呆儿子如何？”

程敏政说：“人才，人才啊！”

李东阳说:“此子取上第,目中无我辈矣。”

程敏政不语。

那年会考落榜对我打击很大,灯下,我眼前总出现程敏政和李东阳的笑脸。我后悔把时间消耗在姚江春酒店,我为自己放纵青春付出了代价。

我读《朱子语类》:“居敬持志,为读书之本,循序致精,为读书之本……”大悟:“学问没有求精,是因为没循序渐进。即物穷理,物理吾心终判若为二者也?”

父亲嘲讽我:“你也能做圣贤?”

我问自己:“难道我不是做圣贤的料?”

一阵咳嗽,我当年在竹园里格竹子落下的肺病又犯了。我病倒了,发烧、咳嗽。

迷迷糊糊中……诸婉澄来侍候。

诸婉澄说:“唉,有什么考的?不考又如何?我们不考了……”

“对,我们不考了。我们回老家,我们去姚江打鱼,去四明山捕鸟,像爷爷,在家里种竹子……”

忽然,灯光闪烁,眼前竟出现师妹娄钰。

我喊:“师妹。”

我竟把妻子诸婉澄当成师妹了,诸婉澄大惊,知道我这回病得不轻。

第二天,父亲从宫中请来御医。御医说我旧病复发,不宜读书,宜静养。

父亲长叹一口气说:“君子之泽,五世而斩,王家文运终矣!”

十四

“弘治中兴”下的隐患

弘治七年（1494 年），我这边会试落榜，李梦阳却登甲寅科进士，内阁李东阳举荐李梦阳为户部主事。我这边还没有从落榜的打击中走出来，李梦阳估计还没有从中进士的喜悦中走出来，就倒了大霉，给关进诏狱，这真应了“祸兮福之所倚，福兮祸之所伏”的老话。

这件事得从李梦阳随李阁老去曲阜祭孔说起。李东阳是内阁大臣，孝宗派他去主持祭孔。户部尚书韩文、户部主事李梦阳等户部官员跟随前往。大队人马行在山东路上，农民听说内阁李大人经过，跪在路两旁喊冤。李东阳停下轿子，泰安知县接过递状。

李东阳一看，大惊，农民状告张皇后弟弟寿宁侯张鹤龄侵占农田……

李东阳对韩文说：“麻烦啊，孝宗皇帝只有张皇后，不纳嫔妃，亘古未有，这个皇舅不好得罪啊。”

泰安知县说：“农民告状已久了。”

李东阳就对韩文说：“告诉乡民，状子接了，回京处理。”

乡民们一个个磕头。

韩文叹气说：“户部名册，各地侵占土地严重啊，这最终要造成大乱。”

李东阳忽然想到户部主事李梦阳，问韩文：“李梦阳呢？”

韩文答：“刚才李主事说诗兴大发，在后面就慢了。”

李东阳关照韩文：“你留下，我担心李主事多管闲事，要他快快跟上。”

再说李梦阳，披头散发，如沐春风。他骑在马上，摇头晃脑地吟诗。忽然，马不肯前行，一群乞丐把他的马拖住不让走。

李梦阳问：“你们是何人？为何拖住我的马？”

乞丐们跪下，哭诉家里田地被占。

李梦阳问：“何不告官？”

乞丐说：“知县管不了，对方有来头。”

李梦阳大怒道：“谁占你们土地，我来看看……”

乞丐把李梦阳领往寿宁侯张鹤龄侵占的农田盐场，张鹤龄正在抢地……失地农民扶老携幼哭泣。

李梦阳上去训斥：“我是户部主事，谁这么大胆？”

张鹤龄说：“我是张皇后弟弟寿宁侯张鹤龄。”

李梦阳抬手一鞭子，把张鹤龄牙齿打掉，骂道：“王子犯法，与民同罪。”

这时，户部尚书韩文匆忙赶来，喊：“主事住手……”

但已迟了，寿宁侯的牙齿掉落两颗。

再说李东阳正前行，知县报告说：“不好了，李主事把寿宁侯牙打掉了。”

李东阳大惊，命令速速回头。寿宁侯正大吵大闹，李梦阳也在吵闹，韩文佯装劝架……寿宁侯见李东阳来，闹得更凶。

李东阳训斥李梦阳一顿，然后对寿宁侯说：“送一幅字如何？”

寿宁侯听说李东阳答应送字，捂着打掉牙的嘴说：“李阁老是长沙公大草，中古绝技也！送字可以暂且不说。”寿宁侯为人极贪，听说李东阳送字，结结巴巴说着，嘴里的血往下流着。

寿宁侯话还没说完，李东阳字已写好，送到他面前。但是，李梦阳却不依不饶，嘴里说个不停……李梦阳说说也罢了，回到朝中，立马以户部名义，给皇帝上了一书叫《应诏指陈疏》，直陈时弊："寿宁侯张鹤龄，招纳无赖，网利贼民，夺人田土，拆人房屋，虏人子女，要截商货，占种盐课，横行江河，张打黄旗，势如翼虎……"

韩文制止他说："识时务为俊杰，你这个陈疏，把张皇后得罪了。"

李梦阳说："兼并土地之风日起，百姓无田耕种，民必发难，这牵涉大明社稷……我们哪里顾得张皇后、李皇后。"

韩文只得叹气。

这件事什么结果呢？奏章递上去没几天，马彪带着锦衣卫把李梦阳从酒席桌上抓进牢里，进去就是一顿棍子，打得死去活来。

李梦阳口吐鲜血，问道："为何打我？"

马彪说："你书读到鼻孔里了，胆子不小，寿宁侯都敢得罪？"

李梦阳入诏狱惊动朝野，一个小小的主事入狱为什么会惊动朝野呢？

李梦阳入狱，实质是威胁到了整个文官集团的利益。文官大臣的责任就是行使权力，而内庭干政，破坏了这种权力的平衡。今天抓李梦阳，明天就可能抓李东阳。所以，内阁和太傅都慌了，暂时放下各自的利益纷争，紧急磋商，共同来对付皇上。

父亲说："李梦阳目中无人，沉于淫辞，早晚有这一天。"

李东阳说："但是这一回，李梦阳是正当之举。寿宁侯吞并农田，挨了李主事一鞭。本来我已替他摆平，没想到，他回户部，上书皇上，把皇上、皇后给激怒了。"

父亲问："皇上难道不明其中事？"

程敏政是皇上的老师，与皇上关系最近。程敏政说："这回是皇上准许寿宁侯侵占官地与民地，准他们擅请长芦场的盐引十七万引之多。"

李东阳说："每引只出价银五分，如此下去，奸商纷纷援例，共请去了两淮盐引一百六十万引之多……"

大家谈来谈去，李梦阳是狂徒也好，不是狂徒也好，但是，维护国家政事，他做得对，而寿宁侯侵占农田，扰乱朝纲！

李东阳的意思是我父亲是翰林修撰，有义务把先王旧例整理上呈皇上，这样，众人在朝廷上就可以找由头说话了。

孝宗朱祐樘是几任皇帝中长相最丑的。他从小像个流浪儿似的藏匿宫中，后来当上太子，母亲就被杀了。在万贵妃的淫威下，他时常感到生命的危险。送到太学，几个老师对他要求极严，如今当皇上，也不敢有丝毫马虎。几个老师被任命为内阁大臣，对他也是严加督促。孝宗从小发育不良，营养没供得上，才二十多岁却像个五六十岁的小老头。

众大臣在文华殿议事，大臣们油光粉面、威风凛凛，而皇上头发稀疏，耷拉着眼皮，像是没睡醒。孝宗只有一个老婆，就是张皇后。成年健康的皇帝一生只有皇后一人，在历史上几乎就是绝无仅有。李梦阳这回得罪的就是张皇后。

大家明白，谁替李梦阳说话，就会得罪张皇后。几个大臣挤眉弄眼，一个个看着商辂。商辂资历最老，大家商量好的要他先发话提李梦阳的事。

商辂清清嗓门，咳嗽几声，说："皇上，户部主事李梦阳可否从宽发落？"

孝宗说："李梦阳污蔑皇族，目中无人。"

李东阳说："李梦阳当世李白，才华过人，望皇上开恩。"

商辂说："李梦阳也是为我大明江山，如杀李梦阳，天下就禁言了……"

孝宗说："批准寿宁侯滥请官地，是我准许，错在朕……盐引之事，也就不要追究了吧……王侍郎，按旧例如何？"

父亲王华从怀里掏出本本，上了一个台阶，说："旧例，清查土地是户部职责，按例，当官复原位。"

孝宗沉默了半天，对太监张永说："拟旨，这个李梦阳，放了吧。"

忽然，庭上一阵嬉笑，一个小孩跑进来，一把扯住商辂的胡须，引得众人大笑。孩子在堂上四处打闹，撕扯大臣的胡须，一个个大臣四处逃避。

孝宗喝住："顽劣，各位大臣，多有得罪。"

众人齐声："皇上圣德。"

大家知道这个孩子是孝宗唯一的儿子朱厚照，是他和张皇后所生。因为就这么一个儿子，十分娇惯。太监刘瑾跑来喊朱厚照回后宫。

朱厚照说："这儿好玩，全是白胡子老头。"

太监刘瑾喊："大将军快骑马打仗。"

朱厚照听此话，就骑在刘瑾身上，刘瑾学一声马嘶鸣，扬长而去。太监刘瑾在宫中专门负责看护朱厚照，这个朱厚照据说谁的话都不听，只听刘瑾的。

执笔大太监张永呈文。

孝宗看了看折子，问："诸位先生，朱觐钧要求恢复宁王敕封，以为如何？"

商辂说："按制当如此，当初因宁王府之乱，先王撤宁王藩号。朱觐钧承位，循规矩，南昌巡抚也多夸奖。"

孝宗问："若不恢复，又如何？"

李东阳说："天下藩王非宁王一家，若不恢复，众藩王以为皇上又要削藩，反而生出二心来。"

孝宗说："那就封了吧。论辈分，他还是我爷爷辈呢。"

李东阳说："皇上仁慈。"

孝宗问："朱觐钧有子否？"

李东阳说："有一子。"

孝宗问："为何不报世子，以备册封？是否也一同封了？"

李东阳说："既不报，恐另有隐情。皇上，待内阁查清再报。"

孝宗点头。

孝宗虽是耷拉眼皮子，可工作条理纹丝不乱，头绪清楚，比他老子宪宗强多了。孝宗的人生理想是做中兴之主，大明王朝在老朱家手中运行了一百多年，就像一台老机器，再不维修，也就要停转了。朱祐樘自从登基以来，躬行节俭，不近声色，勤于政事，重视司法，言路大开，史称"弘治中兴"。

十五

科举仕途的不归路

我这一病就是半年，天天有诸婉澄相伴，天上的、地下的各式各样的秘方补品都吃了，终不见效果。这时候，我才知道讨老婆有个好处，有人督促你吃药，有人给你端药。一天，我躺在床上咳嗽，娄钰忽然进来，我以为又是梦。

上回我发高烧，误把诸婉澄当成师妹，后来成为夫妻间的笑话，弄得我很狼狈。我也没什么非分之想，我最怕发高热说胡话，把沈九娘再说出来，那就糟糕了。

这回娄钰进来，我是万万不敢相认的。直到诸婉澄进来说："你的师妹来了，免得你日思夜想。"我这才相信是真的。时光荏苒，物是人非。娄钰这趟进京，是随她哥哥娄忱一起。娄忱在宁王府当差，他伴宁王进京接受册封。娄钰没有来过京城，知道我和诸婉澄在京，闹着要来游玩。他们一行随同宁王住在长安街的长安驿站。

娄钰打听到我家的住址，自己找上门来。诸婉澄好容易见到这个妹妹，坚决要把她接到家中住。她们两个无拘无束，乱开玩笑。

诸婉澄说："妹子，你到京城，给你师兄当妾吧，他日夜想你呢。"

娄钰说："好姐姐，那你就把师兄让给我。"

诸婉澄说："现在让给你，你也不肯要了，躺在床上半个多月，天天咳嗽。"

娄钰一听，眼泪急得差点掉下来。我看到娄钰，想起当初我们一同讨论师父讲的居敬之学，想到师妹偷偷替我誊抄师父的《春秋本意》，一时激动，竟落下泪来。说来奇怪，见到娄钰，我的病顿时好了许多。我起床对娄钰说："师妹，你既来京，我就要陪你好好玩玩。"

我打听师父的情况，娄钰说她父亲弘治四年去世了。那年夏天，娄谅忽闻灵山白云峰崩落数十丈，叹气说："吾将死矣。"而后急召众弟子永诀。娄谅死的时候，恰好是盛夏酷暑，可天气忽然阴凉数日，等到殓事完了，丧事办完，天气才又热起来。娄谅去世后，娄钰搬到南昌，跟兄长娄忱住在一块儿。长兄为父，一切都听哥哥安排了……

我问："听说，这回宁王敕封，世子没有敕封，为何？"

娄钰说："我随哥哥住在南昌，哥哥在宁王府当差，这才知道宁王府多么复杂，一入侯门深似海。听哥哥讲，老宁王朱权子朱盘烒，人称贤藩，有佛性，一生喜好从医，医治过许多病人。他一日上山采药，让山中蟒蛇精吞食了。后来老宁王派兵捕杀蟒蛇，那蟒蛇成了精，士兵在山中数月，也没见到蟒蛇影子。仙人蔡蓬头出主意，用米饭团引蛇出洞，下埋竹签。结果那蛇沿线路吞食，竹签剖蛇腹，蟒蛇精就这么死了。众人抬蟒蛇回去报功，从蛇腹中得到一块铜牌，上写：'一朝贬下凡，登天难上难，痴心想炼丹，巨蟒腹中餐。'宁康王朱觐钧流落民间那会儿，与冯针儿相好。冯针儿生朱宸濠那天，宁康王做了一个噩梦，一条巨蟒扑来，吞食全家……他就去找仙人蔡蓬头求解梦，蔡蓬头说，此子是蟒蛇投胎。这事也不知真假，就这么传，宁王因此不喜欢这个儿子……"

我想到那年初进南昌城，初见那个小宁王，这个浮夸少年竟自称万岁，结交匪类，这岂非埋下祸根？我劝娄钰远离是非之地，娄钰无奈地说，父亲故去后，只能一切听哥哥的了……

娄钰在京城住了半年多，这半年，我们经常逛庙会，游香山，去天桥听说书，参加李梦阳组织的诗文会，去姚江酒楼听沈九娘弹古琴……这是我一生中最愉快的一段时光。有小师妹做伴，又在养病期间，放下肩头沉重的抱负，舍弃功名，逍遥自在。

我逍遥自在了，父亲却被公务压得喘不过气来。他得到皇上的重用，头上多了一串头衔，什么翰林院学士、詹事府右春坊右谕德、詹事府少詹事等，他还参与预修《大明会典》和《通鉴纂要》。

会考又要开始了，父亲要黄夫人负责监督我学习，准备考试。黄夫人向父亲打小报告，说娄钰来后，我们天天谈诗论文，画画写字，何曾用功读书？

父亲一向把功名看得很重，就瞒着我悄悄找娄钰谈话。父亲说我心浮气躁，学习可不能分心，两次落第，明年又要会考……娄钰懂事，没有给我留一句话，怕分手时伤心，悄悄离开京城。

我去京城的南昌会馆找她，会馆的人说她刚刚走了……我骑马追赶，一直追到通州大运河边……远处一只大船扬帆起航，人海茫茫，不知何日再相见。

师妹走后，我就闭门不出，一心读书迎考。

弘治十二年（1499 年），我们的会考让江南才子唐寅唐伯虎这家伙给毁了。

因为会考，唐寅早早地北上。唐寅的妻子过世，有一富家小姐和他相约会试后成亲。富家小姐送他到长江畔的苏州码头，依依惜别。富家小姐柔情似水，想他此去，一定连中三元。这连中三元指唐寅十六岁是南京乡试第一，得解元，此番京城会试得会元，殿试再得个状元，就是“连中三元”。

江边，一艘华丽的大船开来。船上是家财万贯的苏州丝绸商人徐经，他十分崇拜唐寅，二人在苏州城早就相识。徐经也是冲着会考北上，他对唐寅说："唐兄，一路同行吧，路上所有费用我包了。"有这种好事，唐寅高兴地登上徐经的大船。

他们二人一路沿着大运河北上，游山玩水，每到一处，吟诗作画。他们在路上玩了一个月，才到京城，就住进了商达的姚江酒楼。两个人在楼上包一大间，也不备考，只是吟诗作画。唐寅爱听沈九娘弹琴，时常通宵达旦……

一天，唐寅告诉徐经："那年在南京中得解元，主考官程敏政对我很欣赏，特地收藏了我的答卷……"

徐经说："得程太傅欣赏，那是学子的荣幸。按规矩，你这次进京，应当上门拜访，以弟子礼参见。"

太傅程敏政为何要收藏唐寅的试卷呢？这就要讲到我们的科举取士制度。自隋炀帝首兴科举取士，到唐朝科举制度已经十分完备，科举成为国家选拔人才的最主要的途径。科举打破了封建门第观和两晋虚伪的举贤制度，科举的人才，如状元等，都会成为国家重要的高级领导干部。那么，谁是谁的弟子，谁的弟子任职高，对于老师来说将会获得重大的政治利益，所以，程敏政看好唐寅，收藏他的试卷有日后收为弟子的准备。

会考一般由皇上亲自负责，关系到干部的任用，具体操办的是李东阳和程敏政。会考前，崭露头角的考生往往会成为众人关注的政治目标。李东阳和程敏政互相摸底。李东阳问程督学，他看今年谁的把握最大。程敏政说要数才学，看好苏州唐寅。李东阳则暗地里看好吉安神童刘养正。李东阳探出程敏政的底，又不愿把自己的底露给程敏政，就假装说看好王华的公子王守仁。王守仁中状元，王家就是两代状元。

李东阳这话很阴险，一家两代状元，多么让人嫉妒。以程督学的心胸，是不愿意朝中有人如此风光的。他们与家父同朝为官，李东阳表面上夸我，暗中却是在损我。程敏政听罢，良久无语。

唐寅在徐经的劝说下，一同来拜访主考官程敏政。

三人进了书房坐定，程敏政对唐寅说："我在南京看过你的文章，你才华横溢，将来可成为国家栋梁。"

唐寅说："老师恩情深重，我们晚辈后学，仰慕已久，此次前来拜师。"

程敏政想了想说："你们是考生，此时拜师不妥。我们先续个师徒之约，如何？"

唐寅和徐经连忙谢恩。

唐寅说："程大人的书法令弟子思慕不已，所以晚辈此次想求一幅字。"

程敏政说："我的字可是要卖钱的，润格一元。"

唐寅就给一元金币，求得一幅字："正谊明道。"

这里要解释一下，程敏政的字，润格费一元，朝中皆知。但这一元，只是一元铜钱，是一种象征。而唐寅此时奉上一元金币，程敏政稍稍犹豫，但还是收下了。程敏政想，不与之泄露任何考试的题目，也就扪心不愧，只因续了师徒之约，却之不妥。

唐寅和徐经回到酒店，商量起来。

唐寅说："程督学一点儿考试的风也不吹？"

徐经说："有钱能使鬼推磨，我有办法。"

徐经就又到程敏政家门外，站在风中等待。过了一会儿，一个家童出来倒垃圾。徐经给了家童一块金子，家童吓坏了，没见过这么多的钱。

徐经说：“你莫要声张，我买程督学纸篓里的旧纸。”

世上竟有这等好事，一块金子买垃圾旧纸，于是家童进屋又弄出两筐旧纸。

徐经把程敏政纸篓里的旧纸拿回旅馆，关起门来，跟唐寅研究。他们把纸铺了一地板，玩拼图游戏。玩到后半夜，唐寅像个侦探，把案破了。

唐寅说：“今年的题目是：欲罢不能、知所以修、恻隐之心。”

唐寅毕竟是神童，竟真的就把题目给猜出来了。这个题目极冷僻，许多考生一看题目，当场就傻了。“欲罢不能”“知所以修”“恻隐之心”，这是三场考试的题目。特别是第二场的“知所以修”，很少有人能答出。

会试考场上，考生们抓耳挠腮。唐寅坐在椅子上窃笑，得意忘形。

这三个题目也没难倒我，我写道：“知斯三者，则知所以修身。知所以修身，则知所以治人。知所以治人，则知所以治天下国家矣……”

另一个没有被难倒的是吉安神童刘养正。这家伙也早早完成试卷，一副得意的样子。可是，忽然不知从哪儿飞来一只鸟，在他的试卷上屙了一泡屎。刘养正大惊，试卷稍脏，就作废卷。可怜他赶忙清理起鸟屎，结果越弄越脏……天下竟有这种奇怪的事，一代神童竟让一泡鸟粪给废了！

程敏政所出的第三道题，最有意思。问：“学者于前贤之所造诣，非问之审、辨之明，则无所据以得师而归宿之地矣。试举其大者言之……”题目中涉及张载、杨时、陆九渊和许衡几位大家。程督学的意思是观察士子心目中的偶像，认为士子只有对“前贤之所造诣”“问之审、辨之明”才能“据以得师而归宿之地”。这道题钻牛角尖，很冷僻，考生很少能答出来。但是，这道题竟被唐寅做出来了……

所以，程敏政观卷时自然喜出望外，“甚异之，将以为魁”。他一拍桌子说："今年状元非唐寅莫属！"

他这一拍桌子，把另两张桌上看卷子的李东阳和刘健吓了一跳。李东阳和刘健对程敏政一直有看法，早就眼红。他们的资历在程敏政之下，程敏政是皇帝的老师，在太学多年，弟子满官场。现在还没有最终揭卷，程敏政竟知某人能中状元，实在是犯大忌。

私下里，李东阳对刘健说："程敏政专断，凭什么就说今年状元非唐寅莫属？看来，又续了师承关系。"

刘健说："天下官员皆出于程门啦！"

再说考完试，许多士子垂头丧气站在监生院门口，唐寅则得意扬扬地走出考场。刘养正正郁闷着，一张好试卷让泡鸟屎给废了，这废的不是试卷，是他的美好前程。刘养正问唐寅，唐兄考得如何。唐寅说举重若轻，牛刀小试，就差把刘养正鼻子气歪。刘养正赶紧拱手："祝唐兄连中三元。"唐寅哈哈一笑："今年状元已非我莫属了……"

刘养正苦着脸向恩师李东阳汇报考试的意外，说状元已是唐寅的了。李东阳大怒，但是，他又不能明着和程敏政翻脸，就找了几个言官给事，如此这番一说。言官给事一纸诉状告到孝宗皇帝那儿，说程敏政出卖考试题给唐寅、徐经。皇上大惊，当即下旨捉拿唐寅、徐经。

那天，在姚江酒楼，众人正饮酒、听琴，李梦阳和唐寅互相不服气，互较诗文，由众人评判。

李梦阳说："若唐兄连中三元，我就服输。"

唐寅笑道："今年状元，非我莫属。"

这些日子，唐寅在沈九娘这儿没少花钱。沈九娘毕竟江湖经验丰富，打圆场说："唐伯虎酒喝多了，大家莫要当真，酒话而已。"

唐寅竟不识趣，说："什么酒话？今年及第，我就把九娘带回苏州。"

商达说："你这是夺人所爱。"

徐经说："问问九娘。"

九娘说："我跟唐寅走。"

乔宇说："唐寅家中还有个官家小姐，九娘，你若去了，肯定受气！"

九娘说："这就要看唐相公了……"

正说着，门忽然被踹开。

马彪指挥锦衣卫上前，把唐寅和徐经摁倒在地，戴上大枷。

大太监张永宣读圣旨："唐寅、徐经、程敏政涉考场贿案，押大理寺狱……"

众人惊魂不定。

马彪一拱手说："打搅诸位，与诸位无关系，你们继续喝酒……"

大理寺传出消息，据唐寅、徐经在狱中交代，程敏政收受唐寅一块金币贿赂。徐经罪状最大，以一块金子买废纸，猜出试题。但孝宗念程敏政是他的老师，不肯追究程敏政。不过，程敏政所批的试卷，不得出现前三甲。这就把我给害惨了。我的卷子是程敏政审的，只好降到二甲。

那年，我只得中进士，二甲第七名，后来内阁分派我到政工部，当了一个小职员。

程敏政被弄进大理寺关押了几天，他不服气，要与给事言官午门当面对质。后大理寺和监察院查证，唐寅和徐经的试卷并非程敏政校阅，而是由刘健校阅，且试卷密封完整，言官给事等人一时语塞。当时正值酷暑，程敏政被关在狱中，从前都是他关别人，哪想到自己会被关呢？狱中臭气熏天，竹席上起了霉泡。才两天，他的背上起了一个毒痈，瘙痒无比，一挠，一手脓血。

孝宗闻知此事，于心不忍，下旨速速放出老师。程敏政出狱了，但后背的疽毒扩散，没两天就死了。当朝儒学最高的代表人物受此奇耻大辱，被活活气死了。

罪行最重、处罚最轻的是徐经。按理说，他当死罪，但他只在狱中关了两天就走人了。皇上下旨，徐经永世不得再参加考试。有人说，徐经交了一半家财给皇家仓库。徐经回到家就给徐家立了一个家规，徐家永世不得为官。后来，徐经有个出名的重孙子，叫徐霞客，写了一本《徐霞客游记》。这是后话了。

与徐经同样永世不得考试录用的，还有唐寅。唐寅回到苏州，富家小姐听得此事，说了一串刻薄话后，和他分手了……

唐寅父母、妻子、妹妹早亡，唯一的希望就是会试，现在前途彻底毁了，他一下子就流浪街头了。

一天，他漫步到虎丘，躺在杂草丛中晒太阳。忽然，有人挠他耳朵，他一看是蔡蓬头。蔡蓬头劝他上山修道，修道升天，少去人间诸多烦恼。

唐寅写道："但闻白日升天去，不见青天走下来，忽然一日天破了，大家都说阿。"唐寅拒绝了仙道。

苏州是繁华之地，灯红酒绿，唐寅走进妓院。

老鸨问："你脏兮兮的，是什么人？"

唐寅说："画中人……"

唐寅从此过上了放浪形骸的生活，在苏州城画画、饮酒、逛妓院。

一天，他看到几间宋人留下的旧房子，里面空着，墙上挂着一个宋人的画像，门上的破匾写着："桃花坞。"

唐寅说："就这里了。"他把家安置在这个破房子里，自号桃花坞居士。

一天夜里，忽然有东西咬脚趾，一看，是一只大老鼠，唐寅大悲，写诗云："桃花坞里桃花庵，桃花庵下桃花仙……"

十六

纯真师妹误入王府深宅

弘治十二年（1499 年），也就是会考那一年，宁康王朱觐钧病重，众人去花局里把宁康王唯一的儿子朱宸濠找进宫中。据说宁康王朱觐钧一见朱宸濠就大呼一声，气绝身亡。朱宸濠受皇上册封，继宁王位……

朱宸濠就一玩角，琴棋书画样样精通。他继位宁王，父亲丧事还没完，就要娶娄钰。娄忱为人势利，贪图功利，一心想把妹妹嫁给宁王，这样他就是皇亲国戚了。娄忱来跟妹妹一说，娄钰坚决不从："小宁王的名声很坏，你这不是把我往火坑里推吗？"

娄忱天天劝说，软磨硬泡。

娄忱说："我知道你想着那个王守仁，但王守仁有老婆，又病歪歪的。宁王是什么人？皇亲国戚，辈分比皇上还大几辈……你嫁给宁王，当夫人，而等王守仁，只是做妾，天底下哪有不当夫人去当妾的道理？父亲去世，长兄为父，长嫂为母……"

娄钰哪有自己做主的权利，就这么哭哭泣泣进了宁王府。这个朱宸濠最懂女人的心，毕竟从小在女人堆里长大。他天天请娄钰听戏唱戏，还给她讲了一个往事。

许多年前，他在戏台上唱戏，娄忱带着一个小女孩来看戏。那时，他在台上唱戏就像个叫花子，而那个小女孩跑到台前，递给他一串糖葫芦。朱宸濠这么一说，娄钰想起来了，那是她第一次进南昌城，哥哥领她看戏，她没想到当年那个唱戏的就是眼前的朱宸濠。朱宸濠说："当时，我就发誓，有一天，我一定要娶这个女孩……"

这段伤感的往事把娄钰的泪水说得直往下掉，她也渐渐知道了朱宸濠儿时的苦难：父亲宁康王不认他，扔进戏院里；母亲冯针儿水性杨花，交往各式各样的嫖客，对他不闻不问。他饥一顿饱一顿，唱戏时常受戏班班主的鞭笞。娄钰心肠软，就在王府当起了王妃。

夜晚，寂寞的宁王府，深宅大院，一轮朗月挂在树梢。娄钰眺望北方的天空，心中无限感伤，她给我们写了一封长信。一个月后，我才收到这封信，知道她已嫁给宁王了，我知道我已经没有力量阻止此事了，只能遥祝她此生幸福："但愿人长久，千里共婵娟。"

一天，我正在工部坐班，忽见一颗流星划过天空，留下很长的尾巴……顿时宫里钟鼓长鸣。

星相官奔跑进宫，报告说："天象发生重大变化。"

天象变化，那可是大事。天人感应，天人合一，天象的变化意味着人间的变化。我们历朝历代改朝换代要改换新历，一部新的历法往往与新的政权有关。皇上要通过天象进行天人相通，而天象就是老天向皇上传达的"天意"。明成祖迁都北京后，在宫城内建了一座小型的观象台，但钦天监的人只能在齐化门南面的城墙上进行观测。后来正统四年（1439 年）到正统七年，建了正式的观象台，把南京的简仪、浑仪、浑象、八尺圭表等大型天文仪器安装在观象台上。那天，钦天监的星相官惊慌失措地往宫中跑……

众人也议论纷纷，湛若水从太学跑来，见到我说："言官全去午门了。”

我们就一起去看热闹。工部离午门不远，远远看见许多言官跪在宫门口大声哭喊：“皇上，你要反省啊，老天扔下石头，不祥啊……”

钦天监的星相官刚刚进午门，兵部的人也匆匆跑进午门。

不一会儿，有太监出来。有人打探到消息，说边关告急，鞑靼等部落准备入侵，派谁去应战？朝中议论纷纷。

这件事让我的内心很不平静，认识到解决北方兵患是国家存亡的根本。我回到家里，秉烛夜书，写了万言的《陈言边事疏》。我写道：

便宜八事：一曰蓄材以备急；二曰舍短以用长；三曰简师以省费；四曰屯田以足食；五曰行法以振威；六曰敷恩以激怒；七曰捐小以全大；八曰严守以乘弊。

我只是工部的一个小职员，官太小，没有资格直接上书皇上，就想请李东阳转交。李东阳做过工部、户部尚书，在内阁分管工部、户部。我把《陈言边事疏》交给李东阳，托他上呈皇上。李东阳看了我写的，直接去找我父亲，要我父亲看看，听我父亲的意见。

李东阳可是官场上的老油条，因为给皇上上书，存在风险，书上得好，龙颜大悦，升官提拔；可若上得不好，龙颜大怒，那是丢官弃爵。李东阳征求我父亲的意见，就是打招呼：这事若是惹出麻烦，就别怪我。

父亲看了，认为人不在其位，不谋其政。儿子在工部，应当就考虑工部的事，边关告急，该由兵部去考虑。所以，父亲对李东阳说：“别信他的，纸上谈兵。”

父亲这么一说，李东阳就把我的万言书搁在了一边。

我哪里知道？天天焦急地等待皇上召见，想着如何应对皇上的问话。时间一天天地过去……国家受到北方的威胁时，皇上就想到了那些守卫边疆的有功之臣，想到了威宁伯王越。王越守边那么多年，历经七十二战，为国家出生入死，最后也就是上言不当，竟然被气死了。王越死后，先皇没有一丝慰问，这样，很难安慰边疆将士的心。

所以，孝宗问及威宁伯的墓，要求工部修墓。我没等到皇上召见，等到的差事却是去王越的墓地当监工。但当年王越对我有恩，王琼又是我的同学，我欣然接受这份差事。

王越的墓在京城北边的坝上。冬天寒冷，我独自在工地帐篷里饮酒。有一天，忽然进来一个披铠甲的将军，我一看，竟是王琼。我们许多年没见了，激动地拥抱在一起。王琼领兵驻防大同一线，军队调防，经过这里，就顺道来看我。

王琼感谢我修建他父亲的墓地，说此番前去，在苏牧山将有一场大战，不知生死。他把他父亲的青龙剑赠给我，我收下宝剑，相约忠心报国。这把青龙剑后来一直跟着我，激励着我。

工程结束后，我回到部里。六部的工作十分乏味，我桌上堆着成堆的文件，文山会海。大小官员喝茶聊天，办事踢皮球，文人卖嘴，武人卖腿，大家都在混日子。

有一回李东阳和李梦阳喝酒打赌，李东阳输了一匹马，李梦阳就吵着要马，不给马就不工作。李东阳没法，只好把自己的坐骑给李梦阳，结果李梦阳不领情，说李东阳给的这匹马不是好马，说从前不骑这马，上朝途中能作六首诗，骑这匹马只能作两首了……

内阁大臣李东阳好赌，有一回和户部尚书韩文赌骰子。李东阳说六个六，果真六个全是六。我在一旁，把骰子偷了一个，一看，六面全是六，原来是他特制的来骗人的。内阁大臣好赌，六部下棋打麻将成风。一个个晚上打麻将，工作时打瞌睡。乔宇在衙门里摆了个围棋盘，日本使臣都跑来向他学棋……

朝中，我老子算是认认真真做事的，皇上念他曾经给自己上过课，给他官升一品，当了四品的礼部侍郎，他天天埋头校稿，写《大明会典》。六部工作都集中在一块，商辂退休在家，闲得慌，有事没事就往部里跑。他跑来捉我下棋，从没赢过我，但好像越输越来劲。

我见他进门，就往书柜里一躲。他床肚里找、桌肚里找，就是想不到我躲在书柜里。但是，有一个人躲不过，这人就是个人精——李梦阳把我从柜子里拖出来。

李梦阳说他发起成立了一个复古诗社："要发起反对八股式文章的文学改良运动，与李东阳的茶陵诗派针锋相对。"李梦阳给我看他的文章，把我视为京城唯一的知音，说我能读懂他的文章。李梦阳恃才傲物，但才华的确天下一流，他行文自由、感情真挚、直抒胸臆、针砭时事……

李梦阳坐在我办公桌上，大声朗读："若言世事无颠倒，窃钩者诛窃国侯。我就不满宋儒说的那些饿死事小、失节事大的屁话……"

李梦阳天天到我这儿串门，这事传到我父亲耳朵里，于是一回家我就挨了父亲一顿训斥。父亲说："别跟李梦阳那小子搅在一块，李东阳李内阁的才华岂是你们这帮毛头小子能比的？李东阳侍奉父亲的孝行，天下皆知……"

父亲说的是李东阳的孝行，是旧事。当初他初入翰林院，常三朋四友饮酒至夜深。他不归家，李父便不就寝，忍寒枯坐在堂屋……李东阳为人孝敬，自此就发誓不夜饮于外。李东阳为文典雅，朝廷著作多出其手，工篆隶书，奖掖后进，士大夫出其门者众多。我们这帮年轻辈对李东阳却有着不同的看法，他倡导的茶陵诗派八股味太浓，没有多少创新……我们年轻辈当中，李梦阳是佼佼者，也是反对茶陵体的领袖。

我对父亲辩解说："李梦阳上书皇帝，讲得有道理，国家已患元气之病，不改必亡，药方只有两个字：复古。唯有复古才能振作士气，革新朝政。"

父亲说："什么复古？打幌子罢了。"

我说："唐朝韩愈、柳宗元发起的古文运动，至今影响深切。韩愈说：'学古道而欲兼通其辞；通其辞者，本志乎古道者也。'柳宗元则主张'以辅时及物为道……'"

父亲说："这些我比你懂，北宋时，以欧阳修为代表，推崇韩、柳，掀起新古文运动，强调文道统一、道先于文的观点，后人把韩、柳和宋代的欧阳修、曾巩、王安石、苏洵、苏轼、苏辙共称为唐宋八大家。李梦阳的复古，并没有错，他想学韩、柳，但是，李梦阳是什么人？户部主事，而李东阳是内阁大臣。我们家父子在朝为官，能不识时务吗？"

我觉得父亲讲的也有道理，于是就想退出李梦阳他们一伙，但是，上船容易下船难。我们的活动地点是商达的姚江春酒店，在那里，一帮京城文青、士子把李梦阳和我看成这场运动的领袖。我们聚会时，我说了什么话，第二天就传遍六部。

北方的冬天寒冷，我的肺病又复发了，咳嗽个不停。

有一天，商达领着一个裹着毛皮衣裳的人来到部里。我问是何人，商达说是做毛皮生意的。那人脱下毛皮衣裳后，我才发现是沈九娘。六部哪能让女人进来呢？传出去，我就得被炒鱿鱼。我赶紧关上门。沈九娘化装成男人混进来，是好奇六部办公场所究竟是什么样子。商达毕竟是官三代，胆子也太大了。

我盯着商达，心想：这种事你也敢做?！商达说："你别盯着我看，我这是为了你好！我知道你咳嗽病犯了，就给你领来了神医。"

我看了一眼沈九娘说："胡扯什么？"

沈九娘说："你可别小看我，让你病好，就是神医。"

沈九娘掏出一个盒子，弄一点粉搅和后，让我喝了。说起来真是奇怪，我喝了她的药，顿时不咳了。

我问：“什么药，这么灵？”

沈九娘说：“砒霜。”

“砒霜，不是毒药吗？”

商达说：“以毒攻毒，砒霜可以止咳。”

沈九娘说：“从前，我也有咳嗽病，是从娘胎里带下来的，后来被这个药治好了。砒霜剂量控制得当，就不会死。”

她看了看我的办公环境又说：“我以为六部多神秘呢，今天一看竟破破烂烂。北方的冬天气候干燥，伤肺，你得去南方，水润肺……”

我说：“我这工作怎么办？准备了多年的会考，这是众士子挤破脑袋才能求得的职位。”

商达说：“工作重要还是身体重要？没有身体，工作是皮之不存，毛将焉附啊。”

商达这话说得我顿悟，恰好我也有逃避京城的这场文化复古之争的想法。我一是感到工作真是无聊，二是想脱离京城的是非之争。我站在李梦阳一边，就会得罪李内阁和父亲；我站在父亲一边，又得罪李梦阳、商达、乔宇等朋友，干脆三十六计走为上。第二天，我回家向父亲告别，说想调养一阵。父亲知我身体不好，也就一口答应了。

我离开京城，一路游山玩水。

化城高住万山深，楼阁凭空上界侵。

天外清秋度明月，人间微雨结浮阴。

钵龙降处云生座，岩虎归时风满林。

最爱山僧能好事，夜堂灯火伴孤吟。

一天，我来到安徽九华山。九华山原来叫九子山，因李白说远看像九朵莲花，就叫了九华山。马龙见我这些日子天天爬山，身体好多了，也不见咳嗽了，就找了个山下的驿站休息。我独自一人爬山，越爬越高……

我从早晨爬到下午，到了一个山顶。忽然在一棵大松树下，发现一个人睡得正香。我就上前挠他脚底板，把他挠醒。

那人吃惊：“你是谁？”

我纳头便拜：“仙人在上，受王守仁一拜！”

那人惊讶地问：“你叫王守仁，你爷爷是竹轩翁？”

我说：“正是。”

那人哈哈大笑，说：“我是蔡蓬头。”

我问：“听说你比我爷爷还长两辈，怎么长生不老的呢？”

蔡蓬头说：“彭祖九百岁，最后也会老的，没有长生不老的人。”

我说：“我愿拜仙人为师。”

蔡蓬头说：“我可不是仙人，你有官运，尘缘未了呢，我哪有资格当你师父？你前世还是我的师父呢……”

我们两人在山顶聊天。

蔡蓬头对我家里的情况了如指掌。他说余姚达溪上下一带为王姓族居地，历来有“生畈十里王”之称。主要的有两支王姓，一支是东晋宰相王导的后裔，属琅琊王氏；另一支是三槐王氏。我们家是王导的后代，属琅琊王氏，先祖王纲与刘伯温结拜兄弟。王纲与道家就有渊源，与蔡蓬头师傅相交。

蔡蓬头说我老子龙山公是个官迷，说王家祖上也是道中人……我听得连连点头。

我说：“你别说这么多，既然我们王家祖上是道中人，那我就拜你为师吧。”

蔡蓬头说："我才不收你这个徒弟，你将来造化比我大，我受不起。"

蔡蓬头说完此话，"呼"的一下像猿猴一样从一棵松树飞到另一棵松树上，荡秋千似的，不一会儿就消失在山顶。

仙家蔡蓬头说王家是道中人，又说我"六根不净，心系凡尘"，我何不回归仙道，免得误落红尘？

当晚，我写了一封《乞养病疏》，要马龙送给我父亲，转交到工部，我自己雇了辆牛车，回老家余姚修道去了。

父亲看到我的辞职信，气得把茶杯砸碎，骂道："这臭小子，葬送了大好前程……"

妹妹王守兰在一旁劝道："爹，你又骂哥哥了。"

妹妹王守兰是父亲和黄夫人所生。

父亲骂道："大不孝的东西。"

诸婉澄劝道："爹，守仁他玩够了，会回来的。"

父亲对马龙说："你给我回余姚，给宗亲讲明，我不认这个儿子，不许他进家门。"

诸婉澄劝道："奶奶一人在家，哥哥回家，也能看看奶奶，表表孝心。他那个身体，也许回家还有好处呢。"

父亲一听，叹口气说："你们啊，就纵容他。"

十七

出世与入世

我回家乡的主要目的就是修道，既然蔡神仙不收我做徒弟，我就自学成仙。

无为道长说我："须拂领，其时入圣境，须至上丹台，其时结圣胎，须至下丹田，其时圣果圆。"圣果圆满就是修道成正果。

爷爷去世了，书房里留下一屋子的书，我从小就在里面玩耍，十分熟悉。什么书摆在哪儿，如何归类摆放，都是我亲自做的。我从他的书屋里搜罗出一堆道家的书籍，有《道德经》《周易》《周易参同契》《黄庭经》《推背图》等，然后都装进一个大竹筐里。道家修行讲究僻静处，讲究不食人间烟火，于是我选择了四明山。

那天是我的生日，徐爱和小李子送我上山。小李子挑着一筐书，徐爱挑着衣裳和食品。徐爱是余姚马堰横山村的，距离我家不是很远，他是我的忠实粉丝。徐爱问我为什么选择生日这天上山，我说这象征着新生，一切都有新的开始。

我们把当年无为道长修炼的山洞拾掇出来，我就在里面盘膝打坐，修炼当年在铁柱宫学的三关七迫九还功。无为道长留下的山洞，冬暖夏凉，家具什么的都还在。傍晚，我要徐爱回去，徐爱迟迟不回。

我让他回去帮助我照顾奶奶，有什么事就到山上来叫我。徐爱一口答应，但是还是不肯回去，后来终于吞吞吐吐讲出，他看上我妹妹了，要我回去替他向父亲提亲。

我说，父亲为我辞官的事正恼怒，我要是去替你提亲，该成的事也能让我给办砸了。徐爱一时间没了主意，我就给他打气，等妹妹回乡时，我暗中撮合。徐爱听我这么说，快乐地下山了。

我指着山顶说："我爷爷，爷爷的爷爷，就在山上修道，我也要修道成仙。山顶那个洞，我给它起个名字，就叫阳明洞……"在四明山修道时，我给自己起了道家的号——王阳明。为什么自号阳明呢？道教里以"阳"作为名字的祖师很多，例如：魏伯阳、吕纯阳、张紫阳、王重阳等。道教里以纯阳为仙，半阴半阳为人，纯阴为鬼，以达到纯阳境界为目标。我在山洞顶上摩崖石刻下"阳明洞天"四个字。

在洞中的这些日子，我在想这么一个问题：从小，我的理想就是成为圣贤，成为圣贤的重要条件是读圣人的书，学以为己。我们遵循《大学》之要，格物、致知、诚意、正心，修身、齐家、治国、平天下……然而这几年在朝廷供职，朝中那些大臣，哪个不是读圣贤书出来的？个个都是人中蛟龙。就说父亲龙山公，乡里的学霸，道德的模范，可是在朝廷里，就是一个缩头乌龟，天天埋在书堆里，干着苦力活。程敏政，当朝第一儒学博士，状元多出于他门下。但是，他们与圣贤相距十万八千里，圣贤绝不是一味读书能成就的，圣贤是时代造就的。

就我这个身子骨，我的学养、行为、操守，距圣贤是何等的遥远？儿时的梦想，在现实面前变得虚无缥缈起来。看来我只能做一个隐者了，学习道家中的隐者楷模庄子、陶潜。入世与出世，这是一个问题。

半年的时间里，我天天在洞里静坐，天天和自己说话。上回在铁柱宫，无为道长教我静坐的功夫，以静来制动，让我的内心和纷繁的思绪平静下来。我试着意守丹田，炼丹，打通大小周天，打通经脉。有几天，我甚至辟谷了，几天不吃不喝，静坐在那儿，形同枯木……

我从京城里弃官回乡，又跑到四明山上修道，这件事在乡里引起了轰动，成为一时间人们茶余饭后的谈资。我的同学张小胖子承父业，开鱼行。张万山把我回来上山的事告诉了张小胖，说：“儿子，考什么举人？咱沈家开鱼行就很好。都说举人好，京城好，王家小子这回从京城回来，把竹轩翁给他起的名字王守仁给改了，叫什么王阳明，当起道士了……”

鱼行门口卖香火的巫婆说：“不能让他奶奶知道，这孩子不孝啊！爷爷起的名字怎能改？”

张小胖说：“你们知道什么？王守仁在山上修道，像他祖爷爷，修成正果，就成仙了。”

张万山说：“成什么仙？这孩子在京城受刺激了，躲在山洞里做野人。你快看，徐爱来了，他天天上山送食物呢。”

张万山老婆喊：“徐家小子，来啊，有话问。”

徐爱有礼貌地上前问道：“大爷大婶，有什么事？”

张万山问：“这王家到底出了什么大事？让皇上给抄了家？”

徐爱说：“你们瞎说什么……”

徐爱上山时把山下的议论告诉我，我一笑了之。

有一天，我正在洞中静坐，徐爱来帮我打扫屋子，整理杂物。我忽然在朦胧中感到山下有友人上山，我听到鸟从山下飞起的声音，感觉到鸟飞过山洞口光影的晃动。我就对徐爱说，有朋友来访了，你去山下相迎。徐爱半信半疑，他下山，一直走到五云门，见到王思舆等四个朋友来拜访我。徐爱大惊，一边迎他们上山，一边说起我料事如神。后来他们上山问起此事，都说我已经得道成仙。我也说不明白，只是觉得凝神静气，就能感知天地万物之细微的变化。

在山中修道，我没有成仙，依旧是血肉之躯，有着七情六欲。一天不食就饿，一日不睡就累。我自得其乐地吟诗：

池边一坐即三日，忽见岩头碧树红。

江鸥意到忽飞去，野老情深只自留。

……

我在四明山修炼有两年多，四季变化，春去秋来，草木荣枯……

我看见一只山雀把食叼回窝喂树上的小鸟，有一条蛇爬上树，山雀与蛇搏斗……

我去小溪旁，看见许多小蝌蚪，小蝌蚪丢了尾巴，又变成小青蛙……

我看蜜蜂修筑蜂巢……

我忽然顿悟，生命的价值和意义，难道是做一块无情无欲的石头？人生一世，草生一春，人成为枯木难道就是修道吗？生命若不能感知世界，意义何在？生和死有什么区别？感知世界、人心，才是生命的价值和意义。

世界的道理，格物致知，就在一个心字，心即理。

静坐时，我感到山下友人来访，是直觉。对世界万事万物的认识，只能用反观内省的方法。你认识你的内心，就认识了这个世界。

我这一筐道家修道的书，没有能让我成仙的，它们只是把我引入内心世界。道，就是心，心就是理，心就是全世界。

中秋节的那天，一轮朗月从东山升起。我在山顶，俯瞰山下的村子，村庄笼罩在薄雾之中……忽然思念起奶奶，思念父亲，思念妻子诸婉澄了……孝悌才是人生正道。

一个人对父母的感情扎根于人性，丢掉等于丢掉人之根本。

人世间最伟大的道，在亲情和各种关系中去修，一定是人间的道。人间正道是沧桑，圣人之学，扎根于人间。

这两年我想挥刀斩断一切俗念，了却尘缘，但是，真能舍弃一切吗？

我在山上忍受与亲人离别的痛苦，精神饱受折磨，这难道就是道？

我在日记中写道："此簸弄精神，非道也。""此念生于孩提，此念可去，是断灭种性矣。"

我要下山，什么也不带，把那些书、那些物品，身外之物全扔在洞里，只身下山。我带着亲情，人的本性，带着道，这个道就是我跳动的这颗心，跌跌撞撞地冲下山来。

我走进村子，村里人吓坏了。我蓬头垢面，看着人们傻笑……余姚街上的人们争相传说王家的王守仁疯了……

第二年，我去钱塘西湖，这期间，我考虑出山，再入红尘，于是又重新选择了圣贤之学。

这次对道学的研究，增加了我对儒学的理解，复思用世。多年后，湛若水给我写墓志铭，称我是正德丙寅年元年（1506年）始归正圣贤之学，称之"五溺归正"，"初溺于任侠之习，再溺于骑射之习，三溺于辞章之习，四溺于神仙之习，五溺于佛氏之习"。

我不知他这样概括是否准确。正德丙寅年元年的一天，我正在家里和徐爱、王思舆等朋友喝茶聊天，忽然门外吵嚷。不一会儿，知府等人陪同京城来的老太监张恩等进门，一进门就喊："圣旨到！"

众人赶快跪下接旨，正德皇帝命我速速返京，任兵部武选清吏司主事……

在京城时，我只是一个工部职员，而这回却是兵部负责选拔人才的主要官员，我就这么稀里糊涂地升了官。

十八

宫廷血缘政治的怪胎

孝宗皇帝是个好皇帝，用现在的话讲，为国家利益鞠躬尽瘁，死而后已。明朝这个巨大的破船，在他的修修补补下，一度乘风破浪，史称“弘治中兴”。

孝宗爱民如子，对手下大臣也十分关心。北方的冬天，大臣们上早朝，他必在奉天门迎候众大臣。遇到下雪天，地滑，有的大臣因地滑行走失仪，摔得东倒西歪。孝宗不问罪，上前扶起。夜晚，他在宫内，觉得天气寒冷，就问太监张永和刘瑾：“现在有官员在外办事，正在回家的路上吗？”

张永说：“有。”

孝宗说：“如此凛冽且昏黑，倘廉贫之吏，归途无灯火为导，奈何？”他传下圣旨，命今后遇在京官员夜还，不论职位高低，一律令辅军执灯传送……

可是，好人不长寿。孝宗当了十八年皇帝，莫明其妙病了。这一病就不起了，朝中御医束手无策，无计可施。传言孝宗的病是由于先天发育不良，后天的病好治，先天的病难治。孝宗知道大限快到了，在病榻上，把张永、张恩、刘瑾这帮太监叫来，叹口气说：“先皇为什么把东厂、西厂都给你们控制？从太祖开始，只有几位皇帝智力过人，其他大多平平，而这些大臣是国家栋梁，智力超群，皇上的智商能控制得了他们吗？控制不了，就得由你们来——杀。不听话的，就得杀。暴力和恐怖，是领导大臣的最好办法。这个事，皇帝不能做，皇帝要有仁德的形象。这些事得由你们来做，这个黑锅得由你们来背，你们吃皇家的饭，就得替皇上背这个锅……大明王朝要想维护江山，就得靠你们……"

张永、张恩、刘瑾等伏地，流泪说："皇上，我们一定替您看好家！"

这边，大太监们刚出门，孝宗又把商辂、李东阳、杨廷和三个叫到床前，托付后事。孝宗说，他们三个是扶灵大臣了……哽咽不能语，三个大臣哭得稀里哗啦。

孝宗皇帝的遗训中竟然提到了我王守仁，孝宗皇帝跟我面都没见过，怎么莫明其妙地临终时提到我呢？

人说，朝中无人莫做官。若是朝中有人，你想不做官都难。孝宗病重后，想念旧臣，想起了他的恩师程敏政。

孝宗问："程先生在何处？"

商辂说："当年考场贿案，程太傅受惊，去世多年了……"

孝宗："噢，我觉得当年唐寅考场贿案，对恩师处理重了。"

李东阳说："皇上处理得当，程太傅只是告老还乡，未曾受罚……"

商辂说："受当年考场会案牵涉，那年没有状元，全降格处理了。那些学子倒是有些冤屈，人才埋没了。若不是此案，王华的儿子就得是当年的状元。"

孝宗问："礼部侍郎王华家的那个爱折腾的小子？现在在哪呢？"

商辂答："在老家养病。"

孝宗说："让他养好病早些归京，朝中正是用人之时。"

商辂等人点头答应。

皇上的话一句顶一万句。皇上这么一说，商辂就和李东阳、杨廷和商量。皇上的意思是起用王守仁，李东阳说兵部武选清吏司缺个主事。这样，圣旨就从京城下到了绍兴府下的小镇余姚。

孝宗临终时把众大臣叫到床前，对众人说："我想革除积弊，倡导新政，可惜天不假年，若再给我几年……"

孝宗流着泪，握着商辂、李东阳、杨廷和的手："你们为国家辛劳，朕件件看在眼里，如今东宫太子年幼，喜好逸乐，请你们教育好太子读书，辅佐他成为一代明君……大明江山就托于你们了……"

众大臣下跪，孝宗就这样走了。

有人说，孝宗走时，眼睛是睁着的，为什么睁着？说明有一件事放不下。孝宗放不下的事，就是儿子朱厚照。孝宗只有这一个儿子，也是皇位的唯一继承人。好也罢，不好也罢，皇帝就他了。

朱厚照是什么人，太傅杨廷和最清楚。杨廷和给朱厚照讲《孟子》，朱厚照打哈欠，打断杨廷和，问："老师，这皇帝就是一份工作？"

杨廷和说："奉天承运，皇上以天下为家，以天下为己任，是分内之事。"

朱厚照说："皇帝要不是家天下，可不可以辞职不干？"

杨廷和目瞪口呆。

朱厚照最不愿意干的事就是当皇帝，他的理想是当黑道老大。

大明王朝建立后，大部分蒙古人退回漠北，称大元，也有一部分留在原来的封地内。当时，在北京的一些贫民区，坊间依旧住着许多蒙古遗民。他们贫苦，有时又受到欺负，就自发形成了蒙古帮派组织。这个组织以赤朱儿为首的五兄弟为头领，欺行霸市，横行街头……

当年欺负过我的石和尚在河北等地也组织了一个黑帮，来京城和蒙古人抢地盘。石和尚名气很响，人称京城第一大盗。双方在灯市摆擂，灯市后来叫琉璃厂。若论单打独斗，赤朱儿五兄弟还不是石和尚的对手。但是，赤朱儿这些人哪讲什么比赛规则，冲上台一阵乱砍，石和尚的脑袋就被砍下来了……从此，赤朱儿五兄弟名动京师。

忽然有一天，灯市又出现一个黑帮，来历不明，又来抢地盘。黑道头领是个十五岁左右的孩子，自称“无敌大将军”。他们向街头商贩收保护费，而原来保护费都是赤朱儿等收。赤朱儿五兄弟抄上家伙，上来就打。没想到那个无敌大将军一挥手，后面来了二十多个手下，双方打起来。赤朱儿五兄弟也是亡命之徒，拼死战斗，竟把那二十多人打得狼狈而逃。赤朱儿等一路追来，刚追过一条街，街道两侧就涌出大批禁军，赤朱儿傻了。

黑道上有规矩，黑道不跟白道斗，当然也不是白道的对手。赤朱儿五兄弟被五花大绑，打得皮开肉绽。禁军的头领是宫中太监刘瑾。

这时，那个前头被打败了的无敌大将军转回来了。

刘瑾问赤朱儿：“你们知道他是谁吗？”

赤朱儿说：“抢地盘砸场子的。”

刘瑾悄声说：“当今太子。”

赤朱儿哈哈大笑说：“你蒙谁啊？太子会来跟我们小混混抢地盘？”

无敌大将军说：“当然要抢。你们只有两条路，一条是让禁军把你们杀了，一条是拜我做干爹，跟我混。”

赤朱儿等想，跟着皇帝后头混，怎么说也比混黑社会强。一个个立马跪下，拜干爹。

朱厚照有个癖好，喜欢当人爹。他才十几岁，就收了许多干儿子。

宫中有个太监叫钱宁，能左右开弓射箭。朱厚照向他学射箭，不拜钱宁为老师，而奖励钱宁，封他做了干儿子……

朱厚照率领众多儿子，天天在宫中玩黑道打架的游戏。大明王朝的江山，孝宗起早摸黑打理的江山，现在就交到了朱厚照这个“无敌大将军”手中，难怪孝宗死不瞑目。

弘治十八年（1505年）五月，孝宗驾崩，十五岁的武宗朱厚照坐上皇位，称正德元年。

朱厚照当皇上，就希望早早结束这群长胡子老头向他汇报工作这种琐事。他屁股歪坐在龙椅上，不住地说：“哪这么多的事？你们办不就得了？再别来问我！先生，今天该退朝了吧？你们想怎么办就怎么办！我老子难怪生病，皇帝这活太苦……”

朱厚照的心早已飞到皇城。他在皇城里建了一个童话乐园：他以天马行空的想象力，在宫中建了一座豹房，养了许多豹子。又建了街市，仿长安街，又设了许多店铺。他让太监扮老百姓，官员扮作有钱商人，宫女们开店，当老板，与客户讨价还价，而他就当收保护费的黑社会老大。更荒唐的，他在宫中开妓院，让妃子和宫女们装扮成妓女，当然，嫖客只有他一个……

朱厚照命令干儿子钱宁去大街访贤纳士。这个贤和士，就是道士、尼姑、唱曲的、乐师、和尚、玩杂技的、练武的，甚至还有长相奇怪的外国人，只要黄头发绿眼睛，全请进宫。请进宫来，什么事也不用做，为了繁华街道。他宫中的长安街比午门外的长安街更热闹……

一天，钱宁在北京的天桥看到一个练把式的。这人一身肌肉，表演气功，用枪顶着喉咙，最后枪断了，人没事。还把大石碑压在肚皮上，让人用铁锤砸碎石碑。这个练把式的就是原来鞑靼酋长的儿子。当年鞑靼酋长被王越的军队打败，他儿子化名江彬混到了明军中，寻机报杀父之仇。当年我和王琼曾经救过他一命，不过，我们记不得了。江彬可记得，他要报仇。

钱宁把江彬带进宫中，朱厚照大喜，让江彬照看豹房里的豹子。朱厚照在宫中养了许多珍禽异兽，把宫中变成了野生动物园。他最喜欢的动物是豹子。他把肉吊在竹竿上，悬在空中，让豹子跳起来扑食，有的豹子甚至跳得疲劳而死，朱厚照看得津津有味。

皇帝的这种特殊喜好和生活方式，在朝野上下引起极大的震动。学生如此，太傅就有责任。杨廷和气得在家吐血，太傅吐血了，宫中那些陪皇上玩的太监责任最大。太监张恩、张永都是陪了几辈皇上的老太监，宫中一股新生势力取代了他们，新太监上来了。新太监的头儿是刘瑾，皇帝如此，当然就是刘瑾的罪过。

山雨欲来风满楼。在这种动荡中，我跑上几千里的路，来京城实现我人生的最高理想——成为圣贤，而京城等待着我的又是什么呢？

十九

官宦之争的历史重现

我奉旨入京，刚走到舜水河上的天泉桥头，就有两个人吵着追来……一个是徐爱，一个是徐爱的叔叔，他们都想娶我妹妹王守兰，要请我来评理。徐爱和他叔叔只相差一岁，两人一起长大。据说两人有个癖好，要喜欢什么，同时都喜欢；要不喜欢，同时都不喜欢。两人从小就争个不休，现在竟然同时争起我妹妹来。

早年爷爷去世，父亲回乡里守孝办学，徐爱叔侄和王守兰在私塾读书，算是同学。叔侄俩同时喜欢上班上最漂亮的王守兰。我就问他们，你们各自说说理由。徐爱说，王守兰小时和他关系最好，经常一起做游戏，说悄悄话。徐爱的叔叔说，他是长辈，又比徐爱大一岁，长幼有先后次序，徐爱自当排在他后面。

叔侄俩吵着要和我一道进京，请我父亲来评这个理。我想了想，说："你们为这件事闹到京城，父亲可能一生气，你们俩谁都娶不到我妹妹。不如你们各写一首诗，我捎给我妹妹，由她自己做选择如何？"两人都很自信，听我这么一说，立马从我书箱里取出纸笔，在桥头写起诗来。

两人写好诗，各自封入信封，贴了封条，讲明我也不许私拆。两人立在桥头与我分别。两人说，如果我妹妹喜欢上谁，就让我捎信回来，一个就去北京娶亲，一个就去杭州虎跑寺出家当和尚。我问为什么要去杭州虎跑寺呢？徐爱说，虎跑寺里有一个高僧很是出名，三年未曾开口说过话……

我问：“世间还有这种奇人？是哑巴吗？”

徐爱说：“不是，不是，是高僧，许多人都去参拜他呢。”

我听徐爱这么一说，也想去杭州会一会这个高僧。我们去京城，一般都坐船，从杭州上船，进长江，到扬州，从扬州进运河，直达京城，去虎跑寺恰好顺路。杭州距绍兴也就一天的路程，当晚，我就住进了虎跑寺。

虎跑定慧寺，原称大慈定慧禅寺，俗称虎跑寺。唐元和十四年（819 年），高僧寰中与弟子性空从南岳云游杭州，居大慈山下，适逢天旱无水，夜梦神人告知南岳有童子泉，神人将遣二虎移来供僧人用。天明，果见二虎跑地做穴，须臾，清泉涌出如珠，故名“虎跑泉”，遂依此作寺弘禅宗之法，寺名定慧禅寺，又称虎跑寺。寺门有二金刚，入寺门后沿溪拾级而上，约里许为大雄殿、钟楼、藏经阁、济公院、罗汉堂等建筑，掩映于绿树丛中，环境幽雅。

虎跑泉与龙井茶合称西湖双绝，有“龙井茶虎跑水”之美誉。第二天一早，我就备了一壶茶，去罗汉堂后的厢房里拜见高僧。高僧见我，笑而不答，眯起眼睛盘腿而坐。我在他面前也不吭声，只是一味喝我的龙井茶。

快到晌午时，我忽然大声说：“你整天口巴巴说什么？终日眼睁睁看什么？”

高僧被我吓了一跳，睁开眼，“哎呀”一声。

我哈哈大笑说：“既然已经开口，就莫要再闭口了。”

高僧说：“我三年没开口，为何说我口巴巴说什么？”

我站起来对他鞠上一躬:“请问高僧何处人氏?”

“四川成都。”

“家中还有何人?”

“只有一个老母。”

“你真的不想老母亲吗?”

“怎能不想?”

“心中不能放下,表面上却要放下,这是修道吗?”

高僧瞪大眼睛看我,哑口无言,而后站起来向我鞠躬:“谢谢指点,忽然参悟。”

高僧去厢房里收拾行李,背起包袱出门。有僧人问他去哪,他说回家,寺里的众僧大惊。这个高僧是寺里的招牌,因为拜见此僧,引来香火,现在,我三言两语,竟说走高僧,寺里的和尚如何服气,一个个抄起家伙把我团团围住……

正在这危险的时候,那个高僧又回过头来,当着众人面向我鞠躬道:“谢谢点化。”

这时,众和尚才退到一旁,其中一个麻脸和尚是当家住持。麻脸说:“你把高僧说走了,他可是我们的衣食父母。你要留下来讲佛,否则我们没饭吃。”

我说:“我不会讲佛。”

麻脸不信,说:“能把老僧说跑的人怎能不会讲佛?”

我说:“佛不是讲的,是参的。”

麻脸说:“我们顾不得这些,香客和居士都已相约来听高僧开坛讲经,你不讲,我们如何收场?”

麻脸让几个和尚看着我,表面上说照顾我。当天下午,果然来了许多从城里赶来的香客。众和尚把我推上讲坛,我没办法,就给他们讲起了《金刚经》……

夜里，我趁和尚们睡觉，翻墙跑了。麻脸和尚领人一直追到江边，慢了一步……

我本来想，这回提拔了，在兵部负责干部任命管理工作，正可以大展宏图，没想到等着我的却是天降横祸，亡命天涯。

正德皇帝为所欲为，在宫中胡闹，那帮托孤大臣如热锅上的蚂蚁惶惶不可终日。商辂、李东阳、杨廷和等觉得责无旁贷，要制止皇上这种行为。他们天天开秘密会议，咬文嚼字，写出奏章。一早上朝，几个老臣一齐跪下，奉上奏章：

“十大禁止：一、单骑出宫，不带随从；二、宫中乱转；三、到宫外抢民女；四、好打猎，宫中养豹子；五、乱吃零食……搞得宫中财政亏空……”

朱厚照懒得理这些白胡子，这些奏章在他听来如天方夜谭。他想：天下是我朱家的，天下是我的，我在宫中想怎么玩，就怎么玩，碍着你们什么事？你们爱工作、爱学习，你们去干，关我屁事？什么事扯着我干嘛？朱厚照看看这些老头，都是长辈，有的是老师，若要是辩，肯定辩不过他们。他干脆不上朝，惹不起还躲不起吗？朱厚照躲在宫里，不当皇帝，当街头收保护费的黑老大。一帮大臣天天在午门转，一连数日也见不到皇帝的影子。

众内阁大臣和各部尚书、大学士、言官们紧急磋商。他们认为造成今天这种局面的罪魁祸首是太监，尤其是深得朱厚照宠爱的太监头子刘瑾。如果不杀刘瑾，大明江山就完蛋了。他们上书直指刘瑾，但内线很快来报告，所有上书皇上的奏章，皇上压根儿不看，嫌烦心，全交由刘瑾处理。天啊，太监刘瑾坐在龙座上？太监处理起国家大事?！大臣们惊得目瞪口呆，群情激愤。

户部尚书韩文每天坐在午门台阶上痛哭，他希望以哭声感化朱厚照。皇宫那么大，他的哭声只能给过路的大臣听，皇上在午门里根本听不到。

李东阳看着韩文说：“哭有个屁用？”

韩文说：“不哭又奈何？”

李东阳说：“我们联合起来上书弹劾‘八虎’，就有用了。一个人的力量有限，众人拾柴火焰高。”韩文大喜。

李东阳的确是官场老江湖，如果弹劾八虎，当以内阁为主导，领头出面。他现在挑韩文出面，证明他知道这场斗争赢不了。韩文认为自己是托孤大臣，又得先王恩情，不可不报。所以，他以户部为主导，要主事李梦阳起草弹劾“八虎”的奏章。

李梦阳觉得有了施展才华的机会了，写道：“臣等近闻朝政日非……”

韩文拿着奏章，知道送上去等于没送，又会落到太监刘瑾手中，所以在等待时机。终于等到一天，皇帝上朝了。因为皇上躲在宫中，张皇后实在看不下去了，催着他上朝。正德皇帝虽说顽皮，但是听他母后的话，也就强撑着上了朝。他就像一个逃学的学生让老师抓进课堂。

朱厚照龙椅还没坐热，就听朝堂上“哗”的一声，两班文武大臣齐齐跪下，声震庙宇，齐奏：“‘八虎’不除，国无宁日。”

朱厚照吓得哭起来，不知如何是好。

群臣集体表演后，轮到个体表演了。宫中老头子一个个群情激愤，轮番演讲，大喊大叫，又把朱厚照吓尿了。

太监张永劝大家，别把小皇帝吓坏了，先回去，再议。

乱哄哄中，朱厚照只听见众人吵闹，并不知发生了什么事。他看到的只是一张张南腔北调的嘴在翕动着，朱厚照问大太监张永：“他们要干什么？”

为了协调宫中与内阁大臣的关系，张永来到内阁，见商辂等人，听取大臣对国家大事的意见。六部尚书听说张永来内阁调研，纷纷赶来。

商辂对司礼大太监张永说："当诛'八虎'。"

李东阳说："驱逐出宫。"

大臣们为是诛还是逐分成两派，激烈争论起来。他们过于乐观地估计了形势，这种情形，很像东汉末年十常侍与大臣的关系。何进大将军进宫，不也被砍了脑袋？这些大臣一点历史常识都没有。

太监头子刘瑾是张永的徒弟，现在翅膀硬了，但张永怎么可能没有私心？张永向皇帝朱厚照汇报工作说："众大臣要求驱逐'八虎'，皇上，您当以社稷为重。"

朱厚照无可奈何，就下旨驱逐"八虎"。朱厚照问："他们这帮太监被驱逐出宫，但也不能饿死街头，他们能干什么呢？"

张永说："就让他们去南京孝陵守陵吧。"

张永向刘瑾等宣读了圣旨，刘瑾等垂头丧气，打包袱准备离宫。太监去南京替皇家守陵，等于换了一份工作。之前的工作是陪活人，这个工作是陪死人，都是太监分内的事。但是，这件事最终坏在了韩文头上。韩文听说皇上下了圣旨，只是让"八虎"去守皇陵，匆忙跑来找张永。

韩文说："驱逐刘瑾能解众臣之恨吗？当诛。"

张永说："他们也可怜，都是太监，况且在宫中服侍了皇上这么多年。"

韩文说："'八虎'不诛，将来东山再起，你我的脑袋就都保不住了。"

张永问："我的脑袋怎能保不住？"

韩文说："你虽说是刘瑾的师父，但这次驱逐'八虎'，你已经站在了大臣们一边，站在了他的对立面，也就是说，已经是他的仇敌了，张大人是妇人之仁。”

韩文这么一说，张永觉得有道理，就又连夜去皇上的乾清宫。朱厚照正跟一个宫女下围棋，张永说：“皇上，内阁众臣的意思是‘八虎’当诛。”

朱厚照正在下棋，头也不抬地说：“好吧，明天我就下旨诛之。”

张永没注意旁边有一个看棋的，此人正是“八虎”之一的钱宁。钱宁听得皇上这么说，吓得瘫在地上，半天才爬起来。钱宁连滚带爬跑出乾清宫，出了玄武门，去内宫监找刘瑾。“八虎”听得皇上明天下旨诛他们，一个个抱头痛哭。

刘瑾说：“哭有个屁用，不如晚上一起去皇上面前哭。”

钱宁说：“商辂、韩文、李梦阳等闹得最凶，是幕后主使……”

刘瑾说：“现在，就是你死我活了。”

当晚，“八虎”齐来朱厚照面前痛哭，有的敲背，有的捏脚，说死怕什么，就是舍不得皇上，特来告别的。刘瑾叹道：“先皇有遗命，让我们帮着皇上守家，对付这些如狼似虎的外臣。这些人都是人精，皇上一人哪里对付得了！如果我们一死，皇上就更受他们欺负了，如何是好？皇上，天下是皇上的，还听他们的不成？”

朱厚照说：“只要这帮家伙不闹就行，诸位有何妙策？”

刘瑾说：“这帮老家伙之所以敢欺负皇上那是因为张永年老，升为大太监后，司礼监已无人掌管多年。若有人掌管，就可以与众大臣分庭抗礼，为皇上分忧。”

朱厚照一想，如果真把“八虎”赶走，谁来陪他玩呢？玩的钱又从哪里来？朱厚照就下旨命刘瑾执掌司礼监，执掌东厂……朱厚照说：“刘瑾执掌东厂，协调和大臣的关系，让他们上朝时声音小点，还有，别管我的私事，我想怎么玩，就怎么玩，这是我的自由……”

刘瑾谢恩出宫。"八虎"的牙都快笑掉了，刚才以为要杀头，现在竟然升了官。刘瑾协调关系的方式，就是东厂模式，一是抓，二是杀。

东厂开始抓人。刘瑾以清查各部账户为名，把户部尚书韩文等抓进大牢，内阁乱成一团。

韩文被发配出京，刚出京城，锦衣卫马彪等早就埋伏在路旁，蒙面冲出，把韩文全家都杀了……

李梦阳被抓到锦衣卫大牢里，一顿狂揍。

李梦阳在狱中听到顶头上司韩文的下场，知道小命难保，急忙写信给京城名士康海。狱中哪里让他写信呢？他只写了四个字，托人带去给康海："对山救我。"

康海是名士，又是大古董商人，经营古玩字画，和刘瑾也有交情，就坐着驴车进宫了，他对刘瑾说："李梦阳就一神经病，放了吧，让他回家种地。"

李梦阳捡得一条命，一出牢房，家也不回，上了辆牛车，流着泪回老家去了。

李梦阳说："咱当老百姓还不行吗？"

李梦阳从此消失于政坛……

朝中大臣集体辞职，纷纷交上辞职信。朱厚照看后，给刘瑾看。

刘瑾说："别让李东阳辞，别的都辞了。"

众官员得到允许辞职的批文，一个个灰头土脸出午门。商辂、刘健、谢迁等人和六部尚书官员，相互告别，辞官回家。这时，李东阳颠颠跑来给大家送行，没人理他。李东阳再次上疏乞退，朱厚照批复简单："卿勿再辞。"

李东阳说："你们别再给我脸色看，皇上不让我辞，我有什么办法？为了大明江山，我只有先潜伏下来，继续和'八虎'做斗争，任重而道远。"说罢，他也涕泪涟涟……

商辂正色道：“哭什么？使当日力争，与我辈同去矣！”

李东阳回家，只见门上不知被谁贴了一幅丑老妪骑牛吹笛的画。老妪额上题“此李西涯（李的号）相也”，以此嘲讽李东阳。

李东阳也自题绝句一首：“杨妃身死马嵬坡，出塞昭君怨恨多。争似阿婆骑牛背，春风一曲太平歌。”

众大臣中，只有一个人深得朱厚照的信任，那便是他的老师杨廷和。

杨廷和在明朝政坛的地位要高于李东阳，是张居正之前一位重要的辅臣。杨廷和也是官二代，父亲杨春曾任行人司司正、湖广提学佥事。杨廷和十九岁就中进士，任翰林院庶吉士。他性格安静慎重，有儒雅风度，行文畅达，喜欢研究史事。弘治二年（1489 年），升任翰林修撰，也就是家父的同僚，资历在家父之上。从弘治四年始，杨廷和就当朱厚照的老师。朱厚照当皇上，杨廷和为东阁大学士，专掌诰命起草。

朱厚照另一个离不开杨廷和的原因，是喜欢和杨廷和下围棋。他的棋是杨廷和一手教的。朱厚照一点儿也不笨，已经和老师棋艺水平不分上下、互有胜负。有一天，杨廷和正陪朱厚照下棋，说：“皇上当学先帝，亲君子，远小人，国家才能兴旺。”

朱厚照正下棋，嘴里支吾一声。

刘瑾在一旁偷听见，脸一沉，自言自语说：“小人不就是我吗？”

杨廷和一回家，刘瑾就伪造圣旨，派钱宁来宣旨：“调杨廷和去南京当户部侍郎……”刘瑾不会想到，杨廷和是不能得罪的，他伪造圣旨，排斥了杨廷和，也给自己挖了个坑。

杨廷和对自己和皇帝的关系很自信。他有一个绝招可以拿住正德皇帝，就是讲故事。他讲的故事有点像《一千零一夜》，皇上听了还想听，一到关键时候，就且听下回分解。刘瑾假造圣旨，把杨廷和赶往南京。若皇上要听故事，刘瑾就又得把他请回来。杨廷和知道自己没几天就要回来，离开京城时也就没带随身用品。

钱宁负责一路跟踪监视……刘瑾对此一头雾水，很不解，觉得奇怪，说："杨廷和难道乐意当侍郎？"

过了些日子，朱厚照玩黑道游戏，玩逛街，玩够了，他想听故事了，但是找不到杨廷和了，于是跑来找刘瑾，问："杨师傅呢？"刘瑾说，去南京户部了。朱厚照大骂："混账，谁让你把他弄到南京的?!快宣他回来！"刘瑾吓得魂不附体。

太监钱宁告诉刘瑾，别人动得，杨廷和动不得。他有个头衔，詹事府詹事，皇帝天天要听杨师傅讲故事。

杨廷和一到南京，府门口就聚齐了许多言官。明朝从建国始，言官给事就和太监水火不相容。言官聚集的大本营就在南京。言官们听说朝中这些荒唐事，一个个早就摩拳擦掌，准备好弹劾的奏折，要大干一场。

他们听说杨太傅来南京，聚在府衙前，一是欢迎太傅来当下放干部；二是准备集体行动，弹劾"八虎"。他们想得到杨太傅的工作指导。杨廷和知道这些言官，时常不能成事，只能坏事。自古事成于密，败于泄。言官吵吵嚷嚷，能成什么事呢？所以，杨廷和一到南京，就闭门谢客，什么人都不见。

南京御史蒋钦、戴铣等连上奏章，要求皇上挽留朝中大臣。他们直指刘瑾等太监，奏章写道："太祖立下规矩，不许滥用太监……"

当年言官给事在孝宗时代火过一把，但是，时代不同了，朱厚照哪有心思看言官的折子？这些奏章全到了他们的举报对象太监刘瑾手中。刘瑾大怒，像商辂、杨健、李梦阳、杨廷和，这些京城一线官员他都摆平了，南京的言官给事中、二线官员，哪里还放在眼里？

刘瑾派东厂锦衣卫马彪等去南京，把众言官给事中捉往京城。

沿着运河边的南北通衢大道上，前头是杨廷和得到圣旨返京的车辆，后面跟着几十辆囚车，囚着众言官。这一路上，锦衣卫开道，浩浩荡荡，声势浩大。

庞大的队伍到了京城，一直到午门前。杨廷和进宫，给皇帝讲故事去了。言官就一齐下车，罚跪。每人挂一个牌子，牌子上有各人的名字，写着“大逆不道”。下跪的言官排成队，一直排到金水桥，很是壮观。

刘瑾和钱宁等在前门楼上观看。鸿胪寺官朗读皇旨，要言官下跪，以作宣戒，圣旨是刘瑾伪造的。然后禁军各持军棍，轮着打棍子，喊声哭声一片……

那天，我们正在六部上班，忽然，召我们也去午门。本来我们以为喊我们去看热闹，到了才知有圣旨，大家一齐跪下，表示反省和警诫。也就是说，大小官员，与此事有关无关，都得来罚跪。大明王朝最为庞大的行为艺术，在午门上演。

我和湛若水跪在一处，我扯他的衣裳，说圣旨一定是伪造的。所有官员都是经过考试选拔的人才，现在却让这些宫中太监当猴儿耍。湛若水流着泪说：“奇耻大辱啊！”

大家一个个惊疑满面，悲愤不已，当天就有许多人辞职。先前辞职的多数是高层，这回是中低层。朝廷迎来最大的辞职潮，承天门外停满辞职回乡官员的车辆。

当时朝中官员们有议论说，吏部左侍郎王华在这场大是大非的国难当中始终保持了沉默。王家不仅沉默，而且还捞得好处，儿子王守仁升官，父子俩同朝为官。这种明哲保身的做法，连商辂都看不下去了。他要父亲表态，父亲胆小，就告病躲在家里不出门，采取乌龟策略。父亲当乌龟，儿子就不能当，那样人家会说我们王家全都是乌龟。

在这个重大的历史时期，命运把我从一个名不见经传的下层官员，推到了历史的风口浪尖上。

二十

午门杖笞下的文人气节

一个小太监早上起来打扫庭院，在皇帝住的乾清宫门缝底下发现一封信。小太监把信交给大太监刘瑾。刘瑾一看，是一封匿名信，信中内容是检举刘瑾伪造圣旨等。

刘瑾大怒，上次把所有官员弄到午门下跪，惩戒了一通，朝中安稳了许多，现在竟然又有人捣蛋。

那天，我们正在部里上班，忽然，宫中钟声大作，锦衣卫把六部和太学包围起来。太监宣旨，五品以下的官员全去奉天门接受训诫。五品以下的官员有三百多人，锦衣卫押着，到奉天门外，在烈日之下追究事主。

刘瑾说："今天你们交代出这封匿名信是谁写的，不交代出来，就一直跪着受惩。"

大家议论纷纷，谁不下跪，锦衣卫就用棍子打腿，一个个跪着。我们从早晨跪到天黑。你想想，没有水喝，没有食物，跪在大理石上，烈日烤得石头滚烫，我们就像是铁板上的烤肉。有些体弱的官员焦渴过度，当场就倒下来死掉了。

我听见跪在后头的刑部右侍郎李士实与礼部的刘养正聊天。

李士实说：“我就想告老还乡……我家里还有个小老婆呢。”

刘养正说：“你有小老婆，我连老婆还没有呢。我觉得鸟屎坏了我的考卷，是老天不想让我出来做官。”

李士实说：“你可以回老家，到宁王府谋个差事。我们南方人，到北方为官，生活不习惯，水土不服。”

刘养正说：“能熬过今天，我就回家娶妻生子……”

后来，李士实和刘养正因为这一跪，就回到老家，投了宁王府，这是后话。

户部侍郎乔宇用树枝捅我，问：“守仁弟，有水吗？”

我说：“若事先知道罚跪，就备上水和垫子，但这是突然袭击。湛若水怀里有包东西，不知是不是水。”

乔宇又压着嗓门喊：“湛学士，有没有水，口干得厉害。”

湛若水说：“想得起来问，哪来的水？”

乔宇说：“没水，你名字里怎么那么多的水？”

湛若水说：“你名字乔宇，听起来瞧雨，也没见下雨。”

……

我们跪着无聊，一个个穷开心。从早上一直跪到天黑，有十几个体弱的死了，未死的人再被囚进锦衣卫诏狱。刘瑾传下话来，不交出写匿名信的，明天继续跪，三百官员吓得屎尿横流……

刘瑾回到宫中，钱宁匆匆找来，说捉到写信的人了，是个宫中的小太监。小太监知道闯了大祸，一头撞在石狮子上死了。刘瑾这才知道不是宫外的官员写的匿名信。但是，这事不能让官员们知道，那样，大家就更加要闹事了。刘瑾让钱宁去放人，向众官员宣旨说，皇上开恩，不予追究，以示警诫。

第二天，三百官员才从诏狱放出……

我回衙拿几本书，正准备回家。工部门口，湛若水向我招手，喊我一同去太学。

太学里，乔宇、孙燧、刘养正、李士实等都在。众人群情激愤，大家谈论南京给事中戴铣、御史薄彦徽等二十名大臣，从南京押回来，关进诏狱。昨天晚上，戴铣和蒋钦二言官被活活打死了。

蒋钦的奏章抄传出来，传到太学，大家争相传阅。蒋钦写道：“现在全国都感到寒心，唯独陛下你还把他放在身边，不知道左右有贼而把贼当成心腹。请陛下亟诛刘瑾以谢天下，然后杀臣以谢刘瑾，使朝廷以正，万邪不入，则系臣之所愿……”

孙燧说：“蒋钦上的奏疏，刘瑾看了十分恐慌，那蒋钦被抓入诏狱，打了三十大板。可是，这个蒋钦是个硬骨头，在监狱仍笔耕不辍，又继续写，‘请陛下将臣与刘瑾比较，是臣忠还是刘瑾忠？臣的骨肉都被打烂，涕泗交流，七十二岁的老父也顾不上赡养。然臣死不足惜，所惜者，陛下随时可能遭受亡国丧家之祸！望陛下杀掉刘瑾，悬首于午门……’写完，还按程序上呈。这个奏章根本呈不到皇帝那儿，又到了刘瑾案上。刘瑾大怒，责令往死里打。又打了三十杖，终于打死在狱中……”

众人听罢，鸦雀无声。

乔宇说：“朝中官员上千，平日里说起圣贤之学，头头是道，但真的做起来，能有蒋钦这样硬骨头的，真是少之又少。”

湛若水说：“世代为官，享受国家俸禄，国难当头，却不见有声音……”

我出了承天门，骑马过长安街。我没有回家，心情难以平静。湛若水说的话，“世代为官，享受国家俸禄，国难当头，却不见有声音……”在我耳畔回响。扪心自问，王家此时都没一个人站出来，有愧于心。

中午时，我到了香山。这几天两次受辱，我心情难以平静，于是独自爬山。我爬到主峰鬼见愁，这里山势陡峭，重峦叠嶂，清泉潺潺……我在山间找了个客房住下，夜晚，秉烛而书："臣闻，君仁则臣正，如今戴铣等俱为谏司官……"

我洋洋洒洒写了一万字，奏章的内容写从太祖皇帝始，言官给事中就行使监督职能，上书、举报是言官的工作。历代皇上对言官的举报，也都是查证，有则改之，无则加勉。如果言官给事中因为行使工作职能而受刑，那么不若取消言官给事……

第二天，我去六部衙门，把奏折上送到承天门，递给司礼监当职太监……这封万言信就这么又到了刘瑾手中。

刘瑾问钱宁："这个兵部的王守仁是何人？"

钱宁说："礼部侍郎王华的公子。"

刘瑾冷笑："王华的公子，好啊，一个小小的兵部主事竟然也敢教训我？"

我在兵部坐班呢，刘瑾指挥东厂锦衣卫把兵部团团围住，把我披枷戴锁装进囚车。他们把我拖到午门，让我在太阳底下跪着。

我想，总不至于在午门斩我吧，要斩，去菜市口斩吧。

刘瑾要钱宁去板桥胡同，把我父亲王华也拖来。他特地在午门门楼上，给我父亲留了一个座位。

刘瑾见到我父亲，笑容可掬地说："你是先皇的老师，对老师要尊敬。不过，你这个儿子没有教育好，今天我来替你教育。"

父亲也笑容可掬地说："谢谢啊，这小子是该教育了。"

刘瑾把六部的官员全叫来，说："今天你们的公务就是看打。"

乔宇、湛若水、孙燧等人，你看我，我看你，不知发生了什么事。怎么王守仁也要挨打了？前天还跟他们在一起好好的。

五品以下的官员三百多人，立在午门底下看我。

午门门楼上，我父亲坐在椅子上，如坐针毡。

李东阳和杨廷和等也站在门楼顶上往下看着。

李东阳对杨廷和说："王华家，终于出来人了。"

杨廷和说："是啊，王华家的人懂历史，他家出来人，这段历史也就清白了。"

刘瑾高声说："裤子扒了……"

锦衣卫马彪亲自动手，把我剥个精光。我光滑的身子，在阳光下，闪着一团白光。刘瑾一个太监，他知道文人最重名节。光天化日之下，众目睽睽之下，把一个读书人裤子剥光，实为奇耻大辱。他要羞辱的不仅是我一个人，而是所有的读书人，所有的官员。

古人说，士可杀，不可辱，他就是要辱士。

杨廷和看不下去了，拂袖而起，对刘瑾说："王家那小子底下那东西太大，老夫看不下去了，请告辞。"

杨廷和这句话让刘瑾和钱宁半天没缓过气来。你剥光人家衣裳，人家毕竟是个男人，底下还有东西，你们呢？什么也没有。

刘瑾和钱宁格外恼怒，本来他就想脱我裤子示众，以示羞辱。但此时让杨廷和一刺激，刘瑾发话："三十大棍，给我照实了打！"

棍子暴风骤雨般打来……

父亲老泪纵横，乔宇、湛若水、孙燧悲愤万分……

我艰难地抬起头，看着午门。我仿佛回到余姚四明山，在山野里跟着爷爷王伦欢乐游戏……棍子无情地打着……我咬紧牙，一声不吭。这就是官场，这就是政治，这就是品德，我不能喊叫，再疼也要忍。

我咬紧牙关，手抠在刑凳上，口里溢出血来，但是，我不能让父亲知道我疼……

我醒来时，已经被关在诏狱了。

这时，我最担心的是父亲，是诸婉澄，皇上是否下旨抄家了？父亲是否因为我而受牵连？

夜里，牢狱里尽是囚犯们的痛苦呻吟。我抬头，透过铁窗，看着窗外的一轮明月……我找了一根棍子，在墙上写下《屋罅月》：

幽室不知年，夜长昼苦短。
但见屋罅月，清光自亏满。
佳人宴清夜，繁丝激哀管。
朱阁出浮云，高歌正凄婉。
宁知幽室妇，中夜独愁叹！
良人事游侠，经岁去不返。
来归在何时？年华忽将晚。
萧条念宗祀。泪下长如霰。

自明朝建立以来，在朝中为官最多的就是浙江人。科举考试，浙江一省生员往往能占半壁江山。所以，有一种说法，朝中浙江官员较多，不要轻易得罪。刘瑾熟悉朝中、宫中的一切关系和脉络，他知道得罪了王家，也就得罪了许多浙江的官员。

王家儿子这次受辱，得斩草除根，否则，将来必成后患。

刘瑾拿着户部的名册，找到皇帝说："浙江省应诏举荐乡贤，余姚人占五分之五，皇上，怎么天下所有贤人都在余姚？难道贤人是余姚的特产？"

朱厚照正装扮成乞丐，在宫中乞讨，随口说："那就赶出京城，余姚人不得当京官！"

太监刘瑾暗笑，点头。刘瑾把圣旨转达给李东阳，李东阳吓了一跳。是圣旨，就得遵守。

李东阳就给我父亲留了一个闲职，转任南京户部尚书。好在没有抄家，圣旨下到板桥胡同。

其实，从我午门挨打，父亲就做好遣送家乡的准备。“子不教，父之过”，哪有儿子犯罪老子不承担责任的？

父亲心里明白这回我下狱的真正原因。在朝中，父亲是状元，读书士子。每回上朝，见到刘瑾等太监，父亲都当没看见，从不打招呼。父亲认为这是礼法，朝廷命官不该给太监行礼。但是，朝中的潜规则，当官的无不暗中献媚于太监。即使像当年威宁伯王越，都巴结张永和李自然。

所以，当众言官给事上朝弹劾刘瑾时，父亲是一言不发。他知道，只要他发一言，必首当其冲，而我并不知道这其中的利害。我给皇上上书，并没有直点刘瑾，而是要朝廷厚待言官，言官的责任就是进言。但刘瑾既然找到机会，就绝不会放过王家。太监由于生理缺陷，行事多诡异狠毒，我想，我命此番休矣！

圣旨下到板桥胡同，浙江在朝为官的多遣返回乡，或者离开京城去别处为官。杨廷和、李东阳来给父亲送行。

父亲坦然地说：“吾子得为忠臣，名垂青史，吾愿足矣！”

父亲领着全家去南京，当南京户部尚书。诸婉澄不愿离去，要等我回来。父亲对诸婉澄说：“刘瑾这种小人，迫害我们，为泄心头之气。我们走，他气泄了，你丈夫就有一线生机。我们走，什么都不说，老老实实地走，这叫示弱……”

诸婉澄无奈，只好收拾行李，和妹妹王守兰绕道回余姚老家。

二十一

红颜知已狱中相救

在狱中，人的生命就是砧板上的肉，悬着的屠刀随时都可能剁下来。

我想到无为道长给我算的命，什么“须拂领，其时入圣境，须至上丹台，其时结圣胎，须至下丹田，其时圣果圆”。现在想起来，就想笑，什么圣果？能保条命就算老天开恩了。人不能改变命运时，只能接受。我把每天当成最后一天过，靠回忆从前读过的书来打发时间，有时拿根棍子在地上练字。

这段时间，远在千里之外的南昌，发生了一些事。这些事，后来竟然如同蝴蝶效应一般，与我发生了某种神秘的联系。至少说，保了我一条命。这条命保下来为的是什么？为的是将来有一天，送他们的命。这一切，又有谁能料到呢？命运就是这么捉弄人。

宫中乱七八糟，富有想象力的正德皇帝，把皇城变成野生动物园、杂货铺、妓院、狩猎场……而他的宗亲，南昌小宁王，又一个活宝、野心家，把王府变成了戏院。戏院老板和主角是他生母冯针儿，客串演员是小宁王，古琴乐器伴奏是娄钰，听众是府中的杂役、卫兵。台上演，台下叫好，有时，杂役往台上扔几文赏钱，小宁王和戏班子里角色们在台上抢成一团。

小宁王的母亲冯针儿可不是一般人物，虽是红尘女子，但是诗经、楚辞、汉赋样样精通，最擅长的是元曲，能自编小调小令。冯针儿最大的梦想，就是她儿子小宁王能当上大明王朝的皇帝。如何培养儿子向这个伟大的目标努力呢？她想出一个关汉卿式的主意，她把老宁王朱权的历史编成了戏曲。

台上，冯针儿唱：

"洪武二十四年，家祖朱权被册封为宁王，宁王带甲八万，革车六千，燕王善战，宁王善谋。朱棣衣衫不整骑马来到宁王府的大门外求见朱权，劝朱权与自己一起造反，并且承诺事成后与朱权共分天下。朱权不仅无意反叛，还劝朱棣不要造反。朱棣在宁王府住了七天后要走，朱权送到千秋桥上，埋伏在千秋桥下的士兵一拥而上包围了朱权……朱棣在宁王府见无法说动朱权，便在暗中策反了蒙古兀良哈三卫。朱棣率领大军攻入南京时，建文帝手中早已经没有了良将。朱棣为了报答蒙古兀良哈三卫帮助其夺取皇位的功劳，就把宁王朱权在大宁的封地赏赐给了蒙古兀良哈三卫做了牧场，如此就将咱家弄到南昌。朱棣经常派密探监视朱权，他从此郁郁寡欢……"

冯针儿在台上唱，台下看客，一个个哭得像个泪人似的。

小宁王正在擦眼泪伤心地哭泣，开赌场的胡十三跑进来，悄悄在他耳朵边说了一句。

小宁王赶紧领着李自然、季教、娄忱等出了戏院。他们去后花园，看胡十三买来的金钱豹。这只金钱豹看到人来，张牙舞爪地往铁笼子上扑，吓了宁王一跳。

宁王说："这只大猫，真凶，哪天发威，一口把朱厚照这小子给吞了。"

胡十三说："真有这个可能，这豹子是豹子里的王。"

宁王问娄忱："这只金钱豹，真能换回宁王府禁兵？"

娄忱说："没有比豹子更能让正德皇帝高兴的了，给京城里大小官员的礼物也准备齐了，这几天就进京。"

宁王问："给钱公公的金四宝壶备了吗？"

娄忱面有难色，说："冯妈妈不许，这是先王最爱之物。"

宁王说："欲想得之，必先失之。将来得了江山，什么没有？只是先摆在宫里存一下而已。"

娄忱说："那我只好派人去她屋里偷。"

宁王点头。

季教和李自然在一旁聊天。

季教说："这回宫里出大事了，打死好几个言官。我师弟王守仁，被剥了裤子，在午门挨了三十大棍，下狱，性命难保……宫中，刘瑾和钱宁当家，皇上根本不问事。若是钱公公肯帮忙，我看，这回事能成……"

李自然说："我夜观天象，北斗星暗，太白星明，这是北方主弱、南方主强之势。"

娄钰本来在戏院看戏，听说送来个金钱豹，也来看热闹。她听季教说宫中情况，忙打听，娄钰问："季师兄，我师兄王守仁和姐姐他们在京城可好？"

季教说："好什么？命都快完了。"

娄钰大惊，忙问缘由。季教说起京城言官挨打，说王守仁貌似聪明，实是天下第一傻瓜，又不关他的事，那么多言官挨打，他竟顶风而上，不识时务……

娄钰又问宁王："这豹子哪来的？"

宁王说："正德皇帝登基，我还没去祝贺呢。他喜欢养豹子，在宫中有豹房，我特地从山中买来，作为贡品献上。"

娄钰说：“能否也带我进京城看看。”

宁王大喜说：“夫人难得有此雅兴，甚好。”

一路上，娄钰求宁王设法救我。

宁王问为什么要救这个王守仁，娄钰就说是他父亲的爱徒，有师承之谊，又说和诸婉澄是发小、姐妹，宁王答应见机行事。

宁王一行进京，住进赣州会馆。他们先拜见钱宁，钱宁领他们拜见刘瑾，他们照例献上礼物。

第二天，钱宁领着小宁王进宫拜见朱厚照。朱厚照看见进贡的金钱豹，大喜。

朱厚照问：“南昌有什么好玩的？”

宁王说：“南昌民风凶悍，时常扰民抢劫，很不安全……”

朱厚照大惊说：“南昌巡抚如此无能？”

钱宁趁机说：“皇上，若宁王府配上禁兵，就能保护南昌的安全。”

朱厚照问刘瑾如何。

刘瑾说：“宁王府从前配禁兵，后先王遣散，也是一时之计。现在小宁王贤德，当配禁兵营，以镇守南方……”

朱厚照准旨。

太监张永在一旁大惊，但也无奈。

娄钰见宁王等一行进宫，就用黑纱蒙面，从后门出会馆，租了辆马车，往板桥胡同去。她认识我家，到我家，发现门已上了封条，娄钰满是伤感……恰好，一辆马车过来，从商达家院里走出一个女人。娄钰认识是沈九娘，她与沈九娘打招呼。

沈九娘见是娄钰，大惊。她叫上商达，一同去姚江春酒楼。在酒楼，沈九娘告诉娄钰京城里发生的事，说我在狱中，命在旦夕之间。

沈九娘和商达正想方设法营救，但是诏狱控制在东厂太监刘瑾的手中，刘瑾对王家早就有怨恨，这回要置我于死地而后快……

娄钰说她这趟随宁王进京，宁王已答应搭救。商达怀疑宁王不能尽心，又叫来乔宇、湛若水商量。

乔宇说："要设法搭救王守仁，得请杨廷和暗中帮忙。"

商达说："李梦阳这回能脱身，靠的是康海。康海愿意出力，就有希望。"

乔宇说："听宫里传出话，王守仁和李梦阳情形又不同。李梦阳在朝中，得罪的人多，并没有什么势力。而王家在朝中，关系复杂，刘瑾担心王家日后报复，所以有斩草除根之心……刘瑾本想让王守仁交代出幕后主使，目的是牵连出他父亲王华、商辂、谢迁等浙江官员……"

娄钰拿出一方徽砚，说："这方古砚是家父当年珍藏，烦请乔宇兄转交杨廷和，设法搭救王师兄。"

乔宇等点头。

一天早晨，杨廷和正陪朱厚照下围棋。早晨本该早朝，但朝中官员早已残缺不全，稀稀落落，朱厚照落得个清闲，一早上就下围棋。杨廷和有心要赢皇上，但是，他心中有事。杨廷和知道他最危险的敌人是刘瑾，刘瑾的敌人就是自己的朋友。昨天，乔宇到府上托他替王守仁求情，杨廷和正盘算着这事如何开口。他要哄朱厚照高兴，朱厚照赢了两盘，正得意着。

杨廷和说："皇上，下棋也累了，前院近日很安静，不若巡视一回？"

朱厚照说："好啊，闲着也是闲着。"

朱厚照在宫中遛马，杨廷和跟着。他们出太和门，见两边的六部衙门静得出奇，门庭冷落，一个人影子都看不见。

朱厚照问："人呢？"

杨廷和说："让刘公公送进牢里了，有的吓得辞职了。"

朱厚照说："行啦，关上几天，老实了就行，别整天找人家的碴。狱中还有谁，该放就放出来吧。"

杨廷和说："皇上高明，这朝中的大小事，总得有人做……别让他们在牢里，我们养他们一辈子。"

朱厚照说："有些人，什么言官，你放出来，他烦你，动不动就上书，教训起我来。这些人有才学，又善辩，说话像吵架，谁说得过他们。这些人，如何处置？"

杨廷和说："我倒是有个妙法，像那个杨一清，当年他动不动就烦先皇，后来先皇让他去陕西督理马政，就安静多了。"

朱厚照说："杨师傅说得妙，让他们走得远远的，见识一下我大明江山。朝中的事，他们想管，也管不着。"

杨廷和说："正是。"

远远的，司礼大太监刘瑾见朱厚照和杨廷和出午门，在六部巡视，赶紧跟来。

朱厚照对刘瑾说："狱里关的官员，全给我放了，弄得远远的，给他们个官当当。"

刘瑾看着杨廷和，知道是杨廷和捣的鬼，也没办法，只得说："遵旨。"

刘瑾回到内府，对钱宁说："皇上突然要放了狱中那几个，不知道想的是哪一出戏？"

钱宁问："皇上还说什么？"

刘瑾说："说弄个官给他们，打发得远远的。"

钱宁说："这就是啦，不过，那个王守仁要发配得远远的，王家在朝中有势力……”

刘瑾点头说：“听说贵州龙场驿缺一个驿丞，文上了几年了，朝中没人肯去，把他弄去，如何？”

钱宁说：“王守仁去那个地方，就等于死了。”

刘瑾大笑。

钱宁说：“龙场驿丞，没有品级。去那地方，就是死啦，鸟不下蛋的地方，不过，公公，王守仁要是不去呢？”

刘瑾说：“不去，就有违圣旨，锦衣卫就有理由砍他的脑袋。他老子王华，也脱不了干系……”

我这条命是师妹娄钰救的。娄钰求小宁王，但小宁王并没有相救。娄钰用她父亲的砚台送给杨廷和，换回了我一条命。这些都是很多年后我才知道的事。我本来在狱中也没什么指望，连个探监的人也没有。我就想，没有探监的，说明父亲已经不在京城。

那天，我正在牢里的草垫上捉虱子。虱子骚扰了我一夜，皮肤上咬得全是疙瘩。太监到狱中宣旨，释放王守仁，我跪下接旨。狱头替我把狱中的东西扎成一包，问我带不带出去，我拍拍屁股说，留着我下回再进来时用。

我走到狱门口，阳光刺得我睁不开眼。忽然，有声音在耳畔响起：“王守仁接旨。”我想，刚接旨放出来，又接旨，这是要砍头了……我用力揉眼一看，看见宫中太监钱宁。我看见钱宁，腿就发软。上回，在午门打屁股，就是这个家伙在旁边指挥的。我腿一软，就往下一跪。

钱宁朝我咧开大嘴笑。

钱宁说：“王守仁接旨，派往龙场驿，任龙场驿丞……”

钱宁给我一纸文书，说是皇上的任命，我把文书塞进怀里。我想找辆车回家，可口袋里身无分文。我就独自往家里走，一路上的人都把我当成是要饭的。有一个好心人往我手里塞了个窝头，我就一边走一边啃窝头，就这么走了两个时辰，走得腿软，才到家门口。

家中门上已经上了一把大铁锁，贴了封条。我正犹豫是否能揭封条，忽然，一辆马车停在我旁边，一个蒙面人要我上车。我听蒙面人的口音有些熟悉，就上了马车。那人揭了面布，原来是我小学同学小豆子，就是板桥师塾里先生的孙子小豆子。我说："小豆子，你怎么赶车了？你不是在商达的酒店吗？"

小豆子说："是啊，同学们都在运河边等你呢。"

我说："先去他酒店弄点吃的吧。"

小豆子说："顾不得吃了，保命要紧。大家才想法救出你来，万一宫里一后悔，又给抓进去了……"

我说："男子汉大丈夫，怎么能出尔反尔？"

小豆子说："师兄，你书读糊涂了，宫中的太监是男子汉大丈夫吗？"

我一想，小豆子说得对，就不再吭声。小豆子把我拉到古运河边，河边十里长亭里，娄钰、商达、乔宇、沈九娘都在等我。

娄钰见我受了伤，病痛，憔悴……哭了……

乔宇说："这回多亏杨廷和帮忙。我听说放了你后，刘瑾后悔了。你要速速离开京城，一路上小心。锦衣卫伏击京官，杀人灭口的事，干得太多了……"

十里长亭里，朋友们为我备了酒菜，给我饯行，我狼吞虎咽。

沈九娘弹起了《胡笳十八拍》，格外多了一种凄凉。我这时才知道娄钰为了救我，专门来京城。我十分感激，当场写诗：

忆与美人别，惠我云锦裳。

锦裳不足贵，遗我冰雪肠。

寸肠亦何遗，誓言终不渝。

珍重美人意，深秋以为期。

众人齐说好诗。

沈九娘立刻谱曲弹琴。

娄钰演唱："忆与美人别，惠我云锦裳。锦裳不足贵，遗我冰雪肠。寸肠亦何遗，誓言终不渝。珍重美人意，深秋以为期。"

商达看看天色将晚，要我趁夜南行，又给我备了些生活物品。

大家依依惜别。

二十二

亡命天涯

我一路南行。天上下起小雨，我哪里顾得了这许多。钱宁宣旨，要我去贵州龙场。去贵州应当往西南方向行，这个路线，肯定是锦衣卫追杀的路线。我决定先回老家，往东南方向。我要回家辞别父亲和诸婉澄，再考虑去那个比唐僧取经还要远的什么龙场。

我一路奔波，旧病发作，咳嗽个不停。十多天后，我赶到杭州时终于挺不住了，投宿到圣果寺，一头倒在床上。

圣果寺位于西湖凤凰山苕帚湾内，始创于隋文帝开皇二年（582年），后因唐代番僧文喜于此静坐得道而更名为“胜果”，又名“圣果”。五代吴越国时镌刻高达6米的弥陀、观音、势至三圣石像及十八罗汉，人称“三佛石”。宋代庆历初年，仁宗赐“崇圣塔”额而称“崇圣寺”。至明洪武年间，寺庙重建，殿有石刻“胜果”两大字，旁署“皇宋淳熙重建”等字。寺内有松涛阁。我就住在松涛阁里。

圣果寺距离我家乡余姚只有一百里地。我对圣果寺的和尚说，我快死了，求他们去我家里报个信吧。

圣果寺和尚哪敢耽搁，人死在寺里，可非小事，当即就派人去了余姚。第三天，徐爱赶来。正好，我也缓过劲来了，能起来喝些粥。

他们见我坐在门槛上喝粥，就放心了。他们原以为赶到寺里，我可能已经死了。

我咳得厉害，就要徐爱去弄砒霜。有砒霜，止住了咳嗽，但可能用药剂量太大，屙肚就差把肠子屙出来。徐爱告诉我，诸婉澄在家里照顾奶奶。徐爱接到信，没敢告诉诸婉澄，怕她受惊吓。父亲已经答应徐爱和我妹妹王守兰的婚事，徐爱就又是我的学生，又是我的妹夫了。我问父亲在哪里，徐爱说父亲在南京任职，朝廷给了南京户部尚书的闲职。我听到家中人都平安，也就安下心来。

当晚，我吃了最喜欢的螺蛳，喝了一碗杨梅酒。夜里，起来解手，睡不着了，就写诗一首：

扁舟风雨泊江关，兄弟相看梦寐间。
已分天涯成死别，宁知意外得生还！
投荒自识君恩远，多病心便吏事闲。
携汝耕樵应有日，好移茅屋傍云山。

徐爱去城里买杨梅酒，碰到同乡学子沈玉，就告诉他们我在圣果寺养病。恰好正逢杭州会试，江浙许多举人学子都在杭州学习。这群人听说我在圣果寺，蜂拥而来，有沈玉、王大用、周积等。

他们天天来陪我喝茶聊天，请教学问。

沈玉见我讲得精妙，就提议我在寺里讲学。众人都说好，我也就不推辞。圣果寺里坐满了人，我就把我的心得感悟说给大家听：

大抵近世学者只是无有必为圣人之志。学习目的也只是为了章绘句琢以夸俗，诡心色取相饰以伪。自我粉饰，向人卖弄；贬低他人，抬高自己；明讲仁义，暗谋私利。如果你学习不是为了修身养性，提高自身素质，而是为了谋取蝇头小利，那么这门学科也会慢慢失去它的作用，而不值一看……近世士大夫，徒考索于影响之间，牵制于文义之末，然以为是六经矣。士大夫们读书只是为了应试，只要弄清表面文字就绰绰有余，哪儿管程朱的深刻思想是什么，更别提像程朱所提出的去做一个圣贤之人了。'尽信书不如无书'，圣人之言，明白简言。今人'使圣人易简实之训，反为千古不决之疑。嘴上念叨着仁义理智，吾固有之'，行动上为非作歹，抢取别人财富，看见良家少女便顿起歹心……

我在杭州讲学，圣果寺一时间门庭若市。

我在松涛阁里写了一副楹联：

庭前修竹春啼鸟

屋畔长松昼宿云

再说锦衣卫里的老对头马彪奉刘瑾之命，侦查我往龙场去的情况。他们追了几天，没见我的人影。锦衣卫失去追踪目标，是很丢人的事。马彪立马改变线路，他们没头没脑地闯进圣果寺。马彪发现我在讲课，惊得目瞪口呆。马彪看我一副师爷的样子，哪像亡命天涯的人？

马彪就把这个新情况飞鸽传书向刘瑾汇报。

刘瑾大惊，骂道："我本想让他老死在贵州龙场，谁知这小子又在杭州呼朋唤友！"

刘瑾就叫飞马传信，刺杀王守仁。

马彪接到指示，觉得事不宜迟，立马带人来圣果寺取我的脑袋。

那天晚上，我正在灯下读书，马彪领一个锦衣卫进来。他其实认识我，只是例行公事地问：“是兵部主事王大人吗？”

我说：“正是。”

马彪说：“跟我们走一趟。”

我说：“我要把物品收拾一下。”

马彪说：“王大人，不必了，你的物品会有人收拾的，物品都是身外之物。”

我说：“那么，就是很快可以回来吧？”

马彪说：“很快，你就会回到你该去的地方……”

我走在中间，他们俩两边挟着我。

我想，今天我命休矣。我们往江边走去……这条江是著名的钱塘江，在杭州称之江。江边冷风凛冽，天上一弯新月。

我们走在沙滩上，发出沙沙的响声。我前脚刚离开圣果寺，后脚沈玉就恰好来给我送黄酒。寺里看门僧告诉他，说我被两个人挟着往江边去了。沈玉担心我遇到不测，往江边追来……

沈玉虚张声势，边追边喊，我们在江边停下来。

马彪问：“什么人？”

我说：“我的学生。”

马彪就迎上前，把沈玉领到江边一个守江船的棚子里。马彪向沈玉出示锦衣卫牌子，说：“我们执行刘公公命令。”

沈玉劝说：“朝廷已重新任命王守仁，他大小也是朝廷命官，如在此出命案，地方官府也不好交代。不如让王守仁自己投江，畏罪自杀，这样朝廷也好交代，地方上也不追究。”

马彪说：“你这个学生，替老师想出这么一个点子，服了。那王守仁怎么就能不要我们动手，愿意自杀呢？”

沈玉说：“我去劝说他，讲明利害。”

马彪点头，沈玉就跑到我跟前。我看他怀里抱着一坛子黄酒，就说："这酒给我上坟吧。我死后，你给我往家里报个信。"

沈玉说："我酒都抱来了，不如，大家好好喝一顿，你再死也不迟。"

马彪好喝酒，就问："有菜吗？"

沈玉从怀里拿出两个荷叶包，里面包着猪头肉和螺蛳。马彪就招呼他的手下一起来喝酒。我们四个人席地坐在江边看船的小棚子里，喝酒吃肉。

马彪是北方人，他说上回喝黄酒还是二十多年前的事了。他去余姚，在我家让我爷爷的黄酒给灌醉了。沈玉说他这个黄酒醉不了，黄酒分多种，上回马彪喝的是"老酒"，又叫"绍兴酒"，这回喝的是女儿红。什么叫女儿红？给女孩子喝的，怎么会醉？

我一听就知道沈玉在胡扯，看来他想灌醉锦衣卫了，我这个学生胆子不小。

沈玉又和马彪聊黄酒的功效，什么活血祛寒，通经活络，可当药引，说李时珍在《本草纲目》写过，诸酒醇醨不同，唯米酒入药用，米酒即是黄酒……

他们聊得投机，我不喝酒，在一旁写遗书。

我写了一首绝命诗：

学道无成岁月虚，天乎至此欲何如？
生曾许国惭无补，死不忘亲恨不余。
自信孤忠悬日月，岂论遗骨葬江鱼。
百年臣子悲何极？日夜潮声泣子胥。

沈玉和马彪喝酒聊天，这马彪几杯酒下肚就放松了警惕，喝了半个时辰的工夫，马彪和他的手下呼呼睡去，像吃了蒙汗药。沈玉为了我，也喝得不省人事。我喊他们，竟都不应我。

我独自来到江边，脱下鞋子，往江中走去……在江心，江水刺骨，我忽然改变了主意，我为什么要死呢？我决定逃生。

我沿着江边往下游走。远处恰好有一只大船停靠在岸边。船上的人都睡着了，我悄悄上船。我也不管什么船，能躲一时是一时。这个船里装满了货物，我挤在货物堆的缝隙里，把湿衣裳脱下，晾在货物上。才一会儿，我就睡着了。迷迷糊糊中，像是船启动了。货仓门关上，一片漆黑，只听到船外水哗哗的响声……

再说马彪他们半夜里醒来，见不到我都吓了一跳。马彪把刀架在沈玉的脖子上，说沈玉把我放了。沈玉迷糊着醒来，赌咒发誓。

沈玉说："先生是不是投江自杀了？你看，他的遗诗还留在这儿呢。"

马彪目露凶光，说活要见人，死要见尸。他要杀沈玉，回去交差。忽然听到棚子外人声吵嚷，原来圣果寺僧人、徐爱、王大用、周积等人打着灯笼找来。他们听说我让人挟着出门，怕我有什么意外。

沈玉对马彪说："老师的众学生来了，你还是快走吧。事情闹大，对谁也没好处。"

马彪到江边寻找，见到我的一条围巾，就拿回去复命。他怕引起众怒，赶紧跑了。

沈玉见到众人哭诉说："老师投水了。"

徐爱叫他慢慢说，沈玉就说出经过，拿出我写的绝命诗。

徐爱又到江边寻找，捡得我的一双鞋子，但他坚信我不会死。

王守仁在钱塘江投江的消息很快传遍杭州城，在学子中间引起了极大的震动。父亲和诸让从南京赶来，诸婉澄拒绝前来，她说没看到尸体，王守仁就不会死。诸婉澄还说做了梦，梦见我衣锦还乡。

"头七"那天，圣果寺的和尚来江边做法事，超度我的亡灵。沈玉、王大用、周积等一干人来吊唁。父亲老泪纵横，他最大的希望破灭了。

而此时，我乘的商船顺着洋流，漂到了福建武夷山。谁知这个商船运送的是军需物品。武夷山的驻军对抗沿海的流民，当时也称倭寇。军队打开仓门，在码头上卸货。我饿得稀里糊涂，从仓里走出来。运送物品的船员吓坏了，大喊：“鬼，鬼……”

一群兵丁围着我。

我说：“我不是鬼，我是人，我是朝廷命官。”

几个兵丁见我开口说话，放心了。我掏出怀里的圣旨，吏部的委任状。我说：“我是贵州龙场驿驿丞。”

几个兵丁将信将疑，他们怀疑我是海盗，就把我押送到码头旁边的一个旅馆里。

一个小头目说：“我们要向上面汇报，核实你的身份。”

我说：“好啊，你们去核实吧。先弄点吃的给我，我这个朝廷命官若是饿死了，你们罪过可大了！”

我在旅馆吃了这几天唯一的一顿饭——辣米粉。我吃了五大碗，要再吃时，旅馆的老板不让吃，说撑死了他担当不起。

我就在屋子里睡觉。门口有两个兵丁说话，一个说，不用看着这人，这人快饿死了，哪有力气跑，他跑，四周全是大山，非得让老虎给吃了……

我睡到下半夜，佯装外出解手，推门，看见门口没有兵丁把守。

我沿着一条小路跑。我想只要顺着路跑，总不会有什么事。我跑到天亮，找了个地方休息。听见一队兵丁追来，我赶紧躲藏到路边的小沟里。这里到处是山，山路又绕来绕去，我怀疑我在原地打转。我在山上绕了三天，直到遇到一个打柴的一问，才知这里是福建的武夷山。

这一切就像是做梦，在杭州圣果寺里做了一个梦，梦中就到了几千里外的武夷山。

我匆匆赶路，看看天色将晚，前方有一座古寺，写着“伏虎寺”。

我敲门要求留宿，开门的寺僧是个麻脸和尚，似曾相识，一时也想不起来。可是，那个寺僧看着我，眨了半天眼睛，认出我来。原来这个寺僧竟是从前虎跑寺的麻脸和尚。虎跑寺高僧被我劝说走后，虎跑寺门庭冷落，麻脸就来到武夷山的伏虎寺当了住持。

麻脸和尚在想：这小子怎么总跟着我，上回虎跑寺的好香火让他搅了，现在又跟到武夷山来。他说寺里有规矩，不留宿，但山后有座庙，可以去住。他说山后有庙，其实是想害我，我哪里知道，就往山后去，果真有座废弃的小庙。

我关上庙门，扭头看见一个香案，就爬上去睡觉。

这小庙其实就是个虎穴，老虎的窝就在香案下，而我就睡在香案上。半夜，大老虎回来了，撞门，徘徊……这家伙嗅到陌生人的味道，发出一阵阵虎啸。我睡得正香，就把鞋子扔到门上，嘴里说：“不许吵……”

眼看老虎就要撞破门，闯进来……忽然，屋檐上躺着的一个道士用瓦砸老虎，把老虎砸得乱叫……老虎又上不得屋，在院里乱跳。直到天快亮了，老虎才怏怏而去。

麻脸和尚念了一夜经，他知道他干了缺德事，便念经给我超度。他拿着棍子，一路念着阿弥陀佛过来，看到庙门让老虎撞破时，又念了声阿弥陀佛。他进门看到我的包裹，就要拖走。包裹里是我这几日在山中采的茶叶和山芋等食物，要留在路上吃的，我用绳子系在脚上。麻脸拖包裹，把我拖醒了，我打了个哈欠。

麻脸大惊，问：“你还没有死？”

“你才死呢？我为什么要死？”

麻脸吓得半天才说：“真非常人也。”

麻脸和尚就请我回庙里，待为上宾。

忽然，隔壁屋里传出琴声。

麻脸说：“是前两天来投宿的道人。”

我就过去相见，进厢房里一看，竟是无为道长。

无为道长头也不抬地说：“当初我说我们会在海上相逢，今天应验了吧？”

他接着又吟诵道：“二十年前曾见君，今来消息我先闻。”

我对答：“移家便往烟霞壑，绿水青山长对吟。”

无为道长问：“昨夜睡得如何？”

“睡得香。”

“你睡得香，我可为你守了一夜，否则，你现在早就睡在老虎肚子里了。”

我这才知道后山的破庙是老虎窝。麻脸也许觉得愧疚，就留我们在寺里居住。我也趁机向无为道长学习道学，探索人生。我说这次去任职，遭遇此劫，起了隐身遁世之心，请无为道长指点迷津。

无为道长替我打卦，得到《明夷》卦。明夷：利艰贞。《彖》曰：明入地中，明夷。内文明而外柔顺，以蒙大难，文王以之。“利艰贞”，晦其明也。内难而能正其志，箕子以之。《象》曰：明入地中，明夷。君子以莅众，用晦而明。

《明夷》卦象上坤下离。坤，大地；离，火也，光明也。故彖、象辞皆曰：“明入地中。”《序卦》解“夷”为伤：“夷者，伤也。”

我不得不佩服，《明夷》卦对我当时的处境有一个精确的定位。我风华正茂时却遭阉竖羞辱，可谓“明入地中”，光明遭受殒伤。“明入地中”所明的是天道，由此天道推出人事，即“内文明而外柔顺，以蒙大难，文王以之”。从此卦“外坤内离”的卦象中，君子明人事应“内文明而外柔顺”，有此《明夷》的中庸智慧，君子方可效法文王以蒙大难。

无为道长解释说：“光明掩盖在大地之下，被压抑了，但要正视艰难。明夷卦象征着蒙受了大难，但要学习周文王和箕子，千万要在困境中坚持下去……”

这个卦象的确给了我信心。

我问：“我是否该去龙场驿呢？”

无为道长说：“你只管勇往直前吧……”

我们谈起家人。我想到父亲家人都以为我死了，我要让他们安心，应当回去报声平安。父亲在南京，户部尚书虽是闲职，但也是四品大员。无为道长劝我去龙场，他说如果我不去，会连累到父亲。

道长说：“汝有亲在，万一瑾怒逮尔父，诬以北走胡，南走粤，何以应之？”

我明白了我不是一个人在战斗。再次听了道长的劝说，我就从武夷山直奔南京。道长知我没有盘缠，给了我一锭金子。

二十三

发配龙场是重走圣贤的寂寞道路

一路行来，半月有余，赶到杭州，又在西湖净慈寺里养病数日。写下了这首《卧病静慈写怀》：

卧病空山春复夏，山中幽事最能知。
雨晴阶下泉声急，夜静松间月色迟。
把卷有时眠白石，解缨随意濯清漪。
吴山越峤俱堪老，正奈燕云系远思！

我赶到南京时，已经是深秋时节。

这是我第一次来南京，南京城似乎比北京更繁华。

南京又叫金陵，秦始皇改为秣陵，三国孙权更名为建业，西晋时叫建康，东晋叫丹阳，隋时叫蒋州，唐朝叫升州，宋时又叫建康，元时称集庆路，太祖建都叫应天府。秦始皇时，太史奏说金陵有天子之气。始皇就南巡，在城中挖一河以泄王气，引淮水灌溉，这条河叫秦淮河，河一直通到鸡鸣山下。

南京城东有龙蟠，西有虎踞。鸡鸣山左是钟山，形状如同覆舟，又叫覆舟山。钟山后面是玄武湖，山顶是梁武帝建的鸡鸣寺。我后来在南京期间，住在鸡鸣寺内两年。钟山下有太学及帝王庙、功臣庙、蒋庙、高庙、城隍庙、关帝庙等十个庙。

我到了南京，又不敢暴露行踪，怕刘瑾追杀，就像一个乞丐流浪街头。我天天在府衙门口等，每天有各级大大小小的闲官，进进出出。我就寻找我父亲王华，我又不敢问。功夫不负有心人。一天中午，我看见一顶小轿子出来，一眼就认出里面的人是我父亲。我上前拖住轿子，抬轿子的刚要斥责我，马龙从一旁走出，一眼就认出我来。

父亲见到是我，老泪纵横。他以为死去的儿子失而复得了，马龙也流泪了。

我这才晓得他们都误以为我死了，在钱塘江祭奠了我。诸婉澄年轻失夫，随她父亲回南昌了。

我说："赶紧告诉诸婉澄，我还活着，她可别改嫁了。"

父亲笑了，说："你这个老婆一根筋，她说你没死，就她认为你没死。"

父亲在秦淮河酒楼给我接风，父子俩喝家乡的花雕，喝得有些微醉。

父亲抚摸着我的头说："孩子，你从小就博览群书，一定知道大圣人孔子在陈国讲学时，因为没粮食吃，差点被饿死；司马迁为编撰《史记》，在受刑之后仍能十九年间笔耕不辍。他们受的苦难比你多得多，都努力挺过来，日后才能成为圣人。你也要先学学他们坚毅不屈的意志，在龙场雌伏一时，以后一定会有冤屈昭雪的那一天……"

父亲这番话说得我连连点头，我此时才深深明白，无论何时何地，父亲都是自己坚强的后盾。

我在南京会些朋友，时间过得很快，转眼间已是十二月。我们父子商量，如果不去龙场就职，就是抗旨。如果去，一切也是前途未卜。

我经历了这些苦难，午门廷杖，关诏狱，江边逼杀，伏虎寺的老虎……天不绝我，必有大任。前途有再大的风险，也当知难而进，方显男儿英雄本色。

我向父亲告辞，父亲舍不得我，老仆马龙愿意跟我同往。

马龙说他老了，早就看淡了生命，这人生如梦，世间也算走了一回，他要与我同患此难。我和马龙择日上路，去龙场赴任。

我们从南京出发，经江西、湖南进入贵州东部的玉屏，再由玉屏经镇远、黄平、清平、贵定、龙里等地。

经过草坪驿时，遇上了大风雪，我又开始咳嗽了，只得在驿站躺了半个月。绕道过长沙，又行几日，到达天心湖。我们租一只小船过湖，在湖心碰上风浪，所携带的粮食掉入水中，上岸后狠狠饿了几天。

马龙扶我上岸后……我们全身湿透了，累得精疲力竭。

我们在湖畔搭了棚子，烧火烤干衣裳……

夜晚，天上有轮朗月。我仰面看天，吟诵起苏轼的《水调歌头》：

明月几时有？把酒问青天。不知天上宫阙，今夕是何年？我欲乘风归去，又恐琼楼玉宇，高处不胜寒。起舞弄清影，何似在人间？ 转朱阁，低绮户，照无眠。不应有恨，何事长向别时圆？人有悲欢离合，月有阴晴圆缺，此事古难全。但愿人长久，千里共婵娟。

马龙问："少爷，到了龙场驿，是不是就好啦？有的吃，有的住？"

我说："是啊，到龙场驿，就算到家了。"

马龙问："龙场驿是个什么地方？"

"那可是神仙待的地方……"

我们坐在湖边，我给马龙讲起洪武年间始建龙场驿的故事。

当年，太祖皇帝很重视邮驿，登基二十二天就颁布诏令设置"各处水马站及递运所、急递铺"，要完成国家统一大业和加强控制，必须把交通联络建立起来。太祖规定不是国家与军事大事，一律不准滥用驿马或动用驿站的邮递设施。洪武十四年（1381 年），太祖出兵两路进攻云南，先派员自岳州至贵州设置二十五处驿站，负责传递军情、运送粮草。次年攻克大理，他又“遣人置邮驿通云南，宜率土人随其疆界远迩开筑道路，准古法，以六十里为一驿”，这样就把云贵川驿路连接了起来。

贵州有个奢香夫人，她是贵州彝族土司霭翠的妻子。土司霭翠接受明朝领导，任贵州宣慰使。十年后他去世，奢香夫人继任。明廷都督马烨为人专横跋扈，肆意凌辱和压迫彝民，有意侮辱奢香。各土司不堪忍受，欲起兵反抗。奢香夫人就让一个姓刘的首领奔走京师，向朱元璋申诉马烨的暴行。太祖召奢香到南京，向她表示，可以除去马烨，但问她如何报答朝廷。奢香表示愿教育子孙世代永不叛变明朝。朱元璋说这是应尽的义务，不能算是报答。奢香又表示，贵州东北方向有一条小路通向四川，现已阻塞不通，愿意出资组织人力开山修路，供驿差往来……太祖大喜，后把马烨捉拿进京，“数其罪，斩之”。据说太祖“谓高皇后曰：‘吾知马烨忠，无他肠，然何惜一人，不以安一方也？’”

奢香返回后，组织人力修了五百六十多里山路，建了九座驿站。龙场在贵阳西北，龙场九驿起自贵阳城西四十里的威清，经龙场、陆广、谷里、水西、奢香、金鸡、阁雅驿到归化驿。第一站到龙场，因此统称“龙场九驿”。虽是小驿，但对国家来说很重要，就像人的筋脉，如果腿上的筋脉断了，脚也就废了，驿站就是国家的筋脉……

说实在的，我对龙场一点印象也没有，我的知识仅仅是从父亲编审的《明史》上读来的。我没有底气，但也只能给马龙打气了。

我说：“到了龙场驿，苦日子就到头了……”

马龙说：“到龙场，我要喝上三天酒，好好睡上两天……”

我们相视而笑。

正德三年（1508年）三月，我们到达贵州龙场驿。崇山峻岭，蛮荒之地，几间歪歪倒倒的破草屋。平地上有两间，坡地上有一间。一棵歪脖子树上钉着个木头牌子，写着“龙场驿”。马龙傻了，他指着牌子问我：“这就是龙场驿？”

我也傻了，但肯定地说：“对，这就是九驿之道的龙场驿。”

我踹开一扇破板门，一条花蛇惊慌地蹿出来，“嗖——”地不见了。屋里有几块搁着的木板，算是床和桌子。我一脚踹开另一间屋子，屋顶哗地落下一层尘，在阳光中舞动。屋子里放着一堆货物，货物上满是尘土。

我走到坡上的那间屋子，屋子中央有个火炕，炕里有火木灰，有几根粗棍子三角状支撑着，像有人曾经在里面烧过火。围着火炕有几根矮木头桩，这就是凳子了。

这几间房子用木头搭建，底下又垒了土。有一个共同特点，没有窗户，只有门。屋里黑乎乎的，这是标准的彝族房屋，黑房亮灶。我们前后转了一遍，确定这就是官驿龙场驿的所有家当了。

房子四周有开耕出来的平地。有平地，就说明曾经有人在此生活过。忽然，马龙扣弓弹一块石头，打在树梢。一个像猴子一样的人从树梢滚落下来，在地上摔了跟头，又爬起，钻进小树丛中，一会儿就没有人影了。

我暗示马龙放过这个怪物。

马龙说：“野人？”

我说：“晚上睡觉留点儿神。”

我们住到坡上的那间屋子。马龙去小水塘里弄了一葫芦水，我在火炕里点上火，用绳子吊起盆，系在支撑的树棍上，在盆里煮了几把米，我们总算吃上东西了。

因为不安全，我和马龙便住在一起。我们把带来的物品整理堆在一处，便于看管。开头几天，安静得让人恐慌。看不到人，时常有动物从门前跑过。一到晚上，马龙就在屋子四周放上一些树枝，这样，有人来碰到树枝就会发出响声。

开始几天，平安无事。我想到一个结果，皇上派我到这个地方来，说是驿丞，其实是流放，我想到了苏武牧羊。流放也好，君子随遇而安。驿站周围林木丰茂，杂草丛生，虫蛇怪兽，任意恣行，瘴气缭绕，弥漫四野。

当地的彝民以打猎为生，过着原始的生活，我们语言不通。驿站的几间草房在风雨中摇晃。我们放松警惕的时候，其实就是最危险的时候。一双双眼盯在山坡上，观察着我们的一举一动。

当地的彝人对汉官充满仇恨。他们不知道我们来的目的是什么，甚至怀疑我们来，是想抢他们的孩子。他们一直流传着一个说法，在秦朝时，秦始皇曾经抢过彝人的孩子。传说这些人的孩子，就是徐福带走的三千童男童女。

龙场附近的彝人头领阿罗领着族人在树丛里商量。他们商量怎么杀掉我们，杀完后如何分肉。阿罗说，汉人没有好东西，到我们这儿来的，都是流放的犯人，他们杀人放火。据说阿罗年轻时曾去过贵阳城，在城里，山货让人抢了。他去告官，却挨了一顿打，所以他恨汉人。

阿罗的妹妹叫阿凤，她对我这个穿长衫的汉人充满好奇。其实我早已发现她天天爬到一棵大树顶上，躲到树枝间偷看我们。那次发现她偷看时，我正在洗澡。

晚上，我和马龙在树下系了绳子。第二天，阿凤又爬到树上偷看我洗澡，我忽然向树的方向冲去。阿凤下树来，想跑，躲在草丛里的马龙，扯起绳子把她绊了个跟头。

我上前去抓她，没想到阿凤比豹子还野，把我扑倒，撕咬我。我把她压倒在身下时，才发现是个女人，她衣不遮体。马龙上前用绳子套住她脖子，像套马似的牵着。我拿出一件衣裳，给她披上。阿凤认得衣裳，一把抓住衣裳，遮住身体。我叫马龙把绳子松了，马龙解下套绳，阿凤风也似的跑了。

马龙说："好不容易捉住，可以用她换吃的。"

我说："你没发现，她是开化的人。如果是野人，她就会撕碎衣裳，而她很珍爱衣裳，拿着衣裳跑了。"

阿凤得到我的衣裳，很高兴地跑到水边，穿上衣裳，对着水照起了镜子。她发现自己很好看。阿凤已经十六岁了，到了该出嫁的年纪。她在寨子里自家旁边的树上搭了间屋子，屋子里满是香草。她和她的姐妹们在树上的草屋里研究起我的衣裳。

原来彝族人有自己古老的历史，几乎和我们汉人一样古老，而且他们对服饰很讲究。一般是用自织自染的土布做衣服，男子头缠青布，外套青色对襟领褂，下着宽腰大裤脚裤，女子用蓝色土布包头，上衣蓝色短面襟，圆领上镶有五种颜色的条形花纹，手袖有三色花纹的镶边。青年女子青布包头配有头箍，佩戴有众多银项链，系围腰并镶着蓝色花纹。不过，这些美丽的服饰要在火把节或者婚礼上才能见到。平时，他们着装很简单，让你以为他们是野人。

我给阿凤的服装，在寨子里引起了轰动。女子对我这种长衫、对襟、束腰的打扮特别有兴趣，而阿罗认为我们一定还有别的好东西，所以做出袭击我们的决定。他们认为袭击我们可以抢到好东西，我们既然有衣裳给阿凤，就一定有更多的衣裳。

夜里，我们听到门口有声响，赶快拿起武器。但是，反抗是徒劳的。五六十个彝人，打着火把，举着带铁钩的长棍，把我和马龙围在中央。我示意马龙把手中的武器放下来，我也把王越送我的那把青龙剑扔进了草堆。他们一拥而上，把我们捆了起来，然后用杠子挑着我俩像抬野猪似的抬往寨子里。

寨子里敲起了锣，彝人像过节似的在广场上点起了几个大火堆。一群女人在阿凤的带领下，唱歌跳舞。她们吹芦笙，敲打木排，欢庆男人们的凯旋。

我们和彝人语言不通。我不停地告诉他们，我们是朝廷命官，吃了我们，朝廷会追究的。寨子里有个流放犯，是个驼背，人称驼子。驼子是赣州人，在家乡杀了人才逃到这儿。他会说汉话，由他来当翻译。

阿凤兴高采烈地来看我。她穿着我给她的衣裳，十分得意，龇着牙笑。她不停地指着衣裳，这时我才发现，她对衣裳进行了修改，把长衫剪成两截，成了短衫和短裙。

有一个年老的女人，脸上画着各式各样的颜色，头上沾着草叶，发疯似地在场地上转圈。他们在进行巫术活动，我和马龙的性命就全由这个活动的结果来决定了。我们这时能做什么呢？我闭上眼睛，默默乞求我的祖先能保佑我平安度过此劫。

原来当地人用一种神虫来占卜，虫子会选择两个方向，虫子进死门，他们就杀掉来人；虫子进生门，他们就照顾好来人。结果，神虫选择了生门。他们立刻给我们解了绳子，用酒和鸡招待我们。我和马龙劫后余生，那天都喝醉了，庆祝我们没有被杀死……

阿罗用一个筐把我们装进去，一群人把我们抬回了驿站，我们的包裹也原封不动地送了回来。

二十四

同病相怜的《瘗旅文》

龙场的环境比我们想象的更加恶劣。但是，既来之，即安之。这么一想，倒也生出些怡然自得来。一觉醒来，鸟语花香，写诗一首《睡起写怀》：

江日熙熙春睡醒，江云飞尽楚山青。
闲观物态皆生意，静悟天机入窅冥。
道在险夷随地乐，心忘鱼鸟自流形。
未须更觅羲唐事，一曲沧浪击壤听。

我门前有一个山坡，叫蜈蚣坡，所以屋里到处是蜈蚣。我和马龙捡来松树枝在屋里烧起烟来，想熏走蜈蚣。

白天，我闲着没事，就去蜈蚣坡看蛇和蜈蚣打架。这时，阿凤走来，她问我她的衣裳好看吗，我点点头。她从怀里拿出一个树叶包，告诉我是菜籽，可以在门口的空地上种。还说从前有两个汉人在驿站待过，后来走了，他们就在门口的空地上种过菜。我说屋后的小水塘里没水了，但种菜要有水，她告诉我可以用竹筒从山下取水，贮水。

我去山下取水，又去寨子里看彝人种菜，他们把菜一种就不管了。贵州气候四季如春，植物生长茂密，当地人种地就是望天收。我说要教他们一个能收很多菜的方法，寨子里的人全来了。

我当起农业技术推广员。我告诉他们步骤：先要选地、整地，找排水良好、灌溉方便、接近水源的地块，选择适合当地气候的蔬菜种类，工具要有锄头或铲子。然后做好播种。先将土翻好，让土晒晒太阳。撒种前将土整平，敲碎大土块。种子撒得不要太密，撒的种子用土微微覆盖。幼苗长高后，要移植，免得太密，相互影响生长。有的要将土整理成垄起或沟状，最重要的是浇水、洒水、排水，保持土壤潮湿。再然后施肥。寨子里的人不要随地大便，大便是个宝，驴的粪便也是宝，可用来施肥……

我讲到这里时，许多人立刻往田地跑，去屙屎撒尿了。

我所教的知识，后来让他们寨子获得了大丰收，收成比过去增加了一倍，彝人对我十分感激。多年后，我教的方法传遍了整个云贵地区，然而这些方法在我家乡早就有了。

彝人重感情，知恩图报。阿凤感激我教他们种菜，怕彝人加害我，就跑到山顶，夜里学鸟叫，告众人说："此乃中土圣贤，汝辈小心侍奉，听其教训……"大概是这个意思，她用的是彝人的雅语。

阿罗等听到鸟叫，以为他们先前对我有得罪的地方，就召集寨子里的人，敲锣，送来野猪肉等慰劳。他们持火把，燎烤我居住的房屋四周、田头地角、果木树旁，还把炒过的枯松木香面撒在火把上，发出爆鸣声并散发清香味。我问他们这是干什么。阿罗说，这是当地"灭灾驱鬼"的方法。从前驿站的汉人，没有灭灾驱鬼，所以待不长久，他们希望我永远在那儿。

他们又用竹竿子把我和马龙抬进寨子，为我们"打牛""打羊"，就是用牛肉和羊肉招待我们，请我们饮牛角酒。吃鸡时，鸡头敬给我们。

彝族人最善待客人，他们有"客人长主三百岁"一说。客人辈分最高，凡有客人，必让对方坐在最上方。我们围坐在火炕边饮酒吃肉，寨子里只有辈分高的人陪我坐着，小辈只能站着。

驿站后面有一座小山，山上有个山洞。我和马龙就把山洞筑大，栖居在山洞里，冬暖夏凉。洞里不漏雨，又挡风，又不用担心野兽。住的地方算是改造好了，但是，吃的又成了问题。粮食不够，带来的米面早就空了……我们有一顿没一顿。

当地彝民常食菌菇、蕨菜等，我们很不适应，就自己动手在南山拓荒，开出梯田种水稻和小麦。我的双手被荆棘扎了一道又一道口子，脚底也磨出了血泡。

夜晚，我孤独地坐在山洞里，夜不能寐，苦熬长夜，想起诸婉澄、娄钰、父亲、奶奶、去世的爷爷和母亲，他们慈祥的目光，对我的期望，禁不住眼泪涟涟……可怕的是病又复发，经常咳嗽，彻夜咳嗽……

马龙照顾我，可没几天，马龙也病倒了，屙肚，屙得动弹不得。

阿凤进屋看见我们几天没吃了，就帮着汲水、煮粥、劈柴、烧火……

阿凤送来一种野草，煨了汤给我喝。奇怪，我喝这种野草汤，咳嗽竟好多了，马龙的病也好了……

有一天，驿站来了三个外乡人，这是驿站来的第一拨客人。他们是去云南当官的，当很小的官，父子俩和一个佣人。我见父子俩一路劳累，就要他们多休息几天。那个外乡人认真地说，虽说官没有品，但公务在身，不敢多待。

第二天一早，他们早早上路，我目送他们离开。下午，我在晒马草。阿凤跑来，把我们往山上拖。我们跟着她跑到蜈蚣坡下一看，早上离开的那个官员死了，他儿子和仆人在一旁哭泣。我问情况，大概用现在的说法就是，劳累过度，引发心肌梗塞。我们就地埋葬了那个官员。我想他是朝廷命官，又如此敬业，就要给他开个简单的追悼会。我要阿凤去寨子里喊些人来。

寨子里来了许多人，我要大家祭奠这个官员。马龙说我们和这人非亲非故，埋了，就已尽力了，为何要祭奠他？我说，我们祭祀的是我们的内心。

祭奠时，寨子里的人都来了。

我大哭一场，作了一篇祭文《瘗旅文》：

维正德四年秋月三日，有吏目云自京来者，不知其名氏，携一子一仆，将之任，过龙场，投宿土苗家。予从篱落间望见之，阴雨昏黑，欲就问讯北来事，不果。明早，遣人觇之，已行矣。

薄午，有人自蜈蚣坡来，云："一老人死坡下，傍两人哭之哀。"予曰："此必吏目死矣。伤哉！"薄暮，复有人来，云："坡下死者二人，傍一人坐哭。"询其状，则其子又死矣。明日，复有人来，云："见坡下积尸三焉。"则其仆又死矣。呜呼伤哉！

念其暴骨无主，将二童子持畚、锸往瘗之，二童子有难色然。予曰："噫！吾与尔犹彼也！"二童闵然涕下，请往。就其傍山麓为三坎，埋之。又以只鸡、饭三盂，嗟吁涕洟而告之，曰：呜呼伤哉！繄何人？繄何人？吾龙场驿丞余姚王守仁也。吾与尔皆中土之产，吾不知尔郡邑，尔乌为乎来为兹山之鬼乎？古者重去其乡，游宦不逾千里。吾以窜逐而来此，宜也。尔亦何辜乎？闻尔官吏目耳，俸不能五斗，尔率妻子躬耕可有也。乌为乎以五斗而易尔七尺之躯？又不足，而益以尔子与仆乎？呜呼伤哉！

尔诚恋兹五斗而来，则宜欣然就道，胡为乎吾昨望见尔容蹙然，盖不任其忧者？夫冲冒雾露，扳援崖壁，行万峰之顶，饥渴劳顿，筋骨疲惫，而又瘴疠侵其外，忧郁攻其中，其能以无死乎？吾固知尔之必死，然不谓若是其速，又不谓尔子尔仆亦遽然奄忽也！皆尔自取，谓之何哉！吾念尔三骨之无依而来瘗尔，乃使吾有无穷之怆也。

呜呼伤哉！纵不尔瘗，幽崖之狐成群，阴壑之虺如车轮，亦必能葬尔于腹，不致久暴露尔。尔既已无知，然吾何能违心乎？自吾去父母乡国而来此，三年矣，历瘴毒而苟能自全，以吾未尝一日之戚戚也。今悲伤若此，是吾为尔者重，而自为者轻也。吾不宜复为尔悲矣。

吾为尔歌，尔听之。歌曰：连峰际天兮，飞鸟不通。游子怀乡兮，莫知西东。莫知西东兮，维天则同。异域殊方兮，环海之中。达观随寓兮，奚必予宫。魂兮魂兮，无悲以恫。

又歌以慰之曰：与尔皆乡土之离兮，蛮之人言语不相知兮。性命不可期，吾苟死于兹兮，率尔子仆，来从予兮。吾与尔遨以嬉兮，骖紫彪而乘文螭兮，登望故乡而嘘唏兮。吾苟获生归兮，尔子尔仆，尚尔随兮，无以无侣为悲兮！道旁之冢累累兮，多中土之流离兮，相与呼啸而徘徊兮。餐风饮露，无尔饥兮。朝友麋鹿，暮猿与栖兮。尔安尔居兮，无为厉于兹墟兮！

我想到这位官员，他死了，我王守仁在此祭奠他一场，若是我死了，又有谁来祭奠呢？

我们和这个官员一样，为了国家，为了大明江山，远在边疆，在蛮荒之地，尽责尽力，皇上能知道吗？朝廷能知道吗？我受贬龙场驿，其境况略如客死之人，但是，我们能“达观随寓”，终于在这种鸟不下蛋的地方生活下来了……

许多人都感动得哭泣……

贵州山地，土壤肥力流失。我选择种的庄稼品种有问题，小麦和水稻不适合在当地生长。去南山收割，收成少得可怜。我不得不拿起斧头，上西山采蕨充饥。

我爬山，爬了半天，辛辛苦苦，脚上磨起大水泡，才爬上西山，却见周围树木丛生，荒草遍野。有蟒蛇吐着长长的舌头，在草地上穿梭。我肚子饿得“咕咕”叫，勉强继续前行。在悬崖边上密密麻麻地长了许多蕨菜，我好像看见了救命稻草一般，可一侧是深不可测的悬崖，稍微有一点儿闪失，连尸骨都找不到！

求生的本能再一次占了上风，与其等死，不如一试。我将长袍拧成一根绳，一头绑在大树上，一头抓在手中，一步步试探着，向悬崖边挪动。眼看就要抓住“救命的蕨菜”，忽然脚下的土一松动，一脚落空，掉下悬崖，让树枝托住，倒在山坡上……最后总算背回一筐蕨菜。

回驿站的路上，我想自然环境再恶劣，也没有人的心恶。上天有好生之德，总不会让我们饿死在这儿，只要想办法，总能有一条活路……

可是，朝中的刘瑾刘大太监不这么想，他要斩草除根，赶尽杀绝。上回，锦衣卫马彪这个死对头奉命来刺杀我。马彪回去向刘瑾报功，说我自杀了，拿了我的一条围巾交差。刘瑾十分高兴，奖他两块金锭。后来传来消息说，我已到龙场任职了，马彪这就是欺骗公公的罪了。马彪被打了三十大棍，堪堪留下一条命。

这回，刘瑾又派马彪来，务必斩草除根。马彪恨死我了，他向刘瑾保证，要提我的脑袋回去。

马彪千辛万苦，才找到龙场这个地方，可是又迷了路。他在山里转了几天，鬼使神差，转到彝寨里。他就向彝民问路，彝民听不懂他的话，就叫来驼子。驼子有点见识，年轻时还当过县衙官差，他看到了锦衣卫的牌子。

马彪叫驼子领他到龙场驿站，就给他一块金子。驼子就更怀疑了，领个路，值这么多钱吗？

驼子就先稳住马彪，说晚上喝些酒，再领他去，马彪就在寨子里住下。

恰好当天晚上是火把节。马彪一路劳累，正躺在草垛里睡觉，锣声、歌声把他吵醒。寨子里点了几个大火堆，彝族人围着火堆跳舞唱歌。

有几个彝族姑娘看上这个外地人，就把他拖到人群里跳舞。忽然，有姑娘蒙上马彪的眼睛，用力敲打他背，表示友好。马彪正疑惑，阿罗把他的跨刀给没收了。阿凤摘下了马彪挂在腰间的锦衣卫牌子，锦衣卫丢了牌子就是死罪。

马彪追赶阿凤，又有姑娘追逐马彪，他们加入了彝人男欢女爱的追逐中……

我在山洞里睡觉，驼子来找我，告诉我来了个奇怪的汉人，我决定去看看。到寨子时，看见马彪正披头散发，在寨子里奔跑。他看到我一惊，我也一惊。我刚想说马大人怎么来了，马彪就掏小刀来刺我，他认为这一切都是我下的套。

阿罗见马彪掏了小刀，就一棍子把他打翻。

众人一拥而上，把马彪捆起来，悬吊在树上。他们准备架起柴火把他烧死，我制止了他们，说不可如此。

马彪听到我为他求情，连声高喊："王大人救我，刘瑾要杀你，我没办法啊……"

那天夜里，打雷下雨，我正苦恼如何处理马彪，他自己挣脱绳索，跑了……

马彪又不识路，在山上滚下山崖，摔断了一条腿……

马龙知道朝廷派人来刺杀我，要我加强防范。我想如果朝廷真的要杀我，我也只有做好牺牲的准备了。

我想出一个主意，天天一早起来斫石头。马龙不明白我想干什么，阿凤也弄不明白。

我斫石头，她就在一旁看，一看半天。后来，我斫出个石椁，我们把石椁抬进山洞里。晚上，我就睡在石椁里。阿凤进洞来找我，找不到我，又叫来马龙一起找，也找不到。

我躲在石椁里偷笑，有谁能想到活人躺在棺材里呢?

如果整天和我在一起的马龙和阿凤都找不到我，这世界上就没有人能找到我了。

我白天在活人的世界，晚上就在死人的世界。

白天，体验生；夜晚，就体验死。

我睡在石椁里，怀里抱着青龙剑，睡得香，如同抱着美人。

有一天，我正睡觉，忽然听见惨叫……叫声惊动寨子。阿罗和阿凤以为锦衣卫来刺杀我，打着火把，领着人拿着刀赶来。我也拿着青龙剑，冲了出来……一个粗壮的黑影逃掉了。

我们一看，马龙有半边脸让熊给舔下来，脸皮不见了。

马龙粗心，他睡在露天，又喝了酒，睡得正香。他这个多年鏖战沙场的勇士，在战场上丢了一只眼，而最后竟让熊给咬死了。

马龙的死，让我大哭一场。他是我的师父，这么多年，一直照顾我，和我生死与共……我在山上给马龙砌了个墓。

二十五

“龙场悟道”石破天惊

春天，茶马古道的马队来了。

驿站和寨子像过节似的，大家赶来以物换物。

我给阿凤买了美丽的发饰，她戴上，特别高兴，疯狂地跑到山顶，对着山下，唱起情歌……

阿罗对我说：“我妹妹对你唱情歌了，你也要对唱。”

我不会唱歌，寨子里的年轻彝民替我对唱了……

驼子翻译给我听：

“一年四季哪花大，一年四季哪花强？哪花拜春开得早，哪花开来养凡人？

三十六花同开起，只有禾花打头行。禾花拜春开得早，禾花开来养凡人。

三十六花同开起，只有哪花打头行？哪花开来暖绵绵，哪花开来盖身上？

三十六花同开起，只有棉花打头行？棉花开来暖绵绵，棉花开来盖身上。

三十六花同开起，只有哪花打头行？哪花开来人梳理，人不梳理花不长？

三十六花同开起，只有头发打头行。头发开来人梳理，人不梳理花不长。

……”

马龙死后，驼子就来驿站帮忙干活。驼子跟我说，哪一天我要去朝廷当了大官，就请我免了他的罪，能回家乡。我就问他为什么杀人，他说他是赣州人，乡里有个恶霸，欺负他妹妹，又占了他家的田地。他一怒之下，才杀了那个人。我说杀人是要偿命的，驼子说，他想如果活着回不去，能不能死后埋回家去，我答应会尽力帮忙。

龙场驿是九驿之首，春天一到，隔上个十天半个月，就有商旅经过。商旅来时，彝人就到驿站来交易。驿站成了一个小集市，这个小集市给他们带来许多好处。彝人认为这是我带来的，我告诉他们，这是皇恩浩荡。

彝人为感谢我，就来给我建房子。他们把前面的草房推倒，用木头、石头重建。我来设计，我设计了一个木头辕门，两旁建栅栏，把驿站圈在一个院子里。又建了生活起居的房子、库房、马厩等，山坡上建了亭子。我把后山的山洞扩大，改造成教室。建成后，我给起名字叫“何陋轩”“君子亭”“玩易窝”等，这里成了他们交易、学习、聚会、喝茶的地方。

阿凤给我烧茶，她说要给我烧一辈子茶。阿罗听到这话，就要她嫁给我。他们请驼子来说媒，我说家里有妻了。阿凤说，那就让我服侍先生，先生教我们识字。这个，我答应了。

驿站的工作，有商旅经过，检查批文，给马和驴子喂草料，提供茶水，提供食宿。这些工作主要由我领着驼子和阿凤来做。阿罗见到商旅，就拿山里的菌菇、茶叶、香料，换盐巴、铁器和染料。

如果仅仅是这些平凡的事务，我受这么多苦累，到这黔西的意义并不大。我没有完全陷入事务中，而是静下心来，想最初的那些问题：如何成为圣贤？圣贤之道的根本是什么？格物致知，致的什么知？朱子的学问与孔孟学问有什么区别？

在龙场的这段经历，后代称之为龙场悟道。当时到底发生了什么，现在想来仿佛是苍天对我的眷顾。

我天天睡在石椁里。夜深了，世界一片黑暗。我想，我是否已经是个死人？等生死，齐祸福。世界的烦心事，功名利禄、欲望仿佛都离我而去。

这些都不属于一个死人，我忽然轻松无比，像是摆脱了千重大山的挤压。

有一天，中午时分，我盯着石椁的石壁，迷迷糊糊中，有一个人向我走来，他微笑着。

我一看，竟是亚圣孟子，赶快下阶迎接。

孟子对我说："天将降大任于斯人也，必先苦其心志，饿其体肤，劳其筋骨，空乏其身，行拂乱其所为，所以动心忍性，曾益其所不能。"

我鞠躬请教。

孟子就给我讲"良知"："圣人为什么随遇而安，因为良知是自己的行为准则，所谓格物，就是格脑子里的良知。致知，就是达到这个目的。于心外求理，是错误的。"

我忽然惊醒，高兴得大叫。

驼子和阿凤在前面院子里备草料，以为发生了什么事，慌忙跑来。他们见我好好地坐着，就问我："为何发癫？"

我说："我发癫了吗？当年我在家里的竹园里格竹子，格出肺病也没格出的东西，没想到，在这儿，刚才格到了。”

阿凤问：“什么东西？给我们看看。”

我哈哈大笑说：“看不见，摸不着的东西，在这儿。”我指着心口。

阿凤对驼子说：“先生病了。”

有一天，电闪雷鸣，我躺在石椁里。我睡梦中问自己，若是圣人处在我的境地里，他们会怎么想？

……忽然一个声音在耳边响起：“圣人之道，吾性自足。”

我猛然坐起，大惊。

这一瞬间，就是我一生中最重要的顿悟时刻。

我大喊：“知了，知了……”

我冲出石椁，在大雨、闪电之中疯跑……

驼子大惊，说：“老爷疯了。”

我赤着脚，狂奔，一直跑到山顶巨石上，对着苍穹高声喊：

圣人之道，吾性自足，向之求理于事物者误也。心外无理，心外无物，圣人之道，吾性自足，不假外求……

我在自制的油灯下，写《五经臆说十三条》：

所谓天理，圣人之道，全在我心中，全在我与生俱来的秉性中，为圣之道，只需向自己内心深处去挖掘和寻找……

《五经臆说十三条》是我居龙场时学有所悟，证诸《五经》，觉得先儒训释未尽，乃随所记忆，为之疏解。阅十有九月，《五经》略遍，命曰《臆说》。既后自觉学益精，工夫益简易，故不复出以示人。我自己一把火烧了此书。

龙场驿站忽然成为一个美好的地方，像那美丽的香格里拉，环境的恶劣，在我悟道后，神奇地消失了。

春天来了，菜园错落有致，淅淅沥沥的小雨，茁壮成长的菜苗，叶片间晶莹的露珠在清晨的阳光下熠熠闪光。

我拿锄头耕地，坐在山坡上翻书阅读，困了便在郁郁葱葱的竹林下枕着石头酣然入梦。

一觉睡醒，发现月亮早已爬上了树梢，于是起来唱着歌谣，走向自己的"阳明小洞天"……我写道：

投荒万里入炎州，却喜官卑得自由。

心在夷居何有陋？身虽吏隐未忘忧。

"玩易窝"是我游戏的场所。我最常用的消磨时光的方法是推演《周易》，我想当年周文王囚羑里城推演《易》也一定是如此。

"六十四卦，由八卦演化而来的，而八卦有阴、阳两面。阳代表积极、进取、刚强、运动；阴代表消极、退守、柔弱、静止。一个人，集刚强柔弱于一身，时而刚强无比，气吞万里河山；时而柔弱万分，不堪一击。人啊，有进有退，有得有失，有顺利也有不如意……"

我在"玩易窝"写《玩易窝记》：

阳明子之居夷也，穴山麓之窝而读《易》其间。始其未得也，仰而思焉，俯而疑焉，函六合，入无微，茫乎其无所指，孑乎其若株。其或得之也，沛兮其若决，联兮其若彻，菹淤出焉，精华入焉，若有相者而莫知其所以然。其得而玩之也，优然其休焉，充然其喜焉，油然其春生焉；精粗一，外内翕，视险若夷，而不知其夷之为厄也。于是阳明子抚几而叹曰：‘嗟乎！此古之君子所以甘囚奴，忘拘幽，而不知其老之将至也夫！吾知所以终吾身矣。’名其窝曰‘玩易’，而为之说曰：夫《易》，三才之道备焉。古之君子，居则观其象而玩其辞，动则观其变而玩其占。观象玩辞，三才之体立矣；观变玩占，三才之用行矣。体立，故存而神；用行，故动而化。神，故知周万物而无方；化，故范围天地而无迹。无方，则象辞基焉；无迹，则变占生焉。是故君子洗心而退藏于密，斋戒以神明其德也。盖昔者夫子尝韦编三绝焉。呜呼！假我数十年以学《易》，其亦可以无大过已夫！

闲时给自己占卦，得《恒》卦。恒：亨，无咎，利贞。利有攸往。《彖》曰：恒，久也。刚上而柔下，雷风相与，巽而动，刚柔皆应，恒。“恒：亨，无咎，利贞”，久于其道也。天地之道，恒久而不已也。“利有攸往”，终则有始也。日月得天而能久照，四时变化而能久成，圣人久于其道而天下化成。观其所恒，而天地万物之情可见矣！《象》曰：雷风，恒；君子以立不易方。

我远赴龙场，正应《恒》卦上雷下风之象。雷风激荡之际，最忌内心无卓然不为外易之体。所以，我对《恒》卦的理解，一是贞正不易，二是“始而终，终而复始”的不已。“不易”与“不已”是我对《恒》卦所悟。

我一高兴，就从“玩易窝”奔出，高兴得手舞足蹈，唱起歌来，飞奔出去……彝民在田间挥舞锄头种地，都奇怪地看着我。

而我则高喊着：“找到了，找到了……”

驼子问：“先生，你找到什么了？”

我说：“《周易》八卦讲变，福兮，祸之所依；祸兮，福之所伏。苦与乐都是相对的……”

彝民们都说：“驿丞疯了。”

“阳明洞”右侧，是我生活起居的地方，我给它起名叫“何陋轩”，并作《何陋轩记》。为何作这篇文章？我在龙场，生活起居得到彝族兄弟的帮助，我希望朝廷和各级官员能尊重兄弟民族，四海之内皆兄弟也！

《何陋轩记》：“昔孔子欲居九夷，人以为陋。孔子曰：‘君子居之，何陋之有？’守仁以罪谪龙场，龙场古夷蔡之外，于今为要绥，而习类尚因其故。人皆以予自上国往，将陋其地，弗能居也。

而予处之旬月，安而乐之，求其所谓甚陋者而莫得。独其结题鸟言，山栖羝服，无轩裳宫室之观，文仪揖让之缛，然此犹淳庞质素之遗焉。盖古之时，法制未备，则有然矣，不得以为陋也。

夫爱憎面背，乱白黝丹，浚奸穷黠，外良而中螫，诸夏盖不免焉。若是而彬郁其容，宋甫鲁掖，折旋矩矱，将无为陋乎？夷之人乃不能此，其好言恶詈，直情率遂，则有矣。世徒以其言辞物采之眇而陋之，吾不谓然也。

始予至，无室以止，居于丛棘之间，则郁也；迁于东峰，就石穴而居之，又阴以湿。龙场之民，老稚日来视，予喜不予陋，益予比。予尝圃于丛棘之右，民谓予之乐之也，相与伐木阁之材，就其地为轩以居予。

予因而翳之以桧竹，莳之以卉药，列堂阶，办室奥，琴编图史，讲诵游适之道略具，学士之来游者，亦稍稍而集。于是人之及吾轩者，若观于通都焉，而予亦忘予之居夷也。因名之曰‘何陋’，以信孔子之言。

嗟夫！诸夏之盛，其典章礼乐，历圣修而传之，夷不能有也，则谓之陋固宜；于后蔑道德而专法令，搜抉钩縶之术穷，而狡匿谲诈，无所不至，浑朴尽矣！

夷之民，方若未琢之璞，未绳之木，虽粗粝顽梗，而椎斧尚有施也，安可以陋之？斯孔子所为欲居也欤？虽然，典章文物，则亦胡可以无讲？今夷之俗，崇巫而事鬼，渎礼而任情，不中不节，卒未免于陋之名，则亦不讲于是耳。然此无损于其质也。诚有君子而居焉，其化之也盖易。而予非其人也，记之以俟来者。

有一天，驿站辕门底下风尘仆仆地站着一个人，盯着我。我看这人又黑又瘦，很奇怪。这人忽然大哭起来，我一听哭声，是家乡口音，问："你哭什么？"

那人大喊："师父，我是你妹夫徐爱，你连我都不认识了。"

原来徐爱去京城会考落榜。他大老远赶来看我，历经艰苦，走了两个月才找到我。徐爱告诉我，朝中刘瑾专权，不许余姚籍的人在京为官，会试又落榜了。

两年了，我终于见到一个亲人了。我问起家里的情况，刘瑾怀恨于我，伪传圣旨，父亲已从南京告老还乡，岑奶奶身体也好，诸婉澄在家照看着家人……

徐爱住下，要向我请教学问，我把近来在龙场悟的道讲给他听。我终于找到一个倾诉的对象了。

我说圣人之学的核心在于"圣人之道，吾性自足，人人皆可成为圣人……"

我告诉徐爱，心即理，理不在心外。吾心之良知，即所谓天地理也。

老子说，天人合一。

孔子说，践仁知天。

孟子说，万物皆备于我。

程颢说，仁者以天地万物为一体。

良知是人内心先天具有的。孟子所说，人之初，性本善。性本善，是先天的，先验的，神所赋予的。只有良知是不够的，需要致良知。依照良知去践行，致良知是一种行。

我提出了“知行合一”。

我的这套学说，徐爱闻所未闻，大惊。

过了些日子，恰好有几个学子去贵阳考试，经过龙场。晚上，他们和徐爱住在一处，探讨学问。徐爱就讲出我悟的道，那几个学子不走了，第二天一早就到我门前来拜师。我看看，有六七个人，就干脆把后山的山洞扩成教室，开始讲学。我给这个山洞起了名字叫“阳明洞天”，意思是别有洞天。在洞两旁写了一副对联：

壮思风飞冲情云上

和光春霭爽气秋高

后来，学生渐渐越来越多了。我给学生讲学的内容大概如此，我写了《教条示龙场诸生》。我提出四件事，看似普通寻常，其实是心学的精华、人生的要旨。

一是立志：“志不立，天下无可成之事。”我说就算是那些工匠，其技能的练成也要以立志为根本，更别说更大的事业。举例说，一个人如果没有志向，那么就好像船没有舵木、马没有衔环，于是只能随波逐流，人生就会像一盘散沙。今天的读书人，懒散堕落、贪玩成性、荒废学业、浪费时日，最终注定是一事无成。之所以如此，就是因为没有立定志向。立志也是君子之道，立不立志，很大程度上也是君子与小人之别。

二是勤学：立志成为君子之后，就要勤于学习。就像诸葛亮《诫子书》中所说：非学无以广才，非志无以成学。要立志，还要志向坚定，这才是立志的完整内涵。学习先要端正态度，“不以聪慧警捷为高，而以勤确谦抑为上”。世间有两种人，一种明明肚子里没料，却要装得很博学、很深刻，喜欢炫耀自己，爱用大话迷惑别人，还忌恨别人的长处，说到底其实是在掩饰自己的无能；还有一种人，总是觉得自己无德无才无能，所以勤奋学习、喜欢请教别人，并坚定地实行自己所学到的，这种人，即使表现得再谦下，也会得到别人的赞扬和崇尚。

三是改过：就算是圣人，也是不免要犯错误的。圣人与常人之别，其实不在犯不犯错误上，而在于能不能及时改正错误。人“不贵于无过，而贵于能改过”。人应当经常反省两个问题：平常自己有没有不知耻、不诚信、不道义的言语行为？有没有对父母不孝顺，对他人不友爱，而与奸猾、狡诈、苟且和刻薄沾了边？这两点，一个关系为人，一个关系处世。

四是责善：与朋友相处，要“忠告而善道之”。即对于朋友的过失，要做到尽力地劝告和开导，但要注意说话的方式。怎样才是好的说话方式？就是在劝告和开导朋友时，要做到态度尽可能婉转曲折，因为只有这样朋友才更容易接受，进而反思，才能明白其中的道理，进而改正，对自己则就只有感激而没有恼怒。如果不这样，在劝告和开导朋友时，先揭发他的过失，并进行斥责，让本就心怀愧疚的朋友更加无地自容，那么就只会激怒他，他就不仅不会反省和改正，甚至还可能变本加厉，并对你产生怨恨。

我的思想总结，可以说“圣人之道，吾性自足”是基础，立志可谓起步与方向，勤学推展开来就是为人处世之道，改过是修养德行提升自身之法，责善推而广之完全是说话之道，我的“心学”致良知、知行合一等根本观念，其实也已经蕴含其中了。

我在龙场讲学，名声越来越大，由学生和商旅传到很远的地方，学生也越来越多。

湖广的学子冀元亨等本来是去贵阳，竟也直奔我处。

二十六

文明之光照亮蛮荒之地

龙场驿在贵阳西北方向，再往下就是荒无人烟的蛮荒之地。可是，有人的地方，就有纷争，就不太平。在庙堂有庙堂之争，在乡野也有乡野之争，其实都是人心的争战。

想当年，诸葛亮南伐，马谡献策说："用兵之道，攻心为上，攻城为下；心战为上，兵战为下。"诸葛亮以此策七擒七纵孟获，征服南方诸越人心。

此策，我在龙场竟派上用途。

有一天，我正在讲课，忽然，外面有人喊："谁是驿丞？"

我赶紧上前说："客官，我就是龙场驿丞。"

一个敞着怀，头上插着一枝花的胡子拉碴的人站在院子里。他歪着脑袋看我说："我们是思州毛太守手下公差，来检查工作，有什么招待？"

"当然有，所有来龙场驿的客人，我们都有款待。"我招呼驼子上茶，"这是上好的树茶。"

"一枝花"气得把茶杯砸了……

冀元亨愤怒地问："你为什么砸东西？"

“一枝花”说：“老子来，走这么远的路，是来喝茶的吗？消遣老子是吧？”

我大怒：“你怎么骂人？无法无天！”

“一枝花”后面跑来几个人，他一招手，那些人一拥而上。我少年时跟马龙学过武艺，擒贼擒王，我上前就给了“一枝花”一拳，一拳就把他打倒。

冀元亨和徐爱等也抄起板凳迎战。

阿凤见我们打架，吹起牛角号，阿罗领着山上的彝民冲下山来……

“一枝花”知道不好，捂着头拔腿就跑。他边跑边喊：“你等着，私办学校，我去毛太守那告你……”

众人起哄。

“一枝花”是思州的地痞，他依仗着与毛太守相熟，欺行霸市。他听说我在办学，特地跑来想讨点好处，结果挨了一顿揍。毛太守打听到我的情况，知道我与京城有关系，也不敢贸然行事，就先派手下来打探。

一天，来了个小吏，拿出毛太守的信，询问上回打人的事。

阿凤在一旁泡茶，听说来人是毛太守的人，气得把茶杯里的茶水往地上一泼，说：“驿丞教我们彝人识字，教我们种田，有什么错？”

小吏问：“你有什么资格讲学？你到这儿来，就是遭贬，应该早点儿去毛太守那谢罪。”

我说：“我即使遭贬，也是朝廷命官，何罪之有？”

徐爱等上前，与小吏理论。我回书房，写了一封信，叫《答毛宪副》：

昨承遣人喻以祸福利害，且令勉赴太府请罪；此非道谊深情，决不至此。感激之至，言无所容。但差人至龙场凌侮，此自差人挟势擅威，非大府使之也。龙场诸夷与之争斗，此自诸夷愤愠不平，亦非某使之也。然则大府固未尝辱某，某亦未尝傲大府，何所得罪而遽请谢乎？

跪拜之礼，亦小官常分，不足以为辱，然亦不当无故而行之。不当行而行，与当行而不行，其为取辱一也。废逐小臣，所守以待死者，忠信礼义而已。又弃此而不守，祸莫大焉。凡祸福利害之说，某亦尝讲之。君子以忠信为利，礼义为福；苟忠信礼义不存，虽禄之万钟，爵以侯王之贵，君子犹谓之祸与害；如其忠信礼义之所在，虽剖心碎首，君子利而行之，自以为福也，况于流离窜逐之微乎！

某之居此，盖瘴疠蛊毒之与处，魑魅魍魉之与游，日有三死焉。然而居之泰然，未尝以动其中者，诚知生死之有命，不以一朝之患，而忘其终身之忧也。大府苟欢加害，而在我诚有以取之，则不可谓无憾；使吾无有以取之而横罹焉，则亦瘴疠而已尔，蛊毒而已尔，魑魅魍魉而已尔，吾岂以是动吾心哉！

执事之谕，虽有所不敢承；然因是而益知所以自励，不敢苟有所隳堕。则某也受教多矣，敢不顿首以谢！

贵州提学副使毛科看了我的信，自己掂量了一番，知道水深。我这封柔中有刚的信，让他不敢轻举妄动。他后来再也不敢骚扰我，把那个地痞“一枝花”臭骂了一顿，据说差点儿毁了他的前程。

有一天，阿罗带人去水西贸易，回来的路上，山上冲下一群土匪，人多势众，把他们的货物抢了。妹妹阿凤去集镇看热闹，也让土匪抢了。土匪把阿凤抢上山，当压寨夫人。阿罗受了伤，头上缠着血布，跑来找到我求援。

我一打听才知，有一个叫阿扎的酋长叛乱，抢劫沿途的商旅货物，而水西宣慰司宣慰使安贵荣却不发兵，不作为。我决定去找安贵荣，阿罗找了一只小船，我领着驼子、冀元亨等沿江而下，往水西去。

我到宣慰使衙门，安贵荣高兴地出来迎接。我劝他出兵，行使职权，维护地方安全。他却向我抱怨起来，说皇帝不应当在这儿设驿，应当由他们来管理。

我说："如果水西发生大事，朝廷不知道，谁来帮助大家呢？"

我劝他以大局为重，盗匪骚扰老百姓，就算你是一个平民，也当出力平叛，何况还是个宣慰使。安贵荣也爽快，要我替他谋划。我说兵贵神速，过两天阿扎就能得到我请你出兵的风声，再去平定就难了，不若立刻出兵……

水西的兵沿着山路悄悄进发。阿扎一直在当地拦路打劫，水西从来没人管过他，他一点防备也没有。

阿扎正与手下商量，准备娶阿凤当压寨夫人，阿罗已经潜入寨子。

一声牛角号，外头安贵荣发起进攻……内外夹击。阿扎的手下心惊胆战，纷纷逃亡。我们俘虏了阿扎，青棚里救出了阿凤。青棚是搭着的树棚子，当地风俗是新娘子从青棚里出嫁。

宣慰使把阿扎押到水西，在城门军营里要斩首示众。

辕门前，站着许多俘虏，都是当地的流民。围观的群众人山人海。阿扎是酋长，他的部落的人都跪在辕门口，看酋长受刑。"不战而屈人之兵"，这才是用兵的最高境界，所以，我制止宣慰使砍阿扎的脑袋。

我问："阿扎，你为什么抢劫呢？"

阿扎骂道："汉人，少废话，砍头不过碗大的疤，二十年后又是一条好汉。"

我说："今天天真热，你把衣裳脱了，我们谈吧。"

阿扎说："脱衣裳怕什么？"当众脱了。

我又说："不如裤子也脱了吧。"

阿扎脱了外裤，里头一个小短布裤。

我说："不若也脱了短裤吧。"

阿扎惊慌失措起来，坚决不肯。底下全是他部落的人和到水西来赶集的人，酋长脱得光屁股，他丢不起这个脸。

阿扎说："杀了我吧，脱短裤是污辱我。"

我对安贵荣和众人说："你们看，阿扎不肯脱成光屁股，说明他还有良心，知道什么是羞耻。他并不是坏到连羞耻都不知道的野兽，他心中有良知。我们都是靠自己的双手劳动，为什么要抢劫别人呢？难道你不知道，抢劫、偷窃都是可耻的吗？"

这时，从人群中走上来一个老太太，一路走，一路哭，骂道："阿扎啊，要你别抢劫，你这回被抓住了，老娘谁养啊？闯了大祸了吧！"

阿扎上前喊："娘。"

我上前扶起老太太。

老太太竟当众给我跪下，说："官老爷，大善人，饶我儿子一命吧。"

我扶起老太太说："您儿子，您领回家，让他行孝道吧。"

我当着众人的面，给大家讲了一堂"孝道"。

"孝"字上为老，下为子，自古就有孝。"父兮生我，母兮鞠我，拊我畜我，长我育我，顾我复我，出入腹我，欲报之德，昊天罔极！"《论语》有曰："君子务本，本立而道生，孝悌也者，其为人之本与？"孝悌是君子之本，为仁之本，道之所由生者。子曰："弟子入则孝，出则悌，谨则信，泛爱众，而亲仁，行有余力，则以学文。"百善孝为先，圣人把孝放在首位。只有孝、悌、谨、信、仁、亲做到了，且行有余力，才能学文……

我们当众释放了阿扎，阿扎扶着母亲回家，阿扎的手下痛哭流涕……众人皆欢呼。

宣慰使安贵荣修缮象祠。象是虞舜的同父异母兄弟，初时不仁，多次设计陷害舜，最终在舜的德感化下，弃恶从善。阿扎在我们的教化下，也弃恶从善。所以，我写《象词记》，阐述："吾于是盖有以信人性之善，天下无不可化之人也！"这篇文章或为我提出"致良知"的重要著作。

灵博之山，有象祠焉。其下诸苗夷之居者，咸神而祠之。宣尉安君，因诸苗夷之请，新其祠屋，而请记于予。予曰："毁之乎，其新之也？"曰："新之。""新之也何居乎？"曰："斯祠之肇也，盖莫知其原，然吾诸蛮夷之居是者，自吾父、吾祖溯曾、高而上，皆尊奉而禋祀焉，举而不敢废也。"予曰："胡然乎？有鼻之祀，唐之人盖尝毁之。象之道，以为子则不孝，以为弟则傲。斥于唐，而犹存于今；坏于有鼻，而犹盛于兹土也，胡然乎？"

我知之矣：君子之爱若人也，推及于其屋之乌，而况于圣人之弟乎哉？然则祠者为舜，非为象也。意象之死，其在干羽既格之后乎？不然，古之骜桀者岂少哉？而象之祠独延于世。吾于是盖有以见舜德之至，入人之深，而流泽之远且久也。

象之不仁，盖其始焉耳，又乌知其终之不见化于舜也？《书》不云乎，"克谐以孝，烝烝乂，不格奸""瞽叟亦允若"。则已化而为慈父。象犹不弟，不可以为谐。进治于善，则不至于恶。不底于奸，则必入于善。信乎象盖已化于舜矣。《孟子》曰："天子使吏治其国。"象不得以有为也。斯盖舜爱象之深而虑之详，所以扶持辅导之周也。不然，周公之圣，而管、蔡不免焉。斯可以见象之既化于舜，故能任贤使能，而安于其位，泽加于其民，既死而人怀之也。诸侯之卿，命于天子，盖

《周官》之制，其殆仿于舜之封象欤？

吾于是盖有以信人性之善，天下无不可化之人也。然则唐人之毁之也，据象之始也；今之诸苗奉之也，承象之终也。斯义也，吾将以表于世。始知人之不善虽若象焉，犹可以改；而君子之修德，及其至也，虽若象之不仁，而犹可以化之也。”

二十七

“阳明洞天”里的读书声

我在龙场这个苦地方，苦中作乐，自得其乐，风风火火地讲学，弘扬儒道，忙得不亦乐乎。

朝廷里却鸡犬不宁，上上下下没一天安稳日子。正德皇上朱厚照本着把折腾进行到底的精神，变着花样地折腾。他那些匪夷所思的行为，通过大小太监，通过官员传出宫来，成为正德年间最为传奇的故事。

从前皇帝都是睡在乾清宫，正德皇帝别出心裁，在宫里平台上搭了个大帐篷，又搭了个大通铺。他不跟老婆睡觉，不忙于传种，而是跟太监钱宁睡在一块，同起同卧。帐篷里有个大工作案子，案头堆满大臣上的折子。朱厚照把这些折子折叠成小飞鸽，在帐篷里飞来飞去……这些折子都是国家机密。他们还叠成小船，在太液池里放船，船顺着水流往宫外……

朱厚照不上朝，躲在豹房玩耍。太监们在各地搜罗豹子，也搜罗美女。即使这样，朱厚照依旧感到无聊。

朱厚照说：“真无聊，出宫如何？”

钱宁说：“出宫，也是前呼后拥，有什么好玩的？”

朱厚照说："我一生最喜欢的两个职业，一是黑老大，二是乞丐，你看当乞丐多自由自在？"

钱宁说："那么，我们就出宫装乞丐？"

朱厚照来了精神说："妙，妙，有谁会跟我这个乞丐过不去？"

朱厚照等一班人在宫中化装成要饭的，悄悄出京。朱厚照扮成年轻要饭的，钱宁和赤朱儿扮成老要饭的，朱厚照还叫他们爹，这要是让他老子孝宗皇帝知道，非得再气死一回。

他们跑到一个小县城，县城里一下子多出许多要饭的，本地人还以为什么地方发了大水。

旅舍里，朱厚照看中店里怀孕的老板娘翠花，就调戏，结果挨了翠花姑娘训斥。翠花虽是开店的，但也有社会背景，与当地捕头有点亲戚关系。捕头经常在店里吃喝，听说有乞丐砸场子，立马带着县衙门的兵丁赶来。结果他还没有开口，就让赤朱儿等一顿打，牙都打掉了，捕快从没有遇见过这种乞丐。

朱厚照见事态闹大，干脆把怀孕的翠花抢进宫中。

太监张永知道事情的严重性，急忙出宫到杨府找杨廷和。杨廷和听闻大惊，来宫中责问："皇上，宫中妃嫔数千，弄孕妇进宫，万一生出孩子，到底算是谁的？"

朱厚照竟笑而不答。

朝中大臣痛心疾首，这还了得，若是这个翠花的孩子成了太子，太祖皇帝都要气得活过来追责。

一天，朱厚照拖着新妃子翠花参观豹房里的虎池。虎池里养了一只刚从辽东进贡来的东北虎。这个翠花也是死了心，她趁人不备，抱着朱厚照往池中一跳。轰隆一响，惊动了睡午觉的老虎。东北虎体形庞大，冲出笼子，一爪扑倒翠花，翠花当场毙命。

朱厚照一看不好，拔腿就跑，老虎向朱厚照扑来……

朱厚照在虎池里绕着山石狂奔。

钱宁等一帮太监在虎池上面看得心惊胆战，却无计可施。

忽然，一个人跳入池中，抄起棍子，竟打跑老虎。

朱厚照爬出虎池，惊魂未定，大喊："勇士何在？"

救他的人是江彬。江彬从虎池里爬上来说："皇上，臣救驾不及。"

朱厚照说："正好，正好，朕封你为豹房大将军。"

江彬说："大将军，就要有军队，宫中何来军队？"

朱厚照说："我把边关军队调来，听你调教如何？"

江彬说："若调边关军队来，我指挥集体操练，天下无敌。"

朱厚照叫好。

朱厚照给从边关调来的军队重新起了个名字，叫威武团。朱厚照自封为威武大将军镇国公，穿上军装，气势非凡，打虎江彬封为威武团副将军。

皇城成了一个军营。

禁卫军和东厂的锦衣卫都被赶到皇城外去驻扎。

朝中文武大臣对此惊得目瞪口呆，祖上定的规矩，有违反的，但没有见过这么违反的，这种主意让大臣想破脑袋也想不出来。

一天，朱厚照当庭议事。他打着哈欠，内阁杨廷和、李东阳等在列，太监张永、刘瑾侍立一旁。

刘瑾呈文："贵州水西宣慰使安贵荣和……（他看到'龙场驿丞王守仁'几个字跳过）平定阿扎匪乱，畅通黔西交通……"

朱厚照说："嘉赏！贵州，边远地区，北疆不安定，南方要稳住。"

杨廷和说："南方，不能只凭武力，当办学，对南蛮多加教化。"

朱厚照说："杨先生说的是。"

李东阳说："贵州府学，缺提学，边远，多不肯去。"

朱厚照说："有什么臣子在朝中胡说八道，扰乱朝廷的，就派他去，下一个呈文？"

刘瑾又读："云南发生了大地震，灾情严重，人心惶惶……"

朱厚照问："救灾的人呢？每年下拨的赈灾粮物哪里去了？"

刘瑾说："云南巡抚，当地官员荒于政事，救灾不力，导致天灾酿成人祸……言官上疏朝廷，请求罢免地方官员。"

朱厚照点头。

李东阳说："云南地震，户部有折子上呈。"

刘瑾接过李东阳递上的折子，读："户部员外郎席书呈：……云南天灾，责任不在云南，而在朝廷。整个国家犹如一个人体，朝廷是元气，地方是四肢，元气受到损害必将从四肢散发出来。此刻四肢出了问题，不从元气上找原因，只把四肢砍掉，是本末倒置……"

朱厚照拍案而起说："以他这么说，云南天灾，罪在朕？我放一个屁，让云南地震了？"

众人劝道："皇上息怒！"

刘瑾说："这个席书，在朝中日久，对边疆事情知道的少。贵州府学缺人，不如派这个员外郎去当提学，也好了解边关情况。"

朱厚照说："准旨，退朝吧。"

承天门外，李东阳赶来给席书送行。

李东阳说："没想到这个折子，竟让皇上生这么大的气，我要是先看看折子，也就不呈了。"

席书说："这是我的职责。"

李东阳说："这个刘瑾，贵州呈文里有安贵荣和龙场驿丞王守仁共同平匪乱，他竟把王守仁舍去，这分明是当庭欺君啊！"

席书叹气道："唉，奸臣当道，去贵阳，也落个清静，罢了。"

李东阳说："那个王守仁在龙场，距贵阳也有几十里地。你这趟去，问他有什么文章，寄来，大家看看。当年，李梦阳、王守仁、刘养正、唐寅，都是神童、才子啊，现在，一个个都没有声音了，唉……"

席书说："我倒是听学生说，王守仁在龙场讲学，但是对朱子有微词，不知真假。"

李东阳说："朱子如日月，岂是他能撼得动的？"

我远在龙场消息不畅，哪知道朝中发生的这些事。席书来贵阳当督学，他的到来改变了我的命运。

那天，我正在"阳明洞天"讲学，教室里悄悄走进一个学生，我以为是过路商旅。有的时候，他们到驿站，也趁闲进来听我讲学，我正在讲我新体悟的"知行合一"。

席书忽然站起提问，他向我请教"朱陆异同"。他直奔主题而来，我知道提这个问题的，也是有学问的人。我只说了一句话："圣人之道，吾性自足，不必外求。"

席书目瞪口呆："圣人可以不学自成？"

我笑而不答。

席书竟一声不吭，离席走了。

当时我也没有介意此事。半个月后，来了几个人，那个席书又来了。这时我才知道他叫席书，是新上任的贵州提学副使，我请他进屋喝茶。

席书说："上回，我离京时，李阁老一再关照，你有什么新文章，可寄回京给阁老一阅，阁老爱才啊。"

我整理出几篇文章，交给他。

席书说他回家想了半个月，问我这个圣人可以不学自成，可举例否？我举了"禹和稷"的事例。席书带着迷惘回去琢磨，他始终没有和我争论。后来，席书经过三番五次的思量，终于豁然通达。席书竟搬到龙场，听我讲课。

这件事轰动一时，堂堂一个贵州文化高官，提学副使，竟然不耻下问，跑到龙场驿站听王守仁讲学。

席书对我说：“我们贵阳书院，广择学子，延请先生设席讲学。”

我拒绝说：“我龙场驿丞，当安于本分。”

一天早上，传来许多脚步声，震惊龙场。贵阳书院三百学生，在席书带领下，步行来龙场听我讲课。

一时间，规模浩大……

我的名声远扬，成为当年最吸引眼球的文化事件。

李东阳读了我的《瘗旅文》，拍案叫好，又推荐给杨廷和看。

李东阳叹气说：“王家受刘瑾之祸不轻，王华告老还乡，儿子远去黔西。”

杨廷和说：“张皇太后爱读文章，这篇文章，给太后看看，或许……”

李东阳说：“你我都老了，朝中正是用人之时，人才难得啊！”

杨廷和点头。

朱厚照虽说放纵不羁，但是对母亲张皇太后十分孝敬。他父亲孝宗皇帝一辈子就与张皇后相守，是历代皇帝所未曾有过的事情。张皇后软弱，对这个唯一的儿子从小娇惯，也是她这一生的憾事。

有一天，朱厚照进后宫探望母亲，见母亲坐在案前落泪。

朱厚照大惊问：“母亲为何悲伤？”

张皇后把我写的《瘗旅文》给皇上看，说：“这篇文章太感人了，我看着看着就哭了。”

朱厚照说：“什么文章能让母亲流泪？我一定要看看。”

朱厚照在灯下读我的《瘗旅文》：

……呜呼伤哉！纵不尔瘗，幽崖之狐成群，阴壑之虺如车轮，亦必能葬尔于腹，不致久暴露尔。尔既已无知，然吾何能违心乎？自吾去父母乡国而来此，三年矣，历瘴毒而苟能自全，以吾未尝一日之戚戚也。今悲伤若此，是吾为尔者重，而自为者轻也。吾不宜复为尔悲矣……

朱厚照读罢说："好文章，母亲若心疼这臣子，我就重新调用吧。"

张皇后说："那就更好，这些臣子多不易啊。你父亲在世时，就爱惜臣子。你爱惜臣子，臣子就会对你忠心效力啊……"

朱厚照说："母亲说的正是，儿子一定听从。"

朱厚照回宫，召见杨廷和问："杨先生，你看给这个王守仁调个什么职，这么多年在边远苦寒之地，也不容易。"

杨廷和说："庐陵县缺个知县，这个县很不平安，乡民好狱讼，一直闹到京城来。让王守仁去，或许可行。"

朱厚照点头。

圣旨到了贵阳，席书陪同钦差到龙场。

"王守仁接旨……"

说真的，忽然就要离开，我还有些舍不得。这么远的地方，离开后，何时能再回来呢？我抚摸着山洞墙壁上的层层青苔，耳边又回响起昔日的琅琅读书声，梦回昨日手拿锄头辛勤劳作的情景，恋恋不舍之情涌上心头……

席书、阿罗、水西宣慰使安贵荣，甚于阿扎都从很远的地方赶来送行。

我领着徐爱和阿凤上路，离开了龙场。

一路上，我吟诗：

红日熙熙春睡醒，江云飞尽楚山青。
闲观物态皆生意，静悟天机入窅冥。
道在险夷随地乐，心忘鱼鸟自流形。
未须更觅羲皇事，一曲沧浪击壤听。

二十八

庐陵县令造福一方百姓

我们离开贵州，经过湖南，到了江西，直奔庐陵。沿途有学子挽留，我们不敢耽搁，皇恩浩荡，公务在身，只得风尘仆仆地赶路。

庐陵又叫吉安，历史悠久，名人辈出。当年苏东坡曾作诗："巍巍城郭阔，庐陵半苏州。"就是讲此处的文化发达。庐陵人爱读书，好咬文嚼字，这里考取天下第一多的进士和数量众多的状元。建文二年（1400 年）庚辰科和永乐二年（1404 年）甲申科、中鼎甲三人均为庐陵人，有"一门九进士，父子探花状元，叔侄榜眼探花，隔河两宰相，五里三状元，九子十知州，十里九布政，百步两尚书"的美誉。庐陵名人首推唐宋八大家之一的欧阳修，还有北宋贤相刘沆，南宋中兴四大诗人之一的杨万里，南宋文天祥，四朝首辅大臣杨士奇，内阁首辅、大学士、《永乐大典》总纂修解缙等。

有学子听说我去庐陵上任，替我担忧。他们说庐陵出名士，庐陵人有见识，但正受旱灾和瘟疫之苦，百姓怨气冲天，好诉讼。庐陵的官不好当，前面几任知府都让当地百姓给弹劾了。

到了庐陵境内，我们进一农户家找吃的。我去厨房揭开锅一看，竟是树皮野草。所以，我忧心忡忡地进了县衙。当天平安无事，我就想好好睡上一觉。一早上，刚开门，县衙里冲进几千百姓，呼天抢地。又有几个乡绅把一沓案子呈上，求政府宽免征收葛布的摊派，本地不产此物……乡民告诉我，分派到庐陵的杂税，多是来历不明的，从前只有四千两，现在要两万多两，加上旱灾、瘟疫、弱者流窜为盗……

我一一记在心里，劝乡民们先回去，等我调查查证。当晚，我去查看档案，一看，触目惊心。档案里记载着近年来庐陵各式各样的案件：仇杀，镇压，再仇杀，无休无止……

我对徐爱说："伯夷说，以暴易暴，不知其可。以暴制暴，以黑吃黑，只会激化官民矛盾。"

徐爱说："庐陵一直不平静，必有冤情。"

我问："江西布政使是谁？"

徐爱说："孙燧。"

孙燧是我发小，从小一起读书，在京城也是同僚，关系一直很好。我听说是孙燧当江西布政使，看到了一丝希望。我立马写《庐陵县为乞蠲免以苏民困事》，托徐爱亲自送给孙燧。

没几天，江西布政司文件下来，废除杂税若干。废除杂税的布告，贴满了庐陵县城。这是我上任后，为百姓做的第一件好事。许多年一直没有解决的问题，在我上任没几天就给解决了，老百姓从此对我十分信任。

庐陵县的人好诉讼，以诉讼闻名，官司一直打到南昌，打到京城。

有一回，我外出巡视，一路上，稻田需耕作，田里却没有人。我问村民，原来村民去打官司了。我一升堂，打官司的人就排着队，挤满县衙。有的官司是些鸡毛蒜皮的小事，有些又是清官难断的家务事。在农忙时节，他们竟不顾农活，来打官司。

我想，如果以我个人之力，再怎么判，能处理多少？再说，这些打官司的人，我对他们现在的情况、从前的情况，并不很熟悉，也只是听一面之词。

因此，我就贴出布告，要所有打官司的村民先回家种地，别耽搁农时，等五日过后，我再升堂一一审案。五日过后，我想出一妙法，我请县里的里正三老，坐在申明亭办公，先以劝说调解为主。里正三老在地方上都有威信，也有公信力，许多人听他们劝说，也都相互和解了。

这一招，县里地方上有威信的人十分赞同，官司也少了许多。我利用了乡里族长、里正等人的威信，来调解乡间事务。我以无形之力轻松化解了庐陵多年来好诉讼的恶名。这件事传到南昌，官员们十分震惊：王守仁有三头六臂，竟然轻松解决庐陵多年来的怪癖。

也该是多事之秋的多事之地。南昌，一场大风大雨在酝酿之中。小宁王对朝中的情况了如指掌，他认为正德皇帝弱智，给了他机会。当初大明江山就不是朱棣的，而是建文帝的。江山他朱棣能抢得，十七子宁王之后就不能抢得吗？宁王就广纳人才，召集了大批名流清客。

当年我的同学——娄谅的弟子季教早已投在宁王门下，如今他把吉安才子刘养正也介绍给宁王。

季教说："吉安神童刘养正。"

宁王说："先生，久仰，久仰。"

刘养正一身道袍，说："难为情啊，什么神童，一世英名，让一泡鸟屎给毁了。"

刘养正本在六部任职，因午门罚跪，一怒之下辞官回了家乡吉安。他在吉安当了几年私塾先生，也许乡间寂寞，他感到怀才不遇，如今出山，想干一番惊天动地的大事。

宁王说："毁不了，天生吾才必有用。先生来此，我时常请教，共谋大业，何愁不能施展才学？”

刘养正哈哈大笑说：“当今皇上昏聩，天下将乱啊……听说，正德皇上弄了个孕妇进宫，唉……可惜，可惜。”

宁王说：“洪武大帝在天有灵，也得让这不肖子孙气死，祖宗心里明亮着呢。先生这回从哪里来？”

刘养正说：“我们庐陵现在的知县是王守仁，当年也是神童。我和他同科，在京城同僚，所以去看望。这个王守仁真的了不起，把庐陵这个首乱之地，竟治理得有条有理，人才啊。”

宁王说：“王守仁，他不是在龙场吗？没死？”

刘养正说：“大难不死，这人就了得。”

季教说：“庐陵内乱，将来可以利用，师弟王守仁这么一治理，反而成了身边的一个肉刺。”

刘养正说：“我看，不如把王守仁招募来，如何？”

宁王说：“按理说，王守仁跟王妃是师兄妹，跟季教也是师兄弟，有这层亲近关系。但是，他要是来了，怕会得罪了宫里的刘公公。”

刘养正说：“如果不能招募来，干脆就毁了他，免得将来碍事。”

季教说：“我去看看详情，见机行事。”

宁王说：“庐陵人爱诉讼，只要有诉状到宫里，刘公公他们就不会放过他。”

人心善与不善，一念之间。我的师兄——娄老夫子居敬门的弟子季教，竟想出这等下三烂的计谋，的确是有辱师门。他们自跟着宁王后，内心的良知在欲望驱使之下，早已扭曲。

季教来庐陵，并不直接来我的县衙，而是装神弄鬼，在街头化装成测字先生。他到城门口，看到布告：上诉状子不能超过两行，每行不过三十字……

季教就煽风点火说：“自古没听说过，打官司还限制字数，这不是有意压制庐陵人吗？”

看布告的群情激愤：“从没有这种打官司的规定……”

季教说：“干脆，大家一起弹劾他。”

一些不明真相的人，跟着点头起哄。

季教发现许多好诉讼的人没文化，不会写状子。他就在县衙对面摆了测字摊，给人算命打卦。测字摊通常还兼做写家书、写状子的活儿。他既可以给我添乱，又可以赚点小钱。恰好有个叫牛二的，来衙门闹了几次。牛二家穷，订了一门亲，被女方家回拒了。我训斥牛二一番，让他学门手艺，多赚些钱。牛二不服气，跑到季教测字摊前，请季教写状子，弹劾我。

季教找到了机会，给他写了几页纸。牛二见他写了许多字，说没那么多钱给他酬劳。

季教说不要钱，鼓动牛二寄到朝廷。季教居心叵测，叫牛二竟直接寄往朝廷刘公公收。刘瑾一直想找机会陷害我，一个村民牛二怎知道朝中的事，所以，这一招真是狠毒。

牛二见不收钱，测字的又主动替他写诉讼。测字的说，他这回告倒王知县，来年就有媳妇主动上门，牛二乐坏了。

敌人在背后捅刀子时，我的心思还放在为民服务上。

庐陵瘟疫流行，我领着郎中走村串户。饮食卫生是病的根源。我发动村里长老带领村民敦行孝悌，打扫卫生。我们煨中药，分发给乡民喝，清除居住地的卫生死角，掩埋人畜尸体。

那天，我到牛二家。牛二母亲倒在床上，家里无米，揭不开锅。我就让阿凤去县府，把自己的粮食拿来救济……我前脚走，牛二后脚就回来，告诉母亲，他遇到了贵人。测字先生替他写状子，而且说告倒王知县，明年就能讨到媳妇了。

牛二娘说：“知县是个好人啊，刚才来家里，你看，缸里的米，就是知县省下来的。”

牛二生气地说：“县衙门口那个测字的，要我写状子，写的什么，我还不知道呢？”

恰好一个邻居老头进来，牛二请他看看状子。

牛二喊：“大爷，我不识字，你看看状子上写的什么？”

老大爷一看，给了牛二一嘴巴，骂道：“畜生，这些瞎话能乱说吗？说知县强占土地、欺行霸市……”

牛二说：“门口那个测字先生写的，欺我不识字……”

众村民往县衙来，他们上前抓住季教就打，把测字摊踢翻……

徐爱来喊：“县衙门口打架了。”

我想什么人这么大胆，敢在县衙门口打架？我出门一看，倒在地上的竟是季教。

我问：“师兄，你怎么在这里？”

季教苦着脸说：“老师去世后，我只好以测字为生。”

再说朝廷边关出了大事。

当年孝宗皇帝派杨一清去边关养马，他相当于边关军事后勤供应的负责人，责任重大。后来杨一清在修筑边关长城时受到陷害，有人举报他贪污军费，他被送入大牢。李东阳知杨一清为人清正廉洁，在皇上面前力保，杨才得以复职。

杨廷和得到密报，说安化王要造反，于是就找李东阳商量。李东阳说有杨一清和王琼在边关，安化王成不了事。杨廷和就密告杨一清，随时注意安化王的动向。

安化王是庆亲王朱栴的一个分支，靖王第四子，永乐十九年袭封安化郡王。他利用刘瑾专横跋扈引发的天下不满情绪，突然叛乱，起事后，叛军杀宁夏总兵，占领镇城，放出狱囚，焚官府，劫库藏，夺河舟，掠夺金币万计，充作军资。同时分封将弁，把守关隘，传檄文历数刘瑾之罪状，扬言与朝廷分庭抗礼。

消息传来，关中大震。

此时在宁夏城中的将军王琼佯装有病，闭门不出，暗中计划。王琼假装投降安化王，向安化王建议加强黄河防守。安化王的主力军出宁夏驻守黄河大坝，城内防务空虚，王琼趁机杀死叛军主将，轻而易举擒获安化王朱寘鐇。叛军得知朱寘鐇被擒，于是溃散。安化王叛乱十八天就失败了。

王琼平定叛乱的消息迟缓传到京城，朱厚照和内阁并不知道已经平叛。

正德五年（1510年）五月，朱厚照命太监张永总督军务，再度起用右都御史三边总督杨一清率各省兵勇数十万，征讨安化王。大军浩浩荡荡向西进发，杨一清建议“只诛首恶、不究胁从”，同时奏请朝廷免除宁夏赋税一年，安定了宁夏人心。

这次安化王叛乱虽说时间短，但影响很大，说明天下已起反心。再说主力部队刚到陕西宁夏交界处，王琼已派人押解安化王等人献俘。杨一清和总监军太监张永就押着安化王返京。

途中，杨一清发现张永和刘瑾也有矛盾。他们骑马聊天，边走边说。

杨一清说：“安化王叛乱平定不难，只是内变不可测，令人忧虑。”

张永问：“内变是什么？”

杨一清在张永手上写了一个“瑾”字。

张永为难地说：“刘瑾势力大，耳目众多，朝里朝外怨声载道。”

杨一清说：“你也是皇上信赖的人，可趁向皇上报捷的机会揭露他，天下人怨恨刘瑾已久，再不铲除恐怕会生不测，皇上一定会听从。刘瑾一除，你就会更加受到重用，且留名后世。”

张永问："万一事情办不成该怎么办？"

杨一清说："你去说一定能行，如果皇上不信，你就跪地请死，并剖心证明你说的不是假话，皇上一定会被你打动，你得到圣旨后就立刻行事，不要拖延。"

张永问："如何行事？"

杨一清把一份材料交给张永，说上面列了刘瑾十七条罪证。

张永把材料塞进怀中。

杨一清回到京城，立马见李东阳，把与张永所说的告诉李东阳。

李东阳什么也不说，要杨一清离开。

杨一清出门，李东阳叫进锦衣卫马彪："马侍卫，现在给你一个机会。"

马彪说："首辅放心，东西都准备好了。"马彪拿出伪制玉玺等。

朱厚照听说太监张永押着安化王进京，大喜，让带到豹房。

朱厚照指着安化王问："你为何造反？"

囚车里安化王朱寘鐇喊冤说："皇上，臣是被逼，刘瑾老贼逼我谋反……"

刘瑾训斥道："清查府银，乃皇上下旨，怎么说是为臣所逼？"

安化王依旧大骂："刘瑾太监当政，私传圣旨，天下人心已乱……"

朱厚照见安化王骂得声嘶力竭，就让江彬把安化王扔进了豹子笼里，一会儿就让一群豹子啃得干干净净……

当晚，朱厚照给太监张永庆功，在宫里喝酒，宣读张永的嘉奖令。

刘瑾觉得受冷落，不乐。众人喝酒喝到半夜，刘瑾觉得无味，就告假离开……

张永趁刘瑾一走，就跪下说："报皇上，这次边关造反，皆因刘瑾所逼。”

朱厚照说：“怪不得安化王临死都要骂刘瑾。”

张永说：“正是，刘瑾伪传圣旨，已搞得天下怨声载道。”

朱厚照问：“详说一二？”

张永就交出杨一清的上报书，列了刘瑾十七条罪。

朱厚照看了看，往旁边一丢，说：“喝酒，明天再说吧。”

张永说：“明天再说，我的命就没了。”

朱厚照问：“为什么？”

张永说：“刘瑾反心已现，早有准备，哪能容我活到明天？”

朱厚照说：“天下，他要夺，就给他好了。”

张永知刘瑾宫中耳目众多，他见钱宁在幕后一闪。

张永说：“天下归刘瑾，陛下准备去哪？”

朱厚照一惊，下令：“捉刘瑾。”

刘瑾并没有回家，而是睡在宫里的内值房。他听宫中吵闹，骂道：“越来越没有规矩了，何人吵闹？”

张永敲开门，笑着，后面站着锦衣卫。

朝中，刘瑾大哭说：“先皇重托，我无一刻松懈……”

锦衣卫马彪等呈上抄刘瑾家中搜得之物：“金二十四万锭，元宝五百万锭，宝石二斗，奇异珍玩不计其数。还有八爪金龙袍四件，蟒衣四百七十件，衣甲千余，弓弩五百。最可怪的是两柄貂毛扇，扇柄上暗藏机栝，用手扳机，露出寒光闪闪的一具匕首。”

武宗朱厚照这回真的瞠目结舌了，骂道：“好大胆的狗奴！他果然谋逆了！”

传旨下刘瑾诏狱，严刑拷打，一面钩捕逆党。

朱厚照命三法司、锦衣卫会同百官，在午门对刘瑾进行公审。

午门，刘瑾大笑说：“公卿多出我门，谁敢审我？”

驸马都尉说：“我是国戚，不是你提携的，有资格审你吧？你在家中，何故擅藏弓甲？”

刘瑾支吾半天说：“这……这是要保卫皇上呢！”

驸马笑道：“保卫皇上，须置在宫禁中，如何藏在你室？就是龙衮蟒袍，亦岂你等可服？若非谋为不轨，哪得制此衣物？真迹已露，还有何辩？”

刘瑾哑口无言，只好匍匐叩头。

刘瑾被凌迟处死，承担十八项罪名，余党六十多人被流放，家人充当妓女和女佣……

平定安化王叛乱，除刘瑾乱党，杨一清功劳最大。武宗把他从边关调入朝中，任命为吏部尚书。王琼平定安化王有首功，被任命为兵部尚书。这时，朝中开始起用受刘瑾迫害的大臣，开始平反冤假错案。

杀刘瑾的另一个无名英雄，也是起关键作用的人，是内阁老臣李东阳。这么多年，他一直潜伏着。许多人骂他软骨头，骂他没志气，他都忍了。他最后这一闪光之举，正应了白居易的《放言》：“试玉要烧三日满，辨材须待七年期。周公恐惧流言日，王莽谦恭未篡时。向使当初身便死，一生真伪复谁知？”

灭了刘瑾，李东阳的任务完成了。他告老还乡，众人来送他。

李东阳老泪纵横地说：“当初，商辂、王华，一个个离开宫中，一个个都骂我胆小、妥协，今天，刘瑾终于倒台了……这么多年的忍辱负重，又有谁知？”

杨一清说：“多亏内阁李大人，不是你，当年下诏狱，我早就死在刘瑾手上了。”

李东阳说：“杨大人，别忘了那些流放在外的大臣。这次刘瑾之乱，王华家损失惨重，王华岁数大了，也不会再出山为官。他儿子王守仁，是个人才，当以重用。”

杨一清点头。

朝中扯得你死我活的时候，我在庐陵已经半年多。经过半年多的努力，政调理顺，万事大吉。

一日，登青原山，峰峦连绵，古木蓊郁，奇葩芬芳，碧泉翠峰，各具情趣。

青原山自唐代起就是佛教圣地。唐代开元二年（714 年），佛教南宗六祖慧能派弟子行思从广东韶关曹溪山南华寺到这里开辟佛堂，广收僧徒，宣扬南宗的“顿法”。一时间，这里香火鼎盛，成为江南佛教圣地。

我忽然生出归隐之心，文章千古事，我就想在青原山开堂讲学，恰好有邹守益来访。邹守益是安福人，中过探花。我们俩一商量，决定在青原山开堂讲学，并置学田。后来有聂豹、欧阳德、罗洪先几个赶来求学。邹守益、聂豹、欧阳德、罗洪先四人被称为我的四大弟子。

我们把空着的庙堂改造成学堂，我在学堂两侧写楹联：“无不知则无知”，“有不知则有知”。四方的学子齐来听讲，盛况空前。

朝中十万火急的圣旨下到庐陵时，我正在青原山讲学。

天下的事就这么奇怪，你在千里之外，一件看似与你无关的事，可能就影响和决定着你的命运。有谁能操纵一切呢？人所能把握的就是自己。

圣旨内容：“王守仁获准进京觐见皇帝。”

邹守益说：“王先生，好消息，刘瑾被凌迟处死了，王家的仇终于报了。”

我沉默不语。我知道迟早有这么一天，但没想这一天来得这么突然。官场险恶，你死我活，需要一种无喜无忧的不为所动之心。

聂豹问："先生为何不乐？"

我叹口气说："凌迟处死，也太残酷。"

众人说："他那是报应。"

我说："没有报应，只有人心。"

二十九

兴隆寺讲学“孔孟之道”

朝廷十万火急召我入京，去后才知，也没什么急事，只是让我担任吏部验封清吏司主事一职——一个不冷不热的闲职，这就是官场政治。

杨廷和与杨一清得到消息，知我在龙场和青原山讲学，又听说我所讲的与朱子有异，他们担心我的学说对皇上有不好的影响，担心我的学说对朱子之学产生冲击。朝中大臣都是顺着朱子这个竹竿爬上来的，若这根竹竿动摇了，岂不是否定了天下的主流思想，引起思想混乱？

所以，等我到了京城，朝中半天也没动静。我只得住在大兴隆寺，等吏部任职下来。

有一天，老友湛若水领着黄绾来访，这个黄绾是慕名而来。

湛若水说：“王兄，想死我了。”

“是啊，湛兄，我们又可以一起探讨了。”

湛若水说：“是啊，《大学》主旨为修身之学，而现在，已经庸俗成为科举之学。读书人以此来追求荣华富贵，以此当作功名利禄的敲门砖……”

湛若水的想法与我相同，我们共同的志向是倡明圣学，反对当下的科举之学。

黄绾说：“听说先生龙场悟道，特来请教。”

我回道：“圣人之道，吾性自足。”

黄绾说：“此学失传已久，先生是如何得知的？”

我给湛若水和黄绾讲了我在龙场的感受，他们鼓励我在兴隆寺开堂讲学。我前两次讲学，声名远播，只要开堂讲学，生源是不成问题的。

我在京城兴隆寺讲学，轰动一时。我把程颢的那句“仁者浑然与物同体”做成横匾，挂在屋子中央。我对满屋子的学生说：“今天你们来，听我讲的是孔孟之道。”

我告诉学生，春秋五圣之学为孔孟之道，五圣为孔子、孟子、曾参、子思和荀子。到汉董仲舒“罢黜百家，独尊儒术”，儒家始成为正统之学。至宋，北宋“二程”创立新儒学，朱子之学为宋理学，理学到今天已经成为科举之学。从当初成圣贤之学，到今日功利之学，违背学之根本。所以，我在这儿给大家讲的不是儒学，也不是理学，而是孔孟之道。我教育他们的不是如何考试中第，而是如何成圣成王……

我讲的这套和太学完全异样，许多对科举不满的士子纷纷投奔到我的门下。我讲课时，教室里坐得满满的，有的人甚至坐在外面走廊上，此事轰动京师。

一天，我正在书房里待客，听外头人声鼎沸。我赶忙出去看，只见大堂里学生分成了两派，正互相争吵。一派自称“朱子门下走狗”；一派自称“崇拜陆象山”。

两派吵得不可开交……他们见我进了大堂，纷纷请我评理。

我说：“朱子主张道学问，陆子主张尊德行；朱子主张敬，陆子主张静；朱子主张后天塑造，陆子主张先天发挥……今二子之论，乃若出于求胜者，求胜则动于气……二者固免于一偏，而是非之论……”

两派认为我态度模糊，一定要我表态支持谁。

最后，我不得不表态：“朱子被推崇是对的，陆子被压制是不对的。”

崇拜陆象山的一派，当场感动得流泪……

王守仁在京城讲学，而且讲的内容与太学内容有异，人们对此有好奇、有义愤、有喜乐，一下子，我被推到了风口浪尖，我成为一个有争议的人物。

一天，杨廷和与杨一清正在太学议事，太学里的学生吵嚷起来。两人出门看到许多太学生涌到门口来告状，他们嚷着，王守仁竟“是陆非朱”。

杨一清对杨廷和说：“朱子之学历年来是科举之学、朝中的正统，王守仁这是想干什么？”

杨廷和说：“这异端之说，乱了人心……”

事情闹得越来越大，京城的学者听说我赞同陆象山，否定朱熹，一个个大为震动。

许多人去翰林院大哭，还有人到兴隆寺来示威、喊叫。

他们这么一闹，我就没办法讲学了，学生也不来了，门口全是争论的人群。

我在讲学堂门口挂了个打烊的牌子，搬回板桥胡同旧宅居住。学堂办了两个月，在京城引起如此大的学潮风波，也是史上不曾有的。

我才搬回家不久，诸婉澄和娄钰便同时进京。

我说：“你们俩不来时都不见人影，要来，竟全来了！亲姐妹也不像你们这样。”

原来诸婉澄知我回京，父亲就叫她来照顾我。父亲抱怨说：“你们哪像夫妻？这么多年离别，你去京城捎信给我家小子，让他早点儿给我生个孙子。做学问也好，当官也好，都没有给我添孙子重要。”

诸婉澄就带着这个神圣的使命进京了。她在天津码头上岸，竟在驿站里碰到了娄钰。

天底下竟有这么巧的事！两人高兴坏了。娄钰随丈夫宁王朱宸濠进京，这回还带了五岁的儿子根儿。

娄钰也不住在赣州会馆，而是搬到我家来住。

她悄悄告诉我，这回随丈夫进京，就一个目的——送礼。我说，肯定还有别的目的吧？娄钰叹口气，说别的目的不是她们妇道人家所能管得了的。

家中多出一个小孩，也很热闹。诸婉澄把根儿视若己出，天天陪着孩子玩耍。

再说我把兴隆寺的学堂关了，可是，学生竟也找上门来，徐爱、黄绾、沈玉、王大用等专门从外地赶来听我讲学。我难以回拒，只得在家中临时设馆。

有一天，我正在讲《大学》。我说：“格物是诚意的功夫，明善是诚身的功夫，穷理是尽兴的功夫，道问学是尊德行的功夫……”

众人听得正高兴，忽然门外娄钰喊：“姐夫，快躲起来！”

我想，为什么要躲起来呢？我出门一看，只见阿凤追着娄钰喊：“还我刀，还我刀……”

原来，我回京时，阿凤回了趟龙场。我以为她不来了，没想到她竟又从贵州赶到京城来找我。彝人的装束与内地不同，她的腰间别了把刀。阿凤在门口碰到娄钰，问路，娄钰就领着她进了门。娄钰听说阿凤在龙场和我在一起，又看见她腰里插着刀。娄钰听说过许多关于彝人野蛮的故事，以为阿凤是来找我这个负心人报仇的，所以，趁阿凤进院子东张西望的工夫，抢了阿凤的刀。

大家听了原委，哄笑了一场。

三个女人一出戏。她们三个聚在一起，诸婉澄讲出我父亲交给她的使命，她担心岁数大，生不出来孩子了。娄钰问她去没去庙里向观音菩萨求子。诸婉澄说，在老家每年都去普陀山求子。娄钰就劝她找郎中，阿凤人傻，心直口快地说："夫人，你要是生不出来，我帮你生。"

娄钰问："怎么个帮法？"

阿凤弄个大红脸，诸婉澄笑得肚子疼。

后来，诸婉澄找我说："王家不能无后，我看还真要请阿凤姑娘帮忙呢。"

诸婉澄这么一说，我又生出了归隐之心，回家孝敬父母、生子、讲学，何乐而不为？

这时候，朝中发生了一件大事。武宗朱厚照的母亲张老太后信奉佛教，恰好有藏传佛教的僧人在京建寺院。武宗请僧人进宫，拜为师，修习藏传佛教。他听江彬和钱宁说，乌思藏僧人有能知三生事的，号称"活佛"，便于正德十年（1515 年）命司礼监太监张永去迎"活佛"入京。这件事受到杨廷和、杨一清等大臣的反对。自汉代以来，儒学一直是国之正统。国家官员、士子都从儒生中选拔，也就是说，国家政体是在儒学的主流文化背景下运转的。佛教和道教也经常入宫，但只是皇上个人修习的东西，并没有占据国家文化政治的主流舞台。武宗大规模迎请"活佛"，引起了官僚士大夫集团的担心。

当年唐宪宗派人去凤翔迎取佛骨，准备入宫供奉三天，韩愈写了《论佛骨表》，针锋相对地给予批评，讲了上古贤人三皇五帝在佛学传入中土前就已存在了。梁武帝信佛，三次去寺院出家，但最后受景帝逼迫饿死在台城，说明佛教福报的荒谬。我考虑到武宗喜欢听吹捧，不宜言辞过激，所以用婉转的语气写了《谏迎佛疏》：

臣自七月以来，切见道路流传之言，以为陛下遣使外夷，远迎佛教，群臣纷纷进谏，皆斥而不纳。臣始闻不信，既知其实，然独窃喜幸，以为此乃陛下圣智之开明，善端之萌蘖。群臣之谏，虽亦出于忠爱至情，然而未能推原陛下此念之所从起。是乃为善之端，作圣之本，正当将顺扩充，逆流求原。而乃狃于世儒崇正之说，徒尔纷争力沮，宜乎陛下之有所拂而不受，忽而不省矣。愚臣之见独异。

于是，乃惟恐陛下好佛之心有所未至耳。诚使陛下好佛之心果已真切恳至，不徒好其名而必务得其实，不但好其末而必务求其本，则尧、舜之圣可至，三代之盛可复矣。岂非天下之幸，宗社之福哉！臣请为陛下言其好佛之实。

陛下聪明圣知，昔者青宫，固已播传四海。即位以来，偶值多故，未暇讲求五帝、三王神圣之道。虽或时御经筵，儒臣进说，不过日袭故事，就文敷衍。立谈之间，岂能遽有所开发陛下听之，以为圣贤之道不过如此，则亦有何可乐？故渐移志于骑射之能，纵观于游心之乐。盖亦无所用其聪明，施其才力，而偶托寄于此。陛下聪明，岂固遂安于是，而不知此等皆无益有损之事也哉？驰逐困惫之余，夜气清明之际，固将厌倦日生，悔悟日切。而左右前后又莫有以神圣之道为陛下言者，故遂远思西方佛氏之教，以为其道能使人清心绝欲，求全性命，以出离生死；又能慈悲普爱，济度群生，去其苦恼而跻之快乐。今灾害日兴，盗贼日炽，财力日竭，天下之民困苦已极。使诚身得佛氏之道而拯救之，岂徒息精养气，保全性命？岂徒一身之乐？将天下万民之困苦，亦可因是而苏息！故遂特降纶音，发币遣使，不惮数万里之遥，不爱数万金之费，不惜数万生灵之困毙，不厌数年往返之迟久，远迎学佛之徒。

是盖陛下思欲一洗旧习之非，而幡然于高明光大之业也。陛下试以臣言反而思之，陛下之心，岂不如此乎？然则圣知之开明，善端之萌蘖者，亦岂过为谀言以佞陛下哉！陛下好佛之心诚至，则臣请毋好其名而务得其实，毋好其末而务求其本。陛下诚欲得其实而求其本，则请毋求诸佛而求诸圣人，毋求诸外夷而求诸中国。此又非臣之苟为游说之谈以诳陛下，臣又请得而备言之。

夫佛者，夷狄之圣人；圣人者，中国之佛也。在彼夷狄，则可用佛氏之教以化导愚顽；在我中国，自当用圣人之道以参赞化育，犹行陆者必用车马，渡海者必以舟航。今居中国而师佛教，是犹以车马渡海，虽使造父为御，王良为右，非但不能利涉，必且有沉溺之患。夫车马本致远之具，岂不利器乎？然而用非其地，则技无所施。陛下若谓佛氏之道虽不可以平治天下，或亦可以脱离一身之生死；虽不可以参赞化育，而时亦可以导群品之嚣顽；就此二说，亦复不过得吾圣人之余绪。陛下不信，则臣请比而论之。

臣亦切尝学佛，最所尊信，自谓悟得其蕴奥。后乃窥见圣道之大，始遂弃置其说。臣请毋言其短，言其长者。夫西方之佛，以释迦为最；中国之圣人，以尧、舜为最。臣请以释迦与尧、舜比而论之。夫世之最所崇慕释迦者，慕尚于脱离生死，超然独存于世。今佛氏之书具载始末，谓释迦住世说法四十余年，寿八十二岁而没，则其寿亦诚可谓高矣；然舜年百有十岁，尧年一百二十岁，其寿比之释迦则又高也。佛能慈悲施舍，不惜头目脑髓以救人之急难，则其仁爱及物，亦诚可谓至矣；然必苦行于雪山，奔走于道路，而后能有所济。若尧、舜则端拱无为，而天下各得其所。唯“克明峻德，以亲九族”，则九族既睦；平章百姓，则百姓昭明；协和万邦，则黎民于变时雍；极而至于上下草木鸟兽，无不咸若。其仁爱及物，比之释迦则又至也。佛能方便说法，开悟群迷，戒人之酒，止人之杀，去人之贪，绝人之嗔，其神通妙用，亦诚可谓大矣，然必耳提面诲而后能。若在尧、舜，则光被四表，格于上下，其至诚所运，自然不言而信，不动而变，无为而成。盖“与天地合其德，与日月合其明，与四时合其序，与鬼神合其吉凶”，其神化无方而妙用无体，比之释迦则又大也。若乃诅咒变幻，眩怪捏妖，以欺惑愚冥，是故佛氏之所深排极诋，谓之外道邪魔，正与佛道相反者。不应好佛而乃好其所相反，求佛而乃求其所排诋者也。陛下若以尧、舜既没，必欲求之于彼，则释迦之亡亦已久矣；若谓彼中学佛之徒能传释迦之道，则吾中国之大，顾岂无人能传尧、舜之道者乎？陛下未之求耳。陛下试求大臣之中，苟其能明尧、舜之道者，日日与之推求讲究，乃必有能明神圣之道，致陛下于尧、舜之域者矣。故臣以为陛下好佛之心诚至，则请毋好其名而务得其实，毋好其末而务求其本；务得其实而求其本，则请毋求诸佛而求诸圣人，毋求诸夷狄而求诸中国者，果非妄为游说之谈以诳陛下者矣。

陛下果能以好佛之心而好圣人，以求释迦之诚而求诸尧、舜之道，则不必涉数万里之遥，而西方极乐，只在目前；则不必靡数万之费，毙数万之命，历数年之久，而一尘不动，弹指之间，可以立跻圣地；神通妙用，随形随足。此又非臣之缪为大言以欺陛下；必欲讨究其说，则皆凿凿可证之言。孔子云：“我欲仁，斯仁至矣。”“一日克己复礼，而天下归仁。”孟轲云：“人皆可以为尧、舜。”岂欺我哉？陛下反而思之，又试以询之大臣，询之群臣。果臣言出于虚谬，则甘受欺妄之戮。

臣不知讳忌，伏见陛下善心之萌，不觉踊跃喜幸，辄进其将顺扩充之说。唯陛下垂察，则宗社幸甚！天下幸甚！万世幸甚！臣不胜祝望恳切殒越之至！专差舍人某具疏奏上以闻。

当我上呈的那一刻，又忽然犹豫起来。当年，我不顾个人安危，为言官们鸣冤，最后流放龙场。现在入京，皇上调我做吏部主事，我不可再莽撞行事。官场就这样磨平了人的棱角。我这期间的文字多为军事和地方情况的业务报告，或者与友人的书札，清一色的论学文字，不涉时事。我缄默，只怕稍稍不慎，就会惹祸上身。面对正德皇帝这种荒唐的人，与其“得君行道”，不若“觉民行道”。

我的这一调整，使得自己官运亨通。正德七年（1512 年），升郎中。杨廷和、杨一清担心我的孔孟之学扰乱太学的那套科举之学，就任我为南京太仆寺少卿。他们提拔我的同时，把我打发到遥远的南京。正德八年，我至滁州督马政；正德九年，升任南京鸿胪寺卿……

我又到了南京，这时父亲早已归家养老，我就寄住在鸡鸣寺里。鸡鸣寺是梁武帝时由宝志公监造的，占地也不过数亩，但里面大有讲究，周回曲折，深邃得像一处宝刹。宝志公遗像，造一个塔在屋内供奉。鸡鸣寺左面有太祖建的观星台，寺周围有十庙。秦淮河通达山下，河岸有“泮宫”两个字，是朱子所书。

我时常在文庙里闲庭信步。文庙里有“明伦堂”，牌匾是文天祥所写。文庙边上有贡院、黄公祠、桃叶渡、邀笛步、十景墙等景观，皆让人流连忘返。

南京最美的景点当数秦淮河，十里楼台夹岸，千百处树木参差。画舫漂游，从早到晚笙歌缭绕，夜以继日。秦淮河岸有众多花楼，比京城商达的酒楼更成气象。当年永乐皇帝得了天下，杀了无数南京不愿臣服的王公大臣，把他们家中的妻女内眷全充了官妓，并在河两岸建重译、石城、鹤鸣、醉仙、乐民、集贤等十六楼，由教坊司掌管。所得的娱乐之资称金花银两，充到宫中的金花库，作为宫中的粉脂钱。由于是皇上所建的烟花场所，与别处自是不同。雕梁画栋，玉宇琼楼，檐飞走兽，窗印菱花。一到晚上，游人如织，灯火相映，浅斟低唱，妙舞娇歌，觥筹纵横，如人间仙境。

我在南京的好友乔宇、学生沈玉等也都来陪同游玩。这期间，我领着家人在南京生活了三年多。闲暇时，我就讲学，登山临水，吟诗作画。我作《游牛首山》《登凭虚阁和石少宰韵》《登阅江楼》《狮子山》等诗。在《山中懒睡》一诗中写道：

扫石焚香任意眠，醒来时有客谈玄。
松风不用蒲葵扇，坐对青崖百丈泉。

三十

王朝南北兵燹再起

蒙古草原上的一个小部落里，出了一个异想天开的小酋长。这个小酋长做起了成吉思汗建立庞大帝国伟业的梦，时常侵犯边疆。这个有着梦想家气质的酋长吸引了一个人——这个人一直潜伏在朝廷中，要报杀父之仇，灭亡明朝。武宗皇帝的荒唐行事，让他看到了希望。这个人就是当年我和王琼从疆场救下来的江彬。

江彬化装成贩马的，独自去了一趟塞北。他蒙面求见小酋长，并说要把明朝的皇帝引来，引到小酋长事先准备好的口袋里，让小酋长擒获……

小酋长大喜，问："你既深得皇帝宠爱，为何如此？"

江彬说："我不是汉人，不用问为什么，我就是恨汉人，恨大明。"

小酋长问："有什么证据证明你不是汉人？"

江彬脱去外衫，露出背后皮肤上刺画的雄鹰。

有一天，朱厚照视察江彬指挥训练的威武团。

朱厚照十分得意地问江彬："这个威武团战斗力如何？"

江彬说："这是世界上最强大的兵团，可以征服世界上的任何地方。”

朱厚照叹气说：“只可惜天下太平，空有一把好刀，没有猎物。”

江彬说：“猎物有，只要皇上喜欢。”

朱厚照问：“猎物在哪？”

江彬说：“在宣府，那里可以与鞑靼兵对峙，可以真刀实枪地打仗，陛下何不亲自一试？”

朱厚照说：“能打仗？太好了，但是，杨师傅看着我呢，麻烦。威武团如何调动出去？我又如何能出宫？”

在一旁的钱宁插上来说：“没几天杨师傅就要回家了，他父亲快不行了。”

朱厚照说：“给我盯着。”

没几天，杨廷和父亲去世，杨廷和告假回家奔丧守孝。杨廷和的前脚才出城，朱厚照的威武团后脚就出发了。朱厚照换了便服，他们出德胜门，从昌平过居庸关。

到居庸关关口，守关的御史拿剑在关上问：“可有出关关文？”

钱宁说：“这是皇上的旨意，你敢违抗？”

守关御史说：“只识内阁文书。”

钱宁骂道：“好，你等着。”

钱宁说：“居庸关守关御史违抗圣旨，当斩！”

江彬说：“杀了这个家伙。”

朱厚照想了想，说：“他们忠于职守，没有错，错在寡人。”

朱厚照想了一个计策，佯装回宫，悄悄躲在八达岭山脚下。他让钱宁扮成乞丐，躲在关附近。守关御史见皇帝回去了，一放松，就出门巡视去了。钱宁赶来报信，朱厚照独马奔驰，闯关而去……守关御史回来发现皇帝冲了关，吓得连忙去朝中报信。

钟鼓楼鼓声大作，惊动朝野。

杨一清和王琼商量，认为现在追皇上已经来不及了。这次皇上的兵是直扑蒙古小酋长的，那么唯一的办法就是通知边关的部队，向苏木山方向移动。王琼领御林军主力，直奔蒙古大营。

苏木山在内蒙古、山西、河北交界处，历来是兵家必争之地。小酋长的军队事先潜伏在这儿，他们对江彬能把明朝皇帝引入埋伏一说将信将疑。很快，小酋长得到密报，朱厚照带着威武团直往他袋子里钻了。天底下竟有这等好事？有送上门来的又一个“土木堡之变”？

小酋长正在疑惑，忽然又有探子来报，大同方向的明军正往苏木山而来，宣府的明军直插集宁，断了蒙军的后路。小酋长大惊，这分明是一个圈套！小酋长与将领们分析，将领们认为江彬很可疑，来历不明，会不会是明军设的圈套？

小酋长推倒桌子，下令全线撤军。小酋长的军队以最快的速度退往鄂尔多斯方向。这边，朱厚照的威武团冲到了苏木山，蒙古兵只撤不打，一会就溜得没了影子，威武团俘虏了几十个来不及撤离的蒙古牧民。

朱厚照见战果微小，觉得作为威武团的无敌大将军，就这样回朝，会让朝中上下看了笑话，于是就要钱宁领兵去集宁的集镇上抢民女。

朱厚照下令，宣文嘉奖：“威武团杀敌两万，俘敌十万……”

捷报传入朝中，京城百姓不明真相，争相庆祝。威武团返京，百姓上街围观。只见长安街上，凯旋的威武团浩浩荡荡，可是押着的俘虏却是三十多个灰头土脸的老弱牧民和五百多个哭天喊地的妇女。这些妇女许多都是内地人，操着内地口音。

张太后听到宫中吵闹，一问才知是儿子打了胜仗凯旋了。儿子把俘得的民女弄到宫里，押往豹房。他让民女脱光衣裳，充当牲口，学着动物的模样。然后，在宫中交易，买卖人口，这是他从一个西洋的故事里听来的。朱厚照听的是郑和下西洋的故事，是关于罗马帝国贩卖奴隶的事，他竟把故事复制到了宫中。

张太后正为武宗没有后而操心，看到武宗如此，大为不满。张太后说打胜仗固然可贺，但是，早点儿生个儿子，将来继承王位才是最重要的。朱厚照听母亲的话。张太后就吩咐安排祭太庙、祭天，请求祖宗保佑，后继有人……

太监钱宁和武宗搞同性恋，武宗这种样子能不能有后代，他很清楚。钱宁把武宗要绝后的消息写信透露给了小宁王。以钱宁的意思，设法把小宁王的儿子根儿过继给武宗，将来皇位就等于回到了宁王手中，江山就能不费吹灰之力获得。

宁王接到信后，和季教、刘养正等一商量，都认为有希望。不舍，何得？小宁王亲自带上重礼，来到京城，贿赂钱宁。他领着儿子，坐等武宗过继的消息。

钱宁见张太后张罗着祭太庙，就对张皇后说："宁王有过继儿子的意思。"

张太后说："武宗年轻，此时过继，不妥吧？"

钱宁说："先记名过继，把名字写到祖宗牌位上，祖宗才不怪罪。等到皇上有己出，再立太子。"

祭祀太庙，皇帝无后是大不孝，张太后想想也只能如此。

再说祭太庙的那天，朱厚照先在社稷坛祭天地，然后再到太庙祭祖。忽然，朱厚照一看，自己竟然多出一个儿子。

朱厚照问："这是哪里来的儿子？"

钱宁说："老太太的意思，让宁王儿子过继过来。"

朱厚照气得砸了宁王儿子的牌子，大喊："我能生儿子，我能生儿子……"

钱宁帮助过继宁王儿子的事是办砸了，这事刺激了武宗。武宗砸了写着根儿名字的牌子。钱宁想自己已经得到了宁王的若干好处，就换了一种方式，想作为补偿。他对朱厚照说："宁王送子，虽说不妥，但赤胆忠心可嘉，皇上可嘉奖宁王忠孝。"

在一旁的江彬与钱宁不合，两人时常争风吃醋，他知道钱宁和太监张忠受了宁王的贿赂。

江彬就问："如果是大臣有功，可以嘉奖。宁王是藩王，如何嘉奖？难道再封他一个王？"

朱厚照一听，警惕起来，看了钱宁两眼。

钱宁做贼心虚，吓得不敢吭声。

当晚，他跑到宁王在京的赣州会馆报信，说过继的事泡汤了，嘉奖的事又让江彬给搅了局。宁王大惊，抱怨说："这件大事相求日久，公公竟没办成。"

钱宁拿出南昌副使胡世宁等参宁王私拥卫兵、结交匪类、抢劫财物、侵占公田等的信。

钱宁说："这几封信，我一直压着，冒着很大的风险。"

宁王朱宸濠又是一惊。

宁王想想，南昌副使参他的信，或许会转到武宗手上，他在京城已经很不安全了，于是就连夜往南方逃跑。他想既然过继的事办砸了，那就只有靠武力说话了。赣南诸地一向不太平，他要设法煽风点火，扰乱南方诸省……

正德十一年（1516年）的一天，十万火急的信使从南方赶来了。

杨一清、王琼等大臣齐聚乾清宫，江西赣南、横水、桶冈、三浰流寇暴乱……朱厚照大惊。

王琼说："南方有三大股力量在四省边界处集结、暴动，那里都是大山，环境复杂。盗贼盘踞，依仗天险，活动频繁。他们各占山头，打家劫舍……几次征讨、招安，等主力部队一离开又叛乱，多年难禁。”

朱厚照急了，要御驾亲征。众人都说不可。

这时，兵部尚书王琼想到了我。王琼了解我，我们在板桥胡同读书，在塞外杀敌，两人都曾受排挤而远赴边地……虽说现在地位不同，但是心心相印，引为知音。

王琼说：“有一人可以平叛，我保举吏部验封清吏司主事王守仁。”

朱厚照说：“王守仁一个文官，也能打仗？”

王琼一指杨一清说：“杨先生也是文人，平定安化王叛乱，运筹帷幄，决胜千里。”

杨一清知道王琼用他举例子，一是抬举自己；二是要他出来说话。

杨一清说：“王守仁经验丰富，可委以重任。”

圣旨下到南京：“任命王守仁为都察院左佥都御史，作为钦差大臣巡抚南、赣、汀、漳等地。”

三十一

百万雄兵心即理

圣旨到的时候，我正在苏州养病。苏州城乃江南繁华之地，我闲着就去街上闲逛，去太湖边饮酒，享受长江刀鱼、阳澄湖大螃蟹。

有一天，我正在酒楼上饮酒，忽听人声鼎沸，楼下有人打架。只见众无赖正追打着一个长衫乞丐，我问店小二这个乞丐是何人。店小二说，这人是唐寅唐伯虎。他在赌场欠了赌债，刚才债主在酒楼上捉住他，要拖他去画画还债。

我一听，赶忙追出去。在湖边一棵老柳树下，债主排成队，逼唐寅画画还债。唐寅画了一堆扇子，边画边唱："不炼金丹不坐禅，不为商贾不耕田，闲来写幅丹青卖，不使人间造孽钱。"

我上前，他以为我也是要债的，就画了一只公鸡，然后盯着我说："兄台，我好像不欠你的钱。"

我哈哈大笑，说："你欠我地主之谊。"

唐寅认出我来，对债主高声说："你们听着，这位是我的兄弟，吏部侍郎王守仁，王守仁还是翰林院大学士（这是他编的）。王学士来帮我还债，我画的画，由王大学士撰写诗句，价格必须翻上一倍。"

众债主议论纷纷，说："行，王守仁我们早有耳闻，写上王守仁的名字，价格就可以翻倍。”

唐寅当场画了十二幅太湖风景画，每幅都由我来撰写诗句。

债主一个个拿了画满意而去。唐寅的画在当世的确无人能及，只可惜在市井间，因欠赌资，只得贱卖。以唐寅为首的，有沈周、文徵明、仇英等人，形成了不同于宋画的独特的文人画，时称“吴门画派”。“吴门画派”师法自然，注重写生，讲究传统笔墨的线条功夫……

我帮唐寅还了债，他要尽地主之谊，拖我去饮酒。他把我领到一个叫艺香苑的酒楼，找一僻静处，叫了几个菜，喝酒聊天。

唐寅两杯酒下肚，话多起来。唐寅说：“王兄，我们都是书香门第，当年都被人视作神童，但是，也有不同。我十六岁就考中府试秀才第一名，轰动苏州城。二十岁后，父母、妻子、妹妹就相继去世。二十九岁到南京参加乡试，再获第一名，人称‘唐解元’。会试遭遇‘泄题案’，人生就此断崖。我回到家，富家女和我分手，我连生活的着落都没有了……”

我劝他：“生活越是艰难，越是锻炼人的心性。”

唐寅当场赋诗道：“生在阳间有散场，死归地府又何妨。阳间地府俱相似，只当漂流在异乡。”

我觉得今天的唐寅和我当年在京城相遇时的唐寅判若两人，当年的他自信、傲慢，现在的他颓废、放浪，生活真是个魔法师。

唐寅说：“稍候，你能见到一个熟人。”

我问：“我在苏州，并无相识啊！”

唐寅哈哈大笑……

我们正说话，忽然传来一个女人的声音：“唐伯虎，你个浪荡子，你说过不再踏进艺香苑一步，怎么又厚着脸皮进来了？”

唐寅说：“别骂，你的老相好来拜访了。”

女人说：“嚼你个大头蛆！你是马尿又灌多了吧……”

女人看到我，大惊："王兄！竟是你，失礼了，莫怪！"

我一看，竟是沈九娘："哎呀，九娘，多年不见了……"

原来，唐寅因泄题案回到苏州后，那个富家女和他分手。沈九娘爱惜人才，从京城赶来和唐寅结成夫妻，生活在桃花坞。后来沈九娘在太湖边开了这家艺香苑酒楼，唐寅好酒，又好赌，夫妻俩天天吵架，就分了手。今天因为见到我，唐寅就把我领到了艺香苑。

沈九娘问："王兄，我老否？"

我说："不老，差点没认出，我还以为是你女儿呢？"

沈九娘笑道："哪能不老？分别了这么多年，沧海桑田啊……"

沈九娘取来古琴，亲自操弦，唱道："忆与美人别，惠我云锦裳。锦裳不足贵，遗我冰雪肠。寸肠亦何遗，誓言终不渝。珍重美人意，深秋以为期。"

我泪水盈眶。

这首歌词是当年我为娄钰和沈九娘创作的。那年，我受刘瑾所害，出狱离京，娄钰和沈九娘相送，在古运河畔十里长亭，沈九娘弹琴，娄钰起舞……

现在重听此曲，恍若隔世。

当晚，沈九娘款待我，安排我听苏州的昆曲。有一个叫贯云石的人，做过翰林学士，辞官隐居江南，改名"易服"，在钱塘以卖药为生，自号"芦花道人"，善作散曲。他所创的曲调，传给了浙江澉浦杨氏，后称为"海盐腔"，为"昆腔"的先驱，后世称昆曲为"百戏之祖，百戏之师"。

当晚，有一个唱戏的中年人，沈九娘介绍说叫魏良辅。此人采用中州韵系，依字声行腔，"调用水磨，拍挨冷板"，人称"水磨腔"，他给我们唱《浣纱记》……

我们正在看戏，忽然一个人扭扭捏捏地出来了。唐寅一见此人就要冲上前去打架，被众人拉扯下来。我一看，原来是商达。

商达知道我来，先躲在厢房里，现在忍不住了，跑出来相见。

沈九娘拉着我来评理，说跟着唐寅这个败家子坐吃山空，以前在京城时，她就是商达的人，现在是有情人终成眷属。

唐寅说他和沈九娘才是合法夫妻，明媒正娶，商达是通奸，夺人妻女……

我惊得说不出话来，问商达："商兄，你家里不是有老婆吗？"

商达低头不语。

我对唐寅道："才子佳人，怎顾及这些俗事……"

他们听我这么一劝，也都只好坐下来喝酒。

商达告诉我李东阳死了……人皆有命。李东阳的父亲叫李淳，早年在家当船夫。李淳看见一个妇人，每天早上渡河，下午归来，到了晚上又渡河，如此连续了好几个月。李淳就问这妇人，为什么天天如此。妇人说她的丈夫在牢里，她每天给丈夫送饭，晚上还要赶回来照顾公公和小姑子。李淳听她这么说，很同情，就说早晚任她渡河，不收费用。有一天，一个老头见到李淳说："我听说你为人善良，将来必有善报。你家里有亲人的骨头还没有埋，我为他找了一块好坟地，将来你家的命运就好了。"老头替李淳选了一座山，指着说："有白狐卧处，就是好坟地，你可以悄悄携带亲人的骨头埋在这儿。"李淳晚上前往山中，果然看见白狐。李淳担心天明人知，就折树枝发出声音。白狐惊，耸身三立而去，李淳就占狐穴埋骨。第二天，老头来询问此事。李淳告诉他情况，老头说："等到狐自起，乃为妙尔。今惊去，当中衰，汝子当不失为三公。"后来，李东阳果然大富大贵位列三公，但是，李东阳儿子早年死了，年未满三十，所以李公没有后代……

唐寅听罢，长叹："命啊，人生就是逃不过一个命。"

沈九娘说："你就认命吧。"

接到圣旨后，我直奔南昌。看着南昌城的门楼，我想起了当年我和马龙从京城赶来，娶南昌城参议诸家公主诸婉澄为妻。那时我青春年少，风华正茂，到如今却饱经沧桑，一切恍若隔世。

南昌城门口，几个守卫兵士在打盹，而宁王府的兵士却列队走过，很是威武。我正疑惑，忽然有人喊我："王巡抚。"

我一看，是南昌巡抚孙燧亲自出城来接我，一脸凝重。我问他话，他说去府宅再谈，弄得我一头雾水，难道孙巡抚在南昌还怕谁？

我们进了孙燧府宅，我问："嫂子呢？"

孙燧说："家人全送回余姚了，只领二仆来任职。江西巡抚王哲死得蹊跷。董杰接任八个月，也死了，死因不明。此地凶多吉少，我已做好准备。"

我问："情况为何如此危急？"

孙燧说："宁王有二心了，胡世宁联络几个人给朝廷上了折子，这些人都遭了厄运。"

我问："胡世宁呢？"

孙燧说："调往辽东了。据说宁王去京城，想把儿子过继给武宗，事情落空，更增加了谋反的心思。他得知胡世宁、周仪等参他，大开杀戒……承奉郎周仪家，夜里忽然闯进强盗，凌十七领人杀了周仪全家。而承奉郎阎顺发现家里屋顶有人后，就急忙跳窗逃跑了，现在亡命天涯。刑部右侍郎李士实早年就告老还乡，在家陪小老婆。有强盗抢走家里财物，把他小老婆红儿也掳走了。李士实无奈，拄着拐杖找到宁王府，请宁王搭救。宁王说一向知道老先生有管仲伯乐之才，答应放人，归还财物，条件是李士实得到宁王府任幕僚，李士实为了小老婆只好答应下来。宁王说出李士实是凤雏，刘养正是卧龙，天下英雄，尽在囊中的话，这不是谋反之心是什么？"

我说："我这回任赣南巡抚，我们并肩作战吧。"

孙燧说：“你的主意多，你来了，我就安心多了。”

我又问：“城里为什么全是宁王府的兵？”

孙燧说：“巡抚衙门只有两千兵，宁王府自从恢复禁卫兵，已达万人。宁王招兵买马，广募人才……”

南昌已经是山雨欲来风满楼了。

我们相约，孙燧镇守着南昌，我先去赣南平叛，等赣南安稳了，再从长计议。

后来，孙燧给我推荐吉安知县武文定，说此人有将才，可委以重用。

我前脚刚离开苏州来南昌，唐寅后脚就跟来了。唐寅接到了小宁王的信，小宁王称他是“吴中四才子”之首，说仰慕已久……唐寅想苏州已成了他的伤心地，沈九娘另有所爱，街头还欠了一屁股赌债，不若到宁王府来谋个职。

唐寅直奔宁王府，送上名帖，但门人说宁王外出了，他就先在城里找了个旅馆住下。

第二天，唐寅出门闲逛，忽见城门口大片民宅失火。救火的宁王府兵，拿着水桶，站着围观，就是没一个上前救火。他觉得奇怪，就问：“为何不救火？”

一个在路边哭泣的老人告诉他说：“这是宁王让人放的火，等把民房烧光，他就低价把地皮买下来，重新砌房出租……”

唐寅问：“这可是抢占民房民地！巡抚衙门不管?！”

老人说：“管啊，胡世宁胡大人告到京城也没把宁王告倒，最后还落得个去辽东充军的下场。”

一边是火焰冲天，老百姓哭天喊地；一边是士兵围着，一动不动。

唐寅正看着，忽然冲过来一个道士，一只手抓住他就走，一直走到宁王府门口。

道士问唐寅："在火焰里看见了什么？"

唐寅摇头。

道士说："是帝王之气，宁王等你多时了。"

道士自我介绍是李自然。李自然把唐寅领进了宁王府，直往后院去。从内门走出来一个妇人，只见妇人徐娘半老，却风韵犹存。

李自然介绍说："此人是宁王的母亲冯针儿。"

唐寅问："宁王呢？"

李自然说："宁王去赣南了，要数日才回。宁王母亲最崇拜先生，所以，求得一见。"

原来冯针儿从当妓女那会儿起，就崇拜唐寅，是唐寅的铁杆粉丝。冯针儿要给唐寅下拜，唐寅哪里敢接受？冯针儿说要跟唐寅学画，也不容唐寅分说，就这么把唐寅留在了宁王内府……

我的许多学生听说我到了南昌，纷纷赶来要听我讲学。学生里有龙场书院的、青原山书院的，还有兴隆寺书院的……冀元亨是学生中的头子。学生们要随我一同去赣南平乱，我们计划赣南平叛后，在赣南办书院……

我原计划到了南昌后去宁王府拜见宁王，顺便看看我的小师妹娄钰。但现在听孙燧讲了宁王府的形势，我就不便和宁王府扯上半点关系了。

我看着宁王府的高大府衙门楼，心中对娄钰说："师妹啊，不是师兄无情，的确是前途凶险，难以预料……"

我和学生开始准备南下的物资。黄绾从北京赶到南京，又从南京赶来，说一定要随同我去平赣南叛乱……

原来黄绾与王琼关系紧密。一天，黄绾和湛若水去拜见王琼，大家谈到了我。王琼看着南方的天空说：“王守仁此番前去，必定立功。”

黄绾问：“为何？”

王琼说：“王守仁年少便立志为国，精通军事谋略，近年多受磨炼，心学已成火候，不立功，更待何时？”

黄绾恰好在京候补，就求王琼举荐，随我一同来平乱。

王琼答应，兵部上报朝廷，补封黄绾为后军都督府知事。

几天后，我领着黄绾和众弟子一同南下，去赣南上任。孙燧给我配了一艘公船和五十名兵丁，我们沿赣江南下。

赣江两岸风景秀丽，我们欣赏沿途的美景。

在船舱里，我们探讨学术，冀元亨向我请教“心即理”。

“心即理”并非是我原创，而是陆九渊的重要命题。

“理”是一种超乎一切的原则；“心”指人的主观意识和认识能力。陆九渊说：“人皆有是心，心皆具是理，心即理也。”宇宙间万事万物之“理”，和人心之“理”是完全相同的。

陆九渊认为人同此“心”，心同此“理”，不论时代的先后，此心此理是普遍的。“心”就是这样一个无所不包、无所不能的“主宰”，一切是非标准、善恶标准都是“心”的自我观照。既然“理”本在“心”中，只需反省内求即可，无须外求。

冀元亨问：“陆象山的‘心即理’，可以佐证吗？”

我笑而不答，拿出一本《战国策》，翻开第一页，是一张战国地图。我将地图扯了下来，并将它撕成一张一张的纸片，递给冀元亨，让他重新拼好。冀元亨不明就里，接过纸片，开始玩拼图游戏。地图上囊括的国家如下：秦、魏、韩、燕、赵、齐、楚、宋、卫、中山、鲁、滕、邹，还有一众少数民族小国分布四周，拼吧。冀元亨搜肠刮肚，动用一切知识，也只能将战国七雄和几个大国的位置关系理顺、摆好，却拼不出来全部地图，只好无奈……

我笑了笑，把纸片交给驼子。驼子从龙场就一直跟着我做仆人，也就是一个做粗活的杂役。

冀元亨不以为然地说："我都拼不出来，他如何能拼出来？"

但见驼子不去思索各国的位置关系，只是将纸片翻了过来，笑着对冀元亨道："冀先生，这地图背面是人头，刘向编《战国策》，这背面就是刘向的画像。我只要把人头拼成，地图自然就拼好了……"

冀元亨恍然大悟："假如一个人对了，他的世界也肯定就对了，何需向外界去求？"

用现在的话说，这就是"本体论"，人才是认识世界的根本。

我们正在交谈，忽然，岸上响起了锣鼓声、喧哗声……

我们出舱观看，只见前面的几艘商船正慌张掉头逃跑。我喝住商船问情况，商船说前头有流民拦道。

黄绾高喊："我们是官船，有巡抚大人在，一切听巡抚大人处置。"

众商船停了下来。我要商船跟随我们，两艘一排，一路走，一路敲锣打鼓，旗帜飘扬，沿江而上。

流民们躲在岸边的草丛中，从没见过商船有这种架势，竟敢明目张胆而行。他们在河中央拉起绳索，挡住船只。几个头领商量，说有个官船在其中，会不会是有备而来？其中领头的叫牛二，他说："怕什么？皇帝老子来也抢。"

我让船靠岸。牛二等大批流民涌上来，个个如野人一般。牛二裸胸赤膊，抡着板斧。我到甲板上一看，竟认识这个牛二。在庐陵时，我曾救过他的母亲。后来牛二母亲病逝，家中贫困，就和这些流民埋伏在赣江两岸，抢粮、抢物……

我说："我是朝廷钦差大臣，奉命来捉拿你们！"

牛二见是我，大惊："知府王大人不在京城做官，来此做甚？"

岸边芦苇丛中的水鸟被惊起，我扣弓搭箭，一箭射下一只起飞的水鸟，再把箭对着领头的牛二。

牛二知道不妙，慌忙跪下高喊："知府大人，我投降。"

黄绾和冀元亨见我射下水鸟，大惊。他们想不到天天读书、满嘴之乎者也的老师竟有如此武艺。这些功夫还是我少年时候向师父马龙学的，后来还在草原上练习过，我有射箭的童子功。

我喊牛二上前来问话。牛二上前说："自知府大人离开庐陵，赣南地区连遭饥荒，灾民没法生活，所以落草为寇，实为生活所迫。"

我说："你们立马解散，等我到了赣州官衙，就帮你们申请救灾粮饷，处理赈灾。"

众人散去，但牛二不肯走，而是磕头表示愿跟随我左右。

我说："我这去赣南剿匪，你不要命了？"

牛二说："知府当年厚待家母，牛二愿将项上人头交给大人。"

三十二

“保甲法”“十家牌法”的精神之索

我们到达赣州。赣州城里风传朝中钦差奉命来剿匪，我已经嗅到城里城外的一股杀气。

我进了府衙，关上大门，天天睡觉、讲学。我在赣州府衙的大堂竖起了两块匾额，上书：“求通民情，愿闻己过。”

城里许多土匪的探子想探听虚实，但都一无所获。

一天，我刚睡下，黄绾和牛二就跑来叫我，说城中失火了。我不为所动，要他们回去睡觉。他们问为何，我说是土匪要探听虚实。果然，这是汀漳最大的土匪温火烧派了几个土匪来赣州骚扰，想探知我有多少人马，行动是否迅速。他们探到的消息是，钦差大人是来下棋玩的。

这期间，我天天去城门口等一个人，谁也不知道我等谁。终于有一天，这个人来了，正是吉安知府武文定。武文定，字时泰，湖北松滋人，他父亲当过贵州参议。武文定是弘治十二年（1499 年）的进士，臂力过人，擅长骑马、射箭。当初做常州推官时，办事精明、勤快，很会断案，被称为强干的小吏。

当年，江西姚源的盗贼流窜到浙江开化抢劫，都御史传令让武文定讨伐盗贼。武文定把盗贼赶回江西，他善于用兵打仗。我当年离任庐陵后，武文定调来当知府。他得到孙燧的密件，领了五百人过来参战。这五百人训练有素，战斗力很强。

我让他们趁夜潜入府衙，躲藏起来。当晚，我召集武文定、冀元亨、黄绾等人开会，针对南方各省的土匪，准备采取招安和征讨并行的政策。我认为必须打几场胜仗，从心理上摧毁对方，让土匪们不再存有侥幸心理，我们才可以实施安抚政策。

我让赣州县丞把府衙的档案库打开，供我查阅资料。我发现有前任每次出兵都无功而返的记录，便怀疑有内鬼。内鬼不除，胜负难料。我就发布命令，说明晨进山剿匪。人马全行动起来，可是第二天一早，我就下令取消了，改在第三天剿，可第三天又取消，我就这么反复折腾……

冀元亨躲在通往山区的小路上，他发现赣州城每回都有快马往山里疾驰……

有一天，我检查粮库。一个老衙司头发花白，腰身佝偻，看上去像安享晚年的人。我想，前几次下达命令，范围极小，对方都能得到消息。三军未动，粮草先行。每次行动前，都要领粮草。这个老衙司比别人早知道部队行动，内鬼一定是此人。

黄绾是后军都督府知事，提议杀了老衙司。我认为任何人干坏事都有原因，杀了他，还不如唤醒他的良知。我直截了当地把老衙司找到屋里交谈，老衙司先是矢口否认，我动之以情，晓之以理，最后老衙司认罪，要求戴罪立功，我饶恕了他。

揪出内鬼后，军事行动就立刻开始。温火烧的土匪集中在长富村，长富村是个土匪村，村民白天劳动，其乐融融，晚上就出来杀人放火。武文定建议把村子包围起来进攻。我说不可，不能把土匪逼急，兵凶战危。攻击时，只从一面进攻，给对方以逃跑的生路，要大张旗鼓，大喊大叫，明火执仗地冲……

我们进攻分两路：一路是广东的民兵队长；一路是县丞。牛二负责策应和督军，部队发起冲锋……

温火烧发现我们攻击他的老巢，老巢里多为老人、女人和孩子。他们拼死抵抗，保护家人。而我们的民兵作战经验差，看见土匪反冲锋，吓得直往后退，牛二呼喝也停不住。

温火烧一刀劈了县丞，我们的队伍吓退几百米，不敢前进。

温火烧有了喘息的机会，赶紧领着土匪逃跑，撤往他们的第二个老巢——象湖。土匪逃跑了，牛二等才缓过神来，发起冲锋，攻下村子。牛二以为打了胜仗，十分得意，来我主营邀功。

我大怒，让人把牛二推出去斩掉。

牛二不服，问："为何斩我？"

我说："拥兵不进，陷主帅于死地，此乃十恶不赦，罪当诛。"

众人纷纷求情，黄绾、武文定等都说是首战，没有经验。我答应饶牛二一命，令人将他关进牢笼里。

牛二关在牢笼里不服气，拼死战斗却换来这种结果。忽然，烛光一闪，黄绾过来，对他说："巡抚大人知你有功，已上报朝廷。"

牛二说："那为何还关我？"

黄绾说："笼子里有机关，你可夜里逃出，去温火烧处打探土匪情况。"

牛二恍然大悟，说："军中土匪耳目多，巡抚这是在掩人耳目。"

半夜，牛二逃出，黄绾领兵虚张声势追了一回。

牛二直奔象湖。那象湖岛在湖中央，四面都是峭壁。他在湖边转了半天，直到天亮，找不到路，竟迷路了。忽然，他见一个女人拿着白绦条子进了树林要上吊，赶紧上前救下。

女的说："你这个官兵不去探听军情，管这闲事干嘛？"

牛二问："你怎知我是官兵？"

女的说："我们这儿，人走的路线不同，农人不许靠近湖边走，渔人不许入市，像你乱走一气，一看就知是官兵。"

牛二说："大姐，你为啥要寻死？我牛二单身，你不若嫁给我。"

女的说："好女不嫁二夫，我夫现在当土匪，执迷不悟，我只有一死还个清白。"

牛二劝她说："反正一死，不如领我认路，或许将来剿了匪，巡抚能饶你丈夫一命。"

那女的想想反正已死过一回，就告诉牛二山中的秘道，领着牛二绕到山顶的悬崖高处。女的告诉牛二，她叫大脚丫，巡抚若来围剿，别忘了饶他们夫妻死罪。

牛二爬到山顶，湖面像一个镜子，他将底下的匪巢看得一清二楚。

众人听了牛二的军事报告，一个个笑得东倒西歪。我决定二月二十九日当夜出兵。

早春天寒，我们趁夜踏着霜露向土匪发起进攻。我亲自上阵，挥舞威宁伯的青龙剑，指挥杀敌。我们虚张声势，温火烧从象湖山把滚石打下来，到天亮滚石都已用完，武文定才领着主力发起了进攻。

牛二领兵从密道上山，在山后的洞穴里放起火，火焰冲天。

土匪一看老巢被攻破，四散逃窜。这一仗捣毁匪巢四十三处，消灭土匪万人。

牛二杀了温火烧，大脚丫捉到自己丈夫，用绳子捆来，向我们求情。

我说大脚丫平叛有功，要他们夫妻回家做正当营生，好好种田。大脚丫说家中没有地了，丈夫才当了土匪，愿以后留在军中，做杂役。

武文定把土匪俘虏集中在广场上。土匪呼天喊地，哭成一片，说官兵这回要把他们全部活埋。我看场景也是悲惨，就动了怜悯之心。我让大脚丫上去，现身说法，表示和丈夫再也不当土匪了。我劝他们回家务农，一个个对天发誓，不再为匪……

这些土匪常年与官兵作战，经验丰富，但是土匪里还夹杂着被生活所逼的良民。良民有时在村里劳作，有时就加入土匪队伍。我想到王安石当年的变法，曾采用保甲法。乡村住户，每五家组一保，五保为一大保，十大保为一都保。凡有两丁以上的农户，选一人来当保丁，保丁平时耕种，闲时要接受军事训练，战时便征召入伍。以住户中最富有者担任保长、大保长、都保长，用以防止农民的反抗，并节省军费。

我稍作变更，命令在赣南地区推行“十家牌法”。家牌等于现代的身份证，写上户籍、年龄、相貌等，十家共一牌，不仅要防火防盗，还要相互扶持……

颁发布告时，黄绾和冀元亨对“十家牌法”产生了质疑。

他们问我：“如果父亲是土匪，儿子是否当告发父亲？”

他们引用论语中典故：有一回，弟子告诉孔子，父亲偷羊，儿子告发父亲。孔子大怒，认为儿子要为父亲隐瞒，父亲也要为儿子隐瞒。

“十家牌法”虽然鼓励村民相互告发，但我心中有些过意不去。发牌时，我让黄绾和冀元亨向村民们解释：“我岂忍心以狡诈待尔等良民，只是为革弊除奸，防止通匪，以确保大家安全为重……”

我们向村民解释，推行的“保甲法”和“十家牌法”的本意并不是要把民众关进笼子，而是把民与匪分开。土匪并不认为自己是坏人，而是良民，他们只是认为别人比他们更坏，世道太坏才当匪。他们内心也有良知，他们认同“十家牌法”，就是在心里把自己摆在了良民的位置，这就与匪分别开来了。

通过几次战斗，我感到部队战斗力弱，开始着力训练部队，就是最初的民兵。各县府推荐十来个强壮的男子，要人品端正，没有恶习，总共一千人。再让有文化的当头领，统一训练，驻守在一处，随时作战。从外省调兵，费力费时，等兵调到，土匪早就躲藏起来了。每二十五人编为一个小分队，称伍。小队长叫小甲，又有总甲、哨等，队伍分发伍符、哨符、营符等。我们又颁发了《队伍法》。

武文定和黄绾负责训练队伍。

牛二等人作战勇敢，分别当起军头。一千人分为四队，各队单独行动，形成机动部队。

我对学生们讲，要想平匪患，须平百姓心中的匪。

三十三

一手大棒，一手教化

正德十二年（1517年）五月二十八日，我向朝廷呈上《添设清平县治疏》，不久便得到恩准，于正德十三年三月置县。取寇平而民和之意定县名为"平和"。我把建设重心放在教育上，设学校，以灭人心之匪，社会风气大转。

我和弟子们给村民上课，黄绾组织村民讲习。

我们队伍到余杭县驻扎，余杭老百姓正受干旱之苦。我看田地稻苗缺水，就亲自祈祷。说来也巧，我祈祷求天时，忽然下雨，一下三天，全县欢呼。

当地老百姓送"王师若及时雨"的匾，我祈雨的堂叫"时雨堂"，我在时雨堂里写了《时雨堂记》。

我在赣州干得轰轰烈烈的消息传到了宫中，武宗和众大臣大喜。

武宗说："这个王守仁，功劳不小，给他加官吧。"

兵部尚书王琼说："多亏王守仁在南方，多年来的南方盗匪可算是平息了。"

内阁杨一清说："按照报功的一半记功，因为历年来，报功都虚假夸大，所以朝中皆按一半记功……”

王琼说：“王守仁皆如实报功……”

杨一清说：“让王守仁再给朝廷写份报告，要重新记功。”

也就是说，我要写两次同样的功劳，才能得到一次功劳的奖励，这本是朝廷对付浮夸风的招数，但是你要是实事求是，也要受其害了。

太监张永报：“嘉奖赣南巡抚王守仁白银五十两。”

王琼说：“王守仁一再写信，要求借调军旗牌，提督军务。”

杨廷和说：“王守仁为文官，历来只有武将才可有调军旗牌。”

王琼说：“王守仁平乱，形势特殊，当特办。”

杨廷和说：“这是祖制，王守仁须立军令状……”

双方在朝中争执不下……

我对此事的看法是，因为当年我在兴隆寺讲学，我的那套学说与朱子理学多有出入，朝中传我“褒陆贬朱”，像杨廷和、杨一清这些往年科举考入朝中的高官绝不希望我做大。如果我被皇上重用，他们担心对整个国家的文化体制都产生动摇。在他们这些旧臣眼里，这将如改朝换代一般可怕。

赣南平定温火烧之乱的消息传到南昌，宁王府同样产生震动。

宁王本来就希望以赣南匪乱来牵制朝廷，没想到很快就被我单枪匹马给平定了。宁王召集唐寅、李士实、季教等智囊商量，众人说这要去找吉安神童刘养正。

刘养正在尼姑庵中。唐寅跟着众人到了一片桃林，发现一处尼姑庵。一个穿尼姑衣裳的人坐在石头上弹琴，转过身一看，竟是个男的。吉安神童刘养正把尼姑庵的尼姑打跑，自己占庵修炼。

刘养正见众人来访，便换了一身缁衣，手执一柄鸟毛扇说：“我夜观天象，见帝星现于楚越分界，浙江之西，湖广之间，你们说，这地方是哪里？”

李士实说：“当然就是南昌。”

宁王说：“当初建文帝的江山怎么也不该到朱棣手上，朱棣欺骗了先祖朱权……”

唐寅听大家谈造反的事，胆战心惊，知道杀头灭门之灾已经不远了。

宁王说：“王守仁竟然把朝廷这么多年来都无法平定的漳平温火烧端掉了。”

凌十七说：“南方诸匪跟我们一直有交往，我们不能不帮。”

李士实说：“南方诸匪与我们共同对抗朝廷。王守仁精通谋略，要派个能人去帮他们联络一下，共同对付王守仁。”

刘养正说：“南方诸匪皆是粗人，不是王守仁的对手，我得亲自去一趟。”

刘养正带着礼品上了路。

一天，刘养正到了赣州城郊的路边酒店。他正喝酒，忽然看见一个朝廷信使，就请信使喝酒。刘养正酒量特别大，那个信使是北方人，也好酒量，两人猜拳斗酒，不一会儿，信使就被灌得不省人事。刘养正把信使的密信拆开偷偷一看，是兵部致赣南巡抚的密件：“横水土匪谢志珊攻入南康府，湖广巡抚都御史陈金上书朝廷，要求集中福建、广东的兵力，合力夹击谢志珊……”

刘养正想了想，想把信使杀了，但又决定把信装回信夹，直奔南康府而来。

征南王谢志珊听说宁王幕僚刘养正到了，赶紧迎接。刘养正就说出朝廷要平乱的意思，把密信的内容说了一遍。

征南王谢志珊听过我在赣南打了胜仗，知道我的厉害。听说朝廷要派我来平乱，就准备撤退，退进大山里。

刘养正说:“慌什么?湖广兵力在十一月份才能集结完毕,他们要打,也先打桶冈的蓝天凤。”

谢志珊听刘养正一说,心安了下来。

刘养正说:“征南王莫要担心,你只需多拿出些钱财,跟池仲容等商定,一旦发生战事,相互策应,南北呼应……看官兵能奈何!”

在我这边没有接到朝廷兵部密信时,南方的土匪谢志珊、池仲容等已经得到了消息在做准备。等我接到密信,急忙打开地图时,我就知道兵部的建议是无法施行的。

桶冈、横水、左溪的诸贼危害三省,而且每个地方的形势又不一样……就湖广而言,桶冈为心腹;而就江西而言,横水、左溪才是腹地,桶冈为两翼……

黄绾和武文定都说:“兵部的意思,不可违抗。”

我说:“将在外,君命有所不受。燃眉之急是先去横水之敌,去心腹之患……”

黄绾说:“先生的意思是,我们的布局要以我军的形势和位置决定,而不能以朝廷所看的各省的利益重点来衡量……”

我问他们:“我说的正是这个意思,要想平定岭北的土匪,就先得拿下浰头的众匪,否则,他们相互呼应,如何对抗?”

黄绾问:“怎么才能先平定浰头的土匪呢?”

我说:“写一封《告谕浰头巢贼》,告诉他们:我牛刀小试,就把温火烧等八千人消灭干净。我发现其中九成的人,是误入匪道的良民,其实罪大恶极的也就四五十人,他们多数成了冤死鬼。所以,我劝他们恢复自己良民的身份。我对亲附的良民,要让他们安居乐业,既往不咎……不是我一定要杀匪,而是匪让良民寒无衣、饥无食、居无房、耕无牛……”

黄绾说可以一试。

我就让冀元亨去各个匪巢送信，还送去牛肉、美酒、布匹等。

再说浰头的土匪看了信，痛哭流涕说："王巡抚是好人，如他信中所说，我们为什么要当土匪呢？投降吧。"

土匪们把寨子放起火，解散了回家种地。所以，我们不费一兵一卒，就解决了浰头的土匪。

浰头土匪解决，谢志珊就暴露出来了，他失去了人为的屏障。

我的军队驻扎进南康。我总结了平定温火烧的经验，土匪多数有复杂的地方势力和关系，为害一方日久，有暗中势力相勾结，我们首先是要找出他们的内线。我在南康府待了几天，暗中观察，发现府里的义官和医官，神通八面，交往的人关系复杂。

这些人能在地方上混得开，一定是黑白两道通吃。所以，我用左手写匿名信，举报义官、医官，然后让人把这两个叫到帐内，要他们坦白交代。两人都不承认自己串通土匪，我就把匿名信扔给他们看。其实，我只是怀疑他们，就是诈，并没有证据。早有传闻说征南王谢志珊为人广交朋友，重江湖义气，这两人就有嫌疑。

义官和医官不承认通匪，都说："这几天抓住一个木匠张保，他正准备上山给谢志珊修工事，就在我们营中，匪巢都是他设计建造的……"

张保被抓进来，他说："我是木匠，谁给钱，就给谁干活。"

张保为保命，只好画出各匪巢的地图和工事设施等。

我留张保喝酒，谈正道，手艺人该讲艺人之德。张保很感动，我就和张保相约，装成张保的助手，一同去谢志珊的山寨。

我们进了山寨，谢志珊款待酒肉。我在寨子转圈，指挥小土匪们修筑工事。忽然，我看到了一个人，正是刘养正，他怎么会到这里来？这里面的水太深了。

刘养正看我几眼，觉得这个木匠与众不同，很是怀疑。

刘养正问我："你真是木匠吗？"

我也不吭声，低头就拉起大锯，表演我的木匠水平，终于蒙混过去。我的木工技术是在龙场练就的，龙场的桌子板凳全是我亲手打造的。彝族人也善于做木工活，他们的住房都是用木头树桩打造的。

当晚，我们做完活，谢志珊赏了我们几两银子。

这趟深入虎穴，使我对敌营了如指掌。回到营地，我放风说等十一月份援军到了再进攻。大脚丫在军中贴出告示：十一月份出兵。

恰好我的学生们也从赣南汇集到南康，我就在南康给学生讲课。我结合平定匪乱，给学生讲知行合一，讲良知和致良知的教化作用在剿匪中起到的作用。

我说："一封信就让浰头的众匪来降，这是为什么？因为匪的心中也有良知，良知与生俱来……"

有学生提问。我也不回答。外出解手，众学生就在课堂上等我回来解题，可是老师竟在厕所里不出来了。左等也不来，右等也不来。冀元亨领着众学生走出讲课的小院，四处寻找，却发现老师没了。他们甚至用棍子在粪坑中搅，担心我掉到了粪坑里。

他们到军营门口问："王先生呢？"

看门的说："领兵出发了，已经有一顿饭的工夫了。"

我的一万人的大部队竟悄无声息地出发了，算是神出鬼没。我把学生扔在课堂里，搞突然袭击。山寨里土匪敲起钟，众土匪赶紧回寨，修筑工事。土匪们得到信息，我们黎明就会发起进攻，一个个急忙进入阵地。

可是，我们的大军在寨前三十里扎营，并没有来攻打。

我筑起寨子，驻兵屯营，休养起部队来。

《孙子兵法·谋攻篇》讲:“知彼知己，百战不殆；不知彼而知己，一胜一负；不知彼，不知己，每战必殆。”

战前，一定要知道敌人的心理。我的行为，忽东忽西，忽行忽息，完全打乱了谢志珊的猜测。谢志珊既然有刘养正当参谋，那么，这就是将心攻心战。

部队刚驻扎下来，我师父无为道长便云游而来。我一看师父来了，就想出了一个破敌之计。

我在军营里造了一个又高又大的台子，无为道长登台做法，好计算出兵的日子。算出来后，就提醒各部做准备。

早有暗探告诉了谢志珊。

可是，到了出兵时，我又变了主张。谢志珊就这么让我三番五次地折腾，手下一片抱怨，最后他们也就松懈了。

一天夜里，牛二领一支先锋部队突然出发，消失在丛林里，谁也不知去了哪里。

南方进入雨季，连日阴雨。

我和无为道长在军营里下围棋。忽然，一只白鸽飞来，黄绾解下系在鸽腿上的密信。信上说牛二的先头部队到达了山顶。我立刻推开棋盘，命令武文定率领部队进攻……

谢志珊想不到我会选择在雨季进攻，他认为我驻扎下来，是要等雨季过去。

他在慌忙中应战，忽然，牛二从山顶的小路杀下……里外夹击，谢志珊被俘时如在梦中。

刘养正见我大军杀进寨子，便知大势已去，遂装扮成妇女趁乱逃脱……

处置谢志珊前，我在辕门与他饮酒聊天。

我说："你一介草夫，如何聚起这么多人于山林起事？"

谢志珊说："人称我为征南王，并不是因为我打仗厉害，而是在南方我的朋友很多。我平生广交朋友，只要是人才，有一技之长，我都交往、厚待。官兵每次来讨伐，他们的全部举动我事先全知道。他们夸我是梁山泊宋江宋公明，你嘛，比那些讨伐梁山的官兵厉害。我败在你手上，是大明天子的福气……"

我说："宋江不也被招安了吗？你愿意投降吗？"

谢志珊磕头谢恩。

再说刘养正套了一件女人的衣裳，化装成村妇，落荒而逃。

他走到一个酒店，进去喝酒压惊，忽然进来一个凶巴巴的人。

店小二问："蓝寨主，这是到哪里去？"

这人大碗吃肉喝酒，说："王巡抚招降书早就下了，直到最近，征南王谢志珊都被平定了，我就更加下定决心，放把火烧了寨子，回家务农去。"

店里的人说："蓝寨主，你英勇善战，上回多少官兵都让你杀败了，这回怎么这么好说话？"

蓝天凤说："这回的主儿不同了，王巡抚厉害。你想，温火烧八千人马，都给打败了。"

刘养正就主动请蓝天凤喝酒，说："谢志珊和温火烧所以失败，是因为没有利用地形。你的寨子是远近闻名的钥匙龙，一将把关、万夫莫入的。你怎么能大王不当，当农夫呢？再说，你别忘了，你当土匪杀过多少人？万一仇家找来怎么办？"

蓝天凤一听，大惊，说："还真没想到这个。"

刘养正说："在下不才，自小懂得周易八卦，能断吉凶祸福，善于攻守之道，你若愿意回山寨，我可以帮你守寨。"

蓝天凤大喜，领着刘养正回了寨子。他们爬山，爬到一半，刘养正爬不动了，要蓝天凤在前面先行，说去迟了，山寨里十三洞的人马都要跑光了。

蓝天凤就先行了。

刘养正坐在石头上休息，忽然看见武文定的大队官兵正往山上去。他吓了一跳，心想，武文定的这些官兵训练有素，而蓝天凤这些人毕竟是草寇，如何能挡得住王守仁的部队？他半途决定下山，赶紧跑回南昌去向宁王汇报，说王守仁难以阻挡。

蓝天凤回到钥匙龙，寨子里的小土匪们见大王失踪，正乱七八糟如没头的苍蝇，一个个分家抢东西，见蓝天凤回来了，大家停下手来。

蓝天凤说："准备抵抗官兵！来下降书的冀元亨在何处？"

有人说："刚出寨子。"

蓝天凤说："去追，抓回来当人质。"

蓝天凤领人来追，我领着军队已经到了山下。冀元亨回来汇报，说蓝天凤已经投降，我们也没做战斗准备。可不一会儿，山上的土匪忽然冲了下来，天上又是打雷暴雨。前军受阻，马失前蹄，我从马上摔下……

众人把我抬入帐中休息，我命军队在山下驻扎，这时山洪暴发……

蓝天凤回到营寨对众土匪说："天降大雨，山洪暴发，这是老天要护佑我们。"

不一会儿，他又得到消息，说我从马上摔下，生死未卜。

蓝天凤心安了，他想，没有百日，巡抚的病怎能好？他们见我的部队迟迟没有动静，以为大雨天不会来攻，而我偏偏要在雨天进攻。

武文定说："大雨，部队行动不便。"

我说："我们行动不便，他们行动也不便。"

两路夹攻，最后蓝天凤被逼到山顶。

他仰天大喊："刘养正害我！"遂跳崖自杀。

我们捣毁匪巢四十八处，杀死几千人，搜出的大量财物，都分发给了当地的村民。

一路上，老百姓为我建祠堂，供上我的画像，献上物品。

我上书朝廷，在横水和桶冈设崇义县。

三十四

赣南平乱攻心为上

部队行军时，我的腿伤没有痊愈，躺在行军担架上，我让人把谢志珊找来。

谢志珊有些慌张，以为我平定了蓝天凤，可能觉得他不再有利用价值，要拿他的人头祭旗。

谢志珊往我面前一跪，闭着眼睛。

我说："你不要怕，起来吧。我从小爱听故事，叫你来，是请你讲故事的。"

谢志珊一听我找他是要听故事，可他又不是说书的，一头雾水。

谢志珊在这一行混得久，什么内幕都知道，我要向他详细了解当地土匪的情况。

赣南这边的土匪有蓝天凤、池仲容、卢珂等好几十支，说得不好听一点，就是全民皆匪，但各人的情况又各不相同。比如，池仲容原来是个富豪，但是他大手大脚引得邻里忌妒。有个小官差常得到他的救济。有一年，蓝天凤在街上抢劫，光天化日下杀人。有人告到县衙，说见过池仲容和蓝天凤喝酒，他们是一伙的。小官差把池仲容抓到衙门里，池仲容举出自己不在现场的证据，找出证人。可是，小官差却说，这些证人是池仲容的同伙。池仲容说：“哥们，我这几年也没少帮你。”官差说：“谁让你有钱，我们穷？”池仲容没办法，拿出一车子钱来贿赂，才保得一条命。池仲容回到家，召集族人说：“我们帮过这官差这么多忙，他还要设计陷害我。”众人闯进官差家，杀了十几口。

池仲容落草为寇，刻金龙霸王印，人称金龙霸王，凭此印可以到财主家去任取财物钱粮。

龙川一带的财主逼急了，就出钱组织乡勇。其中一个头领叫卢珂，保护各村。卢珂的人马并不是匪，而是非法的民间武装组织。这个池仲容天天和卢珂大战，谁也不服谁，成为这一带的两霸。我就要谢志珊带上我的书信，去池仲容和卢珂两边劝降。

当时，池仲容的土匪进龙川抢劫，龙川的卢珂聚众自保，他们在河滩上大战。

谢志珊赶到，一阵锣响，双方罢兵。这两边的人谢志珊都认识，就各方劝降。

卢珂看了我的《告谕浰头巢贼》，痛哭说：“王巡抚仁义之师，我们投降吧。”他说明聚众的原因，说他是为了村庄自保。谢志珊说，要真心投降，就当去见巡抚大人。卢柯就跟着谢志珊来中军见我，我劝慰了一番。

再说池仲容在聚义厅开会，商量谢志珊劝降的事。池仲容不识字，他手下的师爷鬼头王把我写的《告谕浰头巢贼》读了几遍。他们内部分出几种意见，池仲容不愿降；他弟弟池仲安建议投降；师爷鬼头王建议假投降……

池仲容说：“我们做贼这么久，现在下山，万一人家是来报复的怎么办？说降就降，太容易吧？”

池仲安说：“谢志珊投降了，卢珂也投降了，谢老大都不是对手，我们如何敌得？”

池仲容说："王守仁攻破横水、桶冈后，下来一定打浰头，怎么办？"

鬼头王说："官府来招安我们，又不是头一回了。我们也弄些人假装投降，试探虚实再说。"

池仲容听了鬼头王的计，他让池仲安率几百老弱人员来降。我见池仲容不亲自来降，知道他心中有鬼，就派池仲安带领降兵驻扎桶冈，目的是把他们调离浰头。我又派谢志珊潜伏在浰头附近，占据要道。

冀元亨到池仲容的寨中慰劳，送上酒肉。

冀元亨问："为何迟迟不降？"

池仲容撒谎说，卢珂等人时常来攻打，他招兵是为了防卢珂，绝非与官兵相抗，希望能宽限时间，只要解决卢珂等人，他就马上投降，解甲归田，还派亲信鬼头王来见我以表忠心。

池仲容特地让鬼头王代他给我写了信。

我看完信，对送信的鬼头王说："原来是卢珂搞鬼，我马上派兵去征讨，但须从浰头经过，你们做好迎接准备。"

鬼头王回来告诉池仲容。

池仲容说："王守仁诡计多端，说是借道，弄不好就把我给灭了。"

池仲容就又叫鬼头王送信说："不用官兵前来，浰头的人马就可以捉卢珂。"

鬼头王送了信，出府衙，恰好看到黄绾领着卢珂过来，鬼头王就悄悄地跟踪。

卢珂见到我说："池仲容就是假降，如今又点了兵，我们村寨要加紧防范。"

我大怒："池仲容已答应投降，你是挑拨关系。"

卢珂出来，跟几个随从商量说："王巡抚怎么这么糊涂？"

随从说："如果王巡抚和浰头联合打我们，就只有死路一条。"

卢珂说："不行，我要死谏。"

卢珂又冲进去向我表白，结果我下令把他捉起来，打了三十大板，又关进牢里。

这些，全让鬼头王看见了。

卢珂在狱中感到万分委屈，关在牢里想自杀。这时，黄绾进来，告诉他，这是《三国演义》里的周瑜打黄盖，演的“苦肉计”。

卢珂挨打的消息传到府外营中，一群人大哭道：“王巡抚英明，终于为我们出了这口气。”

众人一看，是池仲安一伙。

我说：“你们回去给我搜集证据，到时候就可以治卢珂死罪。”

池仲安大喜，急忙写信向池仲容汇报。他正写信时，黄绾过来请他喝酒。

冀元亨说：“卢珂敢去向王巡抚表白，你也须劝你哥哥来说明清况，卢珂就死定了。”

池仲安说：“包在我身上。”

池仲安和鬼头王上山去见池仲容。池仲安讲了在山下的好处，说现在王巡抚已让部队回原驻地，武文定的部队回赣州，城里忙着元宵灯会呢。匪都剿尽了，就剩他一支在山上，将来不好说，现如今不如下山脱去匪帽子。

池仲容想我的主力都回各县去了，就决定下山，但领了九十名精兵同来赣州作为防范。他们想我王守仁如果有诈，他们也不是吃素的。池仲容精选了九十三人，藏着刀，下了山。

这群人刚走到城门口，牛二的一队官兵就拦下了他们，说王巡抚安排他们去宽敞的地方住宿，去祥符寺院。

到了寺院里，正是上香的时候，人山人海。

池仲容说：“我去见王守仁，若过午不回，你们就放火烧寺，开始动手……”

池仲容来见我，我正在给学生讲课。我看见他，佯装高兴地说：“你来了，来了好，卢珂的案子可以结了。”

池仲容说：“大人召唤，不敢不来。我这次带了九十三个粗使，听候您吩咐。”

我说：“我替你平反，摘掉头上叛匪的帽子，你带这些人来干嘛？”

池仲容一时无话可说。

祥符寺里头也没闲着。黄绾来劳军，给池仲容手下赐以米薪酒肉。池仲容也回来了，跟着大家一起吃。

一会儿，有地方上的土财主来送礼，感谢池仲容当初的不杀之恩。

一会儿，又有人捉得信使，正是调兵捉卢珂的信使。

池仲容半信半疑，到了城里，好事连连，比在山上还热闹。但他还是心存疑虑，天底下竟有这种好事？王巡抚智商也太低了吧？所以，他趁人不备，悄悄跑到牢中看卢珂。

卢珂被关在臭烘烘的地方，蓬头垢面。

池仲容大喜。

卢珂看见池仲容，就要跟他拼命，身上的铁链哗啦啦响。

池仲容说：“等我和官兵杀了你全家后，我再来和你理论。”

正月十五看花灯。

池仲容手下的这些人在山上久了，就到城里看花灯，一个个兴奋万分。看花灯是民间的节日活动，这一天，家家户户的女眷也多出来逛街，街上人山人海。

池仲容领着手下寻欢作乐，喝花酒，逛妓院……他逛完妓院回到寺里，见闹得一团。这时黄绾来给他们送新衣裳，清点人数，结果人数搞错了，只得重新五人一组，进隔壁屋里领赏。我依旧在寺里给学生上课，驼子站在门口。

驼子可以看见墙壁那边的空地，空地上埋伏着士兵，把五人一组的池仲容部下擒而杀之。

驼子晃动，说明有情况。驼子不动，说明进展顺利。驼子不动，我的心也不动，专心讲课。

我对学生说："今天是审讯课。"

学生问："审讯谁？"

我说："审世道人心，破山中贼易，破心中贼难啊！"

冀元亨问："有案例吗？"

我说："有！提审池仲容！"

众弟子大惊。

忽然，听见门外声响，牛二把满脸是血的池仲容拖了进来。

池仲容大骂："王守仁，你疯了？你敢捉我?！你府里只有三十个士兵，我可有九十多人……"

这时，驼子进来，把众匪捆成一团。

池仲容瘫在地上说："王守仁，你好狠！你是怎么把我这么多人捉住的？"

牛二说："这次随你下山的人，怀塞利刃，稍不留神，这座城就会成为人间地狱。王巡抚做成这件事的关键是赏你们的新衣新鞋。你看，长衣，袖子特别长，手在里面，不好使用兵器。油靴底下抹了油，一走就滑个跟头。"

池仲容说："为什么没有一点儿声音？"

牛二说："巡抚赐的酒肉，他们一手拿酒坛，一手拿块肉，挨刀时，手上的酒肉都舍不得松。"

我令驼子飞鸽传书给武文定，武文定接到命令，立刻领军杀向浰头山。

山上，池仲安和鬼头王正在庆贺卢珂等就要挨刀。土匪见有军马到，问哪里的兵。武文定说，杀卢珂的兵。土匪就放松警惕，放他们进入寨子。

大军入了寨门，直冲中营大巢。这样，浰头的大巢一一被攻克。

池仲安和鬼头王听得寨中吵闹，见大军已破了寨子，急忙从暗道逃下山，跑到九连谷口。谁知谢志珊挡着去路，一顿杀。

鬼头王趁乱逃跑，池仲安被乱箭射杀，数万土匪被困在九连谷。他们见头领已亡，纷纷投降。

谢志珊和武文定把五千多降匪捆起来，在山寨辕门口，分排跪在地上。

军中刽子手磨刀霍霍，准备分批砍头……

我预先知道武文定攻克山寨会大开杀戒，不顾病痛，快马加鞭，往浰头赶来……

一路上，我不停地咳嗽，黄绾劝我慢些行。

我说："人命关天。"

大批俘虏被捆着，官军正准备行刑。

我快马赶到，大喊："住手……"

刽子手举起的刀放下，捆在地上闭着眼睛的匪众也都睁开眼看我。

我对武文定说："这些都是老弱良民，给拖来修九连谷的，他们何罪？"

武文定说："他们是匪啊！"

"匪也是人，也有良知！"

众人感动哭泣，高喊："活菩萨！"

我当众释放众匪……武文定怕朝廷责问，我说："一切我来承担，难道我们杀的人还不够多吗？"

三十五

以诚意起做至善的《传习录》

我下令班师回赣州，刚回到府衙，又一次跌倒，晕迷……

兵者，利器也。我担心杀戮太重，折了阳寿。数月来的行军打仗，操劳过度。

皇上的嘉奖到达赣州府，奖白银五十两。我拿着五十两白银，泪流满面。数万将士浴血战斗，这是五十两银子能换来的吗？

我率领军队在赣南及其周边的闽、粤、湘边境各地作战，大小战斗数百起，捣毁匪巢三十八处，斩匪首二十九人，杀贼两千多……

我们创造过以少胜多、速战速决的战例，我的神奇战功传遍了天下。

我被说书艺人、唱戏的演成是常胜将军、智多星。战争的胜负，看似用兵，实是用心，人心向背才是决定战争胜负的关键。

朝中官员和赣州乡绅都来贺喜，庆祝平定南方诸匪之乱，但是我一点也高兴不起来。

黄绾问我："打赢了，巡抚为何不乐？"

我说："战争从来都不是目的，战争只是为了实现和平。我们能让一方平安，百姓幸福，才是真正的目的。"

如何实现南方诸省长治久安？唯有兴办教育，改善民风，奉行公正。

我颁发《告谕》《告谕新民》《告谕各府父老子弟》《褒崇陆氏子孙》等，建设树立乡规民约。

我在赣南各县兴办书院，鼓励兴办社学，颁行《社学条例》等。我们修葺了濂溪书院，创办了阳明书院，还在赣南大余、龙南、于都等县都创办了书院、社学，计有二十多所。上报朝廷设立崇义县之初，就将设立学宫作为第一重要事项。

我的核心理论“致良知”在赣南完善，发表了《传习录》《训蒙大意示教读》等作品，一时名声大震，四方学者云集赣南。

《大学》原是小戴《礼记》四十二篇，所论述的是“三纲”“八条目”。“二程”把它从《礼记》中抽出来，与《中庸》《论语》《孟子》合称“四书”。朱子视《大学》为“初学入德之门”。

《大学》因朱子和程子分成经、传两本。他们见《大学》里有存疑处，就添进内容。我在龙场时就发现朱子的《大学章句》不是原本的《大学》，我现在从《礼记》里把原本的《大学》提出来。

我在赣州亲自刻印《古本大学》，作《大学古本序》。

我花时间整理朱子的读书笔记，对他晚年的学术研究，整理出《朱子晚年定论》。我认为朱熹的理学中存有我的心学元素，所以，我一直认为心学是对理学的发展，而不是另起炉灶，推倒重来。我这《朱子晚年定论》中主要讲朱子和陆九渊的思想有相通之处，即“朱陆早异晚同”。此书由我学生传到朝中，朝中儒学之士大哗，攻击我“以弥缝陆学而不顾矫诬朱子”。

我在《朱子晚年定论序》中写道：

阳明子序曰：

洙、泗之传，至孟氏而息。千五百余年，濂溪、明道始复追寻其绪。自从辨析日详，然亦日就支离决裂，旋复湮晦。吾尝深求其故，大抵皆世儒之多言有以乱之。

守仁早岁业举，溺志词章之习，既乃稍知从事正学，而苦于众说之纷扰疲迩，茫无可入，因求诸老、释，欣然有会于心，以为圣人之学在此矣！然于孔子之教间相出入，而措之日用，往往缺漏无归。依违往返，且信且疑。其后谪官龙场，居夷处困，动心忍性之余，恍若有悟，体验探求，再更寒暑，证诸五经四子，沛然若决江河而放诸海也。然后叹圣人之道坦如大路，而视之儒者妄开窦迳，蹈荆棘，堕坑堑，究其为说，反出二氏之下，宜乎世之高明之士厌此而趋彼也！此岂二氏之罪哉！间尝以语同志，而闻者竞相非议，目以为立异好奇。虽每痛反探抑，务自搜剔斑瑕，而愈益精明的确，洞然无复可疑。独于朱子之说有相牴牾，亙疚于心，切疑朱子之贤，而岂其于此尚有未察？

及官留都，复取朱子之书而检求之，然后知其晚岁故已大悟旧说之非，痛悔极艾，至以为自诳诳人之罪不可胜赎。世之所传集注、或问之类，乃其中年未定之说，自咎以为旧本之误，思改正而未及。而其诸语类之属，又其门人挟胜心以附己见，固于朱子平日之说犹有大相谬戾者。而世之学者局于见闻，不过持循讲习于此。其余悟后之论，概乎其未有闻，则亦何怪乎予言之不信，而朱子之心无以自暴于后事也乎？

予既自幸其说之不谬于朱子，又喜朱子之先得我心之同然，且慨夫世之学者徒守朱子中年未定之说，而不复知求其晚岁既悟之论，竞相呶呶以乱正学，不自知其已入于异端，辄采录而裒集之，私以示夫同志。庶几无疑于吾说，而圣学之明可冀矣。

正德乙亥冬十一月朔，后学余姚王守仁序。

我喜欢吃鱼，驼子特意为我发明了一道菜，炒鱼时放了一些醋，别具风味。我问他这菜叫什么名字。因赣州人称醋为小酒，用其炒鱼，就给菜起名叫小炒鱼。这期间，诸婉澄和阿凤也从老家赶来服侍我。他们来，带来了一个悲痛的消息，我的弟子兼妹夫徐爱去世了。

我失徐爱，如孔子失颜回。

我大哭一场。徐爱与我在京城分别后，任南京工部郎。他回余姚省亲时在家中去世。他临终前托诸婉澄把整理的我的《传习录》捎来。

徐爱信中告诉我，他曾经梦到有一僧人抚其背说："尔与颜子同德，亦与颜子同寿。"

正德十三年（1518年），我的《传习录》在赣州出版。《传习录》的出版意义重大，我的主要学术思想尽在其中。

《传习录》讲以诚意为起点，以心为至善做功夫，在诚意的引导下的格物致知，就是给格物一个明确的方向，为善去恶……

我平定南方诸省叛乱，又在赣南风风火火地办学，改善民风，引起了南昌宁王府的极大恐慌。宁王府的人像热锅上的蚂蚁，炸了，他们没料到南方诸省这么快就被平定下来。

宁王召集幕僚商量。他们说我作了伪书《朱子晚年定论》，朝中多有非议。不如把我请到南昌，为他们所用。

宁王给我写了一封长信，信中用语诚恳，说热爱我的学说，愿拜我为师。

宁王的卧龙和凤雏，也就是刘养正和李士实带着宁王的聘礼，匆忙赶到赣州。

宁王的特使来到，我不敢怠慢，在酒楼接待他们。这两人在京城也都曾是我的同僚，当年还一同在午门罚跪，接受惩戒。

刘养正说："宁王尊师重道，你以恢复圣学真谛为己任，宁王要拜你为师。”

我问：“我最优秀的学生也只是巡抚，哪敢收宁王为弟子？难道宁王愿舍爵位来赣州做我的学生？”

刘养正又说：“当今皇上总爱出巡，国事荒废，如何是好？”

李士实很直接地问：“世上难道没有商汤、周武王吗？”

我说：“有汤武，需要伊尹、吕望来辅佐。”

李士实说：“我们就是伊吕。”

我说：“有伊吕，就有伯夷叔齐。”

刘养正说：“伯夷叔齐都饿死了。”

我说：“但他们的心还在。”

我知道来者不善，担心扯下脸有风险，假装妥协，于是就答应派弟子冀元亨去给宁王讲学。

我对冀元亨说：“你给宁王讲课，要用心学去感化他，降龙伏虎。”

刘养正对李士实说：“王守仁派冀元亨来，是给自己留条后路，一旦我们得手，他也会说他有贡献。”

李士实说：“我看，冀元亨是他安排来打探情报的。”

冀元亨到南昌，发现城里已经成了兵营，到处是些拿枪拿刀的禁卫兵。

第一天，冀元亨见宁王，就跟他讲格物致知，讲致良知。

宁王私下对人说，这是个傻子……把他打发走。

冀元亨知道宁王心不在求学，天天喝酒、装醉。

有一天，冀元亨拿着张载的《西铭》。

宁王把他拖住，要他讲讲这本书。

冀元亨说：“理学最基本的就是君臣之义，君君臣臣……”

宁王问：“君能臣吗？”

冀元亨说："不能，君失君位，命难存，哪能为臣？"

宁王问："当今圣上，行为非君，如何？"

冀元亨说："臣也不可有谋逆之心。"

宁王又问："若如此，我们大明江山哪里来的？"

冀元亨就讲运和势。

宁王不听，把书一扔，离开了……

冀元亨知道情况不妙，给我写密信。信中说他与宁王论"朱子之学"，宁王言武宗乃民间子，用语挑之。冀元亨不与之语，他又给宁王谈《中庸》，宁王对人说他痴。后来讲《西铭》，反覆君臣义……

我对黄绾说："南昌形势危急，宁王起反心了……"

我看着南昌的天空，对弟子们说："破山中贼易，破心中贼难！"

我想南方诸省动乱已平定，南昌宁王的潜在威胁暗存，朝中对我在任上讲学多有非议，再加上我身体时常咳嗽，痨病一直缠身，每天都要用砒霜止咳……

智者当急流勇退！自古以来，儒者达则兼济天下，穷则独善其身，我生出归隐之心。

恰好朝中要黄绾回京复职，我写辞职信《乞休致疏》，托他转呈皇上。

臣以菲才，遭逢明盛，荷蒙陛下涤垢掩瑕，曲成器使；既宽尸素之诛，复冒清显之职；增其禄秩，假以赏罚；念其行事之难，授以提督之任，言行计听。感激深恩，每思捐躯以效犬马。奈何才骞福薄，志欲前而力不逮，功未就而病已先。臣自待罪鸿胪，即尝以病求退；后惧托疾避难之诛，辄复黾勉来此。驱驰兵革，侵染瘴疠，昼夜忧劳，疾患愈困。自去岁二月往征闽寇，五月旋师；六月至于九月，俱有地方之警；

十月攻横水，十一月破桶冈，十二月旋师；未几，今年正月又复出剿浰贼。前后一岁有余，往来二三千里之内，上下溪涧。出入险阻，皆扶病从事。然而不敢辄以疾辞者，诚以朝廷初申赏罚之请，再下提督之命，唯恐付托不效，以辜陛下听纳之明，负大臣荐扬之举。且其时盗贼方炽，坐视民之荼毒而以罪累后人，非仁也；已逃其难而遗人以艰，非义也；徒有其言而事之不酬，非忠也。故宁委身以待罪，忍死以效职。

今赖陛下威德，庙堂成算，上犹、南康之贼既已扫荡，而浰寇残党亦复不多，旬日之间，度可底定，决不至于重遗后患；则臣之罪责，亦既可以少逭于万一。但唯臣病月深日亟，百疗罔效，潮热咳嗽，疮疽痈肿，手足麻痹，已成废人。昔人所谓绵弱之才，不堪重任；薄福之人，难与成功；二者臣皆有焉。伏唯陛下覆载生成，不忍一物失所；悯臣与病讨贼之苦，哀臣忍死待罪不得已之情；念福薄之有限，怜疾疗之无期；准令旋师之日，放归田里。岂曰保全余息，尚图他日之效。苟遂丘首，臣亦感恩地下，能忘衔结之报乎？臣不胜哀恳祈望之至。”

黄绾不明白，问：“先生正是大展宏图之时，为何学陶潜呢？”

他没有看出大明王朝各种矛盾的焦点，全集中到了江西一省。在此为官，岂能全身而退？弄得不好就是杀身之祸。

兵部尚书王琼看到我的辞职信，对黄绾说：“王守仁真糊涂假糊涂？我派他去巡抚江西，仅仅是为平定几个土匪吗？南昌一旦有变，南方就靠他来平定了。”

内阁对我的辞职有不同看法。

首辅杨一清把我的报功捷报往桌上一拍说：“这个王守仁，功劳里内阁一字未提，功劳全是兵部的？王守仁要回家，就让他回家吧，人家也是劳苦功高。”

杨一清和王琼之间，明争暗斗。

杨一清认为我是王琼系，想方设法压制。听说我辞职，正好给了他一个借口，内阁文书很快下到赣州，准许。

我不想惊动地方，一是在赣州剿匪，杀戮太多，难免有仇家；二是学生弟子太多，若知我走，动静太大。

我趁着夜色悄悄起程，计划先去南昌，再回绍兴余姚老家。

赣州码头，船刚要离开，谢志珊追上船来，要跟随我左右。我想他剿匪有功，在赣州恩怨情仇太多，就带上他一同北上。

船快到南昌，忽然前面过来几艘快船。

我问什么人的船，挡我们的道？谢志珊说是江枭。

江枭头领叫凌十七，是他的旧友。谢志珊说他站在船头，保证没事。谢志珊与对方对答江湖暗语，几艘快船离去……

南昌城情况不明，我不敢贸然进城，就先在城郊喜来客栈住下，这是当年我初进南昌娶亲时住过的客栈。我派驼子进城送信给孙燧。

一会儿，孙燧赶来。

孙燧说宁王反态渐露，并告诉我宁王请他喝酒时说的话。

宁王说："你到南昌来当巡抚，为谁工作？南昌我是亲王，你就是为我工作。"

孙燧看着天说："我是皇帝任命的。"

宁王不乐，给孙燧送礼品。

孙燧回府一看是枣、梨、姜、芥，暗示他"早离疆界"。

我告知孙燧江枭出没之处，要孙燧诱捕江枭，擒匪首，孙燧点头。

第二天，孙燧领巡抚衙门的兵埋伏在江岸上。谢志珊诱凌十七上岸，伏兵出，擒伏。

凌十七被关进大牢。

孙燧连夜审讯，知道凌十七受宁王指使筹备军资。

孙燧回内宅休息。他前脚走，后脚宁王领着宁王府的兵冲进巡抚衙门要人。谢志珊负责看押凌十七，谢志珊说放人得听巡抚孙大人的。

宁王一挥手，胡十三等冲上，乱刀砍死了谢志珊。

胡十三闯进大牢，抢走凌十七。

孙燧得知，急给皇上和内阁写信，禀报宁王抢夺江枭凌十七，有谋反心……

胡十三令人守住各个路口。

从巡抚衙门出来的十三路信使，在路上被鬼头王等刺杀。鬼头王原先是池仲容手下，我平定池仲容之乱后，他逃得性命，投奔宁王。

十三路信使只有一路终于突围，进京，把信送到宫里。

值班的又恰好是钱宁，一看，大惊，就把急信塞在袖子里带回家，瞒着不报。

兵部尚书王琼得知宁王冲击巡抚衙门抢走盗贼，大怒，知宁王有反心。

兵部急下文，要孙燧围宁王府，捉人。

孙燧得旨，但兵少，不敢动，犹豫不决。

那天，我住在城郊，半夜里传来一阵急促的敲门声。

孙燧进来说："王尚书要我速擒宁王，宁王府有四万兵丁，巡抚衙门只有三千。"

我说："孙兄，你当速离南昌，宁王反态已露。"

孙燧说："我是朝廷命官，不可走。你速回赣南，如南昌有变，我们可以相互呼应。"

我的辞职信《乞休致疏》内阁已批复，但兵部还没有答复，我的赣南巡抚头衔还在，如果南昌有变，我怎能擅离职守？我决定返回赣州，以静制动，看事态的发展。

孙燧担心有不测，亲自相送到赣江边。

我们回忆起当年同学少年……想起一起格竹子，一起钻禹藏山，一起在杭州中举人……

孙燧高声喊："伯安，保重！"

我看着孙燧的背影，感觉他凶多吉少。

孙燧耿直有余，机灵不足，宁王要造反，一定首先杀他。

我们快要上船时，我忽然想到了冀元亨，是我派他来宁王府的，我不能害他，要设法救他。我和牛二化妆成书生，再次返身入城，直奔宁王府。

南昌城到处都是宁王府的禁军。

我对门卫讲，求见私塾冀元亨，说我们是同窗。

冀元亨正给娄钰的儿子根儿上课，教他练字背书，听说同窗来访，很纳闷。他一见是我，刚要开口，我就制止住他。

我们进了书房，我问："能见到王妃吗？"

冀元亨点头。一会儿，他进内院，把娄钰叫了出来。

娄钰见我，眼睛就红了，泪水涌出。她是聪明人，已经预感到一切。

我说："师妹，你要规劝宁王守君臣之义，否则就有杀身之祸。"

娄钰见冀元亨在，就拖我到暗处，给我下跪说："师兄，只求一事，万望保我孩儿性命。"

我点头答应。

娄钰强颜欢笑，给我演唱古曲："争什么名利，问什么咱共伊，一霎时转眼故人稀，渐渐朱颜易改，看看白发来催……"

我的思绪在乐曲中，回到了当年的居敬门，同窗共读，回到了京城姚江春酒楼，回到了古运河畔，娄钰和沈九娘给我送别的场景……

沧海桑田，人生变幻。

我们离开南昌城，乘船沿赣江南下。船到距南昌六十里的丰城，我忽然决定住下。

丰城距南昌近，我潜居在此，便于观察南昌的动静，听候消息，以便随机应变……

三十六

宁王之乱只报家仇

京城里，姚江春酒楼依旧红火。

商达携沈九娘回京。当初，她为了爱情，随了唐伯虎南下苏州，可是，唐伯虎风流浪荡，使她无所依靠。商达横刀夺爱，终于抱得美人归。

沈九娘回京后，又在京城里大红大紫起来，可谓是："曲罢曾教善才服，妆成每被秋娘妒。五陵年少争缠头，一曲红绡不知数。钿头银篦击节碎，血色罗裙翻酒污……"宫中太监钱宁看上她，两人打得火热。

钱宁为了讨沈九娘喜欢，经常大撒酒钱，千金买笑。有一天，沈九娘过生日，钱宁把宁王送给他的金四宝壶转赠给沈九娘，作为生日礼物。这个金四宝壶是宁王让季教进京送给钱宁的。

谁知道，皇上朱厚照经常化妆成市民，半夜三更出宫找乐。朱厚照打听到长安街有这么一个文人雅士聚会的酒楼，便装扮成商客，要钱宁带路，潜进来。

那天，沈九娘正在演唱《西厢记》，一下子吸引了朱厚照。钱宁见皇上喜欢，就从中穿针引线。

朱厚照一见沈九娘，真是六宫粉黛全无颜色了。

一早上，小太监来送信，皇帝要来。钱宁在沈九娘这儿打麻将打了一夜，听说朱厚照来了，赶紧从后门跑了。

朱厚照来听沈九娘弹古琴，唱曲。忽然，他看见沈九娘用金四宝壶敬酒，问："九娘，这么好的东西哪来的？"

江彬在一旁陪同，江彬一直与钱宁争宠，争风吃醋。

江彬说："这是宁王送钱公公的，钱公公转送给沈九娘。"

朱厚照问沈九娘："是否是钱宁所送？"

沈九娘不敢欺君，说："正是钱公公送的。"

朱厚照说："宁王这么好的东西，不送我，送给钱宁。钱宁也不送我，送给九娘，为何？"

江彬说："钱宁家里宁王送的好东西多着呢。他一直帮宁王活动，府里恢复禁军，又年年举贤宁王……"

朱厚照大怒，说："搜钱宁家。"

天有不测风云，飞来横祸。江彬领着锦衣卫去钱宁家抄家，搜出了孙燧的密函。

朱厚照一看，大惊。

密函上写："宁王冲击巡抚衙门，抢走盗窃犯，杀死守卫官……"

杨廷和说："按惯例，派人去警告他，夺去宁王府护卫。"

朱厚照说："派驸马都尉去宁王府宣旨。"

钱宁私压公文，挨了朱厚照一顿骂，一脸晦气。

他出宫，回到酒楼。

沈九娘问："怎么如此？"

钱宁说："倒大霉了，皇上派驸马去宁王府宣旨，这回，要满门抄斩了……"

谁知隔墙有耳，宁王的幕僚季教在姚江春包了个房，就在沈九娘的隔壁。

季教发现沈九娘和皇上、钱宁的关系密切，所以，他悄悄打通里间，私下做一夹层，偷听沈九娘这边的动静。

躲藏在墙壁夹层里的季教闻得此言大惊，当即逃出，出京城往南昌赶……

季教赶回宁王府报信，说："不好了，皇上派驸马都尉来宣旨。"

刘养正说："大事不好，皇帝派驸马都尉来宣旨了，按规矩，驸马来宣旨，是要满门抄斩。"

宁王把茶杯一摔说："反！"

宁王分派各人工作，暴动的事紧锣密鼓安排起来……

刘养正说："我们已暗中控制孙燧，一旦行动，首先捉拿孙燧。"

季教说："孙燧和赣南巡抚王守仁是同学，关系非同一般。我们担心他们会联手与我们为敌，当早做准备。"

宁王说："那个王守仁据说已经离开赣州，告老还乡了。"

季教说："我们起事，皇上就会立马起用他。他在赣南的战果，的确震撼朝野。"

宁王说："对付孙燧易，对付王守仁难。"

李士实说："我看，派鬼头王去余姚，刺杀王守仁，若刺杀不成，擒其妻子诸氏以作人质。"

鬼头王说："我最恨的就是王守仁，杀了我兄弟池仲容、池仲安，我要为兄弟报仇。"

宁王就要鬼头王带上武林高手，往余姚去。

娄忱说："宁王府兵四万，需去各县招募新兵，鼓动暴动。"

刘养正说："事行于密，毁于泄。若去各县招新兵，又没有朝廷批文，肯定会引起朝廷的警惕。”

……

再说唐寅在宁王府教冯针儿绘画。唐寅在诗文上，与祝允明、文徵明、徐祯卿并称“吴中四才子”，在绘画上与沈周、文徵明、仇英并称“吴门四家”，可谓当朝第一艺术家。

冯针儿丈夫老宁王去世多年，她从前又是风尘女子，不堪寂寞，调戏起唐寅。唐寅大惊，冯针儿岁数比他长上十多岁。

唐寅在府中乱逃，冯针儿追赶……众侍女把唐寅扔进花池中。

冯针儿怕唐寅逃跑，把他关进后院。

唐寅夜里听见金属声响，爬起来一看，竟是卫兵搬运大量兵器，还有旗帜，上写“奉旨讨贼”。

唐寅吓坏了，说：“真反了，真反了……”

唐寅睡不着，知道这是杀头的罪。天一亮，这边侍女传言，冯针儿招他去。

唐寅假装疯了，脱光衣裳，在王府里乱跑起来，光身子抱着柱子。

府中有一侍女，叫秋香，奇丑无比。她会做足底按摩，所以才留在府中做些粗活。唐寅上前抱住秋香，要非礼。秋香大喊大叫，引得众人来围观。

宁王、李自然、冯针儿、凌十七等来看，都说唐寅疯了。

宁王说：“也许爱上秋香也有可能，不如就把秋香许配给唐寅吧。”

唐寅大喜，上来就抱。

秋香说：“我这么漂亮，怎能嫁给这个男的，又不是有钱人。”

宁王骂道：“你个丑八怪，唐寅可是风流才子。”

冯针儿说：“我看是假疯，装疯就怕挠痒，要秋香当众给唐寅挠脚。”

秋香给唐寅挠痒，唐寅尖叫，就是不笑……

冯针儿说："也许真疯了，老娘真这么丑吗？竟把这个人给吓疯了……"

宁王当庭把秋香许配给唐寅，令他们当堂成亲。

宁王知道这一招足可以探出唐寅是真疯假疯，若是天下第一才子唐寅连秋香都娶了，一定是真疯了。

众人嘻嘻哈哈地闹婚。

鬼头王到余姚刺杀。我潜在丰城，从人们视野中消失。这个消失救了我一命，赣州府的人都以为我已告老还乡。

朝廷得到孙燧的密报后，认为宁王要反。

王琼和杨一清商量，决定在皇上面前举荐我，说南方诸省形势未定，王守仁在那里，可以稳定南方诸省局势。

皇上就提升我为都察院右副都御使，而且擢升我儿子王正宪为锦衣卫，世袭千户。

圣旨下到哪儿？他们以为我还乡养病，圣旨就下到了余姚老家。

我儿子王正宪是父亲做主替我收养的堂弟王守信之子。我和诸婉澄长期分居，加上我忙于公务，早耽误了她的青春，到现在我们还没有儿子。武宗皇帝这回连我的养子都册封了，可见对我的倚重。

圣旨下到余姚，这时大家才知道我并没有归家，父亲只得代受圣旨。

父亲大喜，在祠堂祭祖，标榜我的功劳。绍兴知府南大吉宣读文章，赞美王家的功德。

儿子王正宪拜诸婉澄为娘。

岳父诸让和钱德洪、张万山、张胖子等皆来祝贺。

当晚，父亲喝了几杯酒，在灯下和无为道长探讨起道学。

无为道长云游四方，和四明山最有感情，又回到阳明洞天居住修道。无为以道学为依据，言必老庄；父亲以儒学为依据，言必孔孟。两人谈了半天，谁也说服不了谁。

父亲说：“人生的乐趣就是在各种关系网中，若一个人闭门修炼，又有什么意思？”

他们正说着话，忽然，无为道长听到屋顶瓦响。他就佯装有事，退出。

鬼头王领着两个南昌雇的武林高手前来行刺。他们在余姚人生地不熟，又不敢在街上打听我。白天躲在野外，夜晚窜到我家附近观察情况。那两个刺客武功了得，上了屋顶，想从屋顶开洞观察屋内，没料到动静让无为道长发觉。

无为道长拔剑从屋角冲出，一套无极剑法十分了得，几个回合，就杀死两个刺客。

在墙根望风的鬼头王，知道不妙，拔腿想跑，却被道长一剑刺穿咽喉。

鬼头王眼看活不成，死前说出：“宁王反，刺杀王巡抚。”

父亲闻言大惊。

父亲担心起我来，说：“我儿生死未卜，也不知在哪。”

无为道长说：“至少现在还是安全的，否则，宁王不会派人千里迢迢赶来行刺。”

阿凤说她会骑马，要赶往南昌、赣州等地寻找我，给我报警，诸婉澄也要来找我。

父亲说：“诸婉澄，你不可去，战火要起了。”

诸婉澄说：“我夫有难，我岂能避之？”

父亲就派阿凤来江西寻找我的下落，阿凤会骑马，上马疾驰……

三十七

金蝉脱壳胸有成竹

我对家中发生的事一无所知。

在丰城，我每天关门读书，写字。为了避人耳目，大门不出一步。冀元亨和驼子告诉驿站的人，我是做茶叶生意的商人。

这时，我收到了孙燧的来信，过几天就是宁王的生日。按规矩，我们这些在江西的官员都要上门去祝贺。冀元亨劝我不要去，去的话凶多吉少。但是，如果我不去，那么我和宁王作对就显而易见了，这样更不好交代，我进退两难。

宁王的这个生日是他一生中最后一个生日，同党都来祝贺。季教得来的消息是驸马已经在路上，那么起事也就是这一两天的事。

宁王借过生日，搞了一个誓师大会，祭酒祭天，手下都宣誓效忠。宁王高兴，多喝了点酒，回到内室。

娄钰已经发觉宁王图谋不轨，她是明白人，就设宴劝酒。

娄钰说："夫君，我今天画了一幅画。"

宁王上前看，画中一樵夫挑柴行在险道上……

宁王有心事。

娄钰问："夫君为何不乐？"

宁王说："我的心事女流之辈怎知？"

娄钰说："我给夫君唱一曲吧。"

娄钰唱起姚剧，劝宁王勿反……

娄钰说："你贵为亲王，锦衣玉食，享受荣华富贵，有什么可忧……"

宁王说："你只知小快乐，不知大快乐。大快乐是九五之尊，君临天下……"

娄钰说："天子有天子的烦恼，总揽万机，晚睡早起……你仅次于君王，而且没有他们的烦恼。"

宁王不听，拂袖而起说："箭在弦上，不得不发！"

宁王走到外堂，恰好刘养正、李士实等都在，大家又商量造反的事。

宁王要刘养正算好日子起事。刘养正打卦几次，皆不准，干脆说："李世民玄武门兵变，也要推算日子。长孙无忌说，成大事何论吉凶？现在，早点儿动手为妙……驸马都尉正在赶来……"

宁王说："那总得有个日子吧？"

李士实一拍巴掌说："有了，明天最好。今天是宁王的生日，明天，官员按例都要来贺礼。他们不敢不来，来之后就是瓮中之鳖，必须跟我们一起干，否则……"

宁王哈哈大笑，说妙！

第二天，贺礼的官员纷纷到达。宁王大宴众官，单缺赣南巡抚王守仁……

宁王心想，或许已让鬼头王给刺杀了，还等什么呢？

宁王对众人说："我刚刚接到太后密旨，当今皇上是民间子，误抱入宫，太后密旨，命寡人发兵讨罪，共伸大义……"

众人大惊，一齐看着孙燧，南昌巡抚孙燧是在场最大的官。

孙燧说：“把密旨拿来看看。”

宁王说：“不必多言，我今往南京去，你愿不愿意？”

孙燧说：“天无二日，民无二主，这非我所能定。”

宁王说：“你先保我的孝行，又告我图谋不轨，你三心二意，给我拿下。”

按察副使大喝：“谁敢动巡抚？”

宁王一挥手，众兵丁上前，用绳子捆了按察副使和孙燧。孙燧挣扎，凌十七一刀砍断孙燧胳膊。

临刑前，孙燧对按察副使说：“事已至此，连累你了。”

副使说：“为国尽忠，乃我的本分，何出此言？”

孙燧对着南方的天空高喊：“守仁兄，全靠你了……”

孙燧和副使的头当场就被砍下。

众官员吓得跌倒大半，宁王的生日宴比鸿门宴还要凶险，血染寿宴。

官员一个个想跑，但已无路可退，门口有胡十三等兵丁把门。

宁王一挥手，把来送礼的端州知府抓起来。

凌十七举刀就要砍端州知府的头。

宁王说：“慢，留着祭旗！端州知府多次向朝廷诬陷本王！你们跟着本王反，否则，孙燧就是你们的下场。”

众官员只得下跪称臣。

忽然，门口吵闹，唐寅裸体跑来，喊着：“要秋香，要秋香……”

宁王大怒说：“轰出去。”

唐寅被赶出宁王府。

唐寅被轰出宁王府，一路狂奔，马路上众人围观，光屁股裸奔，这是大明朝最牛的行为艺术。

唐寅奔出城到山头上无人处，才停下来，对着宁王府方向，吐一口吐沫。他暗自得意，吟起诗来："别人笑我太疯癫，我笑他人看不穿，不见五陵豪杰墓，无花无酒锄作田。"

唐寅正松口气，往前走，谁知老婆秋香一直跟踪他。

秋香狂追来，喊："老公，等等，我是秋香……"

唐寅回头一看，吓得魂飞魄散，拔腿狂奔……

此时，我领着驼子到丰城码头。但是，驼子把官印忘了带。我就数落起来："你怎么总丢三落四呢？快回去拿，我在这儿等。"

驼子跟驿站借了马，回府去拿官印，我就在码头旁边的长亭里饮茶弹琴。忽然，一个光屁股的人闯来，一下子认出我来，说："守仁兄，快救我。"

我大惊："你是谁？"

光屁股的人大喊："我是唐寅，宁王反了，杀了孙燧，你准备去城里祝寿吧？去了就是个死。"

唐寅一句话，说得我一身冷汗。

我真的要感谢唐寅，如果没有他报信，我就和孙燧一样了。也许，这是天意。恰好有几个船家正在赌钱，我们上船，要船速行。

船夫说："来时顺风顺水，回头走逆风逆水，等明天吧。"

我说："宁王造反了，追兵就在后面，赶快开船。"

船夫说："宁王造反，我们就更不敢得罪了。"

我顾不得多想，挥起青龙剑，削了船夫的耳朵，骂道："再不行船，丢的就不是耳朵，是小命。"

上了船，唐寅要借我官服，我才想到他还光着屁股。好在我里面也有衣裳，就把官服脱给他穿上。

唐寅有了衣裳，又吃了一个山芋，睡着了，打起呼噜……

船沿赣江上行，我看岸上驼子骑马赶来，就叫船靠岸。

我叫驼子拿了官印，说："南昌不去了。"

驼子说："我回去赶得一头汗，怎么又不去了？"

我说："宁王反了。"

我们给了船家一些钱，让他们别打搅睡觉的唐寅，继续北行……

我已经感到了凶险，宁王既然起事，首先捉拿的必然是我。宁王的爪牙已分布在南昌周围，他图谋已久，我必须单独行动。

我到另一处小码头，另叫一艘小船，要船家用力划水，连夜赶路。

天亮时，到了临江。

我叫驼子去找知县戴德孺，索取轿伞。

我对驼子说："你千万别说宁王反的事。"

驼子点头。

可是，驼子在临江府见到戴德孺，张口就说："宁王反了，快点把轿伞给王巡抚。"

戴德孺大惊，跑到江边，抓住我说："宁王反了，你领着我们抵抗吧。"

我要戴德孺先松下手，问："你有多少人？"

戴德孺说："五百。"

我趁戴德孺不备，命船家速开船。

戴德孺在岸上看得目瞪口呆。

阿凤快马赶到南昌，她根本不知我在何处，逢人便打听我的下落。

胡十三听到报信，抓住阿凤。

胡十三问：“王守仁在老家，为何来此找他？”

阿凤心直口快说：“宁王要造反，派鬼头王去家乡暗杀王巡抚。”

胡十三问：“鬼头王在哪？”

阿凤说：“已被杀了。”

胡十三就捆了阿凤，阿凤知道遇上坏人，拔出短刀反抗，结果被胡十三杀害。

胡十三从孙燧的马夫那里得知我在丰城，就往丰城赶。岸上人指着我刚刚坐的大船，说我在船上。

胡十三拦了船，上船，唐寅还在船上睡觉，胡十三的刀已架在他的脖子上了。

胡十三一看，竟是疯子唐寅。唐寅一看不好，干脆继续装疯。胡十三没办法，只好剥下我的官服，回去宁王府交差。我一路赶到吉安，心才放下来。

三十八

声东击西占领南昌

我为何到吉安心才落下来呢？吉安可以说是我的大本营，吉安就是庐陵，当年我在这儿当知府，有群众基础。我对此处的地形很了解，若宁王兵来犯，自有对付的策略。现在吉安知府是武文定。武文定跟着我南方平匪乱后，回到吉安等候皇上嘉奖。嘉奖的好消息没等到，等来了宁王叛乱的消息。

有一天，武文定的手下来报告，说宁王府的人在招兵买马，准备暴动。武文定大怒，骑马奔去，在村里土场上，捉住正在招兵的娄忱。

娄忱说："我是宁王的舅子，谁敢动我？"

武文定问："为何招兵？有兵部授旗否？"

娄忱说："兵部？当今皇上昏聩，宁王已起兵。你小小吉安知府，识时务者为俊杰……"

娄忱话没说完，被武文定一刀斩了。

手下来报告说："南昌，宁王反了。"

武文定问："孙巡抚呢？"

手下说："被杀了。"

武文定大惊，问："王守仁呢？"

手下说："好像杀的人中没有王巡抚。"

武文宁说："王巡抚没有事，宁王就成不了事。走，去河边等王巡抚……"

武文定就在赣江边上守候我。我的船一到，他就把我拖上岸，进了知府衙门。才进衙门，又报，戴德孺追来了，大家商量着对策。

我说："宁王反，若上策，就直驱京师；中策，攻打南京；下策，在南昌自守。这样，就容易打了。"

武文定问："我们怎么办呢？"

我说："我们要设法让他固守南昌。"

武文定问："又怎么能让他固守南昌呢？"

我说："办法去心中找，不仅在自己心中找，也要在宁王心中找。"

我让戴德孺找来一堆书吏仿写朝廷公文，又让他们写匿名信。

戴德孺说："先生，这是造假，你造的假，宁王能信吗？"

我说："信不信，不重要，重要的，这个念头在他心中闪现。念头一现，也就自然起到作用了。"

我们伪造的布告以严肃的口吻写道："奉朝廷密旨，已预料宁府将反，现两广总督、湖广巡抚以及两京兵部已分别出师，埋伏于要害地区，望各地方官员听从号令，配合伏击叛军事宜。"

又写《迎京军文书》《兵部公移》等，然后张贴各处。

我吩咐戴德孺："我们这是犯法，将来都要把证据烧掉，否则是灭门之罪。"

我们派人散布谣言：

一、朝廷大军就要到了，许泰的五万兵马到了凤阳；

二、密旨两广、湖广都御使暗伏要害地方；

三、两广机密大牌，“四十万狼达官兵已到江西公干”。

四、令江西各府县速将军队集中到临江府樟树镇……

五、刘养正和李士实已答应内线合作……

这些乱七八糟的布告，贴在墙上，画在墙壁上。

到了七月十五日，我在临江县樟树镇集合了三万临时拼凑之众，让武文定指挥，戴德孺等知县为各路军头。

这时，我才知道阿凤被杀，又得到朝廷已任命我为都察院右副都御使的消息。

我打听到李士实的小老婆小红在吉安乡下，就派驼子去杀。

武文定说：“驼子老实人，杀不了人。”

我说：“我就知他杀不了人，才要他去杀。”

驼子拿着刀，喊着杀人，跑到小红面前。

小红说：“有话要对巡抚说。”

驼子就押着小红来城里，经过城门口时，小红看见军队打着两广军的牌子“四十万狼达官兵已到江西公干”招摇着进城，这些都是我让冀元亨、沈玉、周积等学生伪装的。

小红行到僻静处，忽然把衣裳一脱……驼子傻了，没看过女人身子。

驼子正发怔的工夫，小红跑了……小红经过城门口时，还揭了门口的一张布告。她跑到南昌，见到宁王和李士实，说看到两广大军进城，准备打南昌。

宁王拿着小红揭的布告说：“皇帝派许泰的先头部队五万人已到达安徽凤阳？”

李士实说：“王爷，一定是假情报。我们才反，朝廷就派兵来，光粮草就要准备一个月，哪有这么快？”

宁王说：“不管真假，先行动。”

宁王派胡十三和凌十七分别攻打南康府和九江，两地官员落荒而逃。

又传来消息，宁王的小舅子娄忱让武文定杀了。

宁王大哭，说：“对娄妃如何交代？”

李士实说：“当了皇帝，还缺小舅子吗？”

八月，武文定调集各县的军队，在临江县樟树镇集结、训练。那些赣州阳明学院的学生知我在吉安，也都赶来，我仍淡定地给他们上课。

东赣江上有白鹭洲书院。白鹭洲方圆数十里，因形似白鹭而得名。它和庐山的白鹿洞书院、铅山的鹅湖书院、南昌的豫章书院齐名，合称为江西四大书院。来此讲学的有朱熹、周敦颐、程大中、邵雍、张载、程颐等六位儒学大师。我就在白鹭洲书院给学生上课，讲：“破山中贼易，破心中贼难。”

我说：“那些打着正义旗号的宁王叛军，牺牲无数人的生命，让百姓流离失所，只不过是满足他个人的野心、个人私欲，为了谋得皇位……”

诸婉澄领着继子王正宪赶来。我就派人修缮房屋，购买家具，摆出在吉安安家落户的样子。

驼子天天给我做小炒鱼，去集市上买当地特产。我爱吃登龙的粉芋。当地的芋头个头大且均匀、润滑可口，有开胃生津、消炎镇痛、补气益肾等功效。我最爱吃的是“全副銮驾”，鸡去毛掏尽内脏，加姜、料酒等腌制后抹上糖，入油锅中炸，上色，再加醋、香料，焖至酥烂，然后拆开，用鸡肉拼成銮驾状，味道香浓，口感酥嫩……

我天天讲课，考究吃食，搞得武文定和戴德孺等一头雾水，觉得王巡抚不是来平定宁王叛乱的，是来吉安养老的。

戴德孺实在是沉不住气了，带着各府知县，在我白鹭洲书院门口大闹，说："大战当前，王巡抚怎能不知轻重缓急，天天讲课？"

武文定说："巡抚大人，您能不能等平叛成功后再讲学？部队集结完毕，为何不动？"

我说："你说说，该如何动？"

武文定说："我军气正盛，趁敌未行动，我们先动，发起进攻。"

我问："你读过兵法吗？"

武文定说："读过，出其不意，攻其不备。"

我说："兵法的最高奥妙，在于八个字：此心不动，随机而行。"

我演的这些虚张声势的戏，很快被宁王识破，他手上毕竟有刘养正、李士实这些高人。刘养正和李士实都是吉安本地人，在吉安耳目众多。他们知道所谓的广东军兵都是我赣州阳明学院学生装的。

宁王说："这个王守仁，搞什么鬼？"

刘养正说："王守仁平定南方多年之乱，是个人才，深不可测，若是能为我们所用才好。"

李士实说："季教和王守仁都是娄谅弟子，是师兄弟，让季教去吉安劝降。"

宁王看着季教，季教知道自己劝说不了我，但是碍于面子，只好应诺。

季教到了吉安城门口，就差点让军士给捉了。他就回去对宁王胡编说："王守仁在吉安城里讲学，吉安城没有几个兵。王守仁只求自守，怎敢与殿下为敌呢？"

宁王相信了他说的。吉安在南昌南边，南京在南昌东北，宁王怕两面受敌。他现在听说我只是自保，就准备攻打南京。南京是陪都，有一套朝廷的班子在，虽说是二线班子，但是若他打下南京，就可以以南京为都与北京相抗衡。

宁王担心娄妃从中阻挡，就假说送娄妃去南京祭祖。

明朝太祖陵在南京，南昌江边码头上娄妃被骗上船。

宁王朱宸濠的七万大军在江边设坛祭江。

天师李自然在坛上做法，宁王任命李士实和刘养正为左右宰相，任命胡十三、凌十七为两路军将军……从牢中拖出端州知府，杀头祭天！

正在这时，天上一个大雷，把大旗杆劈断，朱宸濠弟弟朱宸画被劈死……老天已经呈现出不祥的天象。

宁王的七万大军，要攻打南京，须先打安庆。本来他以为安庆唾手可得，没想到打了半个月，竟久攻不下。

朱宸濠满心烦躁，天天大醉，醉卧在椅子上。他梦见自己照镜子，头发雪白如霜，大惊，叫道士李自然进来，询问这个梦作何解？

李自然磕头说，殿下贵为亲王，而梦头白，这是个“皇”字，此行定能成功，宁王大喜。

黄绾从京城赶来看我，我们就下棋聊天。

黄绾告诉我，朝中兵部尚书王琼和内阁首辅杨一清明争暗斗，他弹劾杨一清专权无能。

我说：“你在朝上说你背上有‘精忠报国’四个刻字，皇帝要你脱去衣裳看，结果什么都没有。”

黄绾脸一红说：“我只是说说，皇上就当真了。”

我说：“杨一清平定刘瑾之乱，功不可没。他无非就是嫉贤妒能，但居高位，弹劾当慎言，否则，反受其制。”

我们正聊着，忽然，武文定闯进来，说安庆告急。

我慌忙推棋去议事厅，只见安庆信使浑身是血，跪着哭喊：“请大人发兵，安庆满城百姓生死关头旦夕存亡。”

我发令，传十三路大军出发。

我回家与诸婉澄和儿子王正宪等家人告别，让人把家里屋子封上，周围堆柴草。

我说："如果我失败，宁王打进来，你们就点火自焚吧。"

我们举行三军誓师大会。我宣布，有十名士兵作战时临战不前，不服从指挥，令斩首示众，行刑官准备行刑……

驼子跑来大喊："错了，杀错了，这些是宁王奸细。"

我把桌上抹布往驼子嘴里一塞。

我用宁王的俘兵冒充战前不服从命令的士兵。

武文定上台，举牌："士兵不听命，斩队将；队将不听命，斩副将；副将不听命，斩主将！"

我们十三路大军攻打南昌。南昌城坚固，我制订攻城计划，一鼓当到城下，二鼓当攀城……事先，我已密派牛二领大脚丫等混进城，在城里贴布告，劝南昌市民待在家里，别多管闲事……大军就要杀到，叛军全部杀光……

南昌守军人心惶惶。

夜里，叛军成群结队逃跑。我下令攻城，知县戴德孺率先领着众勇士悄悄登上城楼，准备作战。奇怪的是，竟然看不到一个兵士。

戴德孺挥舞大刀，只看到一个要饭的女人在城楼上睡觉。

女乞丐对戴德孺说："爬什么城？城门是开着的。"

戴德孺退回去，一推，城门竟打开，南昌守军三天前就逃跑了……

官军进城，一些人冲进宁王府抢劫，在宁王府放起火来。武文定捉了几个为首的，才控制住局面。

冀元亨在流浪的人群里，找到宁王儿子根儿，把他领到我面前。

我想到娄钰所托，叫驼子把根儿送到齐云山道观无为道长处。

这个善举在若干年后结出一个善果。根儿是八大山人朱耷的爷爷的爷爷，宁王总算留下一脉，若没有我，就没有后来的画坛奇才朱耷了。

三十九

鄱阳湖大战香消玉殒

我进宁王府，冀元亨说库房里有账本，记录了宁王给朝中众人行贿的记录……

我看了一眼，大惊，朝中大臣多有收受。当时我看到了杨一清、杨廷和、刘瑾、钱宁等人，就叫冀元亨把账本扔进火里烧了……冀元亨不解。

我说："这其中会多出许多乱来，记得曹操攻入袁绍府的事吗？"

冀元亨恍然大悟，把账册扔进火中……

再说宁王正督军攻打安庆，在战场上他听到南昌被我攻克的消息，当场晕倒。

宁王命令回师，刘养正和李士实都说不可以，要么直攻北京，要么攻南京，要么攻下安庆。

宁王说："我知道，你们和王守仁是旧友。李士实，小红真能从吉安跑出王守仁的手？你们收了王守仁多少钱？南昌可是我的家，没有家，还起什么事？"

刘养正和李士实目瞪口呆。

我听到宁王从安庆回军的消息，武文定建议死守南昌。我说我们只有三万军队，宁王有十万，如果坚守，与等待他们来歼灭我们有什么区别？善用兵不在人数多少，我们的优势是鄱阳湖。

戴德孺说宁王的船大，不灵活，但火力强，不可正面冲击，用小船，靠近再火攻可破。

我们领军抢先守住宁王返师必经之处鄱阳湖，一场大战在所难免。

我命戴德孺率小船事先埋伏在左右两翼的芦苇荡里。

武文定当先锋，正面迎敌。

这时，凌十七的船队已经驶入距南昌不过三十里的黄家渡。朱宸濠的船队则停泊在其后不远处，远远望去，旌旗招展，遮天蔽日，吓得沿岸百姓纷纷扶老携幼，逃得无影无踪。

大战前，整整一天，鄱阳湖安静得只剩下单调的蝉鸣。

凌十七左等右等也见不着一艘敌船，炎天酷暑，蚊子又多，士兵们开始骂娘。

武文定到了晚上才开始行动，绕过凌十七的船队，直扑朱宸濠的主营。

眼看灯火阑珊之处就是朱宸濠的座船，两岸突然亮起了火把，喊杀声四起。原来宁王为了防止我们偷袭主座船而布下埋伏，武文定寡不敌众，节节败退。

凌十七自然不会放过这只到嘴的肥鸭，下令全军出击，上万人压了过去。

沿途只见武文定军扔下的盔甲、丢弃的竹筏，凌十七正得意，忽闻两岸鼓号之声连天，却是戴德孺设下的包围圈。

戴德孺指挥船队将凌十七包围在中间，并不断缩小包围圈，向其撞去。

凌十七兵败如山倒，拼命突围。武文定杀回来，一刀砍死凌十七。

朱宸濠在后军，开始听说打了胜仗，正在追击武文定，非常高兴；后来得报，凌十七战死，损失了一万多人。朱宸濠气急败坏，这种越危急的关头，就越需要有人卖命，而刘养正和李士实这些文人也就是帮帮腔，撑个门面，受挟持的那帮江西官员更是各怀鬼胎，指望不上。

朱宸濠急把九江和南康的兵调来，把金钱堆满台子，下令，敢于冲锋的赏银千两。

这一招起了作用，宁王军队气势汹汹杀来。

牛二领四百敢死队在湖中诱敌。

胡十三的水军冲来，箭如飞蝗。

牛二中箭，死时对着天喊："死得其所，死得其所！"

官兵溃败。

我见前军溃败，知胜负在一线之间，于是下令，让提刑官拿我的青龙剑去斩武文定。

驼子得知，拦着，说："先对武文定讲明利害，武文定知，败是一个死，战顶多也是一个死，不如战死。"

武文定听说我要他脑袋，大惊，想反正是个死，拼了。猛人武文定不负众望，屹立于战火之中，岿然不动……

几只小船畏战掉头，武文定大吼一声，将座船靠过去，手起刀落，将船夫砍死。

在众人惊讶的目光中，武文定又拔出宝剑，力劈水面，高声道："此地为界，越界者立斩不赦！"

前有叛军，后有武知府。

士兵们抖擞精神，重新投入战场，局势终于稳定下来。

宁王朱宸濠大败，死伤无数，引军退到黄石矶。

他问手下这是什么地方，手下是个南方人，说：“王失机。”宁王大怒，斩了手下，看到一块石碑，才知是黄石矶。

我命令冀元亨、黄绾、周积等学生，负责把写的牌子丢入水中，上写“救身符”。得着这个牌子，就可以不杀。一时间，朱宸濠的士兵人人争抢牌子，有的丢下武器，跳水抢夺牌子。

驼子忽然聪明起来，在军中树起大白布，上写：“宁王已擒，我军勿乱杀！”

驼子押着假宁王四处游行，高喊：“已经擒住朱宸濠。”

官兵听说宁王被俘，士气大振。

宁王兵听说宁王已被俘，纷纷投降。

胡十三以为宁王已被俘，竟自杀身亡……

宁王正研究作战计划，听说自己被俘，大骂。这时，娄钰进来，与他告别。

宁王安慰她说：“这一切，都是为你。你和王守仁是师兄妹，这么多年，他一直暗中爱着你，你能否替我劝劝他，叫他来助我？”

娄钰什么也不说，在船头奏一曲《广陵散》，曲罢，纵身跃入江中……

我见反击的时刻已到，便命人擂起战鼓，战船全部降帆，士兵们一律操桨划船，顺着水势疾驰而下，距离一近，两军战船搅在一起，风力优势自然消除。

就在此时，湖中突然传来巨响。大大小小的石块、铁弹从天而降，前军防备不及，损失惨重。

朱宸濠眼见情势不妙，便亮出了王牌炮舰。炮舰不仅杀伤力强，而且震耳欲聋。天上是遮云蔽日的弓箭和碎片，水上是到处乱窜的火绳枪的弹丸，就在官兵们又准备掉转船头时，众人看见了悲壮的一幕。

武文定的座船被火炮炸开了一角，燃着熊熊烈火。武知府立于船头，奋力撑橹，头发胡须都被炮火点燃，却毫无惧色……

士兵们不再退却。

鄱阳湖上，厮杀至日薄西山……流血漂橹，浮尸积聚，横亘若洲……

我站在座船箭楼上观战，闭上了眼睛，耳边的厮杀声渐渐变得遥远。

我想这就是战争，你可以不喜欢，但你没有办法不去面对它。人世间所有的战斗，除去各种外衣之后，都是心战。强者和弱者的唯一区别就在于信念，信念强者胜。

心念及此，我再无犹豫，传令武文定，带着几只战船，冲透敌阵……

武文定左冲右突，终于确定了朱宸濠的座船。

我们亮出了底牌，炮舰一艘。武文定冒着生命危险行到了射击朱宸濠的准确位置，一声巨响，朱宸濠双耳轰鸣，眼前的景象开始模糊而摇晃，紧接着，座船陷入一片火海之中。

待清醒过来，眼前混乱，朱宸濠长叹一声，知道败局已定。他想横刀自杀，我远远看见，射出一箭，正射中刀，刀落入水中。

宁王跑至船尾，见一渔船，就招之，对渔夫说：“我是宁王，你若救我，我多给银两。”

渔夫说：“我一直在等你……”

宁王上船，渔夫一桨把他打倒，把宁王生擒……渔夫竟是戴德孺。

武文定光着膀子押着刘养正、李士实等。

江面上，蔡蓬头挟着李自然，离江而去，如鹤冲天……道士李自然后来不知所踪。

宁王被五花大绑过来，看到我说："王巡抚，我家里的私事，你要这么操心吗？"

冀元亨跑来说："娄妃投江……"我急往江边赶。

诸婉澄听说打胜了，领着王正宪从吉安赶来……

我们找到娄钰尸体时，她就像睡着一样。诸婉澄大哭，我决定厚葬娄妃，安葬立碑。

武文定说："巡抚，万万不可。"

我问："为什么？"

武文定说："娄妃再贤惠，也是叛贼宁王的妃子。"

我说："宁王是宁王，娄妃是娄妃。"

武文定说："巡抚大人，我担心朝中会追究此事。"

我说："娄妃贤德，人活在天地间，凭的就是良心。有什么事，我来承担。"

我亲自写祭文，在江边祭祀娄妃，乐声响起，我仿佛又听到娄钰唱："忆与美人别，惠我云锦裳。锦裳不足贵，遗我冰雪肠。寸肠亦何遗，誓言终不渝。珍重美人意，深秋以为期。"

宁王叛军或降或散，被俘者两千余人，落水溺死者不计其数。

我们只用了三十五天便平定叛乱……

四十

威武团南下扰民抢功

首先到朝廷的是十万火急的消息，宁王反叛。兵部王琼得到我的宁王造反的上疏，请五府六部的人到左顺门开会。许多人曾经得过宁王的好处，也有怕宁王万一成功，自己反受牵连的。

大家低头不语。

王琼说："朱宸濠素行不义，今日仓促造反，都御使王守仁在赣州，必能破之，不日就有捷报来。"

兵部和内阁给朝廷上奏章：请武宗皇帝削去朱宸濠的属籍，告天下为逆贼。有忠义之士能擒之，当封侯。将逆党钱宁逮捕治罪，传檄各省占据要害，一齐剿杀……

朱厚照知宁王反，大怒，决定亲征。

朱厚照当庭委派安边伯许泰总督军务，任平虏伯江彬、太监张永为赞画机密，并体勘朱宸濠反逆案情。

皇上御驾亲征，自任大将军。

朱厚照南下出征前，把钱宁押到豹房，指着一只豹子说："记得吗？这是你说宁王送给朕的。"

他看了一眼江彬，江彬力大，上前，把钱宁扔进豹笼，豹子把钱宁撕碎……

朱厚照自封“无敌大将军”，要领着他的朝中威武团出征。他的威武团还没有出宫门，就被众多官员拦住。官员们跪请皇上不要亲征。

朱厚照没理会，听到宫门外哭成一片，有的官员哭得口吐白沫……

朱厚照大怒，说：“把几个哭得最凶的，揪出来廷杖。”

杨廷和听说朱厚照亲征，也赶来劝。

朱厚照说：“你来得正好，我离开京城，京城就交给你了……”

杨廷和气得无话可说，回到内阁，门一关，读起书来……

门外跪着大大小小的言官给事中。

朱厚照的大军浩浩荡荡出城……军队打的旗号：“奉天征讨威武大将军镇国公朱寿。”皇帝御驾南行，部队的前锋刚走到天津卫，赤朱儿赶来了。

赤朱儿告诉江彬：“宁王叛乱已平，王守仁已俘获了宁王。”

江彬大惊。

赤朱儿问：“我们的计划如何实现？”

江彬说：“只要朱厚照离开京城，就有下手的机会。”

一场更大的风险在等着朱厚照，而他却一无所觉。

江彬来跟安边伯许泰商量。

江彬说：“王守仁攻占南昌，现在返军，是无功而返，王守仁置我们于无能之地。”

许泰说：“部队驻扎，等皇上来再定夺吧。”

江彬说：“等到前方正式报捷到，再禀皇上。”

这时候，我正押着朱宸濠等俘虏赴京城。我们刚走到草萍铺，听到皇帝亲征的消息，我大吃一惊，赶紧停下……我预感要出大事。

我赶紧给皇上写信："……皇上千万以龙体为重，不可前来，宁贼知您必亲征，路上预伏刺客千名，您不正是中了他们的圈套吗？皇上理应在京，微臣等把反贼押往奉天门，您来，岂不是迎接反贼……"

我对冀元亨说："东南民力已竭，岂能受此骚扰？"

冀元亨去送信，兼程前进。

来回信使耽搁，等冀元亨送信到太监张永手中时，武宗和他的威武团已到达徐州和淮阴之间。

武宗拿着我的信，心想部队已出了京，玩心也调动起来，就这么回宫心有不甘，他犹豫不决。

江彬指着信说："皇上你看，王守仁报告有一千多刺客在，说明贼未曾清除，皇上此次征讨，必能扫清。"

朱厚照大呼："好！"

江彬又说："陛下御驾亲征，若无贼可擒，岂不令天下人笑话。且江南之游，以何为名……谕王守仁释放宁王于鄱阳湖，待御驾到亲自擒之……"

朱厚照点头问："南方什么地方最好玩。"

江彬说："扬州，自古扬州出美女。"

朱厚照说："先赴扬州。"

江彬想出了这个天底下最荒唐的主意，要演一出《捉放曹》。他派锦衣千户官马彪十万火急来我处宣旨，要我释放宁王朱宸濠，他们要让武宗皇帝再次擒获宁王。南方诸省未定，若释放宁王，后果不堪设想。

我正北上，驻在严州，锦衣卫马彪送面牌也到。

黄绾提醒说："威武大将军就是皇上，牌到如圣旨，礼合往迎。"

我说："威武大将军才不过一品，没有必要迎吧。"

冀元亨说："不迎恐获罪。"

我无奈，拿着敕印出来迎接。进了中军大营，马彪传威武大将军命令，要我们原地驻扎。

马彪问："锦衣卫到，当馈赠什么等级的谢仪？"

我说："就五两银子。"马彪把银子往地上一扔。

我握住马彪手说："我们相识多年，当年下锦衣卫狱，后又去龙场追命，我从没有见过朝中有像你这样轻财重义的。今后，我在文字上，一定表彰你的功德……"

马彪呆若木鸡，又向我索要宁王。

我说："索要可以，须出具文书凭证。"

马彪说："我有威武大将军面牌，威武大将军命令在。"

我说："宁王是朝廷要犯，须有皇上御旨，我才可交出，否则，责任谁能担？"

"威武大将军就是皇上。"

"是皇上，就请出示御旨。"

马彪拿不出御旨，威武大将军令又非出自兵部，无权调动南方诸军。他只得返回告诉江彬，江彬也不敢出具圣旨。

我命军队驻扎严州，只能静观其变，等武宗的人马过来。

南方这几年多灾，百姓不堪其苦。诸省匪患，皆民怨所致。宁王趁乱起兵，又折腾百姓。而此时，武宗南巡，沿途又是劳民伤财。唐朝就有"一扬二益"一说，烟花三月下扬州，他们此番借机南巡，武宗一定首先直奔扬州去。

学生沈玉在扬州任知府，我写一封密信，让驼子速送往扬州。

严州与扬州之间，快马也就一天路程。驼子到了扬州，此时的扬州人们已如热锅上的蚂蚁。

扬州城疯传正德皇帝朱厚照南巡选秀女，家家户户忙着拉郎配，所有男人都被抢回家成亲。家家忙着嫁女儿，大街上的乞丐都给抢了，男人四处躲藏。沈玉见到驼子，拆开我的密信。我给他出一妙计，劝他等正德皇帝到扬州时千万不可露富，否则南方就要遭殃。

沈玉问驼子："老师说，如何对付宫中的？"

驼子说："老师说，只需存天理，致良知即可。"

沈玉点头。

沈玉写一封回复信，要驼子捎给我。驼子不敢耽误，出了扬州府衙。

府衙门口有一棵数百年的银杏树，树后转出几个人，把驼子装进麻袋抓走。

驼子被抓到城里一个盐商家里，在天井里解开麻袋，驼子钻出来。几个老太太告诉他，抓他是来和有钱人家成亲的。若是平日，打个灯笼也进不了盐商家的门，这个便宜算是贪上了。驼子快五十的人，哪见过这种好事？

他也老实，说："我不是本地人，我是来送信的……"

走出一个大户说："外地的就外地的吧，娶了我女儿，你就是扬州的了。"

驼子说："我是个驼子。"

大户说："驼子也要，皇帝马上就要来了，没工夫讲究驼不驼了。"

驼子知道说不清楚，就佯装答应。

夜里，驼子跳墙逃跑，可是又被另一家抓去。结果前面一家跑来要人，两家在东关街上打起来，一直闹到知府沈玉处。

沈玉问："人呢？"

后面一家，把驼子藏在马桶里。

沈玉一看驼子，说："我的客人，你们也抢？"

沈玉得知驼子还没有成家，就成全他，配了一门亲，要驼子领着老婆出城，速往我这边来回信。

驼子刚离开扬州城，皇上的大船就驶进扬州古运河，到了龙头关码头。

此时，扬州城的人疯了，家家户户东藏西躲。沈玉躲不了，来到码头迎驾。

江彬对沈玉说："皇上要在扬州选秀女，早做准备，报出扬州大户，有四个大户：两淮转运使，扬州知府，扬州钞关主事，江都县知县……两天后来要秀女一千名。"

沈玉说："扬州小地，只有三个秀女，我的三个女儿，只好拿去充数。"

江彬无言以对，拖他去见皇帝。

朱厚照坐在船上，在运河里钓鱼。江彬在皇上旁边嘀咕了一番，皇上恰好钓上一条鱼。

朱厚照说："知府过来，你看我钓了一条金鱼，卖给扬州十万两银子。"

沈玉一口答应，谢恩，回家拿钱，结果取些破衣裳送来，说："家中无钱，只有此物充款。"

朱厚照和江彬对视半天，大失所望。

安边伯许泰说："怎么说皇帝来了，吃一顿扬州淮扬菜总可以吧？"

沈玉答应。当日，南京兵部尚书乔宇也赶来，沈玉在盐司衙门摆上十桌。

朱厚照看着满桌酒席，忽然说："太浪费啦，民脂民膏，不吃了，十桌子，卖给扬州，一桌十万银。"

沈玉说:“府库空虚,没有这些钱。”

江彬大怒,要杀沈玉。

朱厚照不许,说:“皆忠诚为国之人,不可杀,往杭州去吧……”

驼子领着媳妇来见我,告诉我扬州城发生的抓郎配,我唏嘘不已。

我几夜没有合眼,想到此番京军南下,南方百姓又要受骚扰、受苦了,夜不能寐,心急如焚。又有消息传来,皇上已经离开扬州,直奔杭州。

我知道宫中太监张永为人正直忠厚,是辅佐三位皇上的老臣,决定连夜押朱宸濠奔杭州。

第二天当晚,我来威武营中求见张永,张永不见。

我就在张永院子里大喊大叫:“我是来商讨国策的,你是皇帝亲近的人,为什么不见我?”

张永也许是良心发现,叫小太监引我进里相见。

张永见我就说:“不是我不想见你,见你就沾上麻烦,你可知道你大祸临头了。”

我说:“我忠心为国,为何招祸?”

张永说:“你这次要是不配合,他们诬你是宁王的人,知道宁王不能成事,才擒拿宁王。他们的目的,要么杀宁王灭口,这些年宁王在宫中撒了多少钱,给了多少好处?要么就杀你王守仁,为宁王报仇雪恨,你现在与死人有何区别?”

我问:“何策能救?”

张永说:“交出宁王。”

我说:“南方民众常年受匪乱,今日又历朱宸濠叛乱,几番大战,又是干旱,民众生活在水深火热之中。若京军到达,必然征收粮饷,民众为生活所逼，又得逼上梁山。政局土崩瓦解，再去征讨，难上加难。宁王一当释放，再擒就难……”

张永叹口气说：“圣上的意思，就是游玩。你不可与小人为敌，就顺从圣上，我暗中周旋。”

我把事先准备的上疏交了来，给张永：“求代呈皇上，我乞请告老还乡。”

我招手让驼子把囚朱宸濠的囚车推进来。驼子推进囚车，张永一见是宁王，大惊：“王守仁，你这是干什么？”

我说：“这个您老收存，让您老费心了。”

我就转身出营，张永喊我，我头也不回。

我回到驻地，让驼子替我收拾好行李。老子在《道德经》中讲：“祸兮，福之所倚；福兮，祸之所伏。”我此番平定南方诸省之乱，又平定宁王之乱，福已至极，祸就不远了。

三十六计，走为上。

天蒙蒙亮时，我瞒了众人，悄悄骑马出营。我快马加鞭，孤身进了西湖的静慈寺。

王守仁失踪了。

四十一

木秀于林风必摧之

张永得了我这份厚礼——囚车里的宁王，哪里敢耽搁，急忙见武宗朱厚照，说宁王已获，在中军营囚车里。

朱厚照也一时间不知如何处置。

朱厚照说："我们此番南征平乱，得来全不费功夫，也太容易了吧。"

张永说："不若把宁王放了，再擒他一次，昭示天下，以显军威。"

朱厚照大喜。

杭州城，人山人海，看一出好戏。

宁王的囚车摆在街道中央，街两旁潜伏士兵，城门口有兵士把守。一声炮响，太监张永打开囚车。

宁王问："这是干吗？"

张永说："放你了，快跑。"

宁王说："这光天化日，街两旁那么多人，我跑往何处？"

张永说："跑出去，就逃得性命。"

宁王出囚笼，拔腿就跑。一个光着身子的壮汉在杭州街道上裸奔，引得街道两旁众人喝彩。宁王刚跑到城门口，赤朱儿等涌出，把他摁倒，捆起来。

宁王大喊：“太吓人了，要杀就杀，何必这般捉弄人？”

路两旁兵士齐声高喊：“威武大将军生擒宁王！”

朱厚照在城楼上听到如此喊声，大笑。他得意地问张永：“王守仁忠诚吗？”

张永说：“王守仁乃栋梁之材，若屈之，民寒心。”张永呈上我的告老疏。

朱厚照往一旁一扔，说：“任命王守仁为南昌巡抚。”

就这样，我在西湖静慈寺板凳还没有坐热，就去南昌上任了。

经过宁王之乱，南昌百姓深受其害，若惊弓之鸟。城里也很不安定，宁王的余党趁机作乱。我进城后，让手下四处张贴安民告示，命武文定巡城，民众不允许聚集成群，从周边调发食品入城，南昌很快安定下来。

江彬和许泰听说我任南昌巡抚，心有不甘。他们以为我平定宁王之乱，一定暗中得了许多好处。现在，他们南下，竟没有来孝敬他们，而且绕过他们，直接就任了南昌巡抚，宁王这块大肥肉就给王守仁一人得了。

江彬和许泰对武宗说：“南昌有宁王余党，臣等愿亲往南昌搜捕。”

就这样，一天下午，南昌城忽然就涌进两万北方军队。北军进城，填街塞巷。

他们进城后发现无人来犒劳，就开始打砸抢……南昌城老百姓以为是我的部队，没想到是北兵，吓得关门闭户。当时，武文定正在巡城，以为兵变，匆忙赶来。

江彬问：“为何不跪？为何不迎接主帅？”

武文定说：“没有接到命令。”

江彬知道武文定是我的臂膀，想给我下马威，令人把武文定绑起来，吊到城门口暴打。

武文定被打得皮开肉绽，但不明就里。

当时，我正在巡抚衙门。驼子跑来说，北军在城门口吊打武知府，请速去救人。我大惊，为何北军来南昌？南昌城之灾到了！我的灾难也到了！他们此番是冲着我来的，我若去，武将军命就休矣；我不去，他们就不会杀武将军。

果然，江彬打武文定，就是想等我来求情。可是我始终没出现，江彬无奈，问武文定："你是宁军内贼吗？"

武文定骂曰："吾不恤九族，为国家平大贼，何罪？汝天子心腹，屈辱忠义，为逆贼报仇，依法当斩。"

江彬想想，害怕武文定告到皇帝那里，只好放了他。

江彬和许泰把营府设在监察院，就在巡抚衙门对面。

他们要和我唱对台戏。冀元亨从衙门出来，在门口就被抓住。

江彬说："你是王守仁的弟子，曾经给宁王讲过课？"

冀元亨说："讲课是真，是让他明白君臣之义，不要造反。"

江彬道："呸，明知他要造反，还去给他讲课，不是同党是什么？罪大，大罪！"就把冀元亨押往大牢。

他们在衙门口随意抓人，搞得衙门门庭冷落，没人敢上门。

我想江彬和许泰来南昌，应当算是皇上的特使，我作为南昌首席父母官——南昌巡抚，应当按礼节来接待。我就组织人搞了一个北军进城仪式，又以南昌巡抚的身份率幕僚来拜见特使。

接待仪式上，江彬、许泰坐主位，有意在旁侧摆个稍矮的座位，让我坐。我佯装不知，把旁座移到主位。许泰、江彬怒，话语中讽刺我不懂规矩。

我说:“我是地主,尽地主之谊,当坐主位,此乃礼节。”

江彬暗示说:“巡抚首破南昌,南昌富裕之地,肥水一定不少吧?”

我说:“宁王把财产像雪花似的送进京城贿赂官员,又分给兵士谋反……还能有积蓄吗?”

江彬威胁说:“若不如数奉献,性命不保。”

我说:“搜宁王府,没有得到财物,只得到一本账册,是记录他给京城各位公公和大臣的礼单。你若要,我呈给皇上也可。”

其实账册当初已让冀元亨烧毁了,我这是攻心之战。

江彬大惊,脸色大变,不再敢吭声。

这时,部队阅兵,从主台底下行过。北军看到主座上坐着我,知道南昌有主,就不敢为所欲为。阅兵结束,我对戴德孺、武文定、黄绾等说:“吾非争一主也,恐一屈体于彼,便当受其节制……”

许泰在南昌待了几天,想想我把功劳全占了,也没有任何孝敬,让大家白来一趟,就在士兵中挑选会骂脏话的,分成十人一组,轮番到巡抚衙门口骂我。骂累了,有专人送饭送水。我也不计较,在衙门里、在骂声中,与戴德孺下棋。

结果,南昌老百姓看不下去,大爷大妈纷纷上街与北军理论,说王巡抚如何仁义,骂的人都低头不语了……

许泰和江彬商量说,王守仁一介书生,竟也能打仗,他们一定要羞辱我一顿。

他们把我请到北军军营,请我到校场检阅部队。许泰在辕门立箭靶,要与我比箭。我说:“王某一介书生,怎敢与诸公比技?”

许泰坚持要比。许泰善射,命设靶一千一百二十步。江彬和许泰各三发中一,而我三发三中,军士欢呼喝彩。

我微笑着把弓箭还给江彬,江彬和许泰大愧。

时至十一月，冬至日。我给南昌百姓放三天假，谕百姓，南昌经历宁王之乱，死者众，让家家出来祭祖、上坟。

城里四面白幡，一片哭声。北军听闻，也想起家乡亲人，要求返乡。“楚歌一夜起，吹散八千兵。”

江彬和许泰商量，询军情，军中都夸王都堂好，日久恐军心有变……

许泰说：“报皇上，南昌叛党已除，求驻于南京，如何？”

江彬说正是。

江彬、许泰回南京。他们率两万北兵，南昌一趟，一无所获。两人心中存恨，见了皇上，诬告说：“王守仁乃三国的魏延，日后必反。此人收买人心，将来必是朝廷心腹大患。”

武宗问：“有何据？”

江彬说：“皇上召他前来，必不肯来。”

武宗问：“为何？”

江彬说：“做贼心虚。”

武宗大怒，令发旨急召我来南京。在一旁的张永闻知，大惊，暗中派人通知我。

我接旨就来南京，人已走到芜湖。

江彬听说我已来南京，心中慌乱，担心我见到武宗，戳穿其阴谋，就假传圣旨，让我在芜湖待旨。

我已觉察到处境十分危险，脑袋随时可能落地。朝廷一会叫来，一会儿又让等，这其中必有阴谋。一夜默坐，听水涛拍岸。

江彬把冀元亨作为要犯，从南昌司法移交到南京司法。他亲自审问朱宸濠，问：“王守仁是否与你私通？”

朱宸濠说：“没有。”

“是否认识冀元亨？”

朱宸濠说：“独尝遣冀元亨论学。”

江彬大喜，又亲审冀元亨，对冀元亨加以炮烙之刑，冀元亨终不承认参与谋反。

武宗知道我平定宁王之乱有首功，内心对我充满好奇，就问张永：“江彬在寡人面前说，王守仁拥兵自重，将来必反。他不敢来见我，你如何看？”

张永说：“王守仁已到芜湖，受阻于江彬，担心受其加害，有弃官归隐山野之念，现在要去九华山削发呢。”

武宗叹道：“平南方匪乱、平宁王之乱，王守仁是功不可没。何必把人才逼得全跑到山野呢？宣旨，命王守仁兼江西巡抚，速回赣州理执事。”

江彬在冀元亨那里一无所获，但是除我之心不死。

江彬在皇上面前说：“圣旨下达已久，南昌到南京也就三日路程，王守仁不敢前来，反心已现。”

朱厚照不悦，说：“今后这种话少说！”

江彬吓得不敢吭声。

许泰说：“皇上，既然宁王是我们南下亲征所俘，当昭示天下，也得赏赐我们众人平乱的功劳。”

张永说：“不可，天下都知车驾未曾出京宁王已俘，王守仁正献俘北上，天下人共知。”

武宗想想说：“让王守仁把平定宁王报功的折子收回，重新上折，写宁王叛乱，难以平定，皇上亲征，让逃跑的宁王终于就擒，南昌诸地方安定，你们看如何？”

张永就要我重新上折，将功劳尽归许泰、江彬、张永等。

我在疏中言：“逆贼朱宸濠不日就擒，都亏总督、提督私下密授我御敌方略……”

许泰和张永等看到我重新上报的折子大喜。有了朝中张永和许泰的支持，我总算脑袋保住，平安走过人生最险恶的一段路。平定宁王之乱、剿匪，那只是明枪明刀的厮杀，而面对江彬和许泰，面对贪欲，我却经历了无声的心灵搏杀。

四十二

攻心克敌破兵变

南京兵部尚书乔宇当初得罪刘瑾，被排挤到南京。在京城，我们私交甚好。我给皇上上奏章，要求赏赐武文定等人，要求释放冀元亨。乔宇也收到我的求助信。冀元亨关在南京狱中，乔宇就亲自过问此事。

和冀元亨同在一个监狱的有宁王朱宸濠、李士实、刘养正等。江彬又把冀元亨妻李氏也关进狱中。但李氏并无惧色："吾夫尊师乐善，岂他虑哉！"

李氏坦然，狱中织麻衣，天天不停。

乔宇听说把冀元亨家人也抓来，大怒。他亲自到狱中，下令把冀元亨妻李氏放出。李氏对乔宇说："未见吾夫，出安往？"又回到狱中。

乔宇对李氏大加赞赏，夸贤妇。

乔宇的妻子听说，以为贤妇，领着一群官太太来狱中探看，劝说李氏出狱。

李氏着囚服与众贵妇相见，手一直不停地织麻衣。

几个妇人问："冀元亨所学？"

李氏说："吾夫之学，不出闺门衽席间。"

众人悚然。

威武团驻扎在夫子庙，街上的百姓都很害怕。繁华的夫子庙顿时萧条起来，家家店铺关门打烊。北方军人常和南京驻军冲突，北方军人身高马大，而南京卫军个头矮小，常挨欺负。北方军头领是威武团的赤朱儿五兄弟，十分蛮横，人人惧怕。

一天，东华门守门官来报告乔宇，江彬跟他索取城门钥匙。

乔宇大惊。皇上进驻南京后，部队调动，进出城门，都须有圣旨，江彬为何要钥匙？他感到有不可告人的阴谋，于是命令各门进出须告知兵部。

江彬得知乔宇不交钥匙，大怒，要捉拿乔宇。

许泰警告他，乔宇有后台。乔宇是内阁杨一清的门人，跟司礼大太监张永关系又好。江彬只好咽下这口气。

乔宇感到事情严重，如果南京发生兵变，皇上危险，朝廷和国家都将陷入动荡之中。

乔宇悄悄赶奔南昌，来和我商量对策。

我觉得皇上被江彬一伙操纵，已经陷入危险之中。但是，这个又不好明说，打草惊蛇，便会让蛇反咬一口。

我们想出一个计策，先教训一下威武团，让江彬一伙有所顾忌，不敢乱来。同时，我调动南昌军队，听从南京兵部调动，在外围对威武团形成压力。

乔宇恰好说南京的守卫兵士都是江浙南方人，身材矮小，时常受北方兵欺负。我就想出一个计策，领着乔宇去徽州齐云山。当初平定宁王之乱后，我把宁王和娄妃所生的一子根儿悄悄送到了徽州齐云山道观藏起来。我的师父无为道长在齐云山授徒，传授内家功夫。齐云山是四大道教名山，从山顶往下观看，天地间如同八卦图。

齐云山距南京也就一百里路。无为道长当即领着徒弟随乔宇下山，进到南京兵营，伪装成南京守军。

乔宇让手下士兵去挑衅北方兵，双方相约擂台比武，设擂比武的消息轰动南京城。

江彬知道后，认为这是一次天赐良机。他和赤朱儿等商量，让赤朱儿领头的北方军队打败南方军队，先挫伤南军的士气，他自己又设计了一个更大的阴谋。

再说朱厚照贪玩，听到有比武这种好事，哪能不去看热闹？

南军北军擂台赛设在南京牛头山。南京守军设擂，北方威武团攻擂。南京民众听说有擂台赛，人山人海地前来观看，威武团和南京的守军也都来看打擂。

朱厚照和江彬化妆成看客，夹在众多兵士中，也来牛头山看打擂。

擂台一边是赤朱儿的威武团五虎等；另一边是无为道长的徒弟装扮成的士兵。

第一局，赤朱儿上场，竟打死了无为道长的徒弟。本来比赛，道长的徒弟们以为点到为止，没想致人死命。威武团先胜了一局，北军欢呼。

无为告诉徒弟，生死一决。后面四场，无为道长的徒弟竟打死五虎中的四虎，这四虎都是多年来和赤朱儿打拼厮混的兄弟。

威武团大哗，赤朱儿招呼手下上台冲杀。这边南军也冲上台，双方在台上混战起来，结果演变成牛头山上南军和北军的肉搏战……

朱厚照看打架，看得正高兴。场上打，场下也打起来。他就起哄跟在后头打，后来看到江彬让人打得东倒西歪，自己不知被什么人一顿狂打，把他打得塞到一个洞里，甚至失去了知觉……

乔宇听说牛头山打擂失控，双方乱战起来，急领着南京城禁军赶来，许泰也领兵赶来……众人罢战散去。

这时，司礼大太监张永赶来说："不好了，皇帝不见了，江彬也不见了……"

众人找皇帝，全城四处寻找，皆不知所踪。

全城找了三天，皇帝没有了。

乔宇、张永感到大事不妙。

张永想到我，急召我来南京，我从南昌赶往南京。

我说："皇帝没有死。"

张永问："怎知？"

我说："威武团没有什么异动，陛下一定是藏于某处，受江彬蒙骗。"

乔宇松了口气。

我又说："不过，皇上很危险，江彬在试探。这一事件变成现实后，出现的反应如何？如果反应小，皇帝命就没了；如果反应大，皇上立马就会出现。"

乔宇觉得有理。

我命武文定把江西军队调防南京四周，搞军事演习，从心理上威慑江彬，防止其有不良企图。

乔宇也让南京禁军把威武团营寨围得像铁桶似的。

江彬得到消息，王守仁十万大军在南京四周布防。他知道无机会下手，就把吃迷幻药吃得晕头转向的朱厚照请出来，回南京行宫。

一路上，朱厚照记忆模糊，问："打架结束了吗？"

已经过了五天了，江彬骗皇上说："刚打结束，威武团大胜。"

皇上说："双方受伤者，报兵部，都得抚恤。"

皇上挨了一闷棍，忽然打出善心来。

我们听说皇上在威武团，急忙来拜见。

张永告诉我，皇上对这几天说不出所以然来，茫茫然……一顿打，好像把皇上打成了乖孩子。

我面见皇上，要求释放冀元亨，嘉奖武文定和戴德孺。

朱厚照当即允许。

皇上对张永说："朱家的私事，牵涉太多，那个冀元亨放了吧。这回也玩得尽兴了，该回家了。"遂班师回朝。

冀元亨被人抬出来，已经奄奄一息。

我快马赶去迎接弟子，看到的竟是尸骨。我禁不住老泪纵横，赋诗祭奠弟子的亡灵：

一丝无补圣明朝，两鬓徒看长二毛；自认淮阴非国士，由来康节是人豪；时方多难容安机，事已无能欲善刀；越水东头寻旧隐，向云茅屋数峰高。

我向苍天诉说，诉说一曲千古含冤曲。

冀元亨是受我命入宁王府的，我竟无力相救。我做老师的，愧对这个学生。

听到正德皇帝班师回朝，我的心终于放下了。

但是，后面发生了许多奇异的事。

皇上到了淮阴清江浦，看到渔民驾船捕鱼感到好奇，来了雅兴，学起捕鱼来。

运河边，威武团驻扎。

朱厚照天天捕鱼，说："这辈子最不想干的就是当皇帝，我想当将军，想当乞丐，想当渔夫。"

江彬和赤朱儿用一种阴险的目光看着皇帝。

江彬说："赤朱儿，我们蒙古人，在南方待得久了，就想回到草原上。"

赤朱儿说："南方人捕鱼、种地，我们北方人骑马、射箭。"

他们抬头看着北飞的大雁。

河中，朱厚照在船上学着渔民的样子，撒网。第一网撒下，捞了许多鱼虾。朱厚照高兴得大喊大叫。他撒第二网时，船一晃，人掉进水里。

江彬急忙叫人救皇上。众侍卫立即跳下水，把皇上捞上来。朱厚照惊吓了一回，喝了几口凉水。

第二天，皇上病了，发起高烧……

朱厚照没有了玩的兴趣，急忙返京。五天急行，车辇到了京郊，远远看见京城城楼。朱厚照忽然要车停下，不愿回宫。

朱厚照说："回到宫里就失去了自由。"

皇上下令，北上，去宣府。

又行了两天，到宣府，皇上在御行宫住下。

京城的御医赶往宣府，给皇上治病。他唯一的乐趣，就是天天隔着笼子与宁王朱宸濠聊天。有时，他用铁签弄上一块羊肉，喂朱宸濠。

宁王不堪其辱。一天，他趁朱厚照用铁签喂食时，让铁签刺破喉管，气绝而亡……

又过了几天，武宗感到自己快不行了，要急返京城。回到宫中，他就只剩一口气了。

梦中，朱厚照梦见宁王来索命……一条大蟒蛇缠着他。

武宗急召张永，仿佛良知发现，说："我的病已没救了，请告诉皇太后，国家大事，可以和杨师傅商量，以前的事，都是我的错……"

他大叫一声，咽了气。

正德十六年（1521年）武宗朱厚照驾崩，无子。

四十三

学术之争与权力之争的“大礼仪”之争

朱厚照死得匆忙。

张皇太后、杨廷和、张永三人商量。根据《皇明祖训》“兄终弟及”为据，立武宗从弟、兴献王长子朱厚熜继统。世宗朱厚熜是宪宗孙，孝宗侄，武宗堂弟，兴献王朱祐杬次子。

寿宁侯张鹤龄、驸马都尉等前往安陆去迎接朱厚熜到京师即皇帝位。

这期间，杨廷和与张皇太后共同理政。杨廷和借遗诏行事，厉行新政，革除武宗朝所留弊政，资遣锦衣卫擅自调用的各边兵及其进献的美女，取消豹房、“皇庄”“皇店”等，收纳宣府行宫金银珠宝，入于内库……

这时，传言四起，要撤销威武团。

威武团的江彬和赤朱儿感到大祸临头。

赤朱儿说：“杀入宫中，若事情不果，就逃往宣府；再不果，就去塞外……”

江彬说：“先探虚实再定。”

江彬叫赤朱儿去内阁找杨廷和探虚实。

赤朱儿急找杨廷和，报知："江彬要谋反。"

杨廷和沉着地说："江彬绝不会反！天下已定。"

赤朱儿离开，杨廷和微笑。

杨廷和和杨一清、王琼等内阁议事，准备祭祀朱厚照。

赤朱儿将杨廷和所说告知江彬，江彬松了一口气。这时，内阁通知他祭祀朱厚照的仪式，他就带剑入宫了。

江彬走到午门口，禁军按例取下剑，张永笑逐颜开迎上来……江彬感到有些不妙。两个太监上来，一左一右挟着他，江彬问："这是干吗？"

张永说："江大人，接旨。"

江彬嘴里嘀咕一句："皇上驾崩了，还有什么旨接？"他拔腿就跑……

众太监在后面追。

紫禁城内所有城门关闭。

江彬在紫禁城里进行马拉松长跑……众人围观。

张永喊："江大人，有圣旨给你。"

江彬说："今天能有什么圣旨？"

江彬在宫中奔跑，众太监拦截、撕扯，结果衣裳全撕坏了，成了裸奔。再后来，胡子让众太监拔光了……跑到最后，倒下，跑死了……

赤朱儿听到江彬被擒，急领威武团往宣府去。往宣府要经过八达岭，安边伯许泰领军设下埋伏，把威武团包围，全部剿杀……这些都是正德十六年朝廷里发生的大事。

寿宁侯张鹤龄、驸马都尉接着新皇帝朱厚熜，来到东直门。朱厚熜下了他一生中无数个圣旨中的第一个："停下，不进城。"

朱厚熜对前来迎驾的杨廷和说："遗诏以我嗣皇帝位，非皇子也。"

杨廷和说："按照礼部的方案，当由东华门入，居文华殿，择日登基。"

朱厚熜不答应。

张皇太后令群臣上笺劝进，朱厚熜在郊外受笺，总算给了老太后一个面子。

宁王为当皇上，费尽心机，把命都玩完了。这个新皇帝却很较劲，对皇位没兴趣。直闹到中午，朱厚熜才从大明门入，在奉天殿即位。

诏书曰："奉皇兄遗命入奉宗祧。"是年为嘉靖元年。

朱厚熜令群臣议定武宗谥号及生父的主祀及封号。

内阁首辅杨廷和等大臣认为世宗由小宗入继大宗，当尊奉正统，以宪宗为皇考，兴献王改称"皇叔考兴献大王"……

朱厚熜祭祀时要对其亲生父母自称"侄皇帝"，他不肯答应，抓住"嗣皇帝位"四字，这就是"大礼议"之争。这说起来就有点糊涂了，但也不得不说。嘉靖皇帝叫武宗为爹，就顺理成章地继承皇位。但是，他如果喊朱厚照是爹，那么只能喊自己的亲生父亲为叔叔了。有谁愿喊父亲为叔叔呢？喊一个一辈子没见过面的亲戚叫爹，喊养你的父亲为叔叔。嘉靖皇上若是一个俗人，就管不得这么多，能当皇帝就行，但是他不是一个俗人。

朝廷门口跪着大小官员，文武群臣、言官给事中六十余人上书，称朝臣中"有异议者即奸邪，当斩"。

朱厚熜大怒，说："这个皇帝我不当了……"

皇帝才上位，就和大臣闹翻了。这个结果一般是皇帝废了大臣，或者大臣废了皇帝，另择皇帝。

年方十五岁的朱厚熜可比朱厚照懂事得多，他试图优抚杨廷和，暗中厚赠黄金，意思是让杨廷和别较真。但是，杨廷和把礼物送还宫中。

这件事就这么僵持着。

杨廷和和礼部，他们的主张有一整套理令政策法规依据。而皇上只是耍性格，皇上也需要理论支撑。这件事，最终的结果，就是把我的学术成果推到政治前台，这也是我的“心学”后来得到官方扶持、大力弘扬的原因。

灯下，朱厚熜阅读兵部侍郎黄绾的上书。

黄绾书：“卑职跟随师傅王守仁多年，得王学精华，皇帝此举，就是行孝于天下……而不拘泥于俗礼……”

嘉靖皇帝大喜，对张永说：“快，我要看王守仁的《传习录》……朕早知王守仁功劳，王守仁真是个神秘人物，我要召见他，赏宴，听听他的心学如何了得……”

嘉靖为何要召见我？“大礼议”之争，他从我的心学里找到了对抗朝廷陈规的理论依据。

朝廷里闹得天翻地覆。而我自平定宁王朱宸濠之乱后，在赣州阳明书院安心讲学，传播我的“致良知”功夫。

《孟子·尽心上》：“人之所不学而能者，其良能也，所不虑而知者，其良知也。”《大学》有“致知在格物”语。“致知”就是致吾心内在的良知。这里所说的“良知”，既是道德意识，也指最高本体。良知人人具有，个个自足，是一种不假外力的内在力量。

“致良知”就是将良知推广扩充到事事物物。“致”即兼知兼行的过程，因而也就是自觉之知与推致“知行合一”的过程，“致良知”也就是“知行合一”。“良知”是“知是知非”的“知”，“致”是在事上磨炼，见诸客观实际。“致良知”即是在实际行动中实现良知，“知行合一”。良知是虚的，功夫是实的。知行合一，就是要将知识与实践、功夫与本体融为一体。良知前冠一“致”字，是一个“一了百了”的功夫，又正是活一天有一天新问题的需日新日日新的功夫。

嘉靖皇帝在“大礼议”之争中，看中了“致良知”。他对生父之孝，是先天之良知。“致”是一种动行，以施行其孝，以达到“知和行的合一”。他愿意继承皇位，但不愿称其父为叔叔，这是一种不假于外力的自知。所以，我虽说在千里之外，在赣州，但在朝中却有一个超级粉丝——当朝皇帝。

这样，朝中太监来到赣州下旨：“皇上宴赏王守仁。”宴赏，就是皇上要请我吃饭。

皇上请我吃饭，我能不去吗？我立马踏上去京的道路……

我第一脚就到了扬州，我的学生扬州知府沈玉设宴款待我，学生陆澄、周积等也都赶来作陪。

众弟子说：“先生此番进京，皇上定会重用啊。”

我接到黄绾的信：“‘大礼议’之争，皇上推崇先生之学，当在朝中，弃置守旧之臣……”

我把黄绾的信丢在一边，对沈玉说：“我的学问，不是用于政治投机……”

学问是什么？学问是明心见性，学问是知行合一，学问是致良知。

皇上和大臣的礼仪之争，如果扯上我的学问，学问就会成为政治斗争的工具，这样的学问，很难保持学问的纯洁性。我这时所想的问题、所担心的，也正是历史和将来学子们将要面对的。

扬州是个如诗如画的城市，我并不急于赴这个皇宴，免得别人认为我如何热衷于功名利禄。我让沈玉陪我，在扬州游览一番。江浙多才子，多有学者前来交流学术，真也其乐融融。

有一天，门口来了一个怪人。他自报姓名，是泰州的王艮。这个王艮穿古代衣裳，手执木简，写两首诗为见面礼。

我请他入客厅。王艮踞然上座。

我问："你在学老莱子？"

王艮说："是。"

我说："是学习他的衣裳打扮，还是学上堂会客时不慎摔倒，像小孩子一样掩面而哭？"

王艮大惊，不能答。他赶紧换上弟子服，再来行礼相见。

没几天，太监又来宣旨了："暂缓入京，任王守仁为南京兵部尚书。"

我就觉得有些莫明其妙了。

前几次，也是这样，一会儿召见，走到半道上，忽然不见了。这会儿不见，还给了条件，提拔一级，任南京兵部尚书。

原来，嘉靖皇帝请我吃饭这件事，在朝廷引起轩然大波。

皇上继位，平江彬之乱，谁功劳最大？当然是朝中大臣杨廷和、杨一清、许泰等。皇上不请他们吃饭，请我一个地方官员吃饭，引起他们的猜测。

杨一清和杨廷和商量。

杨一清说："王守仁的心学，另起炉灶，有违朱子圣学。我担心来京，扰乱学府啊！"

杨廷和说："王学当禁。这次礼议之争，皇上就引用王守仁所说。王琼、黄绾趁机迎合皇上，见机行事。"

杨一清说："是啊，王守仁若来京，皇上委以重任，就更不好控制了。"

杨廷和说："明日上朝，当说国丧期间不宜行宴赏。新政当头，国家太忙……"

兵部尚书，官至正二品，这个官衔也足可以光宗耀祖了。但是，这个光宗耀祖的职位，又曾经让多少人脑袋搬家。官场上当知进退，才能自保。为什么这段时间，朝廷一再变卦？我深感官场水深。

我就请来下圣旨的太监带信呈皇上，名为《乞归省疏》……

内阁很快就允许了。

长年在外漂泊的我，终于可以回到家乡。

我独自骑马返乡，对着姚江水吟道："百战归来白发新，青山从此作闲人。"

回到家，我第一个登上瑞云楼，长叹不已，多年在外漂泊，泪如雨下……

父子见面，泪流满面。

十二月十九日，父亲七十六岁生日，亲友欢聚一堂。

这时候，皇上的使臣又来了。嘉靖皇帝可能也考虑到特别宴请我，有些不妥，怠慢了群臣，所以改了主张。但是，又觉得要给我一些补偿。圣旨到时，我们正在家设宴给父亲祝寿。

圣旨道："王守仁，封新建伯，江西反贼剿平，地方安定，各该官员，功绩显著……光禄大夫柱国，两京兵部尚书，岁支禄米一千石，三代并妻一体追封，给予诰卷，子孙也承袭……"

父亲当着众乡亲致辞："吾儿素来喜欢在天理上下功夫，一段时间传言吾儿与孙燧、许逵一同遇害，我一直说，吾儿忠义之人，有什么可担心的呢？又有人传吾儿征讨朱宸濠时，朱刺杀吾儿，亲友劝我躲避，我说吾儿大义事业，我原本也是国家大臣，只恨不能披挂与儿杀敌。我素来恬淡安然，今与吾儿重逢，如有再生之感……"

此时，我身着御赐蟒衣，佩皇帝赐玉佩，给父亲敬酒。

父亲不悦地说："……盛者衰之始，福者祸之基，如今圣恩降临，我还是很恐慌的……"

听了父亲的话，我赶紧脱去蟒袍跪下，说："父亲大人教导，也正是儿日夜所牵挂处……"

我后来对弟子说，皇上所赐蟒袍，人们都说是人生最高荣誉，但到晚上脱了，还是这把老朽骨头……荣耀只会使人迷失。

第二天，皇上圣旨又下，加封海日翁、竹轩翁、槐里翁三代新建伯。

皇差到达时，父亲已病重，躺在床上。

父亲催我到门口迎接，不可荒废礼仪。

父亲听完圣旨后，就闭上了眼睛。

我告诉家人，先不要痛哭，将皇上御赐的新礼服和绶带给父亲穿整齐，然后再开始治丧。

父亲享年七十六。

乡里人传说，父亲龙山公，我是云中送子。云和龙，龙和云，相生相依。如今，龙去了，云在飘。龙和云，都会回到家乡的泥土里。

四十四

乡间讲学完善“心学”体系

我在家乡设堂讲学，求学者络绎不绝，众多人慕名而来。我先让弟子去面试，我再面试。我面试的方法，就是与对方静坐，目光直视，很多人都被淘汰。心定则慧，眼睛是内心的窗户，在安静的时候，人们目光中流淌出内心的善与恶。

我和弟子们练终日静坐的功夫。

我对钱德洪、周积、王艮等说：“静坐是心学关键，静坐能让人安静下来，先从身体开始，再让心静……”

有一天，有一哑巴来请教，用手语说话，我用笔和他交谈。

我问：“你耳朵能听是非吗？”

哑巴答：“不能。”

我问：“你嘴巴能讲是非吗？”

哑巴答：“不能。”

我问：“你心能知是非吗？”

哑巴答：“能。”

我说：“这就够了……”

我的弟子王艮，原来叫王银，我希望他能安静，改名王艮。他见我的学说不能被世人广泛接受，就感叹说："风力不能远行，是弟子我的罪过啊！"他辞别我北上，打着"团结山林隐逸，开导市井蒙愚，同天下为善"的旗号，坐着小木车开始周游天下，四处宣讲我的学问。

在街市，他演讲，晓之以理，动之以情，用通俗易懂的言语讲解，老百姓的热情竟然让他调动起来……他在乡间讲学，一反道学家正经八百的讲学方式，像贫苦百姓一样穿着粗布衣裳，故意摆出稀奇古怪、荒诞可笑的"愚夫"模样，从老百姓关心的柴米油盐讲起，慢慢深入为人之道、为国之道，讲到高潮时，还手舞足蹈……逗得围观的百姓哈哈大笑。

绍兴知府南大吉也来拜我为师，南大吉很老了，我们相对静坐。

一次，南大吉问："我当知府多年，先生何无一言？"

我说："何过？"

南大吉始知忏悔。

我说："我早跟你说过。"

南大吉说："何时说？不知啊？"

我说："两个字。"

南大吉大悟，说："良知。"

此时，我的学问重点集中在"致良知"。

嘉靖三年（1524年），我又应南大吉之邀，在绍兴稽山书院开始讲学。无数学子从天南海北长途跋涉赶来……

我在家乡讲学的事传到朝廷，内阁首辅杨廷和等人得知我讲学的影响力，大为震惊。他们联名上书嘉靖帝说："王守仁的理论是伪学，应该予以取缔。"

科举以朱子学说为准绳，帝国的干部队伍来自科举，这支队伍的精神食粮、文化价值观都从朱子而来。而我的学说，动摇人心，影响到干部的选用。这对于大明来说，就是天大的事。

嘉靖看这么多官员上书反对我，不知如何是好。从心底里，嘉靖帝从“大礼议”之争，欣赏我的学说。他采取含糊的态度，哼哼几声，就算是表态。

当初我告老还乡是多么明智，如果在朝中，不免要陷入这场反对我的学术纷争中。朝中官员多是朱学弟子，我的学说乃新生事物，必然引起众人攻击。众人上书贬我时，我正在家晒太阳，和学生喝茶聊天，其乐融融。

弟子陆澄要回京担任刑部主事，来向我辞别。

陆澄说：“本趟去京城，要上奏皇帝，为恩师讨回清白。”

我微捋着胡须说：“今天下讲学之风盛行，此乃大势所趋，而反对我讲学的，必是怨恨我的人。他们空发言论，就是要引起我的愤恨，使我卷入政治斗争中。而我却偏不予理睬，有一天谣言终会灭亡，有一天他们也会不欢而散。”

陆澄听得将信将疑。

嘉靖三年，杨廷和年老去位，世宗嘉靖帝用大狱、廷杖、罢黜等暴力手段镇压了二百多位朝臣，勉强定了“大礼议”。

南宫考试院为了排斥我的学术，在考试中出有关我的“心学”的题目，内容是排除王学，弘扬朱子。我的弟子钱德洪一看考题，选择不答题，退出考场。

钱德洪落第回来，我在乡间天泉桥头相迎。

我告诉弟子们为什么有人排斥王学，因为王学动摇了他们的饭碗，众人无不信服。

老妻诸婉澄见我整天风风火火讲学，她有她的心事，心急如焚。当年她答应我父亲，要为王家添丁。现在，她也是五十多的人了。我们在晒太阳，她在耳边怪罪起我来，说我在外头东奔西走，连个骨肉也没留下，她要给我纳妾。

我说："都这把年纪了，人过五十，哪还有这个心？"

诸婉澄拉着我的手说："我啊，心有不甘。你时常犯病，也要有个年轻的照顾。"

我摇头……

诸婉澄就悄悄跑去跟钱德洪、王艮、张胖子等商量。

张胖子说："可以把女儿给师兄做妾。"

诸婉澄要他回去先和女儿商量。

记得那天，我在树荫下纳凉，有一个女孩子悄悄到我旁边，跟我说话。

我问："你是哪家的孩子？"

张小妹说："我是你同学张小胖的女儿。"

我说："我可是你父辈，我跟你父亲是同学，小时候一起打闹。"

张小妹笑道："我家里人都说，从前我奶奶想跟龙山公借种，没借到，我也来借了。"

我说："你借什么种？姑娘，你回去吧。"

钱德洪和王艮过来问："叔梁纥娶颜氏的典故，叔梁纥七十岁娶颜氏，生孔子……"

我无语，他们就说我答应了。

我已经是五十七岁的老人了，由于过度的操劳使得两鬓斑白，身体状况每况愈下。一天晚上，夜深人静，我正伏案写个不停，忽然一阵剧烈的咳嗽，丝绢上分明是殷殷血迹，这已是第二次吐血了。

张小妹赶紧去喊来郎中。郎中替我开了一大堆中草药，临走之前千叮咛万嘱咐：“千万别累着，多休息，否则就无药可医了。”

我在后院的小竹林里静养，早晨起来，作诗一首《林间睡起》：

林间尽日扫花眠，只是官闲愧俸钱。
门径不妨春草合，齐居长对晚山妍。
每疑方朔非真隐，始信扬雄误《太玄》。
混世亦能随地得，野情终是爱邱园。

他们不让我看书写字了。我每天喝中药，听从郎中的吩咐，在门口晒太阳。

有一天，我正在村口天泉桥头晒太阳，忽然来了一支朝廷的队伍。

为首的问我：“喂，老头子，你知道新建伯家在什么地方？”

我问：“找他有事吗？”

朝廷官员训斥道：“有圣旨，快说吧。”

我赶紧跪下。

官员问：“你不用跪，告诉我们在哪儿。”

我说：“我就是新建伯。”

众人大惊。

宫中太监宣旨：“王守仁为两广总督，领兵部尚书衔，提辖南方十万兵马，赐便宜行事权限，可先行后奏……

这朝廷里又折腾出什么事？把我这个养老的病人从家乡拖出来。

原来，嘉靖三年十二月，世宗诏杨一清以少傅、太子太傅，改任兵部尚书、左都御史。

杨一清担任内阁首辅，世宗赐银章两个，分别是“耆德忠正”“绳愆纠违”，命其可以密封言事。此时，广西田州因岑猛起事，巡抚姚镆镇压不足一个月，又起事。朝中参姚镆不力，兵部罢免姚镆。

杨一清新官上任，想做出些成绩，想到了我。

杨一清这个举荐之恩，等于送了我的命。一个曾经满怀理想抱负的青年，坎坷一生，此刻落叶归根，享受着故乡的阳光、姚河的水、四明山的鸟鸣和远方大海上吹来的风。我就像一艘搁浅的船，现在，忽然又要我起航……

我虽重病在身，但是国家用人，自当以国事为重。我不知道这趟远行是否还能回来。

我无限感叹地攀登四明山，看看当年的阳明洞。物是人非，无为道长、爷爷竹轩翁、奶奶、母亲、徐爱、冀元亨、父亲、马龙、阿凤、娄钰、孙燧等，许多人，许多熟悉的面孔，都离我而去了……

我牵着诸婉澄的手，走在乡间小道上，我说：“我这一辈子，对不起你啊。”

诸婉澄说：“你是我们同学中最优秀的，我为夫君而自豪。”

这世上，没有谁比她更理解我了。当年，家人都以为我投钱塘江而死，她知道我还活着。我说：“我这一趟去朝廷当差，天遥路远，不知能不能回得来了。”

诸婉澄说：“你一定能回来，你啊，是贵人，饱经七十二难，终成正果。我要等你回来抱儿子呢。”

我们相视而笑。

我准备南行的时候，湛若水从北京来拜访我。我就陪同他去南镇游山，我的学生王艮、钱德洪、南大吉、王畿、陆澄等也跟着陪同。那时，山石间有一株高耸入云的大树，树上开满了娇嫩可爱、清香扑鼻的花。

钱德洪问："老师，你不是说天底下没有不在我心外的事物吗？可这株花树，在少有人烟的深山中自开自落，它和我的心有什么关系呢？"

我思索片刻说："你还没有看这株花时，花同我的心一样归于静寂，与世无争，这是我心的表现；当你千里走来看花时，花的颜色便如同人的心境一样豁然明亮，这难道跟我的心没有关系吗？"

一番话说得众人大悟。

在山顶，我说我这趟远行，还不知能不能活着回来，我没什么说的了，再说四句话吧："无善无恶心之体，有善有恶意之动，知善知恶是良知，为善去恶是格物。"

这四句话，是我这么多年总结的最高人生境界。天地是从善创造出来的，无善无恶的、没有个人私念的良知，是人心之本体，这就是天理。天理是人的意念在未发之中。但是，当我们产生意念活动，对世间事物分出善和恶、有善和恶的区别时，说明我们的意念已经发动了。这时的事物，就有中和不中，即符合天理和不符合天理，中者善，不中者恶。

良知虽然无分善恶，但却自在地知善恶，这是知的本体。一切学问、修养归结到一点，就是要为善去恶，即以良知为标准，按照自己的良知去行动。格物致知，致的知，就是良知。良知不是空谈，良知是行动，要靠实践和内省，达到"知行合一"。良知去哪里寻找？只能去内心中找，即吾心自足。

嘉靖六年（1527 年），我奉命出征广西。后来，钱德洪与王畿对理解我的"四句教"发生了分歧。钱德洪认为这是教人的定本；王畿则认为这只是权宜之法，若心是无善无恶的心，那么意、知与物也皆是无善无恶的了。那天，我们在天泉桥头亭子里饮茶，他们对我提出理解的分歧。

我说：“我的教法，本来有两种：‘四无说’一悟本体，即是功夫，是为上根人立教，但世间上根人不易得，若轻易用此教法，恐只养成一个虚寂；‘四有说’则为中根以下人立教，因这类人有习心在，故要求在意念上用为善去恶的功夫。如果都用‘四有说’，则上根人兼修中下，自无流弊。”这次谈话，又被称为“天泉证道”。

四十五

“两广平乱”只为责任和担当

我去两广平乱，也就领着周积等几个学生和家佣驼子等人。我们从浙江，经江西、广东，直奔广西，一路山路崎岖难行。

一路上，我接到内阁来信：“王总督，此番平匪，并非最终目的，目的是征服交趾，扩展我大明疆土……”

我气得把信一扔说：“又要涂炭生灵了，疆土疆土，让老百姓安居乐业，才是根本。这个世上，最最重要的事，是致良知。如果世上的人心都坏了，什么典章制度就都没用了，疆土又有何用？”

正说着话，前面来了一乘破旧的轿子，有几个兵丁跟随。

我们一问，才知是我的前任提督姚镆。朝廷说姚镆平叛不力，削职为民……

我在路边找了个酒店，请姚镆饮酒、聊天。

姚镆说思州、田州在南宁以北及武鸣县西广大地区，又说卢苏之乱的前因后果……

广西岑氏家族祖先岑仲淑是我老乡，也是我们余姚人。他在宋朝时南下平叛乱，功高留守广西，成为世袭土司。但岑氏家族后人相互争斗。弘治十二年（1499 年），岑溥被长子岑猇杀了。原来，岑溥有三个儿子，分别为猇、狮、猛。岑溥觉得小儿子岑猛特像自己，就想传位给他，岑猇对此很不满，派手下杀了父亲。当时岑猛才四岁，老祖母带着他去奏请袭职。岑猛在争权夺利的相互厮杀中成长，长大后养兵数万，发动一系列针对泗城、龙州、镇安等周边州府的复仇。

嘉靖四年（1525 年），朝廷以岑猛有谋反之心，调集兵力准备征伐。岑猛上奏代提督姚镆。姚镆知道岑猛只是报仇，无谋反之心，就按兵不动。可是巡抚上报朝廷诬陷姚镆与岑猛勾结。岑猛只得发兵八万，分五路进攻田州府。岑猛兵败逃往顺州投靠岳父顺州知州岑璋。岑璋因为岑猛常年对他女儿岑花（后世称为“瓦氏夫人”）不好，用计毒杀女婿岑猛。姚镆上书朝廷陈述“善后七事”，改田州府为流官，就是废除世袭土司，改用流官治理地方，简称“改土归流”。但这件事触动了许多人的利益，首先发难的是卢苏、王受两个土目。

卢苏和王受派人四处散布谣言，说岑猛没死，已经借交趾（今越南）兵二十万，准备杀到田州府。田州民众世受田州岑氏土司恩泽，对岑猛有好感，竟然一呼百应。田州被卢苏的团伙控制，卢苏假装接受朝廷招抚，并派人去迎接流官知府来就任，却让他的伙伴王受派劲旅攻打思恩府，把当地知府抓起来……其实卢苏、王受不过反对“改土归流”罢了。

朝廷花大把银子，安定不了广西，就把我这个退休在家的闲人招来了。

我到达桂林，几十万大军集中听令，包括姚镆原有的部队、广东巡抚王大用的兵、贵州安贵荣的兵。我们开会，讨论是剿还是抚。

会上争论激烈，安贵荣主剿，我主张抚。

我谈了对姚镆上书朝廷推行的“改土归流”政策的不同看法，土司制度已久，强制取消会失去人心。

我给朝廷写信，提出两点建议：“一是所谓叛乱是不符合事实的。朝廷应该免罪，进行战争不能得到民众支持。战争是旷日持久的，这样不能体现朝廷的威德；二是我认为卢苏与王受起兵是出于当地人的一种心理，是想恢复故产，应该尊重他们的文化传统，恢复土司制度，并加强管理……”

我的信到朝中，又引起争论。兵部王琼赞成“抚”，兵部同意处理方案，任命我兼任两广巡抚，招抚是上策，命令我把姚镆的军队解散……而内阁要求“剿”，认为“改土归流”政策不能改变，要求继续向南，征讨交趾。

我说：“将在外，君命可不受。”

那卢苏和王受早知我的威名，吓得半死，准备迎战。我叫学生周积去下书，周积先和卢苏聊天，又跟他们饮酒。

卢苏急了，要他说出意图。

周积说：“王总督想招安你们。”

周积给他们看我写给朝廷的《地方紧急用人疏》：

先该礼部左侍郎方献夫奏前事，节奏圣旨：“田州应否设都御史在彼驻扎，还着王守仁议处，具奏定夺，钦此。”兵部备咨前来知会，除钦遵外，随于今年……照得思恩、田州连年兵火杀戮之余，官府民居悉已烧毁破荡……如此，则目前既可以得抚定绥柔之益，而日后又可以免困顿烦劳之忧。臣之愚见，所议如此，唯复别有定夺，均乞圣明裁处。

卢苏看得哭泣起来，说：“早如信中言，我们还造什么反呢？”

周积回来告诉我，我就命令撤军。

嘉靖七年（1528年）正月，卢苏和王受驻扎到了南宁外，自缚前来见我。

我说：“你们有七万人，导致众多家庭不完整，不给惩罚无法向朝廷交代，每人责一百杖……”

完毕，我请卢苏、王受帮助稳定广西局面，卢苏感动得流泪。

这一场所谓的叛乱，就这样不费一兵一卒解决了。我告诉弟子们，这不是人皆有良知，这是心学之战。

为了进一步稳定人心，我任命岑猛的儿子岑邦相为吏目，掌州事，把田州划开，另立一州，并在当地设十九个巡检司，让卢苏、王受等土目任“司长”。

我又在两广推行“十家牌法”，命令提学府道，兴办学校，但有生员，都欢迎入学。

我知道岑氏祖先是我们余姚人，就考订了岑氏土司世系，撰写五百余字的《泗城土府世系考》，刻在凌云城五指山崖壁上。

岑猛、卢苏、王受之乱，算是彻底解决。

这时，内阁急信又到，催我去交趾。我置之不理，而是瞄准了大藤峡。大藤峡位于黔江中下游，长约百里。八寨叛匪听说解散姚镆的兵的消息，举杯庆贺……

四寨主哈吉说：“王巡抚不能拿我们怎样，如果想打，怎么可能把兵解散了呢？”

我到了当地，了解民情，得知哈吉是个孝子。他母亲久病在身，卧床不起。哈吉急得团团转，四处张罗着为母亲寻找良医，苦觅良药。我就让跟随自己来的郎中，带上名贵的中草药去给哈吉的母亲看病。

郎中不肯去，来劝导我说：“大人为国家呕心沥血，不顾个人安危又上战场，这些中草药是给大人补身子的，送给敌人，大人您怎么办呢？”

我严厉地说：“军令已下，不执行者，军法处置。”

郎中只好带着虎骨、人参等名贵中草药，怏怏不乐地去哈吉军营。

哈吉见我派人来给他母亲看病，心中暗自怀疑：“这王守仁葫芦里卖的什么药？”

哈吉对官吏深恶痛绝，正要斩郎中，转念一想，要是他真能治好母亲的病，再斩也不迟啊！可是，没几日，他母亲已能下床走路，能喝些粥了。哈吉母亲不停地让哈吉多谢名医……哈吉也心存感谢之情，无奈两军交战，身为起义军首领，要更多地为起义军着想。

哈吉从名医的口中知道我的为人，母亲所服药皆是我所必需的。这时，随郎中来的周积拿出我写给哈吉的信。我要他从国家安邦、百姓的苦难处多想想，劝他从大局考虑，退出边界，从此汉族与少数民族和睦相处，亲如一家……

这封信正说到哈吉的心坎里，打仗不正是因为汉族人看不起他们，欺负少数民族吗？

我未用一兵一卒，哈吉的大军撤出了边界。

哈吉的大军撤出，时机成熟，我们开始围剿大藤峡。因为哈吉退军，大藤峡八寨中间就出了一个口子，这样，他们无法联动、呼应。

我命令卢苏集结军队，说：“你的军队都是本地人，熟悉地形，也英勇善战，用来攻击……”

安贵荣、王大用配合。

卢苏立功心切，攻破大藤峡最险要的石门。石门一破，敌人就只留下残余部队……

一场大战，土匪被逼到了横水边，大雨倾盆而下，几千人争渡，船翻，落水者不可计数。

卢苏和安贵荣正准备杀敌。

我赶来，下令撤军……

卢苏和安贵荣不解。

我说：“八寨已破，杀戮无益啊！”

四十六

吾心光明，亦复何言？

平定大藤峡之乱后，我的病情更加恶化，咳嗽，全身肿痛，每天只能喝点粥。我感到实在支撑不下去了，十月十日上书朝廷，请求回家乡治病，没想到的是上疏被吏部尚书扣留。

我在床上，周积跑来，告诉我一好消息：我有了一个儿子，家里让我起名字。

我离家时，张小妹已经怀孕了。诸婉澄说是天赐的，或许，老天就要赐给王家一个儿子呢，现在果真应验。

我正想家，正回忆起所经历的磨难，各式各样的生活，我就给儿子起名正亿，王正亿。

我希望早点儿回家抱抱儿子……

朝中，吏部侍郎陆澄奉命南下犒劳平定思恩、田州的有功将领，刚准备出发，又接到捷报，说大藤峡和八寨的匪已平。

他正高兴，马上就可以见到老师，忽然朝廷取消慰劳。

陆澄到内阁查问。

杨一清说：“王守仁这次平定大藤峡和八寨，没有请示朝廷，居功自傲，擅权……”

陆澄拿过折子一看，冷笑说：“抚平、田州，不动官兵一兵一卒，平定大藤峡和八寨，不费官府一文钱，有功如此，反而严惩，不怕天下笑话吗？”

内阁众人说：“即使不罚，也不该赏。”

朝中就这么争论不休。我乞求回家看病的折子，搁在内阁的书案上，没有人去看上一眼。而我，在千里之外，苦苦等候着消息……

我等不到朝廷的答复，就不再停留了。我已经感觉到呼吸困难，这么多年的病痛折磨，总归要有个交代。这个交代，就是死亡。有时，我在灯下写字，就感到死神在门外徘徊着。

我把所有公务交付王大用。我要驼子赶着马车，什么也别带了，带什么都是身外之物，我对驼子说：“你一定要把我这个肉身带回家乡。”

驼子流泪点头。

就这样，我擅离职守，走上回家的路。一路上，我想朝廷的答复很快就会下来，我都病到这程度了，皇上难道不念我的功劳？我们一边走一边等吧……

有一天，我们走到乌蛮滩，船家指着山上的庙说是伏波庙。

我想起年轻时，在塞外草原上，我做的梦，想起写的诗：“卷甲归来刀伏波，早年兵法鬓毛皤；云埋铜柱雷轰折，六字题文尚不磨。”

梦中，披战甲，杀敌归来。

我让船家停下，咬牙上山祭拜。拜毕，见旁边有一庙，就暂到庙中休息。

有个看门的问我：“老爷，你是来算命的吗？”

我说：“不是，我是来拜伏波将军的。”

看门的说："我们寺里有一位高僧将要入寂了，徒弟将他的禅门关锁起来，任何人不得打开。这高僧在门上贴'姑俟我至'，不知道是什么意思，是在等什么人？"

我很好奇，就转到寺里后院，果见一间禅门紧闭。我要僧徒打开门，去见高僧。

僧徒疑惑，我说，这门上的揭子就是"固候我也"。

僧徒将禅门打开，我进屋，哪有什么高僧，只见室内案几上有本书。

我拂去灰尘，将书页掀开，轻声读了起来："五十七年王守仁，启吾钥，拂吾尘，若问前身事，开门人是闭门人。"

我轻念数遍，细细体味后顿觉不妙，匆匆离山回船。

一路上，病情加重。

一路上走走停停，我坚持整理诗稿，并把诗稿交给周积。

我早年修习道家养生术，但一无所得，后来龙场悟道，方知人心都有良知在，重在修德养性，无须自外寻求。

《答人问道》

饥来吃饭倦来眠，只此修行玄更玄。

说与世人浑不信，却从身外觅神仙。

《长生》

长生徒有慕，苦乏大药资。

名山遍探历，悠悠鬓生丝。

微躯一系念，去道日远而。

中岁忽有觉，九还乃在兹。
非炉亦非鼎，何坎复何离。
本无终始究，宁有死生期？
彼哉游方士，诡辞反增疑。
纷然诸老翁，自传困多岐。
乾坤由我在，安用他求为？
千圣皆过影，良知乃吾师。

一日，到达广东增城。这里是我六世祖王纲的庙，广东巡抚王大用、弟子周积扶着我上山祭祀。我想起祖先，无限自豪。

我到了广东梅岭，朝廷准假的文书还没到，就暂停在梅岭等待。

晚上，我和王大用、周积聊天。我说：“破山中贼易，破心中贼难。我这几年，为什么总在讲致良知？人心，良心，才是最重要的……我怕是等不到朝廷的文书了，我要回家了，身在而后道可弘，皮之不存，毛将焉附？”

王大用流泪，给我备好棺材，让棺材随行。

我又等了数日，依旧没等到朝廷的批复，就继续赶路回家……

一月二十五日船到南安。

那天，我忽然脑子清醒了一些，病痛似乎也轻了许多，我想到回光返照这个词。

我想起诗仙李白的诗：“生者为过客，死者为归人。天地一逆旅，同悲万古尘。”

我就咬牙勉强坐起来。

我告诉周积：“我知道我十分危急了，还没有死是因为在等待。”

一月二十九日，再次叫来周积问："这是什么地方？"

周积说："青龙铺。"

我自言自语："我就到家了……"

周积等人喊："先生，先生。"

我睁开眼睛。

周积流下泪来问："老师还有什么要说？"

我微笑着看着这个世界，世界忽然间那么宁静、明亮。世界变得那么干净，像我出生时那样。

我说："吾心光明，亦复何言？"

我的耳畔，回响着："吾心光明，亦复何言……吾心光明，亦复何言？"

我是嘉靖七年（1528年）一月二十九日，在南安的船上去世的。

我去世的时候，朝廷对我的擅离职守大怒。

内阁弹劾："王守仁擅离职守，恩威倒置，姚镆对卢苏等人是围剿，没进行战争是安抚，围剿八寨时蔑视朝廷，当时平定朱宸濠滥用军功，散布伪学……"

嘉靖皇帝下令剥夺爵位，不准世袭，禁止王学……

余姚，我家里，尸体未归，圣旨先到……

朝廷圣旨："剥夺伯爵，不准世袭，禁止阳明之学。"

众多乡民弟子流泪痛哭……

而此时，船经赣南，沿途百姓争相祭祀，拦灵柩痛哭……

嘉靖八年（1529年）十一月十一日，我的灵柩葬于绍兴洪溪。

那天，数以万计的人从四面八方赶到……

我啊，什么也不知道了。我知道的，就是："吾心光明，亦复何言？"

我给弟子们留下一些话，他们又传给了他们的孩子。

申维完稿于2016年12月15日

王阳明的著名弟子

徐爱，字曰仁，马堰横山村人。明正德三年（1508年）中进士，出知祁州，值刘六、刘七起事，有保障功。疏陈十事，多见采纳。居官清正廉勤，克举其职。升南京兵部员外郎转南京工部郎中。初王守仁受刘瑾陷害，出狱归，爱即北面称弟子及门生，莫有先之者（后为王守仁妹夫）。数年后守仁迁南太仆，爱亦调南工部，任郎中。同舟归越，论《大学》宗旨，辑《传习录》"良知"之说。

年三十一岁卒，守仁哭之，哀拟于恸颜子焉。一日讲毕叹曰："安得起曰仁闻斯言乎。"率门人至其墓所（今绍兴迪埠山麓）酹酒告之。

钱德洪，正德十六年（1521年），王阳明省亲归余姚时，他率侄子门生七十四人迎请王守仁在中天阁，拜王守仁为师。后来，他成为王守仁主要的教学助手。王守仁奉旨出征广西，他主持中天阁讲席，人称为"王学教授师"。

嘉靖十一年（1532年）中进士后，在京任职。二十年，因抗旨入狱，在狱中仍学《易》不辍。出狱后，于苏、浙、皖、赣、粤各地讲学，传播王守仁心学，培养了大批王学中坚。年七十，始家居著述。七十九岁病逝。

王畿，字汝中，山阴人。年轻时豪迈不羁。嘉靖二年（1523年），因试礼部进士不第，返乡受业于王守仁。五年会试中式，未参加廷试，协助王守仁指导后学，时有“教授师”之称。他是王守仁最赏识的弟子之一。八年赴京参加殿试，途中闻王守仁卒，奔广信料理丧事，服心丧三年。十三年（1534年）中进士，官至南京兵部主事，曾任南京武选郎中之职，因其学术思想为当时首辅夏言所恶而被黜。罢官后，来往江、浙、闽、越等地讲学四十余年。

王艮，原名王银。原居苏州，后落户泰州安丰场，以烧盐为生。十九岁时随父在山东拜谒孔庙时得到启发，认为“夫子亦人也，我亦人也，圣人者可学而至也”。于是日诵《孝经》《论语》《大学》，置书于袖中，逢人质难，久而信口谈解。王守仁把他的名字改成带有静止意思的“艮”字。他经常与王守仁争论，“时时不满师说”，既“反复推难、曲尽端委”，又“不拘泥传注”“因循师说”，后自创“淮南格物说”。乘“招摇车”（蒲轮）招摇过市，遭王守仁指责。嘉靖二年（1523年），北上入京，沿途讲学，受到各方重视而轰动一时。王守仁闻讯大为震怒，欲设法召他回来“痛加制裁”，但已鞭长莫及，他的学术思想已流传四方。

嘉靖五年（1525年），王艮应泰州知府王瑶湖之聘，主讲于安定书院，求学者纷至沓来，创立“泰州学派”。王艮的门徒以平民百姓居多，“入山林求会隐逸，过市井启发愚蒙，沿途聚讲，直抵京师”，但亦不乏著名学者如徐樾、颜钧、王栋、王襞、罗汝芳、何心隐等人，子弟至五传共有四百八十七人。泰州学派提出“百姓日用即道”的观点，强调“知之为知之，不知为不知，是天德良知也”。

陆澄，字原静，又字清伯，浙江吴兴人。心学门人。正德十二年（1517年）进士，授刑部主事。

嘉靖时，因为其主张不合大礼，被罢归，于是后悔前议之非，上疏自讼，帝恶其反复，遂斥不用。

当时有议阳明心学者，陆澄欲上疏抗辩，阳明闻而止之。徐爱英年早逝后，阳明先生就把弘扬心学的期望寄托于陆澄。陆澄对阳明心学理解得很深刻，阳明先生曾经叹曰："曰仁殁，吾道益孤，至望原静者不浅。"

冀元亨，字惟乾，武陵人。笃信守仁学。从守仁于赣，守仁属以教子。正德十一年（1516年），乡试中举，一直跟随从学于王守仁。朱宸濠曾经为其所学所服，并厚赠遣送，冀元亨却将礼物赠于官。朱宸濠事败后，江彬、许泰诬陷王守仁与其私通，朱宸濠并没有承认，并称之曾经与冀元亨论学。江彬遂逮捕冀元亨，并用炮烙严刑拷问，冀元亨始终不承认，后逮捕入京师下诏狱。明世宗即位后，言臣均称其冤，其出狱后五日内去世。

黄绾，明正德五年，经友人引见，结识王守仁，称门人。次年，与闽南十才子、户部主事郑善夫结为知友。不久因病归家，迁址江北新宅，于紫霄山樊川书院旧址办石龙书院，研究王守仁哲学。为捍卫"王学"，经常与人辩论，王守仁说："吾党之良，莫有及者。"嘉靖元年（1522年），任南京都察院经历。嘉靖三年二月，连上二疏，赞同"议礼"，四月，又与桂萼、张璁、黄宗明联名上疏争大礼。次年，何渊要嘉靖帝父母入太庙，被黄绾、黄宗明斥为荒谬。帝不悦，将黄绾调任南京刑部员外郎，黄称病辞官。

嘉靖六年六月，帝念"议礼"之功，授黄为光禄寺少卿，升少詹事兼侍讲学士，参与编修肯定"议礼"的《明伦大典》。次年，升詹事锦衣佥事、南京礼部右侍郎。时王守仁率军平息广西田州八寨少数民族起义，殁于归途，遭桂萼诬陷。黄绾两次上疏辩冤，表示"今萼毁师，臣不敢阿友以背师”。将女嫁王之子王正亿，携至南京。

嘉靖十二年，郎中邹守益敢于直谏，得罪权臣，称病归去，吏部尚书汪熔弹劾黄绾与邹结党，调京降级。次年，山西大同兵变，黄绾力主安抚，受命急赴大同，逮首恶数十人，树木栅，设保甲，创社学，民心安定，还京增俸一级。嘉靖十八年，任南京礼部尚书兼翰林学士。安南（越南）内乱，帝命黄绾为正使安抚，黄恐惧此行不测，称病不往。次年，因奏请为父母谥赠，受帝怒责，降为礼部侍郎。嘉靖二十年，以年老辞官归家，在石龙书院研究中国哲学，传播阳明心学，著书立说。

后世对王阳明的评价

朱载垕，“两肩正气，一代伟人，具拨乱反正之才，展救世安民之略，功高不赏，朕甚悯焉！因念勋贤，重申盟誓。”

徐渭，“王羲之‘以书掩其人’，王守仁则‘以人掩其书’。”

王世贞，“伯安之为诗，少年有意求工，而为才所使，不能深造而衷于法；晚年尽举而归之道，而尚为少年意象所牵，率不能深融而出于自然。其自负若两得。”

张岱，“阳明先生创良知之说，为暗室一炬。”

黄宗羲，“王阳明可谓‘震霆启寐，烈耀破迷’，自孔孟以来，未有若此深切著明者也。”

魏禧，“阳明先生以道德之事功，为三百年一人。”

王士祯：“王文成公为明第一流人物，立德、立功、立言，皆居绝顶。”

朱彝尊，“诗笔清婉，书法尤通神，足为临池之模范。”

纪晓岚，“守仁勋业气节，卓然见诸施行，而为文博大昌达，诗亦秀逸有致，不独事功可称，其文章自足传世也。”

张廷玉，“王守仁始以直节著。比任疆事，提弱卒，从诸书生扫积年逋寇，平定孽籓。终明之世，文臣用兵制胜，未有如守仁者也。当危疑之际，神明愈定，智虑无遗，虽由天资高，其亦有得于中者欤。矜其创获，标异儒先，卒为学者讥。”

严复，“夫阳明之学，主致良知。而以知行合一、必有事焉，为其功夫之节目。”“独阳明之学，简径捷易，高明往往喜之。”

梁启超，“他在近代学术界中，极具伟大，军事上、政治上，多有很大的勋业。”“阳明是一位豪杰之士，他的学术像打药针一般令人兴奋，所以能做五百年道学结束，吐很大光芒。”

章太炎，“文成以内过非人所证，故付之于良知，以发于事业者或为时位阻，故言‘行之明觉精察处即知，知之真切笃实处即行’，于是有知行合一之说。”“文成之术，非贵其能从政也，贵乎敢直其身，敢行其意也。”

孙中山，“日本的旧文明皆由中国传入，五十年前维新诸豪杰，沉醉于中国哲学大家王阳明的‘知行合一’说。”

蔡元培，“明之中叶王阳明出，中兴陆学，而思想界之气象又一新焉。”

三岛毅，“忆昔阳明讲学堂，震天动地活机藏。龙岗山上一轮月，仰见良知千古光。”

东乡平八郎，“一生低首拜阳明。”

高濑武次郎，“我邦阳明学之特色，在其有活动的事业家，乃至维新诸豪杰震天动地之伟业，殆无一不由于王学所赐予。”

冈田武彦，“修文的龙场是王阳明大彻大悟，并形成思想体系的圣地……阳明学最有东方文化的特点，它简易朴实，不仅便于学习掌握，而且易于实践执行。在人类这个大家庭里，不分种族，不分老幼，都能理解和实践阳明的良知之学。”

胡哲敷，“五百年来，能把学问在事业上表现出来的，只有两人：一为明朝的王守仁，一则清朝的曾国藩。”

郭沫若，“王阳明对于教育方面也有他独到的主张，而他的主张与近代进步的教育学说每多一致。他在中国的思想史乃至日本的思想史上曾经发生过很大的影响。”

钱穆，“阳明思想的价值在于他以一种全新的方式解决了宋儒留下的‘万物一体’和‘变化气质’的问题……良知既是人心又是天理，能把心与物、知与行统一起来，泯合朱子偏于外、陆子偏于内的片面性，解决宋儒遗留下来的问题。”

张岱年，“阳明宣扬‘知行合一’，强调躬行实践的重要，更提出‘致良知’学说，强调人的主观能动性，提倡独立思考具有深刻的意义。”

杜维明，“王阳明继承和发扬光大了中国儒学特有的人文精神。他提出‘仁者要以天地万物为一体’，就是要创造人与自然的和谐；他提出‘知行合一’，就是要创造人与社会的和谐；他提出‘致良知’，就是要创造人与自身的和谐。”

王阳明经典名言名句

1.你未看此花时，此花与汝同归于寂；你来看此花时，则此花颜色一时明白起来，便知此花不在你的心外。

2.种树者必培其根，种德者必养其心。

3.君自保重，我心送君三十里。

4.此心光明，亦复何言。

5.破山中之贼，易；破心中之贼，难。

6.无善无恶心之体，有善有恶意之动。知善知恶是良知，为善去恶是格物。

7.知行合一：知之真切笃实处即是行，行之明觉精察处即是知。

8.谦虚其心，宏大其量。

9.不贵于无过，而贵于能改过。

10.千圣皆过影，良知乃吾师。

11.人生大病，只是一“傲”字。

12.持志如心痛，一心在痛上，岂有工夫说闲话，管闲事。

13.志不立，天下无可成之事。

14.此心不动，随机而动。

15.攻吾之短者是吾师。

16.志不立，如无舵之舟，无衔之马，漂荡奔逸，终亦何所底乎。

17.未有知而不行者。知而不行，只是未知 。

18.为学大病在好名。

19. 身之主宰便是心，心之所发便是意，意之本体便是知，意之所在便是物。

20. 知是行之始，行是知之成。

21. 人人自有定盘针，万化根源总在心。却笑从前颠倒见，枝枝叶叶外边寻。

22. 心即理也，心外无理，心外无物，心外无事。

23. 殃莫大于叨天之功，罪莫大于掩人之善，恶莫深于袭下之能，辱莫重于忘己之耻，四者备而祸全。

24. 如意在于事亲，即事亲便是一物；意在于事君，即事君便是一物；意在于仁人爱物，即仁人爱物便是一物。

25. 圣人与天地民物同体，儒、佛、老、庄皆我之用，是之谓大道。二氏自私其身，是之谓小道。

26. 凡学之不勤，必其志未笃也。

27. 谦者众善之基，傲者众恶之魁。

28. 处朋友，务相下则得，相上则损。

29. 故立志者，为学之心也；为学者，立志之事也。

30. 天下之事，其得之不难，则其失之必易；其积之不久，则其发之必不宏。

31. 以事言谓之史，以道言谓之经；事即道，道即事；春秋亦经，五经亦史 。

32. 主一就是专注一个天理。

33. 人心之得其正者即道心；道心之失其正者即人心。

34. 良知只是个是非之心。

35. 险夷原不滞胸中，何异浮云过太空？ 夜静海涛三万里，月明飞锡下天风。

36. 心犹镜也。圣人心如明镜。常人心如昏镜。近世格物之说，如以镜照物，照上用功。不知镜尚昏在，何能照？先生之格物，如磨镜而使之明。磨上用功。明了后亦未尝废照。

37. 一念开明，反身而诚。

38. 静处体悟，事上磨炼。

39. 无声无臭独知时，此是乾坤万有基。抛却自家无尽藏，沿门持钵效贫儿。

40. 凌崖望双峰，苍茫竟何在？载拜西北风，为我扫浮霭。

41. 君子诲人不倦，而师道必严。

42. 至于“夭寿不贰”其心，乃是教学者一心为善，不可以穷通夭寿之故，便把为善的心变了，只去修身以俟，见得穷通夭寿有个命在，我亦不必以此动心。

43. 授书不在徒多，但贵精熟。

44. 心即道，道即天。知心则知道，知天。

45. 良知者，孟子所谓“是非之心，人皆有之”者也。是非之心，不待虑而知，不待学而能，是故谓之良知。

46. 良知之外，更无知；致知之外，更无学。

47. 心无外物，物以心生 。

48. 问君何事日憧憧？ 烦恼场中错用功。 莫道圣门无口诀，良知二字是参同。

49. 尽心知性知天，是生知安行事。

50. 俯仰天地间，触目俱浩浩。箪瓢有余乐，此意良匪矫。 幽哉阳明麓，可以忘吾老。

51. 有志于圣人之学者，外孔、孟之训而他求，是舍日月之明，而希光于萤爝之微也，不亦谬乎？

52. 虚灵不昧，众理具而万事出，心外无理，心外无事。

53. 汝以不得第为耻，吾以不得第动心而为耻。

54. 山中莫道无供给，明月清风不用钱。

55. 天理即人欲 。

56. 所以为圣者，在纯乎天理，而不在才力也。故虽凡人，而肯为学，使此心纯乎天理，则亦可为圣人。

57. 个个人心有仲尼，自将闻见苦遮迷。 而今指与真头面，只是良知更莫疑。

58. 勿忘勿助，必有事焉。

59. 今人却就将知行分作两件事去做，以为必先知了，然后能行。我如今且去讲习讨论做的功夫，待知得真了，方去做行的功夫。故遂终身不行，亦遂终身不知。此不是小病痛，其来已非一日矣。某今说个知行合一，正是对病的药，又不是某凿空杜撰。知行本体原是如此。今若知得宗旨时，即说两个亦不妨，亦只是一个。若不会宗旨，便说一个，亦济得甚事？只是说闲话。

60. 先曰：是徒为静养，而不用克己功夫也。如此，临事便要倾倒。人需在事上磨，方可立得住，方能静亦定，动亦定。